BETÜL GÜÇLÜ

YALANCI AŞKLAR SOKAĞI

REN

YALANCI AŞKLAR SOKAĞI

BETÜL GÜÇLÜ

Editör: Kübra Nur Ocak
Düzelti: Özge Nur Küskün
Kapak Çizim ve Tasarımı: Arife Şeyma Gök
Grafik Tasarım: Şeyma Kırbaş

Basım Tarihi: Haziran 2022
ISBN: 978-625-7500-87-6
Yayınevi Sertifika No: 30492

Ren Kitap
Maltepe Mah. Davutpaşa Cad.
Yılanlı Ayazma Sok. No:8 Kat:2 D:8
Zeytinburnu/İstanbul - Tel: 0212 641 34 76

Baskı:
Egem Basım Yayın
Gümüşsuyu Cad. Odin İş Merkezi B Blok Kat 2 436
Topkapı/İstanbul Tel: 0212 554 75 72
Sertifika No: 43624

www.renkitap.com

BETÜL GÜÇLÜ

YALANCI AŞKLAR SOKAĞI

REN

Ablama...

Sen dünyanın tüm sevgilerine layıksın.

Meraklı bakışları yok saymak için gözlerimi masaya dikmiş, dakikaları sayıyorum ama faydası olmuyor. Hâlâ onlarca insanın bakışları yüzümde delikler açacak diye endişeliyim. Bana bakışlarından, herkesin damadı nikâh masasına nasıl oturttuğumu bilmek için çıldırdığını anlayabiliyorum. Bazılarının hamile olduğumu düşünmesi de olasılıklar arasında çünkü Kerem Tunalı'nın başka türlü bu şekilde evleneceğine ihtimal vermiyorlar. Göz ucuyla yanımda mutluluk pozları kesen, düştüğüm durumun sorumlusu adama bakıyorum. Başımı ona çevirdiğimde bana dönüp manidar bir bakış atınca gülesim geliyor. Kendimi düşük bütçeli bir romantik komedi filminin içinde gibi hissediyorum. Filmin yıldızı tabii ki benim. *Ne sandınız?*

Nikâh memuru sandalyesine yerleşip defterini açarken bize bakmıyor bile. Mikrofonunu düzeltip konuşmaya başladığında Kerem'in annesine kaçamak bir bakış atıyorum. Kadının yüzünden okunan mutluluk, vicdanım için hiç iyi bir manzara değil. Bir an her şeyi boş verip Nurdan Hanım'ın hatırına imzayı atsam mı diye düşünüyorum. Birazdan yapacağımız şey, nereden bakarsan bak canice bir olay.

Kır saçlı nikâh memuru mikrofona doğru hafifçe öksürüyor ve başlıyoruz. "Değerli konuklar, bu mutlu gecede sizlere iki aile adına da hoş geldiniz diyor," *Tabii tabii, geç bunları. Birazdan kan gövdeyi götürecek.* "Ve nikâh akdine başlıyorum." *Eh, ben seni uyardım. Keyfin bilir.*

Mikrofon bana uzatılınca hayatımda ilk kez mikrofon görmüş gibi şaşkınca bakıyorum adamcağıza. "Adınız, soyadınız?" diyor bana aldırmadan.

"Mısra Sezgin," diye mırıldanıyorum. Anne adı, baba adı da öğrenildikten sonra aynı sorular damada da soruluyor.

"Kerem Tunalı." Müstakbel kocamın kendinden emin duruşu ve gür sesi sinirlerimi bozuyor. Ne oyunculuk varmış adamda! Neredeyse bana âşık olduğuna inanacağım. Ben gözlerimi kısmış Kerem'i izlerken nikâh memuru bu sözleri binlerce kez söylediğini belli eden tekdüze bir sesle ezberden konuşuyor.

"Birbirinizle evlenmek istediğinizi bize yazılı olarak bildirdiniz." *Ve siz de bize mâni olmak için hiçbir şey yapmadınız!* "Beyanlarınıza ve evlenmek için ibraz etmiş olduğunuz belgelere göre evlenmeye engel haliniz olmadığı anlaşılmıştır." *Şu an düpedüz yalan söylüyorsunuz memur bey.* "Şimdi bir kez daha evlenme niyetinizi davetliler ve şahitler huzurunda sözlü olarak beyan etmenizi rica ediyorum."

"Siz, Sayın Kerem Tunalı." Nikâh memurundan soruyu önce Kerem'e sormasını biz rica ettik. Gelinin aşırı heyecanlı olduğunu ve damadın cevabını önce duyarsa daha rahat hissedeceğini söylememiz ikna olması için yeterli oldu. "Nişanlınız Sayın Mısra Sezgin Hanım'ı, hiç kimsenin etkisi ve baskısı olmaksızın..." Öyle bir şey mümkün mü hiç? Baskı değildir o. Baskı olsa duramazsın. *Duramıyorum memur bey!*

"Kendi hür iradenizle, iyi günde kötü günde," *Sanmıyorum bundan kötü bir gün olabileceğini ama siz bilirsiniz.* "Eşiniz olarak kabul ediyor musunuz?"

Kerem derin bir nefes alıp kendinden emin bir halde ve gür sesiyle, "Evet!" diyor. *Yalnız böyle yaparsan ben seninle evlenirim.*

Alkışlar ve iç çekişler birbirini kovaladıktan sonra sıra bana geliyor. Aynı cümlenin geline uyarlanmış versiyonunu dinlerken memur beye sinirleniyorum. Tamam, sen bunu beş bin kez yapmış olabilirsin ama ben ilk ve belki de son kez yapıyorum. Biraz mutluymuş gibi davransana be adam!

Gerçi mutluymuş gibi davransa ne olur? Ben ölmüşüm de ağlayanım yok. Dramatik bir havaya bürünmek için Yeşilçam filmlerini getiriyorum gözümün önüne, Kadir Abi'nin, "*Yalan söylüyorsun!*" diyen sesi kulağımda çınlıyor. Kendimi, yılbaşında büyük ikramiyeyi tutturduğunu sanıp evden kaçan, sonra gerçeği fark edince kuyruğunu kısıp karısına dönen adam gibi hissediyorum. Bir süre devam eden ihtişam iyi hoştu ama eve dönmek ödümü koparıyor.

Ellerimi masanın üzerine koyuyorum, gözlerimi kapatıyorum ve "Yapamayacağım," diyorum sessizce. Kerem huzursuzca kıpırdanıyor, davetliler gelecek skandalın heyecanıyla fısır fısır, aç kurtlar gibi bekliyorlar.

"Ne dediniz?" diye soruyor nikâh memuru. Gözlerim hâlâ kapalıyken ayağa kalkıp bağırıyorum.

"Hayır!"

Kalabalıktan şaşkın bir, "Hih!" nidası yükselirken vakit kaybetmeden gelinliğimin eteğini toplayıp koşmaya başlıyorum. Gelinlik hareketlerimi kısıtlasa da herkes donup kaldığı için güvendeyim.

Binadan çıkıp koşarak, kendimi ilk dönemeçten içeri atıp duvarın arkasına saklanıyorum. Otuz saniye sonra ayak sesleri duyuluyor. Kalbim güm güm atarken birinin beni bulup salona geri götürmesinden deli gibi korkuyorum. Birkaç saniyenin ardından Kerem görüş alanıma giriyor. Beni görünce yavaşlıyor, nefesini düzene sokmak için derin soluklar aldığını fark ediyorum. *Ah, gerçekten koşmuş.*

Karşıma dikildiğinde ne yapacağımı bilemediğimden sakince omuz silkiyorum. Tatlı bir tebessüm dudaklarında gezinirken, "Teşekkür ederim," diyor.

"Dert etme."

Tokalaşmak için elini uzattığında elimi kaldırıp bir beşlik çakıyorum. Sırıtıyor ve birbirimize göz kırpıp ayrı yönlere doğru yürüyoruz.

Bir daha karşılaşmayacağımıza emin olarak bir taksi çeviriyorum ve taksicinin meraklı bakışları eşliğinde gideceğim oteli söylüyorum. Otelde üzerimi değiştirdikten sonra daha önceden planladığımız gibi kiralık olan gelinliğimi gelinlikçiye teslim ediyorum. Ardından tekrar taksiye binip oturduğum yerin adresini vererek kendi sıradan, sahte nikâhların ve aptal aksiyonların olmadığı hayatıma dönüyorum. *Eh, en azından böyle olduğunu umuyorum.*

1. Bölüm

2 Hafta Önce

İnsan her gün başına bir şey geleceğini düşünerek yaşayamaz. Hayata kendini bırakmak, ânı yaşamak zorundadır yoksa ne huzur bulabilir ne de mutluluk. Başına gelebilecek şeylerin sıkıntısını ve endişesini daha o anlar gelmeden, belki de hiç gelmeyecekken yaşamak insanı delirtebilir. Böyle yaşayamam fakat diğer türlüsü de insanı çok hazırlıksız yakalıyor. Hazırlıksız yakalandığım öyle çok an var ki belki de hayata biraz temkinli yaklaşmalıyım diye düşünüyorum bazen.

O sabah kafede, öğle arası gelmeden önceki saatin sakinliğinde kendime bir kahve alıp oturduğumda bunun güzel bir an olduğunu düşünmek yerine *acaba bu güzel ânı ne bölecek* diye düşünseydim belki de sonrasında gelişenler beni şoke etmezdi.

Neredeyse her gün, kafenin dolmasına ve akşama kadar bir garson için katlanması çok zor olan o yoğun saatlerin yaşanmasına az kala çalışma arkadaşlarımla bu küçük yarım saati değerlendirmek için kendimize çay, kahve alıp otururuz. Bugün hâlâ yapılacak işler, ilgilenecek müşteriler var ama ben önceki gece mecburi mesaiye kalıp sabah da erken geldiğim için oturmak istediğimde arkadaşlarım bunu sorun etmiyorlar.

Şartlar göz önüne alındığında gayet büyük bir fedakârlık bu. Ben de bunun kıymetini biliyor, kafenin üst katında, sessiz bir masada kahvemi içerken dışarıdaki hayatı izliyorum. Etrafı iş yerleriyle dolu işlek bir caddede çalıştığım için dışarıda her zaman telaşlı bir kalabalık olur. Koştururken telefonla konuşan, aceleyle yürüyen, ayakta bir şeyler yiyip içen insanları izlerken bu küçük, sakin ânın tadını çıkarmaya çalışırım. Bu keyfi bölebilecek ani bir müşteri yoğunluğunu düşünmem, başıma bir felaket mi gelecek diye tasalanmam. Fakat belki de bazen insanın birazcık tasalanması gerekiyordur.

Kardeşim aradığında kahvemden henüz birkaç yudum içmiştim. Telefonu açıp selam verdiğimde Emre sıkıntılı bir sesle konuşmaya başladı. "Sana bir şey söyleyeceğim ama öncelikle ben gayet iyiyim, tamam mı?"

Eh, böyle bir girizgâh asla hayra alamet olamaz değil mi? Kaşlarım havalanıyor, yayılarak oturduğum sandalyemde toparlanıp daha dik duruyorum. "Abla, orada mısın?"

"Herhalde buradayım. Ne oldu? Herkes iyi mi?"

"Evet, evet. Özellikle ben çok iyiyim. Vallahi. Burnum bile kanamadı."

Bunları söylemesi, göğsüme düşen o koca endişeyi biraz bile hafifletmiyor elbette. "Tamam, bana ne olduğunu söyle."

"Kaza yaptım," deyiveriyor. "Sanayideydim. İbrahim Usta bir test sürüşüne izin verdi ama araba birdenbire sorun çıkardı. Birine çarptım."

"Sen... Ne?" Sesim o kadar kısık çıkıyor ki Emre'nin duyduğundan emin değilim. Korku bir anda beni yakalayıp sıkıca silkelediğinde ne düşüneceğimi ya da ne yapacağımı bilemiyorum. Zihnime başka bir araba kazasının, o kazanın görüntüleri doluyor. Nefes almak güçleşirken kardeşimin aceleyle devam ettiğini duyup kendime gelmeye çalışıyorum.

"Kimse yaralanmadı ya. Bir dinlesene beni." Sesindeki o küçük kardeş mızmızlığını duyunca dizlerimin bağını çözen o korkunç duygunun sisinden sıyrılmam kolaylaşıyor. Derin bir nefes alıp nerede olduğunu soruyorum. "Sanayideyim. Herkes iyi ama arabalar çok zarar gördü abla. Adam da tutturdu velin gelsin diye."

"Sana sanayiye gitmeyeceksin dedim, değil mi? En az yüz kere söyledim." Yerimden kalkarken Emre'ye biraz hakaret edip telefonu kapatıyorum. Koşar adımlarla aşağı inip de kafe sahibine durumu açıkladığımda çıkmama izin veriyor. Kafenin önündeki duraktan mahalleme giden otobüse binip tırnaklarımı yiyerek kardeşimin yanına varmayı bekliyorum.

Oraya gittiğimde Emre'yi sahiden sapasağlam bulunca rahatlıyorum ama hemen sonra beni böyle bir telaşa soktuğu için histerik bir halde üstüne yürüyorum. İzin vermememe rağmen yanında çalıştığı İbrahim Amca omuzlarımdan kavrayarak Emre'yle aramıza girince, "Bırak beni," diye çıkışıyorum adama da.

"Kızım bir dur," diyor ama yok, Emre'yi öldüreceğim. Beni böyle korkuttuğu, sorumsuzca davrandığı ve söz dinlemediği için iyi bir dayağı hak etti. "Yahu adam burada."

İbrahim Amca'nın uyarısı hemen işe yarıyor. Emre'ye parmağımı sallayıp görüşeceğimizi söyledikten sonra ne olduğunu anlatmalarını istiyorum. Bir sürü sebep ve sonuç sıralıyorlar ama işin aslı şu; kardeşim gidip arabasını daha yeni almış, henüz sigorta yaptırma fırsatı bile bulamamış bir adamın arabasına ciddi bir hasar vermiş. Bunu yaparken kendi kullandığı araba da zarar görmüş tabii. Nur topu gibi bir borcumuz olmuş anlayacağınız.

Bunları dinlerken sakin kalmaya çalışıyorum ama bu çok zor oluyor. Ağlama isteği bir yandan vuruyor, cinayet işleme arzusu diğer yandan. Zaten borç içinde yaşayıp zar zor geçinirken beni böyle bir durumun içine soktuğu için Emre'ye öyle kızgınım ki.

"Nerede bu adam?" diye soruyorum çaresizce. İbrahim Amca beni tamirhaneye sokuyor. Arabaların ve alet edevatın arasından geçip arkadaki ofise geliyoruz. İçeri girdiğimizde genç bir adamın, yüzünde apaçık bir bezginlikle telefonda konuştuğunu görüyorum. Biz karşısına geçince telefonu kapayıp masanın üstüne atıyor ve bu hallerini yaşadığı duruma kızgın oluşuna yoruyorum. Eh, haksız sayılmaz. Çocuğun biri benim yeni arabama vursaydı herkesi yumruklamaya kalkardım.

"Merhaba," diyorum karnımda korkunç bir ağrıyla. Polis çağırmamışlar, İbrahim Amca önce beni beklemeleri konusunda ısrarcı olmuş. Ehliyeti olmayan bir çocuğun araba kullanmasının ve kaza yapmasının yaptırımı nedir bilmiyorum ama İbrahim Amca'nın polis çağırmayalım demesine bakılırsa canımızı sıkacak şeyler yaşanacak.

"Merhaba. Ben Kerem."

"Mısra." Adamın elini sıkıp karşısına oturuyorum. "Özür dilerim. İnanın çok mahcubum," diyorum hemen. Sözlerimde samimiyim. Bana konuyla ilgilenecek bir ebeveynin olup olmadığını sormaması cevabı zaten bildiğini gösteriyor. Ben buraya gelmeden önce bunu konuşmuş olmalılar.

"Önemli değil diyemiyorum ne yazık ki." Adamın konuşması ve sesi kulağa oldukça hoş geliyor. Böyle bir cevap vermesi bile kibar bir adam olduğunun kanıtı çünkü erkekler arabaları konusunda hassas oluyorlar. Hele de yeni bir arabaysa, hele de sorumsuz bir çocuk yüzünden arabası ciddi hasar almışsa. Bari Emre'nin göstermelik birkaç yarası olsaydı da en azından kimse ölmedi diyebilseydik. Mevcut durumda böyle bir avantajım da yok. Keşke gelmeden önce kardeşime numara yapmasını, hastaneye gitmesini falan söyleseydim.

"Haklısınız... Ben ne gerekiyorsa yapacağım," diyorum mecburen. Başka ne yapabilirim ki? *Hımm, Emre'yi öldürebilirim mesela.* Kabul ederse benim için sorun olmaz. Ceza alacağımı da düşünmüyorum. Bir nevi nefsi müdafaa sayılır bu durum.

"Tamam," diyor Kerem. "İbrahim Bey masrafı çıkarsın, öyle konuşalım."

"Tampon değişecek ama arabayı bütünüyle bir kontrol etmek lazım. Çocuklar ilgileniyordu, ben de bakayım bir ne yapmışlar." İbrahim Amca dışarı çıkınca bakışlarımı yere dikiyorum. Dışarıda söylediğine göre arabada en az yirmi beş-otuz bin liralık masraf varmış. Bu, benim için büyük bir para. Öyle büyük ki düşündükçe bir yaş daha yaşlandığımı hissediyorum.

"Öğrenci misiniz?" diye soruyor Kerem Bey. Ona bakmak yerine masanın üstündeki kalemlere bakarken başımı iki yana sallıyorum.

"Hayır, çalışıyorum."

"Mesleğiniz ne?"

Ne yapacaksın diye çıkışmak çok cazip gelse de kavga çıkarmanın kimseye yararı olmaz. "Garsonum."

"Anladım," derken parmakları, oturduğu kolçaklı sandalyenin tahta kısmına sabit bir ritimle vuruyor. "Peki, bu masrafı karşılayabilecek misiniz?"

Oradan bakınca çok mu perişan görünüyorum acaba? Hayır desem şu sakin kibarlığı uçup gider mi diye merak ediyorum ama bunu deneyecek kadar aklımı yitirmedim.

İç çekerek arkama yaslanıyorum. "Endişelenmenize gerek yok. Borcu ödeyeceğim."

"Endişelendiğim için değil." Dizlerinde duran telefonun ışığı yanıyor ve bir mesaj sesi geliyor. Çerçevesiz gözlüklerinin ardından bakışları telefonunun ekranına inince yüzü öyle bir düşüyor ki kötü bir haber aldığını düşünüyorum. Ama dikkatli baktığımda, üzgünden ziyade bunalmış gibi bir hali var. Ben ona merakla bakarken gözlerini bana çevirince yakalanmanın utancıyla yanaklarım kızarıyor. Bakışlarımı hemen kaçırıyorum ama bunu yapmak daha çok utanmama sebep oluyor.

"Bu borç sizi zorlayacak mı?"

"Onu ben düşüneyim beyefendi," diye çıkışıyorum birden. Para ve geçim mevzularında hassasımdır. Gençliğim yüzünden öyle çok eleştiri ya da acımayla karşılaştım ki kimsenin bana bu konuda bir şey söylemesine tahammülüm yok. "Masrafları karşılayacağım, isterseniz polis de çağırabiliriz. Borcumdan kaçmam." Hem belki polislerden Emre'yi birkaç günlüğüne nezarethaneye atmalarını isterim. Hatta bir süreliğine hapse bile düşebilir. Hiç üzülmem.

"Onu kastetmedim..." Sözlerinin devamını getirmek yerine tekrar telefonuna bakıyor. Yüzünde öyle garip bir ifade var ki karşısında otururken kendimi rahatsız hissediyorum. Sonra birden bana bakıyor ve gözlerindeki sıkıntılı bakışların değiştiğini, tuhaf bir hal aldığını seziyorum. "Aslında, ilgilenirseniz başka bir yolla çözebiliriz."

Sözleri ilgimi çekiyor ama belli etmemeye çalışıyorum. Sanki hiç önemi yokmuş gibi çantamdaki pet şişeyi açıp, "Nedir?" diye soruyorum küçük bir yudum almadan önce.

"Benimle evlenin."

Hani bazı anlar vardır, karşınızdakinin ağzı oynar ama sesler çıkmaz. Ya da seslerin anlamlı bir karşılığı yoktur.

İşte ben de bir anlığına bunu yaşıyorum. Ne söylediğini duyuyorum ancak birkaç saniye boyunca o sözler hiçbir şey ifade etmiyor. Adamın yüzündeki sıkılmış ifadeyle sözlerinin bıraktığı dehşetin arasında hiçbir bağlantı yok.

Hal böyleyken elimden gelen tek şeyi yapıp ağzımdaki suyu püskürtüyorum ancak ne yazık ki su üstüne gelecek kadar yakın oturmuyoruz.

"Ne diyorsun sen be?" derken sesim hayret dolu ve tiz çıkıyor. Ne yapacağımı, ne diyeceğimi bilemez halde küçük çantamı karşı sandalyeye fırlatıyorum. "Terbiyesiz!"

Kerem çanta ona çarpıp düşerken gözlerini kapatıp yüzünü buruşturuyor. "Of, sakin olur musun?" diyor birden resmiyeti elden bırakarak. Önce ben bıraktım gerçi ama geçerli bir sebebim vardı. "Sadece birkaç günlüğüne benimle evlenecekmiş gibi yapmanı istiyorum. Şu an zor durumdayım ve yardıma ihtiyacım var. Sen bana yardım edersen, ben de sana ederim."

"Ya delisin ya da berbat bir espri anlayışın var."

"Deliyim sanırım," diyor iç çekerek. "Delirdim sonunda."

Konuştuğumuz şeyin saçmalığına karşın sahiden de dert sahibi biriymiş gibi görünmesi beni rahatsız ediyor. Nasıl bir adam böyle bir numaraya ihtiyaç duyar ki? "Ne oldu, sevgiline âşık olmadığına karar verdin de onu terk edemiyor musun, aldatıyormuş gibi mi davranacaksın? Direkt aldatmakla bir farkı olacağını mı sanıyorsun cidden?" *Her şekilde şerefsizin biri olarak anılırsın, benden söylemesi.* "Ben numaradan bile olsa yuva yıkan biri pozisyonuna düşemem. Kızcağızın ahı üstümde kalır sonra."

Kerem bana şaşkınca bakıyor. Bu öyle apaçık bir şaşkınlık ki oturduğum yerde kıpırdanıp rahatsız bir halde küçük ofisi süzüyorum. "Hayır," derken sesinde sinir bozukluğuyla çevrelenmiş bir gülüş var. "Bir sevgilim yok."

"O zaman derdin ne?"

"Çok sıkıldım," diyor Kerem. "Sadece rahat bırakılmak istiyorum."

Onu baştan ayağa süzüyor ve güvenilir biri olup olmadığını anlamaya çalışıyorum. Derli toplu bir görüntüsü var. Buğday tenli bir adam, saçları ve gözleri kahverengi. Öyle çarpıcı bir havası yok ama yakışıklı göründüğünü inkâr edemem. Üzerine mavi bir gömlek ve açık renkli bir pantolon giymiş. Sade ve hoş. Dışarıda görsem onun kendi halinde, düzgün biri olduğunu düşünebilirim. Ama adam hayatında ilk kez gördüğü bir kadına sahte evlilik teklifi ediyor. *Hayat işte, sürprizlerle dolu.*

"Ne iş yapıyorsun?" Bunu soruyorum çünkü bazı tahminlerim var. Bankacıysa kesin müşterilerini dolandıran bir tiptir mesela. Pazarlamacıysa direkt kaçmalıyım çünkü beni tehlikeli bir şeylere ikna edebilir. Kararlı oluşumla ünlü birisi olduğumu söyleyemem.

"Bir dergide yayın koordinatörüyüm." Cevabını duyunca kaşlarımı kaldırmadan edemiyorum. Kalpazan olduğunu söylese şaşırmazdım ama bu beklenmedik oldu. "Bir yere gidip konuşalım mı? Burası çok gürültülü."

Dışarıda çalışan aletler yüzünden sahiden de öyle ama bu adamla bir yere gitmek konusunda şüphelerim var. Şimdiye dek bana pek güvenilir biri gibi görünmedi. "Ya beni kaçırıp seninle sahte nikâh yapmaya zorlarsan?" *Hii! Ya gerçeğine zorlarsa?*

Kerem gülüyor. Elini düzgünce taranmış kahverengi saçlarının arasından birkaç kez geçirip sandalyesine yığıldığında sahiden de çaresiz göründüğünü düşünüyorum. Ben de çaresizim. Gencecik yaşımda borçların pençesinde çırpınıyorum. Daha fazla borç, bana kesinlikle daha fazla dert olacak. Tanımadığım birilerine yalan söylemek peki? Belki bu dert olmaz... En azından bu tarafta umut görünüyor.

"Sana yardım edersem borcum ödenmiş mi olacak yani?"

Kerem aniden başını kaldırıp, "Evet," diyor hemen. "Yardım edecek misin?"

"Açık konuşacağım, beni biraz korkuttun. Ama beni deli bir adamdan daha çok korkutan şey ne, biliyor musun?"

"Neymiş?"

"Otuz bin lira borç. Bu, benim için büyük bir para."

"O zaman anlaştık mı?" derken biraz şaşkın görünüyor. Sanki bunu teklif ettiği için delirdiğini çoktan kabul etmiş ama benim de deli olmam onu hayrete düşürmüş gibi.

"Önce bana ne yapacağımı anlat."

"O zaman önce sessiz bir yere gidelim." Bu kez teklifini kabul ederek kalkıyorum. Dışarıya çıkmadan önce Kerem'i önden gönderip İbrahim Amca'nın yanına gidiyorum. İbrahim Usta babamın iyi bir arkadaşıydı. Bizi çocukluğumuzdan beri tanır, bu yüzden duruma ne kadar üzüldüğünü gözlerinde görebiliyorum.

"Bizim arabayı hallederim ben. Adamın araba bizi biraz zorlayacak ama hallederiz. Beraberce öderiz. Canını sıkma, tamam mı?"

"Sen bunları düşünme. Halledeceğim ben. Senin arabanın masrafı ne kadar?"

"Yok, vallahi almam senden para. Zaten bana kırk kere dedin Emre'yi yanına alma diye. Çocuğa harçlık olsun derken şu olanlara bak."

Onu biraz tanıyorsam bu parayı almayacağını biliyorum. Büyük masrafın diğer arabada olduğunu bana uzun uzun açıklayıp anlamadığım arızaları detaylarıyla anlatırken en sonunda, "Tamam, tamam," diyorum. "O zaman şöyle yapalım: Yaza az kaldı. Emre bütün yaz burada tam zamanlı çalışsın. Kendi borcunu kendisi ödesin. Belki biraz aklı başına gelir."

İbrahim Amca itiraz edecek gibi oluyor ama yüzümdeki ifadeyi görünce gülerek kabul ediyor. Diğer arabanın borcunu halledebileceğimi, Kerem'in taksitli ödemeyi kabul ettiğini geveleyip onunla konuşacağımı söyleyerek tamirhaneden çıkıyorum. Emre ortalıkta görünmüyor ama bir yerlerden beni izlediğine eminim. Bir süre utancından yanıma yanaşamaz. Bazen haytanın teki gibi davransa da hâlâ insani duyguları mevcut. Zaten başka türlü olsaydı onu insanlardan ve beladan uzak tutmak için kelepçeleyip bir odaya kilitlemek zorunda kalırdım.

Kerem'in çağırdığı taksiye binip giderken arabada hiç konuşmuyoruz. Zihnimde sürekli, "Burada, bu adamla ne yapıyorsun?" diye bağıran sesle kavga edip duruyorum. Bu hayatımda yaptığım açık ara en aptalca şey. Ama ne derler bilirsiniz, hayatında en az bir kez aptalca davranmazsan, yaşamın ne eğlencesi kalır ki?

2. Bölüm

Mahallemizde ailemi ve beni tanıyan herkes benim sorumluluk sahibi, akıllı, azimli bir genç kız olduğumu söyler. Bense bunların hiçbirisi olduğumu sanmıyorum. Üzerimde leylak renginde günlük ama güzel bir elbiseyle Kerem Tunalı'nın ailesiyle tanışmaya giderken akıllı ya da azimli olmaya yakın bile değilim.

Hangi akıllı kadın, birinin sahte sevgilisi olup ailesini kandırmayı kabul eder ki? Delilik bu. Ahlaksızlık be! Öyleyse neden burada olduğumu sormayın, cevabı zaten biliyorsunuz. İnsanların hakkımda neler söylediği önemli değil. Mısra Sezgin zavallının teki. Para uğruna tüm erdemlerinden vazgeçmiş, sorumsuz, ikiyüzlü, korkunç bir kadın.

Kerem Tunalı'ya gelince... Onun ne olduğunu ben nereden bileyim? Bir kafeye oturup konuştuğumuzda ailesiyle tanışmamı, sonra da onu acımasızca terk etmemi istedi. Hem de bir nikâh masasında.

Bunu tabii ki hemen kabul etmedim. Elin adamıyla ne diye evleniyormuş gibi yapıyordum ki ben ya? Bunun yerine zaten ödemekte olduğum borçların üstüne biraz daha borç yığabilirdim mesela. Kardeşimin başının belaya girmesine de izin verebilirdim. Hapishaneye giderse evden bir boğaz eksilmiş olurdu. Emre'nin boğazı büyük bir masraf kaynağı olduğundan, bu fikir cazipti aslında.

Bütün bunlara rağmen buradaydım işte. Erken çıktığım nadide günlerimden birini, hiç tanımadığım insanlara gelinleri olarak takdim edilmekle değerlendirecektim. Üstelik onlara iyi görünmek için yeni bir elbise almam gerekmişti, zira dolabımda böyle bir görüşmeye uygun hiçbir şey yoktu. Bir telaş içinde geçip giden hayatım dolabımı rahat pantolonlar ve tişörtlerle doldurmuştu. Onları da giyebilirdim tabii ama rahat kıyafetlerimin içinde rol yapmaktansa alışık olmadığım bir kılıkta role girmek daha kolay olur diye düşünmüştüm.

Araba beş katlı bir binanın önünde durduğunda Kerem arka koltuktaki çiçek buketini alıyor. Aşağı indiğimizde, "Sen versen daha iyi olur sanırım," diyerek buketi bana uzatınca somurtarak alıyorum. "Biraz gülümsemelisin."

"Yukarı çıkınca gülümseyeceğim, beni rahat bırak."

"Bu genel ruh halin mi yoksa gergin olduğun için mi böylesin?"

Apartmanın kapısını itip, geçmem için kenara kaydığında ona kötü bakışlar atarak içeri giriyorum. "Benim yerimde olduğunu düşün bakalım, gergin olmak için bir sebebin olur muydu?"

"Bunu sadece eğlence olarak görsene. Bir oyun sahnelediğini düşün, karaktere bürün ve annemi tavla."

Asansöre binip dördüncü kata basıyoruz. "Annenin korkunçluk seviyesine on üzerinden kaç puan verirsin?"

"Annem korkunç değildir."

"Öyleyse korkunç olan sen olmalısın. Yaptıklarına baksana."

"Doğru," diyor Kerem tatsız bir gülümsemeyle. Kapılar çınlayarak açıldığında sekiz numaralı dairenin önünde duruyoruz. Ben daha derin bir nefes alamadan Kerem zile basıyor.

"Hey, bekle," diyorum ancak kapı o kadar hızlı açılıyor ki yüzüme acayip bir gülücük yerleştirecek zamanı zar zor buluyorum.

Kapıyı Emre'nin yaşlarında, kısa boylu bir kız açıyor. Koyu renkli kıvırcık saçları haricinde Kerem'e şaşırtıcı şekilde benzeyen bu kızın sahte görümcem olduğunu düşünüyorum. Yüzündeki meraklı ifadeye ve tavrına bakınca heyecanlı bir tip olduğu belli oluyor.

"Hoş geldiniz!"

"Selam," diyor Kerem, geçmem için beni yönlendirirken. Ayakkabılarımı çıkarıp içeri geçerken Kerem'in annesi olduğunu tahmin ettiğim kadın, peşinde genç bir kadınla koridora çıkıyor. Selam verip çiçeği önümdeki kısa, tombul kadına uzatıyorum. O sırada Kerem de ailesini tanıtıyor. "Annem Nurdan. Bu, kardeşim Burçak." Kapıyı açan kız bana tatlılıkla el salladığında bu kez ona daha içten bir gülümsemeyle bakmayı beceriyorum. "Bu da ablam Nida ve kızı Duru."

Arkada duran kadın gülümsüyor. Sarışın ve renkli gözlü olduğu için ailedeki diğer herkesten daha farklı göründüğünü söyleyebilirim. Kucağında tıpkı kendisine benzeyen küçük, tatlı bir kız var.

"Ve Mısra, sevgilim," diyerek beni tanıtan sahte sevgilime ondan hoşlanıyormuş gibi bakmaya çalışıyorum ancak bunu nasıl yapacağımdan emin değilim. Oysa aynaya karşı âşık bakışlar atarak bu ânın provasını yapmıştım.

"Memnun oldum canım," diyor sahte kayınvalidem. "Hadi içeri geçelim, kapıda kaldınız."

Beni başköşeye oturtuyorlar. Kerem de yanıma yerleşiyor. Burçak'ın yüzünde kaybolmayan muzip bir gülüşle bakıp durması harap olmuş sinirlerime hiç de iyi gelmiyor açıkçası. Neyse ki Nida daha ağırbaşlı görünen bir kadın.

"Nasılsın kızım?"

"İyiyim, teşekkür ederim. Siz nasılsınız?"

"Çok heyecanlıyım," diyor kadıncağız hemen. "Kerem senden hiç bahsetmemişti. Birden kız arkadaşımı getiriyorum deyince öyle şaşırdım ki anlatamam."

"Evet," diyor Nida da. "Hepimiz çok şaşırdık. Ne zamandır berabersiniz?"

"Ah, daha çok yeni." Aslında sadece gerginim ama bunu utangaçlıkmış gibi yansıtmaya çalışıyorum. Utanmalıyım da zaten. Halihazırda kötü yola düşmüş biriyim ben.

"Uzun süredir peşinde koşuyordum ama beni reddediyordu. Vazgeçmediğimi görünce bana bir şans verdi."

Kerem'e baktığımda bana göz kırpıyor. İçeri girerken verdiği tavsiyeye uyarak ona gülümsemek için kendimi zorluyorum. Bu deliliğin bir an önce bitmesi için role girmek iyi bir fikir gibi. "Şey, evet. Çünkü bana evlenme teklifi etti," diyorum utangaç, tatlı kız tavırlarıyla. Normalde hiç utangaç değilimdir. Çokça da gürültücü olduğumu söyleyebilirim. Biraz da kafayı yediğimi düşünüyorum. Yoksa neden burada oturayım ki sevgili sahte kayınvalidem?

Karşımdaki üç kadın sözlerimle birlikte keskin soluklar alıyorlar. Gözleri fal taşı gibi açık halde Kerem'e döndüklerinde sahte sevgilim genişçe gülümsüyor. "Aynen öyle."

Sinirlerimin bozulduğunu hissediyorum. Bir gülme krizi boğazımın hemen altına konuşlanmış halde. En ufak bir kıkırtının esiri olursam her şey mahvolacak. Dudaklarımın içini ısırıp duruyor ve içimden korkunç şeyler düşünüyorum ki o kıkırtı dışarıya asla çıkmasın. "Siz ciddi misiniz?" diyor Nurdan Hanım inanamaz bir halde. Seninle ortak bir nokta bulduk bile sahte anneciğim. Ben de bütün bu olanlara inanamıyorum. Zaten buna kim inanır ki?

"Bunun şakası mı olur anne?" diyor Kerem sıkılmış bir

halde. Annesi ve kız kardeşleri girdikleri şoku atlatmaya çalışarak kıpırdanıyorlar.

"Ay, çok güzel," diyor sonunda Nurdan Hanım. "Kusura bakma kızım. Böyle aniden duyunca... Kerem'in evlenmesini çok istiyordum ama hep istemediğini söylüyordu. İnanamadım vallahi. Ama harika bir haber bu." Kerem bana defalarca kez annesinin filmlerdeki zorba kayınvalide olmadığını söyleyip dursa da ona pek inanmamıştım. Kerem'in bir inat uğruna, annesini kızdırmak için böyle bir plan kurduğunu düşünmüş, hatta kendimi oğlunun peşini bırakmam için kaç para istediğimin sorulmasına hazırlamıştım. Ama bu kadın hiç de öyle birine benzemiyor.

"O zaman hafta sonu nikâhımıza davetlisin anne."

Kerem'in rahatlığı karşısında bu kez benim bile ağzım açık kalıyor. Annesinin yüreğine indirmeye niyetliyse eğer planı gayet iyi işliyor ama derdi bu değilse ona dikkatli olmasını söylemeliyim.

"Ne demek hafta sonu?"

"Pazar öğlene tarih aldık." Aldık mı? Bir dakika, almamız gerekiyor mu ki? *İmdat ya.*

"Burçak, anneme su getir." Ablasının keskin uyarısıyla istemeye istemeye kalkıyor kızcağız. Küçük Duru dayısının dizine oturup da incecik sesiyle, "Nikâh ne dayıcığım?" diye sorunca Kerem ilk kez yalan söylemekten rahatsız olmuş gibi görünerek bir anlığına cevap vermiyor.

"Evlenmek için yapılan bir tören canım."

"Yani düğün mü?"

"Hayır, düğünler nikâhların partisidir."

"Anladım. Yani sen dayımın gelini misin?" diyor minik kız gözlerini bana çevirerek. Konuşmasının düzgünlüğüne şaşırıyorum çünkü çok küçük görünüyor. Gerginliğim yüzünden başta fark edememiştim ama sağlıklı bir çocuğun bu kadar zayıf olmaması gerekir.

"Şey, evet. Adım Mısra. Saçların çok güzelmiş Duru."

"Teşekkür ederim. Eskiden hiç saçım yoktu ama artık uzuyorlar," derken bana kocaman bir gülücük bahşediyor. Ne demek istediğine dair bir fikrim olsa da merakla Kerem'e bakıyorum.

"Duru geçen yıl kanseri atlattı," diyor genelde sergilediği ağırbaşlı sakinliğiyle. "Şimdi yedi yaşında ve hızla toparlanıyor, değil mi tatlım?"

"Evet. Ben bir savaşçıyım," dediğinde ona tüm içtenliğimle gülümsüyorum.

"Çok memnun oldum savaşçı Duru."

"Teşekkürler. Sana bebeklerimi göstereyim mi? Kendi evimde bir sürü var ama buradaki odamda da sevdiğim bebekler var."

Başımı kaldırıp da karşımdaki kadınların öylece bana baktıklarını görünce birazcık kaçmanın iyi olacağını düşünerek Duru'ya bebekleri görmek istediğimi söylüyorum. Dayısının dizinden atlayıp küçük eliyle elimi tutuyor ve beni salondan çıkarıyor. Biz koridorun ucundaki odaya giderken içeriden birinin konuştuğunu duyuyorum ama kulak kabartmamak için hızla odaya giriyorum.

Odada bir yatak, küçük bir dolap ve alçak, yuvarlak bir çocuk masası var. Pembe masanın üzeri birçok mutfak eşyası oyuncağıyla, etrafındaki sandalyeler de bebeklerle dolu. Duru, "Nazlıcığım, izin verir misin? Teşekkürler," diyerek bebeği diğer sandalyeye, arkadaşının yanına aldıktan sonra oturmamı söylüyor. Sandalyeye sığabilmek için biraz çaba harcayıp dizlerimi karnıma kadar çekiyorum.

"Çay mı istersin, kahve mi?"

"Çay alayım."

"Tamam, Çiçek'le kek yapmıştık. Ondan da ister misin?"

Gösterdiği esmer bebeğe gülümseyerek bakıyorum. Duru çayımı hazırlarken beni bebekleriyle tanıştırıyor. Görüntüsü nedeniyle insanın kalbinde hemen şefkat uyandıran bir çocuk, bu yüzden onunla vakit geçirirken sıkılmıyorum. Zaten çok uzun süre yalnız kalmamız gerekmiyor. Duru bana kek tarifi verirken Kerem ve küçük kardeşi yanımıza geliyorlar.

"Siz de mi çay içmeye geldiniz?" diyor Duru tatlılıkla.

"Üzgünüm, çayımız bitti." Bunu Kerem'e bakarak, takılmak için söylüyorum ama onun sakin yüzünü görmek beni utandırıyor. Ona takılamayacağımı hatırlatıyorum kendime. Biz yalnızca suç ortaklarıyız ve bu ciddi bir iş. Bunu aklımdan çıkaramam.

"Hadi içeri geçelim." Kerem'in genelde sakin bir ağırbaşlılığı olduğunu söylemiştim. Ama her zaman öyle değil. Ara sıra, şu anda da olduğu gibi tamirhanedeki o hayatından bezmiş adam modunu aktif hale getirdiğine inanıyorum. Benim gibi neşeli ve girişken bir kızın arkadaş olabileceği birine hiç benzemiyor. Bunun farkında olmama rağmen neşeyle söylediğim bir şeye hiç tepki vermeyişine biraz içerliyorum.

"Ay ben çay içerdim sizinle," diyor Burçak ama çoktan ayaklandım. Kerem'in yanından geçerken her şey yolunda mı diye sessizce soruyorum.

"Tabii ki. Israrcı olsalar da rahat ol, tamam mı? Endişelenecek bir şeyin yok."

Böyle söylemesi beni hiç de rahatlatmıyor ama sorun yokmuş gibi gülümsüyorum. Tekrar salona girdiğimizde Nida ve annesinin yemek masasını hazırladığını görüyorum. "Yardım edeyim," diyerek Nida'yı takip ettiğimde Kerem de peşimizden geliyor. Küçük mutfağa doluştuğumuz için salata ve ekmek sepetine uzanırken Kerem'le çarpışıyoruz. Birbirimize bakıp da gözlerimizi kaçırdığımızda yanaklarım ısınıyor.

"Canım, sen otur lütfen," diyor Nurdan Hanım bana. O

kadar cana yakın ki kadının yüzüne bakamıyorum. Benden hoşlanmasını istemiyorum aslında ama Kerem bana berbat biri gibi davranmamı falan söylemiş değil. Yine de öyle mi yapsam? Bu kadıncağızın beni sevip de sonra hayal kırıklığına uğramasını istemem.

Fakat belki de Kerem'in isteği budur. Benden sadece ona nişanlısı olarak eşlik etmemi istedi, bunun dışında ne yapmam, neler söylemem konusunda talepleri olmadı. Haliyle nasıl davranmam gerektiği konusunda tereddüt içindeyim. Masaya dönüp hep beraber oturuyoruz. Sayamadığım kadar çeşit olmasına rağmen çorbalar servis edilirken Nurdan Hanım, Kerem ona daha erken haber vermediği için iyi hazırlanamadığını söylüyor. Ona her şeyin mükemmel olduğunun güvencesini verirken sahte nişanlıma kötü bakışlar atmamak için uğraşıyorum. Nurdan Hanım benimle konuştukça Kerem'e sinirlenmeye başladım çünkü. İnsan böyle hoş, tatlı bir annenin duygularıyla neden oynar? *Benim annem yanımda olsaydı onu incitmemek için her şeyi yapardım.*

"Evet, şu nikâh işinde biraz uzlaşalım bakalım. Kızım, ailene çok mahcup oluruz. Olmaz öyle iki günde evlenmek. Haksız mıyım?"

Sonuna kadar haklı olsa da aksini söylemek zorundayım. *Üzgünüm sahte anneciğim, bu oyunda senin tarafında olamam.* Derin bir nefes alıp, "Ailem birkaç yıl önce vefat etti," diyorum duru bir sesle. Bu konuda durumum uygun olduğu için yalan söylemeye gerek duymadım ama kardeşlerimden kesinlikle bahsetmeyeceğim. "Babaannem var ama o da çok yaşlı. Nikâha gelemez." *Yüreğine iner çünkü gelirse.*

"Ah, başın sağ olsun yavrum." Üzüntüsünü samimiyetle karşılayarak gülümsüyorum.

"Teşekkürler."

"E, tamam da Kerem nikâhta kimseyi istemediğinizi söyledi. Anlamadım ki ne bu böyle, yanlış bir şey yapar gibi gizli saklı neden evlenesiniz?"

"Çünkü..." Kerem'e dönüp kaşlarımı kaldırıyorum. İç çekerek çatalını bırakıp arkasına yaslanıyor. Kolu sandalyemin sırtına doğru uzanıp oraya yerleştiğinde utanıyorum. Oysa benimle temas etmiyor bile.

"Çünkü birlikte yaşamak istiyorum anne. Mısra bunu nikâhsız istemiyor, ben de beklemek istemiyorum. Nikâhı yapalım, seneye düğün de yaparız."

Kerem'in pervasızca sıraladığı yalanlar üzerine masadaki herkes bir parça şoka giriyor. O kadar utanıyorum ki yüzümün kıpkırmızı kesildiğine eminim. Kerem üzerine doğrultulmuş bakışlara karşı ellerini iki yana açıp, "Âşık oldum," diyor. "Ne yapayım?"

Tuttuğum soluğumu bırakıp önümdeki su bardağına uzanıyorum. Nida iç çekerek, "Bu çocuk âşık olunca hep böyle oluyor," diye söylenince annesi kaşlarını çatarak ona uyaran bir bakış atıyor.

Utanç içinde olmama, bu evden hemen çıkmak istememe rağmen Kerem'in daha önce âşık olduğu bilgisinin oldukça farkındayım.

"Bu hiç hoşuma gitmiyor açıkçası," diyor Nurdan Hanım sonunda. "Ama siz böyle istiyorsanız tamam. Dediğiniz gibi olsun."

"Anne, ciddi misin?" Nida'nın şaşkın sorusu masada patladığında Nurdan Hanım omuz silkiyor.

"Oğlumun mutlu olmasını istiyorum."

Bu cevap, sahte görümcelerim tarafından kabul gördüğünde Kerem'e meraklı bir bakış atıyorum. Mutsuz muydu? Ne tür bir mutsuzluk bir adamı kendisine sahte bir terk edilme senaryosu hazırlamaya iter ki?

Ona çoktan onlarca soru sormuş olmasaydım bu konuyu

daha fazla didiklerdim ama cevap vermeyeceğine eminim. Benimle herhangi bir kişisel bilgi paylaşmaya niyeti yok. Beni tanımakla bile ilgilenmiyor. İkimizin de menfaatine yarayacak bir anlaşma yaptık ve işimiz bittiğinde bir daha görüşmeyeceğiz. *Öyleyse neden bu kadar merak ediyorum?*

Merak kediyi öldürür, derler. Ölmeye hiç niyetim olmadığına göre sorularımı kendime saklamalıyım.

3. Bölüm

Hafta sonuna dek Kerem'le ya da ailesiyle görüşmeme gerek olmamalıydı fakat Nurdan Hanım benimle iletişim halinde olmak için çok ısrar etmiş. Kerem tanışma yemeğinden iki gün sonra elinde yeni bir telefon hattıyla gelip, "Kendi numaranı vermek istemezsin diye bunu getirdim," dediğinde çaresiz kaldım. Mecburen kartı aldım ve sahte kayınvalidemin her aramasını cevapladığım, neler söylediğimi unuttuğum yalanlar sıraladığım, buluşma tekliflerini türlü bahanelerle ertelediğim aramalarla tüm hafta uğraştım.

Şimdiyse bir mola sırasında çalıştığım kafenin sessiz bir köşesinde, masanın üzerine doğru devrilmiş haldeyken Kerem çıkageliyor. Ağlamaklı bakışlarımı üzerine dikip ona selam veriyorum. Kerem'in sevimli bir yüzü var. Kahverengi bakışlarıyla, dolgun dudaklarıyla çok hoş bir adam. Baştan ayağa efendi biri izlenimi veriyor. Hayatın bana ne öğrettiğine de bakın. *Dış görünüş hiçbir şeydir.*

"Bu halin ne?"

İç çekerek doğrulduğumda karşımdaki sandalyeye oturuyor. "Moda giriyorum."

"Ne modu?"

"İçinde bulunduğum ilişkiden mutsuz olmalı ve yarınki düğünüm için olumsuz hisler beslemeliyim ki o hislerden bende fazlaca var, çok zorlanmıyorum yani."

Kerem hafifçe gülümsüyor. "İnan bana, ben de o hislerle doluyum."

"Gerçek bir nikâh memuru mu gelecek?"

"Evet. Bir de sahtesini bulmakla mı uğraşalım? Mısra, böyle bir şey yaptığımı kimseye söylemem."

Elimi yanağıma yaslayıp sandalyemde dikleşerek onu inceliyorum. "Sana soracağım bir milyon sorum var ama cevap vereceğini sanmıyorum."

"Vermek isterdim ama bugünlerde kendimle bile iyi geçindiğim söylenemez."

"Neden?"

Elini masanın üstüne koyup, parmaklarını masaya ritmik bir şekilde vurarak bir süreliğine cevap vermekten kaçınıyor. "Normalde böyle garip bir adam değilim desem inanır mıydın?"

Hiç düşünmeden cevaplıyorum. "Hayır."

Kerem hafifçe gülüyor. Çerçevesiz gözlüğünün ardından yumuşayan bakışlarını görünce ben de gülümsüyorum. Gözlüğü gerçekten çirkin. Yine de ona sevimli bir hava veriyor. "Öyleyse farklı şartlar altında tanışmadığımız için üzülmekten başka şansım yok."

"Yaa! Üzülür müsün gerçekten?"

Alayla sorduğum soru üzerine gözlerini bana çeviriyor. Gülüşü küçülürken yüzü birden mahcup bir ifadeye bürünüyor. "Seni bu duruma soktuğum için gerçekten üzgünüm."

Aslında ona kızgın olduğumu sanıyordum. Günlerdir zihnimde sürekli onunla kavga edip durmama rağmen şu an hiç de kızgın hissetmiyorum. Aksine, gözlerindeki yumuşak bakışlar, utangaç yüzü kendimi tuhaf hissetmeme neden oluyor. "Ben de kardeşim arabanı mahvettiği için üzgünüm."

"Üzülme." Başını sağa doğru eğip bana meraklı bir bakış attığında biraz heyecanlanıyorum. Kısıtlı görüşmelerimiz boyunca yüzümü hep ilgisiz gözlerle izlemesine içerlediğimin şu âna dek farkında değildim ama birazcık ilgi görünce nasıl heyecanlandığıma bakılırsa bunu çok istemiş olmalıyım. "Sen çok tatlı bir kızsın Mısra. Başını belaya sokmayacağım. Yarından sonra arkadaşlarına anlatacağın deli bir adam olacağım sadece. Masalara yığılmana gerek yok. Sadece bir gün daha dayan."

Komik bir şey söylemiş gibi gülüyorum ama aslında "tatlı kız" deyişi limon çiğniyormuşum gibi hissettirdi. *Tatlı kız*. Ne bu böyle? Övgü desen değil, hakaret desen değil. Tatlıymış. Küçük çocuk mu seviyorsun ya? Gıcık herif.

"Ne kadar dayanıklı olduğumu bilseydin şaşırırdın." Tavrımdan, bozulduğum anlaşılıyor olmalı ama Kerem herhangi bir şey söylemiyor. Bir süre sessizlik içinde, birbirimize bakmadan, karşılıklı oturuyoruz. Sonra Kerem ayrılmak için izin istiyor. Sanki iznime ihtiyacı varmış gibi. Bu kadar kibar, ölçülü, *tatlı* bir adamın ne diye böyle maskaralıklarla uğraştığını o kadar merak ediyorum ki uykularım kaçıyor. Keşke bana üç soru hakkı verse. Hayır, hayır, beş. *Şunu on yapalım.*

On sorumu cevaplasa ve ben de huzura ersem. İlk sorum tabii ki neyin peşinde olduğuydu. İkincisi neden mutsuz olduğu, üçüncü olarak... Talihsiz bittiğini düşündüğüm aşk hikâyesini sorardım. Sonra da nelerden hoşlandığını, en sevdiği yemeği, rengi, kitabı...

Düşündüm de iyi ki bu adam benim sorularımı cevaplamaya hazır değil.

Kerem'in beni neden ziyaret ettiğini bilmediğim kısa molamdan sonra günün kalanı yorucu bir koşturmacayla geçiyor. Kafenin üst katındaki organizasyondan sorumluyum. Bir grup görgüsüz liseli çocuğun partisinde garson olmak kadar yorucu çok az şey vardır.

Tek tesellim bu akşam mesaimin erken bitiyor olması. Eve gidip uyumanın hayaliyle işten çıkıyorum ancak kafeden dışarı adım attığım an telefonum çalıyor. Nurdan Hanım daha önce de üç kez aramıştı ama o sırada açma şansım yoktu. Mesajlarımı da kontrol edememiştim. Berbat bir günün ardından eve gitmek için can atıyorum ama telefonum çalmaya devam ediyor.

Farkında olmadan çok büyük bir günah işlemiş olmalısın Mısra. Yoksa bütün bunlar neden başına gelsin ki?

Aramayı yanıtlarken sesimi neşeli tutmakla uğraşmıyorum. Moralimin bozuk olduğunun düşünülmesi işimize yarar. Sonuçta yarın dramatik bir sahne sergileyeceğim.

"Mısracığım," diyor sahte kayınvalidem cıvıl cıvıl sesiyle. Yeterince derdim yokmuş gibi bir de size üzülüp duramam Nurdan Hanım. Peşimi bırakın, çok rica ediyorum.

"Merhaba. Nasılsınız?"

"Çok heyecanlıyım, sana bir sürpriz yapmak istedim ama ulaşamadım."

"Bugün iş yerinde çok yoğundum, aramalarınıza dönemedim. Kusura bakmayın." Kadına grafik tasarımcı olduğumu söyleyişim aklıma gelince yüzüm buruşuyor. Bana ne işle meşgul olduğumu sorunca öyle söyleyivermiştim. Kerem bir dergide yayın koordinatörü olduğu için ben de grafik tasarımcı olabilirim diye düşündüm sanırım. Keşke ressam olduğumu söyleseydim. Eskiden güzel sanatlar fakültesine girmeyi planlar, sınavlara hazırlanırdım. Resim yeteneğim konusunda oldukça özgüvensiz olsam da üniversitede yönelecek başka bir alan düşünemiyordum bile. Bu yüzden gizli gizli sürekli resim yapar, onları sadece annemle paylaşırdım.

Sonra annem ölmüştü ve hayallerim raflarda tozlanmış, unutacağım kadar uzaklara gitmişlerdi.

Nurdan Hanım telefonu açmamamı hiç sorun etmeyerek

konuşmaya devam ederken odaklanmaya, anıların içinden çıkmaya çalışıyorum. "Şimdi buluşup nikâh için güzel bir elbise alalım. İstemediğini söyledin ama içim hiç rahat etmiyor kızım. Kırma beni lütfen."

"Bunu konuşmuştuk," diyorum kendi kendime ağlamaklı suratlar yaparak. "Düğünde her şeyi yaparız, olur mu? Yarın basit bir nikâh yapacağız sadece."

"Basit ne demek yahu? Ben anlamıyorum sizi. Alelacele evlenecek kadar âşık olduğunuzu söyleyen de sizsiniz, sanki birbirinizi hiç önemsemiyor gibi davranan da. Bu ne böyle? Pijamalarınızla mı evleneceksiniz?"

Anlaşılan Nurdan Hanım'ın da bir sınırı varmış. Kadın her şeye tamam deyip durdu ama bu kez gerçekten kızmış gibi görünüyor. Aslında saygısızlık etmeyi önemsememeli, alışveriş yapmak istemediğimi söyleyip kapatmalıyım ama böyle kabalıklar yapacak bir insan değilim. Kabalaşamadığım için istediği yere geleceğimi söylemek zorunda kalıyorum. Telefonu kapatır kapatmaz da Kerem'i arayıp bilgilendiriyorum. Biz konuşurken annesinin onu da arayıp durduğunu söylüyor iç çekerek. Aslında o gitmeyecekmiş ama ben tamam dediğim için mecburen gelecek. *Eh, aptal âşık rolünü oynamak isteyen kendisiydi sonuçta.* Mağazada buluşmak için anlaşıp vedalaştığımızda evime giden otobüs önümden geçiyor. Normalde onu yakalamak için durağa doğru koşardım ancak bu kez sadece arkasından içli içli bakıyorum. *Dertli başım, çilekeş ömrüm.*

Başka bir otobüse binip şans eseri oturacak yer bulduğumda belki de o kadar da talihsiz birisi değilimdir diye düşünüp neşelenmeye çalışıyorum. Ancak bugün erken çıkacağımı bildikleri için eve haber vermem gerektiğini hatırlayınca yüzüm tekrar asılıyor.

Kardeşimi arayıp durumu bildirdiğimde, "Yine mi ya?" diyor Ecrin kızgın bir sesle. Aslında benim sürekli mesaiye kalmalarıma alışıklar ama bu, şikâyet etmelerini engellemiyor elbette. "Çok çalışmaktan öleceksin yakında. Eve gel."

"Yarından sonra iki gün evde olacağım."

"Öyle mi?" Ecrin'in şaşkın, şüpheci sesi nedenini soruyor. Ruh sağlığım için gerekli gördüğüm bir şey olduğunu söylüyorum ve bu doğru. Giriştiğim saçma sapan işleri sindirebilmek için biraz dinlenmem gerek. Bu yüzden tüm hafta patronuma yalvararak senelik iznimin birkaç gününü almayı başardım.

Uzun sayılabilecek bir otobüs yolculuğundan sonra verilen adreste bir gelinlikçiye giriyorum. Görevli beni arkaya, prova alanına yönlendiriyor. Etraftaki gösterişli gelinliklere biraz korkmuş bakışlar atarken Nurdan Hanım ve kızlarını görüyorum. Dikkatleri önlerindeki mankende olduğu için kimse beni fark etmiyor. Bense söz konusu manken karşısında hayretler içerisinde kalıyorum.

Kerem Tunalı siyah smokininin içinde başka bir adam gibi görünüyor. Yani, hâlâ kendisine benziyor elbette ama zihnimdeki o delirmiş ya da belki de depresyonda olan adama hiç benzemiyor. Bu adam kendinden emin ve yakışıklı. Ayrıca tamirhanede tanıştığı kadınlardan onunla evlenirmiş gibi yapmasını istemeyecek biri. Üstelik çirkin gözlüğü yokken çok daha havalı görünüyor.

Kerem, annesinin hevesli övgülerine karşı göğsünü şişiren derin bir nefes alırken başını kaldırıyor ve beni görüyor. Yerimde çakılıp kaldığımı tam olarak o anda fark ediyorum. Beceriksiz hareketlerle kıpırdanıp onlara doğru yürüdüğümde ailesi de bana dönüyor.

"Yarın kardeşimle evleniyorsun ama bu ikinci görüşmemiz," diyor Nida Abla. Soğuk ve katı bir kadın olduğu için yüzüne bakmak beni biraz strese sokuyor. Normalde böyle insanlara karşı bağışıklığım vardır, kafede onlardan çok görüyorum ama içinde bulunduğum şu durumun normallikle hiçbir ilgisi yok. "Ne bu gizlilik anlamıyorum."

Burçak kıkırdayarak gelip koluma girdiğinde ona hafifçe gülümsüyorum. "Belki Mısra Abla kaçaktır, burada kalması için evlenmesi gerekiyordur. Bu yüzden acele etmeleri gayet mantıklı."

"Tabii," diyor Kerem sıkıntıyla. "Çok mantıklı. Mısra'yı rahat bırakın. Çok çalışıyor." Eh, bence Burçak'ın teorisi Kerem'in planından çok daha mantıklı, bu yüzden ona alaycı bir bakış atıyorum. O da sinirleri bozulmuş gibi gülüyor.

"Hadi, hadi, gevezeliğe vakit yok. Mısracığım, gelinliklere bakmadan önce Kerem'in işini bitirelim mi? Bu takım nasıl?"

"Şey... Hoş görünüyor."

"Hoş mu?" Nurdan Hanım takımı çok beğenmiş olmalı ki tepkime biraz üzülüyor. Diğer takımlara yönelip de Kerem'e başka bir şey uzatmaya kalkınca sahte nişanlım korku dolu, yalvaran bakışlarını üstüme dikiyor.

Gülmemeye çalışarak, "Çok hoş!" diyorum. "Çok beğendim, başka bir şey denemesine gerek yok."

Nurdan Hanım şüpheyle Kerem'i süzerken dudaklarımı ısırıyorum. Zavallı adamın ben gelmeden önce zor anlar geçirdiği her halinden belli. "Emin misin? Daha önce bir takım daha giymişti. Onu da bir gör istersen."

Birkaç adımla Kerem'in yanına gidip koluna giriyorum ve aniden ortaya çıkan bir cilveyle, "Zaten çok yakışıklı, her şeyle mükemmel görünecek," deyiveriyorum. *Off*, aman ya. Sadece konuşmalıydım, ne diye cilve yapıyorum ki?

Bunu planlamadım, içimden taştı o fıkırtı. Durduramadım Kerem. *Bana öyle bakma, paniğe kapılıyorum.* Bu panik yüzünden az daha Kerem'in yüzüne doğru bir öpücük atacaktım ama neyse ki Nurdan Hanım ve Burçak yorumumdan aşırı memnun oldular da onların cıvıltılarıyla deli hareketlerin önüne geçebildim.

Fakat bu cilveler bana pahalıya patlıyor sevgili arkadaşlarım. Nurdan Hanım tarafından önüme on tane gelinlik dizilince Kerem'in çektiklerini anlayabiliyorum. Önümdeki gösterişli gelinliklere korkuyla bakıp, "Hani sadece elbise alacaktık?" dediğimde sahte ailem o kadar çok şey söylüyor ki en sonunda kendimi bari sade bir gelinlik olsun diye mağazayı incelerken buluyorum.

Her şey bir yana, bir kadın olarak âna kapılmamak çok zor. Gelinliklere bakarken biraz heyecanlanıyorum, onları denemem istendiğindeyse elim ayağıma dolaşıyor. Görevlinin getirdiği, dar kesim, üzerinde şık işlemeleri olan sade bir gelinliği deneyip aynaya döndüğümde kendime şaşkınlıkla bakıyorum. Gelinlik hareket ettikçe buğday tenimin üzerinde ışıl ışıl parlarken içime çocukça bir neşe doluyor. Kahverengi, küt saçlarımı kulaklarımın arkasından çıkarıp kâküllerimi düzelttiğimde dudaklarımdan bir kıkırtı kopuyor. Giyinmeme yardımcı olan görevli de benimle gülüp ne kadar güzel göründüğümü söylediğinde ellerimi gelinliğin üzerinde gezdiriyorum. Son yıllarda kendimi böyle bir ânın içinde hayal edecek kadar umutlu ya da tasasız olamamıştım. Bu yüzden aynadaki görüntümü neredeyse doğaüstü bulacağım.

Bir bakıma öyle de aslında...

Kabinden çıkıp prova alanının ortasında durduğumda Burçak ayağa kalkarak beni alkışlıyor. Nurdan Hanım güzelliğime methiyeler diziyor, Nida ise yalnızca gelinliğin bedenime tam uyduğunu söylüyor.

Kerem'e doğru kaçamak bir bakış attığımda elleri ceplerinde, beni izlediğini görüyorum. Gülümseyip, "Çok güzel görünüyorsun," dediğinde yanaklarım hemen ısınıyor. Yüzünde sakin bir ifade var, duruşu her zamanki gibi ne düşündüğünü belli etmiyor ancak yine de iltifatı karşısında heyecanlanıyorum. Avuçlarım terledikçe, kalbim çırpınıp durdukça utangaçlık tüm bedenimi sarıyor.

"Diğerlerini de denemek ister misin canım?"

Nurdan Hanım'a gerek olmadığını söyleyince itiraz etmiyor. Herkes bu gelinliğin benim için yapılmış gibi olduğunda hemfikir. Aslında buna biraz üzülüyorum çünkü böyle bir gelinliği gerçekten evlendiğim gün giymek isterdim. Yine de eldeki seçeneklerle yetinmeyi öğrenmedikçe asla mutlu olunamayacağını bildiğimden moralimi hiç bozmuyorum. Nurdan Hanım gelinliği benim için almak istiyor ama Kerem'i kenara çekip kiralamak konusunda onunla anlaşıyorum. İstersem satın alabileceğini söylemesi beni çok güldürünce o da sözlerinin saçmalığını fark edip gülüyor. Bu yüzden annesine fark ettirmeden benim istediğim gibi işlemleri tamamlıyor ve nihayet mağazadan çıkıyoruz.

Kendimi Kerem'in arabasına yorgunluktan ölür halde bıraktığımda hava çoktan kararmış bile. "Gelinlik giydiğime inanamıyorum."

Bu sözler ağzımdan çıktığında Kerem başını çevirip bana bakıyor. "Öyle mi? Ben her hafta damatlık giyerim."

"Eminim giyiyorsundur," derken yüzüme bir gülücük yerleşiyor. "Peki, nerede hazırlanacağım?"

"*Hımm*, bir otel ayarlarım. Sabah erkenden buluşup hazırlanırız."

"Tamam, sonra yine otelde üzerimi değiştirir, gelinliği mağazaya götürürüm."

"Anlaştık. Arada bir yerde vedalaşalım olur mu? Bir daha birbirimizi görmeyeceğiz."

Kırmızı ışıkta durduğunda birbirimize bakıyoruz. Çikolata rengi gözlerine bakarken içimde bir burukluk hissediyorum. Bu duygu öyle anlamsız ki beni biraz sinirlendiriyor. Onu tanımıyorum bile. Neyi niçin yaptığını bilmiyor, beni oradan oraya sürüklemesine, aileme asla açıklayamayacağım şeyler yaptırmasına izin veriyorum. Bir daha görüşmememiz benim için en iyisi olacaktır.

"Evet," diyorum önüme dönerken sessizce. "Görüşmeyeceğiz."

O büyük, çılgın günün sabahında herkesten önce uyanıp parmak uçlarımda yürüyerek evden sıvışıyorum. Aslında bunu yapmama gerek yok. Normal bir şekilde kalkıp gitsem kimse bunu sorgulamaz ama insan, ailesinden gizlice kendi nikâhına giderken onlarla karşılaşmak istemiyormuş işte. Nikâhın sahte olmasının bir şeyleri daha iyi mi yoksa daha kötü mü yaptığını düşünmekten vazgeçtim artık. Yaşayıp göreceğiz. Umuyorum ki bugünden sonra bu salak oyunu zihnimden silip atar ve hiç yaşanmamış gibi hayatıma devam ederim.

Otobüs durağına doğru çok dik bir yokuştan inerken Kerem'in arabasını fark ediyorum. Ona gelmesine gerek olmadığını söylemiştim ama tam bir centilmen olduğu için beni bıraktığı yere park etmiş, gelmemi bekliyor.

Başka şartlar altında bundan çok hoşlanabilirdim ancak bugün şirret kız arkadaşı oynamak durumundayım. Saçlarımı savurarak arabaya binip tavırlı bir şekilde kemerimi taktığımda Kerem'in temkinli sesi kulaklarımı okşuyor.

"Günaydın." Burnumdan bir *hıh* sesi çıkardığımda vücudunu bana doğru çevirip başını hafifçe eğiyor. Ben ise tam karşıya bakıyorum. "Mısra? Bir sorun mu var?"

"Evet."

"Nedir?" Gözümün ucuyla bakıp, yüzünün şaşkınlıkla bezendiğini görünce gülmek istesem de kendimi tutuyorum.

"Ben bu ilişkiye olan inancımı kaybettim Kerem."

"Efendim?"

Daha fazla çenem yukarıda duramayıp ona dönüyorum. Yüzü öyle komik bir ifadeye bürünmüş ki ne dediğim hakkında hiçbir fikri olmadığını söylemesine gerek dahi yok.

Ellerimi iki yana açıp, "Ben bu yolda birlikte yürüyeceğimize olan inancımı kaybettim," diyorum anlamasını bekleyerek. Kerem bana o garip yüzüyle bakmaya devam edince bütün havam bozuluyor.

"Of, nasıl kahrolacaksın sen ailenin önünde? Role giriyorum işte, seni terk edeceğimin sinyallerini veriyorum. Hiç *Doktorlar* izlemedin mi ya?"

Kerem ağzını açıyor ama söyleyecek bir şey bulamamış gibi geri kapatıyor. "Az önce *Doktorlar*'dan bir sahne mi canlandırdın yani?" diye sorunca abartılı bir kafa sallamayla onu onaylıyorum. Yüzündeki şaşkın ifadeyle bana baktıktan sonra kısık bir gülüşle önüne dönüp arabayı çalıştırıyor.

"*Doktorlar*'ı izlemedim, hayır."

"Çok yazık. Ben küçükken tekrar bölümleri her sabah ve gece yarısı yayınlanırdı. Babaannemle izlerdik. O hem sabah hem akşam aynı bölümü izliyordu ama benim geceleri izleme iznim yoktu. Bazen sessizce yataktan kaçıp kanepede uyuklayan babaannemin yanına kıvrılırdım. Annem beni orada bulursa çok kızardı." Yüzümde küçük, buruk bir tebessüm oluşunca başımı cama doğru çeviriyorum. Ailemin kaybından sonra bir iş bulup çalışmam gerektiğinde üniversiteye başlayan arkadaşlarımla aramda bir uçurum oluştuğunu hissetmiş; iş hayatına, zorlu çalışma şartlarına alışmaya çalışırken de o uçurumu ellerimle büyütmüştüm. Arkadaşlarım bir zamanlar yanımda olmaya çalışmışlarsa bile ben sadece işe gidip, evde kardeşlerimle ve babaannemle ilgilendiğim bir hayata gömülmüşken onların elinden de fazla bir şey gelmemiş olmalıydı. En sonunda, sıkıldığımda ya da konuşmaya ihtiyacım olduğunda arayacak bir arkadaş bulamaz olmuştum. Bu onlarla ilgili değildi, uzaklaşan ben olduğum için kimseyi suçlamıyordum. Belki de bu yüzden, bir yabancıya ansızın annemden bahsetmek beni duygulandırmıştı.

"Annen nasıl biriydi?" diye soruyor Kerem beni şaşırtarak. Bu soruyu Ecrin'den sık sık duyarım. Annemiz öldüğünde o küçük bir çocuktu. Cenazeden sonra içine kapanmış ve zamanla huysuz, aksi bir kıza dönüşmüştü. Yine de sık sık geceleri yanıma kıvrılır, hâlâ küçük bir çocuk gibi hissettirerek anne ve babam hakkında konuşmak, onlarla en çok vakit geçiren ben olduğum için anılarımı dinlemek isterdi. O anılar kardeşlerim ve benim için çok önemliydi ama diğer insanların sorduğu tek şey onların nasıl öldüğüydü. Yitirdiğim o kıymetli insanları tanımak kimse için önemli değildi. Belki de bu sebepten Kerem'in sorusu içime dokunuyor. Konuşmadan önce bu duygunun verdiği şaşkınlıktan sıyrılmaya çalışıyorum.

"O harikaydı. Her zaman çok neşeli ve sevgi doluydu. Ben yeteneklerim ve yapabileceklerim konusunda özgüvensiz bir çocukken bana kendimden daha çok inandı. Bana her zaman cesaret verdi. O yanımdayken her şeyi başarabileceğimi düşünürdüm." *Ama sonra annem öldü ve ben kendime olan inancımı kaybettim.*

Daha fazla konuşursam duygusallığımı açık etmekten korkarak ona döndüm. Annesinin söylediğine göre Kerem'in babası da birkaç yıl önce vefat etmiş. Kanserle o kadar uzun süre savaşmış ki ölümünü kabullenmek onlar için zor olmamış. "Peki, baban, o nasıl biriydi?"

"Duygularını çok belli edemezdi ama bizi sevdiğini bilirdik. Önemli olan da bu, değil mi?"

"Evet," diyorum küçük bir gülümsemeyle. Bir insanın ebeveyni tarafından sevildiğini bilmesi hayattaki en önemli şeydir. Aynı zamanda kayıplarından sonra en çok acı veren şey de budur. Çünkü bir daha kimsenin sizi o kadar çok sevemeyeceğini bilirsiniz.

Otele gelene dek bir daha konuşmuyorum ama bakışlarım sık sık yanımda oturan adama kayıyor. Sürekli gözlüğüne dokunup gerek olmamasına rağmen onu düzeltiyor.

Bunu gerildiğinde yaptığını düşünüyorum çünkü ikimiz yan yanayken gözlüğüyle oynadığını bir kez bile görmedim. Fakat ailesiyle birlikte olduğumuzda bunu hep yapıyor. Eh, bilmediğim şeyler bir yana, bildiklerimin içinde de strese girmek için yeterince sebebi olduğundan ona birazcık üzülüyorum.

Kerem bizim için iki oda tutmuş. Kendisi neden evinde giyinmedi bilmiyorum, belki beni yalnız bırakmak istememiştir. Buradan gelinlikle tek başıma çıkmam biraz hazin bir görüntü oluştururdu zaten. Bu yüzden hiçbir şeyi sorgulamadan kendi odama geçip hazırlanıyorum.

Gelinlik bana o kadar yakışıyor ki böyle bir oyun uğruna kurban gittiği için çok üzgünüm. Bir gün evlenirsem bu gelinliğin çok benzerini alacağım. Aynısını almam söz konusu bile olamaz çünkü şu hayatta bana uğursuzluk getirecek bir şey varsa o da bu gelinliktir. Gelecekteki kocama da bunu yapamam ayrıca. *Eğer evlenirsem tabii.*

Pırasa gibi duran saçlarım ensemde bir topuz yapacak kadar uzun değil, yine de birkaç topuz tokası yardımıyla normalde olduğundan çok daha düzgün bir şekilde saçımı toplamayı başarıyorum. Makyaj yapmaya vakti olan bir kadın değilim. Bu yüzden riske girmeden dünyanın en sadece makyajını yapıp aynadan kendime başparmaklarımı kaldırıyorum. *Hadi kızım, yapabilirsin.*

Nikâh saat on ikide. Hazırlanmam çok uzun sürmüyor aslında ama psikolojimi hazırlamayı nasıl başarırım bilemiyorum. Gitmeden önce bir şeyler yiyip dişlerimi fırçalıyor, dağıttığım odada eşyalarımı toparlıyorum. Kapım tıklatıldığında ses kalbimde yankılanıyor sanki. Kalbim öyle telaşla çarpıyor ki açmadan önce birkaç saniye nefes egzersizi yapmam gerekiyor. Kapıyı açıp da damatlığının içindeki Kerem'le karşılaşmak ise bu çabamı ezip geçiyor.

Ayağımda topuklu yok, beyaz bez ayakkabılarımla daha rahat olacağımı düşündüm. Gelinliğin eteklerinden ayakkabım görünmezdi zaten. Görünse de ne olur ki? Ben sahte bir gelinim. Bu halimle Kerem'den bir baş aşağıda kalıyorum. Kahverengi bakışları beni süzerken dolgun dudakları biraz utangaç bir gülücükle kıvrılıyor.

"Belki de biraz çirkin olmak için çabalamanı söylemeliydim."

"Ah, neden?" Kapının yanındaki aynadan kendime bakıyorum. Dünyalar güzeli bir kız değilim ama her zaman hoş bir yüzüm olduğunu düşünmüşümdür. Çok iri olmasa da güzel gözlerim, küçük bir burnum, ne dolgun ne de ince sayılabilecek dudaklarım var. Gayet sıradan biriyim işte. Güzel ya da çirkin olmak için çabalamak istemiyorum.

"Boş ver," diyor Kerem gülerek. "Hadi gidelim." Bana kolunu uzatınca göz devirerek koluna giriyorum. Nikâh dairesine giderken ikimizin de sinirleri biraz bozuk. İkimiz de bunu saklamaya ihtiyaç duymuyoruz. Onunla alay edip duruyorum ve o da bütün sataşmalarıma karşın benimle didişmeyi reddediyor.

Nikâha on dakika kala belediyenin nikâh salonuna girdiğimizde Kerem'in adımları birden kesiliyor. Taş gibi bir duruşla dikildiğinde etrafa boş gözlerle bakıyorum. "Ne, ne oluyor?"

"Herkes burada." Sesinde duyduğum şey, bir parça dehşet olabilir mi?

"Herkes kim?"

"Akrabalarım. Amcamlar, kuzenlerim... Selma teyzem bile gelmiş." Gözlerimi büyüterek salonun önündeki küçük kalabalığa bakıyorum. Beni şaşırtan, kim olduğunu bilmediğim Selma Teyze değil tabii ama onun pek de dost canlısı biri olmadığını Kerem'in yüzünden anlayabiliyorum. Ya da belki de asıl sorun fazla dost canlısı olmasıdır, kim bilir?

Ben şu an hiçbir şey bilmiyorum. Nurdan Hanım bizi görünce koşarak yanımıza geliyor. "Vallahi ben sadece

Fikret amcana söyledim," diyor oğlunun yüzüne bakar bakmaz. "Sonra Aslı yengen, Serap yengene söylemiş, onlar da nikâha gelmek istemişler. Sonra o ona, bu buna derken bütün amcaların teyzelerin gelivermiş."

"Ah anne, ah anne," diye söylenen Kerem'e üzülerek bakıyorum. Kendi durumum da epey can sıkıcı ama bütün akrabalarının olduğu bir ortamda rol yapması gereken ben değilim sonuçta.

"Olsun oğlum, seni yalnız bırakmamışlar işte, ne güzel. Fikret'e söylemek zorundaydım vallahi, kusura bakma. Çok darılırdı sana. Babandan beri çırpınıyor adam sizin için."

Kerem, annesine cevap vermeden beni bileğimden tutup gelin odasına doğru çekiştiriyor. İçeri girip Burçak ve annesine salona dönmelerini söyleyerek kapıyı kapadığında baş başa kalıyoruz. Üzerimde tuhaf bir boş vermişlik var. Kerem'se ne yapacağını bilemez gibi görünüyor.

"Ne yapacağız?" Cevabın bende olmasına ihtiyacı var gibi göründüğünden tasasızca omuz silkiyorum. Ne yapalım yani, *üstümde gelinlik var be.*

"İçeri girip seni terk edeceğim."

"Bunu sadece annemin görmesini istemiştim," diye mırıldanınca içimde kaynayan merak duygusu, kabararak taşıyor ama yine de kendimi tutuyorum. Sadece yarım saat daha, sonra bu adamı geride bırakacağım. Nedenleri beni ilgilendirmiyor.

"Şu an vazgeçsek de içeride o sahneyi sergilesek de aynı şey olacak. En azından şovunu yap da bunca saçmalığa değsin."

"Haklısın sanırım."

"Eh, ben hep haklıyım." Birbirimize bakıp tuhaf bir şekilde gülüştükten sonra Kerem'in koluna giriyorum ve salona doğru yürüyoruz.

4. Bölüm

Geçirdiğim tuhaf hafta sonunun ardından her zaman olduğu gibi kafamı yastığımın altına sokuşturmuş, bir dakikacık daha uyuyabilmeyi dilediğim sıradan bir sabaha açıyorum gözlerimi. En küçüğümüz Ecrin yine tüm dünyadan nefret ederek uyanmış ve bunu göstermekten asla çekinmiyor. Aslında yetişkin bir Mısra Sezgin'i idare etmek çok basittir. Karışmayın, sorgulamayın ve sorun çıkarmayın! Bunları yaparsanız ne kadar tatlı bir kız olduğunu göreceksiniz.

Ama kimse yapmıyor işte. Yaşadıklarım yetmezmiş gibi bir de bu evde herkes beni çıldırtmaya yemin etmiş! Küçük kardeşlerin insanı katil olmaya zorladığını biliyor muydunuz? Hepsi aynılar, dünya kendi etraflarında dönüyor sanıyorlar. Kendilerinde her şeyi yapma hakkını görüyorlar ve tüm bunlar yetmezmiş gibi attıkları her adım başınıza bela açıyor.

İnsan soruyor haliyle, oralarda bir yerde bilmediğim bir ablam ya da abim olma ihtimali var mı? Bu ailenin sorumluluğunu üstümden alabilecek herhangi birine bile razıyım.

"Abla! Emre bir saattir banyodan çıkmıyor. Ona bu evde başkalarının da yaşadığını hatırlatır mısın lütfen!"

"Ona ben hatırlatayım da sana kim hatırlatacak Ecrinciğim?" diyorum kafamı yastığın altından çıkarmadan.

"O ne demek? Bana laf mı sokuyorsun?" Sana niye laf sokayım ki? Bunun için bir sebebim var mı? Mümkün mü öyle bir şey!

"Emre!" Kafamı yastığın altından çıkarıp uykulu sesimle bağırıyorum. "Şunu başımdan al!"

"Şu mu?" Ecrin ellerini beline atmış, sinir bozucu nutuklarına başlayacağının sinyallerini verince gözlerimi kocaman açıp dehşetle yüzüne bakıyorum. "Sivilce mi o?"

Ecrin'in elleri anında yüzüne giderken, "Nerede?" diye ciyaklıyor. Tam alnının ortasını işaret ederken zerre acımıyorum ona. On dört yaşındaki bir kızı dehşete düşürmek için bu kadarı yeterlidir.

Ecrin koşarak banyoya gidip kapıyı yumrukluyor, ardından Emre'yle bağrışmalarını duyuyorum ve bir patırtı kopuyor. Birkaç saniye sonra erkek kardeşimin sırıtan suratı görünüyor kapıdan.

"Günaydın ablaların en güzeli!" diyor en sevimli haliyle. Eğer onu çok iyi tanımıyor olsaydım bu surata aldanabilirdim.

"Ne yaptın kıza?"

"Banyoya kilitledim," derken fısıldıyor. Benden gelecek azarı beklediği açık ancak bunu yapmaya ne isteğim var ne de halim.

Kafamı tekrar yastığın altına sokup, "Aferin," deyince Emre yanımda bitiyor. Ecrin'in çığlıkları ikimizin de umurunda değil, bugün cani abla modundayım, banyoda açlıktan ölmesine bile izin verebilirim. Ben kendi dertlerimde boğulmayı planlarken Emre tek kişilik yatağımda yanıma oturabilmek için hayli çaba sarf ediyor. Sonunda yerleşebildiğinde hafifçe saçımı çekiyor. "Abla?"

Cevap vermiyorum. Son günlerimi babaanneme ve yabancı insanlara ayaküstü kırk yalan söyleyerek geçirmek zorunda kaldığım için Emre'ye de kendime de çok kızgınım.

"Ablacığım?" diyor Emre parmağıyla beni dürterek. "Hâlâ barışmadık mı?"

Senin yüzünden az daha evleniyordum Emre! Kafanı koparmadığıma şükretmen gerek. "Git başımdan," diye yataktan iteliyorum onu. Biraz dirense de kafamı yastığın altından çıkaramayınca kalkıp odadan çıkıyor. Kapının kapanma sesini duymayınca boğazımın gerisinde son on dakikadır toplanan o sinir harbine bir odun daha atıyor bu durum. Fazlasıyla uyanık olmama rağmen yatağımda kalıp sakinleşmek adına sayı saymaya başlıyorum ama kapının açık olduğu gerçeği ve Emre'yle Ecrin'in kavgalarının sesi beni çileden çıkmaya hızla yaklaştırıyor. Birden kafamı yastık altından çıkarıp bağırıyorum. "Size şu kapıyı kapalı tutun diyorum. Aptal mısınız? Bir şeyi anlamak bu kadar mı zor? Biraz uyumak istiyorum sadece ya! Hiç mi vicdanınız yok?"

Kendimi öyle bunalmış hissediyorum ki konuşurken gözlerim doluyor. Neyim var bilmiyorum, rahatlamış olmalıydım. Sahte nikâhımı sorun çıkmadan atlatıp hayatıma döndüğüm için minnettar olmalıydım ama bu duyguların hiçbirine yakın değilim. Çığlıklarım etkisini göstermiş olmalı ki koridordaki sesler hemen kesiliyor. Babaannem gelip kızgın fısıltılarla çocukları azarlarken çok şükür ki kapımı da kapatıyor.

Sinirlerim öyle bozuk ki normalde beni eğlendirecek bu kaosun karşısında ruhumun daraldığını hissediyorum. İçimdeki tuhaf hissi anlayamıyorum. Üzüntü mü, sıkıntı mı, ne olduğu belirsiz pis bir duygu ciğerlerimin ortasına yapışmış sanki. Ben sabırlı bir kadınımdır. Erkenden büyümek zorunda kalmış, zor işlerde çalışmış, küçük çocuklardan farkı olmayan kardeşleri ve babaannesiyle ilgilenen ve çoğunlukla hiç şikâyet etmeyen biriyimdir. Ama bu sabah kendimi her şeye ve herkese karşı öyle tahammülsüz hissediyorum ki hiçbir yere sığamıyormuşum gibi geliyor.

Bunalmış bir halde üstümdeki örtüyü tekmeleyerek doğruluyorum. Yatağıma bağdaş kurup oturduğumda dünden kalan anıların görüntüleri zihnimi dolduruyor. Bütün gece o anılar bana musallat olup kabuslara dönüştüğünden mi bilmiyorum ama berbat bir ruh hali içindeyim. Belki bu yüzden birdenbire gözyaşlarına boğuluyorum. Ağlama krizi öyle ani geliyor ki sicim gibi akan yaşlara karşı bir yandan şaşırıyor, bir yandan da daha fazla hıçkırıyorum. Ağladıkça sakinleşmem gerekir belki ama ben giderek içleniyorum. Sanki bütün sorumluluklarım ortaya çıkmış, beni ezmek için yarışıyorlarmış gibi hissediyorum.

Mutfaktan kahvaltı sesleri geliyor, Emre ve Ecrin sürekli olarak birbirlerine sataştıkları için arada onların yükselen seslerini ve babaannemin onları azarlayışını duyuyorum. Evimizin her zamanki hali beni zamanla yatıştırıyor. Sonunda ağlamayı kesebildiğimde Ecrin'in oyuncak ayısını kucağıma alıp tekrar uzanıyorum. Ayıcığa sarılarak yatarken ergen kardeşlerim okula gitmek için evden çıkıyorlar. Bir süre sonra babaannem geliyor. Yüzüm duvara dönük olduğundan suratımın halini gizleyebiliyorum. Gözlerim kapalıyken babaannemin saçlarımı okşamasının, gösterdiği şefkatin tadını çıkarıyorum. Kahvaltıya gelmemi tembihleyip odadan çıktığında nihayet biraz olsun kendim gibi hisseder halde kalkıyorum yatağımdan.

Dolabın aynasından kendimi görünce yüzüm buruşuyor. Saçlarım ağlamaktan ıslanan yüzüme yapışmış, gözlerim ve burnum kıpkırmızı ve pijamamı ters giymişim.

Ne kadar da güzel bir sabah.

Bornozumu alıp banyoya gideceğim sırada telefonum

çalıyor. Nerede olduğunu anlamak için odada turlayıp sonunda yatağın altına itilmiş telefonu buluyorum. Ekranda yazan ismi görünce gözlerim hayretle açılıyorlar. Kerem Tunalı.

Dün kesin olarak birbirimizin hayatından çıktığımız konusunda anlaşmıştık, beni araması için bir sebebi yok. Tabii benim de açmak için. Komplo teorileri zihnime dolarken neden aradığını düşünüp duruyorum. Belki de plan tutmadı, aslında her şeyin bir oyun olduğunu herkes öğrendi ve Kerem de benden arabasının masraflarını isteyecek. Yaşadıklarımdan sonra ihtimal dışı diye bir seçeneğin varlığına inanmıyorum. Telefon uzun çalışların ardından nihayet susunca onu tamamen kapatıp yatağın üstüne fırlatıyorum. Odadan çıkıp zihnimi Kerem'le sahte nikâhımdan uzaklaştırmak için uzun bir banyo yapmaya gidiyorum.

5. Bölüm

Öğleden sonra kanepeye kurulmuş, babaannemle beraber garip bir günlük diziye bakıyorum. Dizinin kırk beş yıldır devam ettiğinden şüpheleniyorum çünkü hatırlayamayacağım kadar uzun süredir, her gün babaannem bu diziyi izliyor. Her gün! Kırk beş yıldır her gün yayınlanan bir dizi ne hakkında olabilir ki? Dünyadaki her şey bu kızın başına geliyor sevgili arkadaşlarım. Dünyadaki her adam bu kıza âşık oluyor. Dünyadaki tüm psikopat kadınlar da bu kıza âşık olan adamları sevip kızdan intikam almaya çalışıyorlar. Ve tüm bunlar olurken ben televizyonun karşısındaki kanepeye oturmuş, çaresizce olanları izliyorum.

"Şimdi neden bu kıza bu kadar kötü davranıyorlar?" diye soruyorum babaanneme.

"Kız doğum yaptı. Eski sevgilisi çocuk benden dedi, herkes o adama inanıyor."

"Madem öyle vursun kapıyı çıksın, ne diye hâlâ o evde?"

"E, seviyor kocasını. Hem bebeğe nasıl bakacak bir başına? Kolay mı çekip gitmek kızım?"

"Doğru söylüyorsa niye DNA testi yaptırıp adamın suratına atmıyor ki?" diye sorunca babaannemin ifadesi boşalıyor. Şaşkınca yüzüme baktığında bunu hiç düşünmediğini anlıyorum. Verecek cevap bulamamış olacak ki kaşlarını çatıp elini sallayarak konuyu savuşturuyor. "O kadar kolay olsa nasıl dizi olacak kız? Sus da izle."

Kıs kıs gülerek biraz daha babaannemle uğraşıyorum. Gündüzleri evde sessizce oturup dizilerini izlemeye alışık olduğundan benden rahatsız olup en sonunda yanından kovuyor. Genelde izin günlerimde dışarıda halledilecek işleri tamamlar, evi temizler ya da babaannemi doktora götürürüm. Bugün yapılması gereken bir işim yok, yapılacaklar listesine bakmayı da canım hiç mi hiç istemiyor. Sadece dinlenmek istiyorum fakat o kadar uzun zamandır evde yalnız vakit geçirmedim ki tuhaf bir boşluk içindeyim. Mahalleden arkadaşlarımı düşünüyorum bir an ama ne kadar uzaklaştığımızı hatırlayınca onları aramaya çekiniyorum.

Böyle anlarda yalnızlığım beni hazırlıksız yakalıyor. Bazen öylesine bir sohbet için ya da derdim olduğunda içimi dökmek için bir arkadaş aradığımda geriye onlardan hiç kalmadığıyla yüzleşmek zorunda kalıyorum.

En yakınlarıma baktığımda görebildiğim tek yüzler kardeşlerimin. Bir gün Emre ve Ecrin kendi yollarını çizdiğinde yapayalnız kalmaktan çok korkuyorum. Daha önceleri bunun pek farkında değildim ancak son zamanlarda ailem dışında bir sosyal çevreye sadece kıyısından dâhil olmak bile Emre ve Ecrin'in bir gün benim sahte ilişkimin gerçeklerini yaşayacağını, evlenebileceklerini, belki de aramıza mesafeler gireceğini düşündürür oldu.

Mutfak dolaplarını amaçsızca karıştırdıktan sonra kendi odama geçiyorum. Etrafı sabah toparladığım için yapılacak başka bir iş yok. Bir film izlemeyi düşünüyorum ama hiç içimden gelmiyor. Eşyalarla tıka basa dolu olan odamızın karşılıklı iki duvarında kız kardeşimin ve benim yataklarımız var. Benim yatağımın ucunda bir dolap ve komodin varken, Ecrin'in tarafında boş olan her yer kitaplarla dolu.

Küçük kitaplığını çoktan aşıp duvara, kapının yanındaki çalışma masasının altına ve üstüne yığılan kitaplara göz gezdiriyorum. Ona bir kitaplık almayı uzun zamandır istiyorum. Böyle dar bir alana özel bir kitaplık yapmak gerekir, tüm duvar boyunca uzanan çok raflı bir kitaplığın en iyisi olacağını düşünüyorum, ancak bunun maliyetini karşılayamadığımdan bu yalnızca bir düşünce olarak kalıyor.

Ecrin'in böyle bir kitaplıkla ne kadar mutlu olacağını düşündüğümde iç çekerek yatakların ortasındaki pencereye gidip dışarıya bakıyorum. Bugün alt sokakta pazar var, bu yüzden dışarısı kalabalık. Gelip geçenlerin içinde birkaç tanıdık yüz görüyorum. Kâmil Amca'nın bastonunu çocuklara doğru salladığını görünce ağzımdan bir kıkırtı kaçıyor. Hâlâ komşuluk kavramının olduğu bir mahallede yaşadığım için sevinsem mi, bundan yararlanamadığım için üzülsem mi, karar veremiyorum.

İç çekerek bakışlarımı etrafımda gezdirdiğimde telefonum gözüme çarpıyor. Ecrin'in yatağına fırlatılmış halde duruyor zavallıcık. Telefona uzun uzun baktıktan sonra yatağa oturup elime alıyorum ve sabah tamamen kapattığım telefonumun açılmasını bekliyorum.

Telefon açıldığı anda üst üste gelen mesajlar yüzünden emektar telefonum benim gibi şaşıp kalıyor. Donan ekranın kendine gelmesi dakikalar sürerken zihnimde felaket senaryoları üretip duruyorum.

Sonunda telefonum kullanılabilir hale geliyor ama daha mesajlara bakamadan Kerem Tunalı ismi ekranda yanıp sönmeye başlıyor. Kaçacak pek bir yerim olmadığından mecburen cevaplıyorum.

"Mısra!" diyor tuhaf bir tonlamayla. Sanki dünyanın bütün dertleriyle uğraşan bir tek oymuş gibi bir tonlama bu. *Kendi sesimden de sık sık duyduğum bir tonlama olduğu için biliyorum.* "Sonunda açtın."

"Ne oldu? Hani bir daha görüşmeyecektik?" Sesim tedirgin çıkıyor. Eh, bu konuda gayet haklı biriyim.

"Biliyorum, özür dilerim. İşler pek beklediğim gibi olmadı. Annemle Burçak deli gibi sana ulaşmaya çalışıyor. Sadece..." deyip duraksıyor. Bu olayın saçmalığını kavradığı her seferinde olduğu gibi sesi azalarak noktalıyor cümlesini. "Eğer ulaşırlarsa diye hazırlıklı olmanı istedim."

"Annen bana nasıl ulaşacak ki? Hakkımda hiçbir şey bilmiyor. Onlara verdiğim numarayı nikâhtan sonra kapattım." Nikâh derken yüzümü buruşturuyorum. Son zamanlarda bu kelime ağzımda acı bir tat bırakır oldu.

"Soyadını biliyor," diye itiraz ediyor Kerem. Üff, keşke onlarla sahte isimle tanışsaydım. "Ben elimden geleni yapıyorum ama yine de sana haber vermem gerektiğini düşündüm." Gözümün önünde beni çalıştığım kafede bulan Nurdan Hanım'ın şaşkın yüzünün görüntüsü beliriyor. Grafik tasarımcısı sandığı kızı kahve servisi yaparken görünce olanlara anlam veremez haliyle. Onunla yüzleşmekten ödüm kopuyor çünkü her şeye rağmen bana karşı hep çok nazik olduğunu aklımdan çıkaramıyorum.

Her şeyi Kerem'in üstüne atabilirim ama bu, Nurdan Hanım'ın kalbini bir kez daha kıracağım gerçeğini değiştirmiyor. Ve ne kadar aksi için uğraşsam da o kadından hoşlanıyorum.

Çaresiz bir oflama çıkıyor dudaklarımdan. "İyi. Ne yaparsan yap ama beni onlarla karşı karşıya getirme Kerem. Ben üstüme düşeni yaptım. Senden de aynısını bekliyorum."

Tam burada Kerem'in kızmasını, üstüne düşeni yapıp beni büyük bir yükün altından kurtardığını söylemesini bekliyorum ama sadece mahcup bir özür mırıldanıyor. "Gerçekten üzgünüm. Sadece rahat bırakılmak istiyordum, bu kadar çabalayacaklarını düşünemedim." Konuşurken sıkıntıyla etrafına bakındığını, elini gergin bir şekilde ensesinde gezdirdiğini hayal edebiliyorum ve kalbimde tuhaf bir sızı oluşuyor.

"Ee, şey, tamam... Sanırım bana ulaşamayınca vazgeçeceklerdir."

"Umarım," diyor. Sesi o kadar yorgun geliyor ki ona üzülüyorum. Nasıl bir baskı altında olduğunu hayal bile edemiyorum. Yani hangi aklı başında adam böyle bir oyun oynar ki? Umutsuz mu yoksa fazla maceraperest birisi mi, merak ediyorum. İkincisinin olmadığına emin olsam da ilk seçenek çok üzücü olduğundan sebepleri daha fazla kafama takmamaya gayret ediyorum.

"Tamam." Bir an için ikimiz de sessiz kalıyoruz. Görüşürüz demeden telefonu nasıl kapatacağımı bilemiyorum. Benden ses gelmeyince topu Kerem devralıp bana dikkatli olmamı söylüyor.

"Evet, sen de," diye mırıldanıp telefonu kapatıyorum hemen. Endişe içimi kemirirken bir daha Kerem'le ilgili hiçbir durumun içinde olmamayı diliyorum.

Ama ne yazık ki öyle olmuyor. Birkaç gün sonra işe gittiğimde sabahın sekizinde ön taraftaki kafe bölümünde oturmuş, gazetesini dikkatle okurken dalgın dalgın çayını karıştıran bir adamla karşılaşıyorum. Ağzım açık ona bakakalmışken Burak elime bir not defteri tutuşturup alelade bir hoş geldin konuşması yapıyor. Caddenin karşısındaki şirketin çalışanları yine toplanıp kahvaltıya gelmişler, onlarla ilgilenmemi tembihliyor ama o kadar şaşkınım ki harekete geçemiyorum.

"Hadi Mısra!" diye beni payladığında Kerem'in başı bize doğru dönüyor ve rahatsız bir gülümsemeyle bana selam veriyor. Şimdi stresten bayılacağım, o olacak!

"Diğer masaların hepsiyle ben ilgileneceğim, sen kalabalık gruba bak," diyorum Burak'a. Bana şaşkın bir bakış atsa da omuz silkiyor ve yanımdan ayrılıp gürültücü grubun siparişlerini almaya gidiyor.

Doğruca üçüncü masaya gidip Kerem'in karşısına dikiliyorum. "O kadar şeye rağmen hâlâ yalan söylüyorsun yani," diyorum dişlerimi sıkarken.

Kerem derin bir iç çekip, "Sana da günaydın," diyor.

Her zamanki gibi tüm sakinliğiyle karşımda duruyor. Sanki ben ailesine hayatımın aşkı diye tanıttığı bir yabancı değilmişim, sanki dünyanın en aptal planına onun yüzünden dâhil olmamışım gibi. *Hadi oradan ya.* "Neden buradasın Kerem?"

"Küçük bir ricada bulunacağım sadece."

"Senin ricaların başımı hep belaya sokuyor." İlk küçük ricasında onunla evlenmemi, ikinci küçük ricasında ailesiyle tanışmamı ve üçüncü küçük ricasında gelinlik alışverişine çıkmamı istedi. Annesiyle! Sıradaki küçük ricayı hayal bile edemiyorum.

Burak'ın beni göz hapsine aldığını fark edince sonra konuşacağımızı söyleyerek Kerem'in yanından ayrılıp işime bakıyorum. Tamı tamına üç saat orada oturup bekliyor. İki çay ve bir kahve içip bir dilim börekle üç tane tuzlu kurabiye yedikten sonra hâlâ kalkmayacağını anladığımda pes ederek yanına gidiyorum. Öğleden önceki boş vakitlerdeyiz, herkes aylaklık yaptığı için göze batmadan Kerem'in karşısına oturuyorum.

"Ben çalışırken gelip burada oturamazsın. Gerginlikten iki tabak kırdım," diyorum aksi bir sesle. Bilmenizi isterim ki ben tabak kırmam. Birçok şey olabilirim ama sakar birisi değilimdir.

Kerem bilgisayarını kapatıp gözlüğünü çıkararak yüzünü ovuşturuyor. "Konuşabilmek için bekliyordum."

"Konuş," diyorum gönülsüzce.

"Yemin ederim elimden geleni yaptım. Ama annemi

durduramıyorum. Bence sana ulaşmadan onunla bir kere görüşüp beni sevmediğini, evliliğe hazır olmadığını söylemelisin."

"Yani gerçekleri söylememi mi istiyorsun? Sen?" diyorum imalı sesimle.

"Yalan söylemekten hoşlanan biri değilim Mısra," diyor. Onun da sinirlerinin benim kadar bozuk olduğunu görebiliyorum. Bana karşı her zaman çok sabırlı ve kontrollüydü ama sinirlendiğinde adımı bastırarak ve sert bir tonla söyleyişini engelleyemiyor.

"Öyle görünmüyor."

"Biliyorum." Başını ellerinin arasına alıp şakaklarını ovuşturuyor. Yüzündeki yorgunluğu ilk kez fark ediyorum. Ona sinirlenmekle o kadar meşguldüm ki nasıl solgun göründüğüne dikkat etmemişim. "Bu olanlardan hiç hoşlanmıyorum. Seninle bir daha görüşmemeyi umuyordum," diyor dalgınca. Bu kez gerçekten yüzümü buruşturmamak için çaba sarf etmem gerekiyor. Ben de onun için aynı şeyi düşünsem de bu, bir adamdan duymak isteyeceğim bir şey değil. Birazcık rahatsız olmaya hakkım var.

"Ama son bir iyilik yapamaz mısın?" diye soruyor gözlerimin içine bakarak. Kahverengi gözlerini üzerime dikmiş, beklentiyle bana bakarken dilimin ucuna gelen tüm itiraz sözcüklerini yutuyorum. Adamın öyle güzel bakışları var ki gözlerimin içine bakıp bir şey istediğinde onu geri çevirmem imkânsız. Bir şeyler fena halde yanlış gidiyor olmalı.

"Son bir iyilik," diyorum pes ederek.

"Söz veriyorum," diyor ancak bunu inanarak söylediğinden emin değilim. Ona artık gitmesini söyleyip yanından ayrılıyorum.

Son bir iyilik daha diyorum kendimi ikna edercesine. Sonra herkes yoluna gidecek.

6. Bölüm

Yatağıma yığılıp kalacağım ânın hayaliyle evime giden dik yokuşta yürürken kendimi çok mızmız hissediyorum. Akşamüstü o kadar kalabalıktı ki bir saniye bile dinlenemedim. Yetmezmiş gibi bir de mesaiye kalınca Nurdan Hanım'la görüşmeyi ertelemek zorunda kaldım. O yorgunluğun üstüne sıkış tıkış bir otobüste bir saat yol gidip de sağlıklı bir konuşma yapmam imkânsızdı zaten.

Evim görüş alanıma girdiğinde gözyaşlarına boğulmamak için dramatik bir edayla dudaklarımı ısırıyorum. Buraya asla ulaşamayacağımı sandığım öyle çok gün geçiriyorum ki her defasında eve varmak beni saçma bir duygusallığa sürüklüyor. Merdivenlerden sürünerek çıkıp kapıya yaslandıktan sonra zile basıyorum. Bizim kapımız hiçbir zaman anında açılmaz, bu yüzden parmağımı zilden çekmeden rahatsız edici kuş sesinin beni biraz olsun kendime getirmesini bekliyorum. Beklenenin aksine kapı birden açılınca dengemi kaybedip Ecrin'in üstüne yuvarlanmam kaçınılmaz oluyor.

Yemeyip yedirdiğim, bütün nazını kahrını çektiğim kız kardeşim tarafından tutulmayı beklerken zalim çocuk bana hiç yardımcı olmuyor. Hayal kırıklığıyla sere serpe uzanıyorum kapı girişine. Kerem Tunalı beyefendi vücudumun yarısı evin içinde, yarısı dışarıdayken sere serpe yerde yattığımı görse ne düşünürdü acaba?

Ben üstüne yıkıldığım için benimle yere yuvarlanan kardeşim, "Abla, ne yapıyorsun ya?" diye söylenerek ayağa kalkıp üstünü silkeliyor. Ağzından homur homur bir şeyler çıkıyor ama ben burada perişanken onu mu dinleyeceğim canım?

Babaannem çıkardığımız gürültüye bakmaya gelip de beni yerde bulunca şaşırmıyor bile. Sabır diler gibi havalara bakıyor kadıncağız. "Sokak köpeği gibi ne yattın oralara? Kalk yerden, adam gibi gir içeri," deyip terliğiyle kafamı dürttükten sonra içeri geçiyor. Giderken Allah'tan benim için akıl fikirler dilediğini duyuyorum. Ben burada derbeder vaziyette yıkılmışım. Gelip yavrum neyin var diyeceğine terliğinin ucuyla tepikliyor kadın beni. *Çok kırgınım şu an tüm dünyaya.*

"On saat boyunca servis yaptım, ölmedim. Siparişi hazır olduktan sonra karar değiştirip fırça yememe sebep olan müşterilerle uğraştım, ölmedim. Saçma sapan oyunlara kurban gittim, ölmedim. Ama sen beni öldüreceksin babaanne." Üstün bir çaba sarf ederek yerden kalkıp kalın hırkamı ve kocaman bordo renkli atkımı ortalığa atıp söylene söylene içeri geçiyorum.

"Ne oyunundan bahsediyorsun?"

Ecrin'in sorusuyla adımlarım duruyor ve neler söylediğimi fark ediyorum. Buyur buradan yak Mısracığım. *Yedim işte sonunda aklımı.* Cevap veremeyeceğim için soruya soruyla karşılık verme kartını çıkarıyorum hemen. "Ne oyunu?"

Ecrin biraz üstelese de benim manasız cevaplarıma dayanamayıp odasına çekiliyor. Salona girdiğimde babaannemi kanepeye uzanmış, patik örerek dizisini izlerken buluyorum. Emre de ikili koltuğa kıvrılmış, kucağında açık duran bir kitap varken uyukluyor. Ben onun yüzünden türlü türlü işkencelere maruz kalmış, komplo teorilerinin içine düşmüşüm, hergele burada fosur fosur uyuyor. *Yok öyle paşazadem.* Yanına gidip ayaklarından sıkıca kavrıyor ve hiç acımadan koltuktan aşağı itiyorum onu. Düşmenin etkisiyle sıçrayıp bağırarak havaya tekmeler savurmaya başlıyor ama bunu hiç umursamadan boşalan koltuğa kıvrılıyorum hemen.

"Çocuk hasta kızım, atılır mı öyle it gibi," diyor babaannem. Ablası sokak köpeği gibi kapılarda yatıyorsa kardeşi de it gibi koltuklardan atılabilir bence. Sıkıntı yok.

"Ah, kemiklerim!" diye sızlanıyor Emre. Sesinin kısılmış olduğunu fark edince kafamı koltuktan aşağı uzatıp kontrol ediyorum. *Ölmemiş, sorun yok.*

"Ne hastası?" diye soruyorum babaanneme. Emre hâlâ yerde sızlanıyor. Kendisini şımartacak birini arıyor besbelli ama o kişi ben değilim. Ve ben değilsem kimse değildir. Sezgin ailesinin merhametli yönünü keşfettiniz az önce, tebrikler.

"Grip olmuş. Ihlamur verdim, bir de grip ilacı. Sabaha bir şeyi kalmaz."

"Benim kanser gibi hissettiğim şeyin tıptaki adı nasıl grip olur abla? Çok saçma değil mi? Bence öleceğim ben. Hakkını helal et ablam." Zavallı gibi görünmesine rağmen bu sözleri acıdan falan değil. Şımarığın teki olduğu için böyle konuşuyor. Yine de kızarmış yüzüne bakınca dayanamayıp yerimden kalkıyorum.

"Salak salak konuşma, sırılsıklam olmuşsun, kalk bir duş al. Sonra da uyursun, sabaha turp gibi kalkarsın," diyerek kolundan tutup kaldırıyorum Emre'yi. Koca oğlan, bebek gibi mızmızlanıyor. Aslında bu haliyle dalga geçmem gerek. Dilimin ucuna *utanmasan anne diye ağlayacaksın* cümlesi gelince yüzümdeki alaycı gülüş soluveriyor. Geçen sene Ecrin ağır bir grip geçirmişti. Ateşini düşüremediğimiz için herkes başında pervane olurken küçük kardeşim anne diye sayıklamaya başlamıştı, bu da bizi mahvetmişti elbette. Emre'yle bütün gece onun başında bekleyip hasretin sık sık uyandırdığı bir yası paylaşmıştık. *Annemizin yokluğunun yasını.*

Bazen küçük kardeş olmanın nasıl hissettireceğini merak ediyorum. Sorumlulukları üstlenecek bir ablam ya da abim olmasını öyle çok isterdim ki.

Emre'yi güç bela duş alması için ikna edip çıkmasını beklerken babaannemin yaptığı ıhlamuru ısıtıyorum. Tüm yorgunluğuma rağmen bunları yapmak bana zor gelmiyor. Annesi babası olmayan iki çocukla ilgilendiğinizde onlar için her şeyin en iyisini yapmak istersiniz ve bundan gocunmazsınız.

Emre banyodan çıktığında bir bardak daha ıhlamur içmesini sağlıyorum. Çocuk gibi omzuma yatıp nazlanmaya başlayınca daha fazla tavırlı kalamıyorum. Uyuyana kadar yanında kalıp saçlarını okşayarak ona çocukluğumuza dair bir şeyler anlatıyorum. Ateşinin düştüğüne emin olduktan sonra diğer kardeşimle ilgilenmek için kendi odama geçiyorum ama onun nerelerde olduğumu merak ettiği falan yok tabii. Ecrin yatağına uzanmış, kaşları çatık bir halde kıpırdanarak kitap okuyor. Öyle dalmış ki kitabı okuyor mu, yaşıyor mu belli değil. Bu sabah ona aldığım okuma gözlüğünü çantamdan çıkarıp kitabının üstüne atıyorum.

"Uyuyacağım ben. Bununla oku," dediğimde Ecrin gözlüğü eline alıyor. Ne olduğunu anlayınca o kadar mutlu oluyor ki kitabı boş verip boynuma atlıyor. Bu sahneyi birkaç yılda bir ancak gördüğüm için coşkuyla karşılık vermeliyim ama kız kardeşim nemrudun teki olduğundan coşkulu karşılıklardan hoşlanmaz. Bu yüzden onu sıkıca kucaklamama rağmen umursamaz bir tavırla konuşuyorum. "Işık açıkken uyuyamıyorum diye aldım. Üstüne alınma."

Ecrin hiç oralı olmuyor. Onlara karşı huysuz olmazsam beni kullandıklarını fark ettiğimden beri babaannem gibi davranıyorum. Çünkü her zaman şefkatli olursam canıma okuyorlar. Abla olmanın bu kadar zor olması büyük haksızlık. Söylüyorum size, başka birinin ara sıra sorumluluğu almasına ihtiyacım var. Bana da yazık değil mi sevgili arkadaşlarım?

Yatar yatmaz uyumuş olmam dinlenebildiğim anlamına gelmiyor tabii ki. Akşam vardiyam olduğu için bugün işe biraz geç gideceğim ama yine de erken kalkıyorum. Nurdan Hanım şu an gözüme hiç de sevilesi gelmiyor. Hatta ona yalan söyledik diye kahrından ölse umurumda olmazmış gibi hissediyorum. Yine de boş veremiyorum. *Niçin bu kadar vicdanlı bir insansın Mısra Sezgin?* Sızlana sızlana yataktan çıktıktan sonra bir süre odanın ortasında dikiliyorum. Kimsenin işlerimi benim için yapmayacağını hatırlayınca da sürünerek banyoya gidiyorum, ne yapayım? Sıcak bir duş aldığımda daha iyi hissetmem gerekir ama hiç de öyle olmuyor. Kas ağrılarımın yorgunluktan ziyade stresten olduğunu düşünüyorum. Çok çalışmaya alışkınım ama nikâh masasında terk ettiğim sahte sevgilimin annesiyle konuşmanın alışılacak bir şey olduğunu hiç sanmıyorum.

Kendime gelebilmek uğruna sütsüz, şekersiz, berbat bir kahve içmeyi göze alıp evden çıkıyorum ve otobüs durağına gidiyorum. Üzerime Ecrin'in takip ettiği indirimler sayesinde aldığım kaliteli kot pantolonu ve krem rengi ince kazağı giydim. Pırasa gibi dümdüz saçlarımın, kendimi şanslı hissettiğim tek özelliğim olduğunu rahatlıkla söyleyebilirim. Alnıma dökülen kâküllerim bozuksa düzelsin diye şöyle bir silkeliyorum kafamı ve her şey yoluna giriyor. Keşke hayatımı yoluna koymak da bu kadar kolay olsaydı.

İş saati geçtiği için otobüsler kalabalık değil, bu yüzden oturabiliyorum. Bu şehirde bu çok büyük bir lükstür. Genelde arka kapının son basamağında insanların arasında ezilerek yolculuk ederim.

Oturmuş olmanın verdiği huzurla kulaklığımı takıp telefonumdan radyoyu açıyorum. Şansıma ilk seferde güzel bir şarkı çıkıyor. Başımı cama yaslayıp kendimi dinlediğim tatlı sese bırakıyorum.

Bir anlığına içimin geçtiğini fark ederek gözlerimi açtığımda tam da ineceğim durağa geldiğimizi görüyorum. Feryat figan bağırmamak için kendimi zor tutup kapanmak üzere olan kapıdan artistik bir tavırla atlıyor ve burnumu çekerek şoföre doğru bakıp başımı sallıyorum. Adam kıs kıs gülüyor. Bir yerde ülkede psikolojik tedaviye en çok ihtiyaç duyanların İETT şoförleri olduklarını okumuştum. Günde sekiz bin çeşit insanla uğraşıyorlar ki çoğu benim gibi akıl yoksunu tipler. Bu adamların çıldırmaya hakkı var bence.

Evden çıkmadan Kerem'e mesaj atmayı akıl edebildiğim için acaba evde midir sıkıntısına girmeden rahatça gidiyorum. Tabii yaklaştıkça rahatlığımın yerinde yeller esiyor. Avuçlarım terliyor, kalbim çırpınıyor, ne diyeceğim paniği tüm organlarımı sarıyor âdeta. Sahi, ne diyeceğim ben kadına?

Sıkıntıyla binaya kadar yürüdükten sonra korkunun ecele faydası yok diyerek daha fazla düşünmeye fırsat vermeden çalıyorum kapıyı. Nurdan Hanım'ı görmeyi beklerken Kerem'in ablası Nida çıkıyor karşıma. Beni görünce kaşları çatılıyor ve açık bir nefretle bakıyor yüzüme. İnsanların bana böyle bakmasına alışık değilim, haliyle biraz inciniyorum. Nida'yla birbirimize kovboy bakışları atarken Burçak kimin geldiğini soruyor ve beni görünce telaşla yanımıza gelip kolumu tutuyor. Kaçmamdan korkuyor herhalde. Hiç de huyum değildir oysaki.

"Hoş geldin Mısra Abla," diyor beni içeriye çekerken. Annesine de haber veriyor anında ve kendimi salonda, üç çift gözün önünde buluyorum.

"Ben..."

Bir şey diyemeden önce Nurdan Hanım gelip ellerimi tutuyor. "Sorun ne kızım?" diye sorarken ağladı ağlayacak. "Niye yaptın böyle bir şey? Kerem seni seviyor demedim mi ben sana? Bizi geç ona niye yaptın bunu?" diye soruyor. Ay şimdi ağlayacağım. Oğlunuz oyunculukta bu kadar yetenekliyse bu benim suçum mu Nurdan Hanım? Başka bir şeyde yetenekli olsaymış o da. Bu kadar akıllı, efendi görünen bir adamın yaptığı işlere bak. Şu düştüğüm durumlara bak. Ben ağlamayayım da kim ağlasın?

"Ben çok özür dilerim," diyebiliyorum sonunda. "Bu kadar geç farkına vardığım için gerçekten çok üzgünüm ama Kerem her şeyi çok aceleye getirdi. Beni her seferinde ikna etti ama ben evliliğe hazır değilim Nurdan Hanım," derken sesim titriyor. Bu kadına karşı öyle mahcubum ki tüm suçu Kerem'in üstüne yıkamasam da imkânlar sınırında topu ona atmaktan çekinmiyorum.

"Ama size söyledim," diyor Nurdan Hanım. "Neyin telaşı bu dedim. Bak şimdi, belli ki Kerem seni kaybetmekten korktu. Tamam, biraz kafanı topla. Erteleriz nikâhı. Yaza yaparız mesela? İstemezsen daha sonraya. Ne dersin?" Teyzeciğim bağırıp çağırsana, bana niye bu kadar iyi davranıyorsun? Çok zor durumdayım şu an.

"Anne, bırak şunu," diye çıkışıyor Nida. "Ne istediğini bilmeyen bir çocuk için Kerem'i ümitlendirmeyelim," diyor. Ben sana bağır demedim ki ya, niye atlıyorsun ablası?

"Sen karışma," diyor annesi hemen. E, çok haklı. Sen ne karışıyorsun kötü görümce? Zaten baştan beri sevmemişti bu kadın beni. *Of, ne diyorum ya ben. Ben niye bu evdeyim?*

"Yapamam," diyorum çaresizce. Nasıl yapayım? Kerem de benden, en az benim ondan kurtulmak istediğim kadar kurtulmak istiyor. Dünyanın en karmaşık cümlesini kurdum az önce. *Çıkarın beni bu evden.* "Ben sadece sizi kırdığım için ne kadar üzgün olduğumu söylemek istedim. Lütfen bana kızmayın."

"Bunu Kerem'e söylemen gerekmiyor mu?" diyor Nida. Biri şunun saçını yolabilir mi lütfen? Laf sokmamak için kendimi zor tutuyorum çünkü şu an suçlu konumundayım. Allah seni kahretsin Kerem Tunalı.

"Kerem'le de konuştuk," dediğimde Burçak hevesle araya giriyor.

"Konuştunuz mu? Abim bizimle konuşmuyor. Eve de gelmedi olaydan sonra. Sadece seni aramamamızı söyledi. Eminim çok üzgündür. Bir daha düşünsen olmaz mı Mısra Abla?" diye soruyor kızcağız. *Ya ya, nasıl üzgün, nasıl! Görsen ağlarsın.* Bu kız da Emre gibi gözlerini aça aça bakıyor. Bu bakışlara karşı idmanlı olmasam kanabilirim.

"Üzgünüm," diyorum tekrar ve ayaklanıyorum. "Gideyim ben artık." O sırada yanımıza, sarı saçları ince bukleler halinde omuzlarına dökülmüş, eliyle gözlerini ovuşturarak önüne bakmadan yürüyen bir minik geliyor. Duru ağzını kocaman açarak esnerken beni görünce uyku mahmurluğundan anında sıyrılıp neşeyle kucağıma koşuyor.

"Mısra!" deyip boynuma sarılışı öyle tatlı ki gülümsemeden edemiyorum. Nida da bir o kadar suratsız bakıyor bize.

"Kızım, tutmayalım Mısra'yı. O gitsin, biz de kahvaltı edelim hadi," diyerek kucağımdan almaya çalışıyor Duru'yu ama küçük kız iyice dolanıyor bana.

"Sen neden öyle koşarak gittin? Çok güzel bir elbise giymiştim ama görmedin bile."

İç çekerek Duru'ya bakıyorum. Bu evden çıkmayı öyle çaresizce istiyorum ki her an ağlamaya başlayabilirim. "Karnım çok ağrıyordu canım, o yüzden koştum."

"Geçmiş olsun, bazen benim de karnım ağrıyor ama ilacımı içince geçiyor hemen. Sana da ilaç vereyim mi?"

"Benim ilacım var, teşekkür ederim."

Onu yere bırakmak için eğildiğimde elleri nazikçe yanaklarıma konuyor. "Mısra, sen de doğum günüme geleceksin, değil mi?" Yemyeşil gözleri benimkilere dikilmişken çocuğu reddetmek çok zor ama geleceğimi de söyleyemem ki. Hastalığı yüzünden çok narin ve yaşına göre çok küçük görünüyor. Bu ailede herkesin göz bebeği olduğunu biliyorum, reddedilmeye alışık olmadığını da öyle. Fakat üzgünüm küçük kız, böyle böyle hayatı öğreneceksin.

"Ben gelemeyeceğim tatlım. Şimdiden doğum günün kutlu olsun," deyip tatlı yanaklarını öpüyorum. Dudakları titriyor, sonra gözleri doluyor. "Ama benim doğum günüm. Sen beni sevmiyor musun?" diye soruyor. Şu ailede tüm samimiyetimle sevdiğim tek kişi Duru aslında ama bunu söylemek uygunsuz kaçabilir.

"Seviyorum tabii ki? Ama işlerim var tatlım," derken Burçak atılıyor.

"Ama eminim senin için işlerini erteleyebilir. Değil mi Mısra Abla'sı?" diye soruyor. *Sinsi.* Etrafımda hevesli kıpırdanmalar oluşuyor birden. Nurdan Hanım, Burçak ve Duru gözümün içine içine bakıp beni savunmasız hale getiriyorlar. Hatta Duru neredeyse ağlayacak gibi duruyor. *Ne yapacağım? Ne yapacağım?* Tüm itiraz sözcüklerim havadaki yoğun baskının altında kayboluyor. Bu bakışlara karşı idmanlı olabilirim ama her boydan insanın karşıma dikilip yavru kedi moduna girmesine ben bile dayanamıyorum.

"Tabii," diyorum pes ederek. "Duru'yu kıracak değilim." Nida'nın burnundan bir *hıh* sesi çıkarken Burçak'la

Nurdan Hanım'ın birbirlerine sarılmamak için kıvrandığını görebiliyorum.

Son bir iyilik daha yapsam mı diye düşünürken silahımı çekip kafamın içindeki iyi yanı hemen alnının ortasından vurup susturuyorum. Daha ne kadar iyilik yapabilirim ki? Söylemek zorunda kaldığım onlarca yalanın üstüne tutamayacağım bir söz vermişsem ne olacak? Duru zaten o kalabalıkta benim gelmediğimi fark etmeyecek bile. Her şey eski haline dönsün istiyorsam bir daha bu aileden biriyle görüşemem.

7. Bölüm

Tüm bunlardan sonra yine kalabalık bir otobüste, zavallı bir haldeyim. En arkaya geçmiş, koltukların kenarlarından uzanan direklere sıkıca tutunurken bir yandan da içimden Kerem'e söyleyeceklerimin provasını yapıyorum.

Hayali Kerem, "Neden partiye gelmeyi kabul ettin Mısra?" diye soruyor haklı olarak. İkna edici bir cevabım olmadığından kafamı tutunduğum direğe yavaşça vurup, "Kandırıldım!" diye inliyorum. "Gerçekten kandırıldım. Senin küçük, kırılgan yeğenin gözlerimin içine bakarak ağlamaya başlayınca gelirim deyiverdim işte. Sanki sen Duru'ya hayır diyebiliyor musun? Hem zaten gelmeyeceğim. Tabii ki gelmeyeceğim!"

Yanımda dikilen adamın kısık gülüşüyle dikkatim dağılıyor. Başını bana doğru yaklaştıran genç adama kaşlarımı çatarak bakıyorum. "Bölmek istemezdim ama... Sesli konuştuğunun farkında mısın?" diye soruyor adam.

Gözlerim irice açılırken elimi ağzıma bastırıyorum. *Hay Allah! Delirdiğimi herkesin bilmesi hiç iyi olmadı.* Adam tekrar gülüyor. "Ben de öyle düşünmüştüm."

Hah, ukalaya bak. Şeytan diyor ki ağzına geleni sayıp kavga çıkar. Hem hıncımı da çıkarmış olurum böylece.

Ama şeytan kötü biridir, o yüzden onu dinlemiyoruz ve sinirimizi masum insanlardan çıkarmıyoruz.

"Pardon!" demekle yetiniyorum ama o konuşmaya devam ediyor.

"Peki, seni kandıranın kim olduğunu anladım sanırım ama ne için kandırdığını merak ediyorum. Sorabilir miyim?"

Adamın yüzüne dik dik bakıyorum. Başını yana eğmiş, dost canlısı bir gülümsemeyle bana bakıyor. *Aa, deli mi ne?* "Biraz aksiyiz galiba?" diye soruyor sonra. Son günlerde de herkes beni aksilikle itham eder oldu. Benim hayatımı yaşasanız siz ne olurdunuz acaba? Biri daha bana aksi olduğumu söylerse yumruğumu suratına geçireceğim, aksilik neymiş görecekler.

"Biraz hadsiziz galiba?" diyorum ters ters. Yine kıkırdıyor herif! Ay, gerçekten deli bu. "Lütfen benimle konuşma," diyorum tehditkâr olduğunu düşündüğüm bir sesle. Başarıyorum da. Adam yüzünde neşeli bir gülücükle önüne dönüp bir daha konuşmuyor, ben de yol boyunca Kerem'le yapacağım konuşma için endişelenmeye devam ediyorum.

Otobüsten indiğimde kafeye gidene kadar olan vaktimden başka Kerem'i arayacak zaman bulamayacağımı bildiğimden, istemeye istemeye arıyorum onu. Telefon ilk çalışta açılıyor. *Dur! Yapma! Daha hazır değilim!*

"Günaydın," diyor monoton bir sesle. "Ne yaptın?" Direkt konuya girmek yerine nezaketen bir hal hatır sorsaydın mutlu olurdum aslında. Kaba adam.

"Annenle konuştum."

"Öyle mi?" Sesine canlılık geliyor birden. İlgisini çektik beyefendinin. *Hah.* "Bu kadar erken gideceğini düşünmemiştim."

"Başka vaktim yoktu," diyorum konuşmanın uzamasını dileyerek ama olmuyor. Kerem elbette neler olduğunu öğrenmek istiyor. Helvamı kavurun arkadaşlar. İrmikli, cevizli ve bol şekerli olsun. Tatlıyı severim ben.

"Ne konuştunuz?"

"Sorun sizde değil bende, ben oğlunuzu hak etmiyorum dedim." Söylediklerim hoşuna gitmiş olacak ki gülüyor. Alçak!

"Sonra?"

"Annen beni ikna etmeye çalıştı, ben de üzgün olduğumu ve gitmem gerektiğini söyledim."

"Yani ikna oldu mu?"

"Ne bileyim. Olmuştur herhalde."

"Harika," diyor keyifle. Biz burada kıvranalım adam orada keyiften dört köşe olsun. Ayıp be!

"Baksana, bir ara bana tüm bunları neden yaptığını anlatmalısın çünkü cidden deli olduğuna inanmaya başlıyorum."

"Nasılsa artık beni görmeyeceksin. Deli olduğumu düşünebilirsin, sorun değil."

Hımm, her şeyin yoluna girdiğini mi düşünüyorsun Kerem Tunalı? O zaman sana bir sürpriz yapayım. "Şey... O kadar emin olma," deyip dudağımı ısırıyorum. Gerginlikten bayılsam ya şuracıkta.

"Neden?"

"Tam çıkacaktım..." Ev yandı desem muhabbeti kaynatabilir miyim acaba? Hayır, ben zaten gitmemeye karar vermedim mi? *Gitmek için söz de verdin ama.* Niye böyle bir insanım ben ya?

"Ee?"

"İşte, çıkıyordum evden… Çıkamadım."

"Mısra," diyor uyaran sesiyle. Sinirleniyor adam. Haklı. Ben de şu an kendimi çamaşır ipiyle boğmak istiyorum.

"Duru beni doğum gününe çağırdı ve ben de geleceğimi söyledim."

Hattın ucunda bana soğuk terler döktüren anlık bir sessizlik oluyor. "Ne yaptın?"

"İnanır mısın ben de bir saattir bunu sorup duruyorum kendime." Şakacı olmaya çalışıyorum ama Kerem'in gerildiğine eminim. Ben de geriliyorum bu yüzden. Karnıma sancılar giriyor.

"Neden böyle bir şey yaptığını gerçekten çok merak ediyorum."

"Kandırıldım," derken neredeyse güleceğim. "Ama Kerem, annen ve Burçak birleşip Duru'yu kullandılar. Kız kucağıma atlayıp, dudaklarını titreterek gelmemi istedi. Hayır desem ağlayacaktı. O kadar küçük ve kırılgan görünüyor ki hayır diyemedim... Gerçekten çok üzgünüm. Bir an söz vermiş bulundum. Ağzımdan çıktı işte. Yoksa benim buna ayıracak zamanım bile yok. Üç dakika sonra mesaim başlayacak, tek günlük iznimi ailenle birlikte gerginlik içinde geçirmek istediğim son şey ama... İşte biliyorsun. Duru."

"Biliyorum," diyor. O kadar şey geveledikten sonra tek kelimelik cevabı sinirlerimi iyice bozuyor.

"Ama gelmeyeceğim tabii ki. Yalnızca sana geleceğimi söylerlerse diye haber veriyorum. Duru'nun o kadar insanın ve hediyenin arasında beni hatırlamayacağından eminim."

Kerem sıkıntılı bir nefes veriyor. "O hatırlamasa bile Burçak unutmayacaktır. Onu tanımıyorsun. Sen farkında olmadan bir bakmışsın el ele doğum günü partisine gidiyoruz."

"El ele!" diyorum hayretle. "Abartmadın mı biraz?"

"Umarım abartıyorumdur. Her neyse. Partiye gitmek falan yok Mısra. Bu saçmalık yeterince uzadı zaten."

"Dedi beni tüm bu saçmalığın merkezin koyan adam. Gitmeyeceğimi zaten söyledim."

"Evet, tabii. Görüşürüz," deyip kapatıyor. Öylece telefona bakakalıyorum. Görüşürüz deyişinden bana inanmadığı açıkça belliydi. Telefonu hırsla çantama sokup söylenerek kafeye giriyorum ve tüm gün boyunca içimden Kerem Tunalı'ya hakaret ediyorum... Eve geldiğimdeyse beni bambaşka bir sorun karşılıyor. Ecrin yüzünde hınzır bir sırıtışla kapıyı açtığı an anlıyorum bir şeyler olduğunu. Temkinli adımlarla içeri girip kapıyı kapatırken tetikteyim. Her an bir eşek şakasına kurban gidebilirim diye tavşan gibi yürüyorum.

"Ne yaptınız?" diye soruyorum Ecrin'e. Dudaklarını sımsıkı birbirine bastırıp omuz silkiyor. Gidip kendimiz göreceğiz yani. Adım atmadan önce polisi mi arasam acaba?

Kendimi sakinleştirerek salona girdiğimde babaannemin karşısında oturan Umut'la ve yabancı bir kızla göz göze geliyorum. Kaşlarım havalanırken bakışlarım Emre'ye dönüyor. Benden başka her yere baktığından gözlerini yakalayamıyorum bir türlü.

"Umut, hoş geldin," diyorum Emre'nin çocukluk arkadaşına. Bu ikisi beraberse ve ortalık sessizse kesin bir nane yemişlerdir. Aksi mümkün değil. "Misafirimiz kim?"

Utangaç kız Umut'a yaklaşıp yüzünü yere eğiyor. Babaannemle Ecrin kıkır kıkır gülerken, "Gelin kızımız olur kendisi," diyor babaannem.

"Anlamadım?" *Kimin gelinisin kızım sen*? diye bağırmak istiyorum. Niye benim evimdesin? Bu günlerde gelin deyince tüylerim ürperiyor bakın, tehlikeli birine dönüşüyorum.

Ben kafamda kurup dururken Ecrin dayanamayıp, "Umut Abi kız kaçırmış!" diyor kahkahalarla gülerek. Kızcağız biraz daha koltuğa gömülürken Emre ve Umut, Ecrin'e öldürecekmiş gibi bakıyorlar.

"Yok artık! Oğlum sen niye boyuna bakmadan kız kaçırmaya kalkıyorsun," derken kahkahalarla gülsem mi yoksa şu iki oğlanı bir güzel tokatlasam mı bilemiyorum. "Hadi kaçırdın, niye benim evime getiriyorsun?"

"Ama Mısra Abla, Nazlı'nın babası görüşmemize izin vermiyor. Biz çok seviyoruz birbirimizi. Madem bizi görüştürmeyecekler, biz de kaçarız dedik," diyor Umut yaptığı bir marifetmiş gibi övünerek. "Ve kaçtık!"

"İyi halt ettiniz! Bir sizin derdiniz eksikti ya." Ellerimi saçlarıma geçirip sertçe çekiştiriyorum. "Emreciğim, çekinme! Sokakta bulduğun herkesi eve getir, bir sıkıntısı varsa çözerim ben. Delireceğim artık!" Bağırmıyorum ama sesim öyle bir bıkkınlıkla dolu ki Emre'nin yüzü kızarıyor. Sinirlensem işi şakaya vuracağından eminim, o yüzden mahcubiyetinden memnun oluyorum.

"Mısra Abla, eve gidersek annem beni mahveder. Burada kalsak olmaz mı bu gece?" diye soruyor Umut. Emre'ninse hiç sesi çıkmıyor. "Olur tabii. Gece gece polis baskınıyla uyanır, karakola gideriz. Sonra siz salaklar ailelerinizle dönerken ihale bana patlar."

"Bu kız çok çelimsiz Umut. Sen bunun nesini beğendin?" diye soruyor babaannem. Sanki tek derdimiz buymuş gibi.

Ellerimi belime atıp kıza dönüyorum. Taş çatlasa on altı yaşındadır. "Kızım, hadi bu çocuk geri zekâlı. Sen niye uyuyorsun bunun aklına? Ne yiyip içeceksiniz, nasıl yaşayacaksınız acaba? Kaç yaşındasınız siz daha, beraber ne yapacaksınız?"

"Çalışırız," diyor Nazlı kısık sesle. O kadar sinirleniyorum ki konuşmadan önce durup nefeslenerek kendimi sakinleştirmem gerekiyor. Aksi halde geri dönülemez şekilde kalp kırabilirim ve bunu yapmak istemiyorum. Aslında bunları iki haftalığına bir şantiyeye atacaksın. Görecekler günlerini, mis gibi hayat sürebilecekleri yerde, sürünmeye değiyor muymuş iki günlük aşkları o zaman karar verecekler. Sakinleştiğimi hissettiğimde sağduyulu bir konuşma yapmak için tek tek yüzlerine bakıyorum.

"Âşık olduğunuzda dünyayı kurtarabileceğinizi mi sanıyorsunuz?" Durumu düşündükçe böyle sorumsuz davrandıkları için kızgın olmaktan ziyade kırılmış hissediyorum. "Bakın, on sekiz yaşında okulu bırakıp çalışmak zorunda kaldım, biliyorsunuz. Sizce bunun altından kalkabiliyor muyum? İnanın bir ailenin sorumluluğunu almak hiç de kolay değil. Dünya tozpembe de değil. Sadece âna göre yaşayamazsınız, geleceğinizi düşünmelisiniz. Hayatınız bir anda değişebilir ve siz zor durumda kalabilirsiniz. Yalnız ya da çaresiz hissedebilirsiniz. Böyle anlarda aileleriniz sığınacağınız tek liman olacak. Onları pervasızca endişelendirip üzerken lütfen durup düşünün çocuklar. Sizin birbiriniz için yapabileceğiniz en büyük şey, iyi bir eğitim alıp kendi ayaklarınızın üzerinde özgürce durmanız olacaktır. Ayrıca her şeyi boş verip beraber kaçmak yerine ailelerinizle güzelce konuşmayı ve onlara güven vermeyi deneyin. Bu çok zor olamaz herhalde?"

Umut, Emre ve Nazlı halıyı izlerken Ecrin yanımda durmuş gururlu anne tavuklar gibi beni izliyor. "Ve Umut, alınma ama Ecrin senin gibi bir serseriyle görüşse, ben de karşı çıkardım. Kız kaçırmak yerine biraz adam olmayı denesen zaten ortada sorun kalmayacak," deyip Emre'ye bakıyorum. "Bu senin için de geçerli."

"Ama abla," diye mırıldanıyorlar bir ağızdan.

"Kesin sesinizi ve toplanın. Sizi eve bırakacağım."

Bir iki itiraz ve homurtu eşliğinde evden çıkıyoruz. Nazlı'yı eve bırakırken annesiyle güzel bir konuşma yapıyorum. Kadıncağız öyle paniklemiş ki kızını görür görmez boynuna sarılıp ağlamaya başlıyor. Neyse ki Nazlı'nın babası bu akşam nöbetteymiş de ona duyurmadan halloluyor mesele. Ama Umut'u eve götürdüğümde güzelce kulağını çeksin diye babasına şikâyet ediyorum. Umut'u cesaretlendirenin Emre olduğundan adım gibi eminim, bu yüzden bizimkinin kulağını da ben çekeceğim.

Git gel derken saat neredeyse gece yarısı oluyor. Yine tükenmiş bir halde eve girip yatağıma serilmeden önce son görevimi yerine getirmek için Emre'nin odasına dalıyorum.

"Emre, bir daha benzer bir olay yaşanırsa yemin ederim seni evden atarım. Lafa gelince artık çocuk değilim diyorsun ama bu yaptıklarını ilkokul çocukları bile yapmaz!"

"Ama abla, eve getirmeseydim sokakta kalacaklardı. Umut'u biliyorsun, asla kendi kendine dönmezdi eve."

"Umut'u biliyorum ama seni de biliyorum. Kendini haklı çıkarmaya çalışma. Gözüm üstünde, bu yıl kredini fazlasıyla doldurduğunun farkındasındır umarım," deyip odadan çıkıyorum. *Kız kaçırmak nedir ya?* Mutfağa girip de derin bir nefes aldığımda yorgunluğum dayanılmaz hale geliyor. Aslında bu kadar bıkkın hissetmemin sebebi Tunalı ailesi. Beni o kadar geriyorlar ki bu, bana tahammülsüzlük ve baş ağrıları olarak dönüyor. O da yetmezmiş gibi aptal kardeşim en yakın arkadaşı için kız kaçırıp onu evime getirirse ben akıl sağlığımı nasıl koruyabilirim? Koruyamıyorum işte!

Bir ağrı kesici yutup odama giriyorum. Ecrin bugün erken yatmış, uyuyor mu diye bakıyorum ama hiç ses vermiyor. Ben de sessiz olmaya dikkat ederek pijamalarımı giyip yatağıma uzanıyorum. Birkaç dakika sonra odamızın kapısı hafifçe tıklanıyor. Kısık bir sesin, "Abla, uyudun mu?" diye fısıldadığını duyunca tepki vermiyorum. Çıkıp gitmesini dilerken Emre odaya girip yanıma sokuluyor. İç geçirerek biraz olsun dinlenebilmek için kaçabileceğim bir yerler olmasını diliyorum sessizce.

"Ne oldu, kâbus mu gördün?" Emre soruma cevap vermeden koluma sarılıp kafasını omzuma yaslıyor. Bir süre konuşmuyor, bir şeyler desin diye saçlarını çekiştiriyorum acıtmamaya dikkat ederek.

"Abla, okulu özlüyor musun?" Böyle bir soru beklemediğim için kafamı kaldırıyorum ama yüzünü göremiyorum. Çekingen sesi yüzünden akşam yaptığım konuşmaya takılmış olabileceği geliyor aklıma ve içim şefkatle doluyor. Üzerimdeki o boğucu sıkıntı uçup giderken kardeşime sarılıyorum.

"Hayır. Sadece hayat dersi vermeye çalışıyordum."

"Başına açtığım dertler için özür dilerim. Özellikle araba kazası için." Ona kızgın olduğumu söyleyip durabilirim, tüm gün huysuzluk edebilirim ama bunların hiçbiri gerçek değil. Bana ne olursa olsun, onların üzülmemesi için her şeyi yapabilirim. En kötü günleri yaşarken tek dayanağım kardeşlerimin de benim gibi hissettiğini bilmek oluyor. Kavga da etsek, birbirimizden nefret ediyor gibi davransak bile günün sonunda her zaman kenetleniriz. Çünkü birbirimizden başka kimsemiz yok. Bu yüzden kardeşime sıkıca sarılıyorum.

"Ben de çok huysuzum, değil mi? Araba kazası için kızgınım ama daha çok sana bir şey olmadığı için memnunum. Hata yapabiliriz Emre. Yapmasaydık insan olmazdık. Önemli olan hataları tekrarlamamaya çalışmak ve birbirimizin arkasını kollamak. Birbirimize sahip olduğumuz için şanslıyız. Ve bazen size çok kızsam da ben sizin ablanızım. Sizi her şeyden çok seviyorum, tamam mı?" diyorum burnumu çekerek. Bir anda nasıl bu hale geldiğimizi inanın bilmiyorum ama havadaki duygusallık yüzünden ağlayasım geliyor. Annem bizi sevdiğini her zaman dile getirirdi. Bazen bunu birbirimize yeterince söylemiyor olduğumuzdan endişe ediyorum.

Bir an sonra arkamda bir hareketlilik oluyor ve Ecrin yatakta kalan küçücük alana kendini sığdırmaya çalışıyor. Kollarını belime dolayıp başını göğsüme yaslarken şaşırarak gülüyorum. "Çık üstüme, çık. Hiç ezilmem, merak etme."

Ecrin omuz silkip bana daha sıkı sarılıyor. İç çekip kollarımı onlara doluyorum ve duygusal havayı dağıtmak için, "Masal da anlatayım mı?" diye mırıldanıyorum. "Yalnız bu yatak tek kişilik, farkında mısınız? Sabaha kadar aranızda boğularak ölürsem, hakkınızı helal edin." Emre'yi dürtükleyince beni gıdıklıyor. Ecrin de ona katılınca kahkahalarım yüzünden babaannem bizi azarlamaya gelene dek gülüşüyoruz.

Babaannem herkesi yatağına postaladıktan sonra yüzümde bir gülümseme kalıyor. Emre'ye söylediklerimi düşünmek, Kerem'in de beni baş belası biri olarak mı gördüğünü merak etmeme sebep oluyor. Bu yüzden uyumadan önce kafamı kurcalayan bir şey kalmasın diye Kerem'e mesaj atıyorum.

Partiye gelmeyeceğim. İçin rahat olsun. İyi geceler.

8. Bölüm

Kerem'e için rahat olsun dedikten sonra kendi içimi de rahatlattım ve endişelerimden sıyrılıp günlük rutinime devam ettim. Hafta sonu Nida'nın evinde yapılacak doğum günü partisi bir daha aklıma gelmedi bile. Hal böyle olunca pazar günü öğlene kadar rahat rahat uyudum. Hafta sonları yoğun geçtiği için izin günümüz hafta içinde olur ama dönüşümlü olarak pazar günlerinde sırayla izin yapabiliyoruz. Bu da o günlerden biri. Eşsiz ve değerli bir gün.

Gözlerim öğlen on birde zar zor açılıyor. En son ne zaman uzun uzun, rahatça uyuduğumu hatırlamıyorum bile. Bu sebeple kendimi oldukça iyi hissediyorum. Gerinerek yan tarafa bakınca Ecrin'i gece bıraktığım gibi buluyorum. Cin gibi bakışları olmasa hiç uyumamış sanacağım. Gece gözleri çıkana kadar kitap okuyup sabah uyandığı an kaldığı yerden devam ettiği için evdeki herkes bu görüntüye alışık. Elinden gelse kitaba ara vermemek için insani ihtiyaçlarını bile gidermez. Psikopat olabilir ya da belki de vampirdir. Karakterini düşününce ikinci seçeneğe daha yakınım.

Kalkıp mutfağa girdiğimde muazzam bir kahvaltı sofrasıyla karşılaşıyorum. Babaannem çayın altını iyice kısarken beni fark edip elini beline atıyor ve "Biraz daha kalkmasaydınız hepsini kendim yiyecektim," diye söyleniyor. Kocaman sırıtarak ona sarılıp yanaklarını öpüyorum. Küçücük bedeni kollarımın arasında kayboluyor yine. Böyle olunca onun azarlamalarından korkmak çok zor. Ta ki terliğini eline alıp bizi kovalamaya başlayana dek. O terlikler hedefi hiçbir zaman kaçırmaz.

Babaanneme şirinlik yaparak biraz vakit geçiriyorum. İş günlerinde alelacele kahvaltı yaptığım için ben evde olduğumda her zaman sevdiğim şeyleri yapmaya çalışır. Bu kadar çok çalışıyor olmamın onu üzdüğünü biliyorum, o yüzden ne kadar bunalsam da evdekilere yansıtmamaya çalışıyorum. Bir dostun varlığını en çok böyle zamanlarda özlüyorum işte.

Saatlerce uyumuş olmanın uyuşukluğunu üstümden atmak için kahvaltıdan önce banyoya girip elimi yüzümü yıkıyorum. Kısa saçlarımı da olabildiği kadar topladıktan sonra aynadaki yansımama memnuniyetle bakıp Emre'yi uyandırmaya gidiyorum. Odaya girdiğimde leş gibi ayak kokusu çarpıyor yüzüme. Kapıyı kapatıp burnumu parmaklarımla sıkıyor ve hemen pencereyi açıyorum. Dönüp şöyle bir odaya bakınca ayak kokusunun kaynağı belli oluyor. Hayır, Emre'nin pis çoraplarından gelmiyor koku. Yarısı yenmiş peynirli cips paketinden geliyor.

Paketi parmak uçlarımla tutup kazağımı burnuma siper ederek içindekileri pencereden aşağı atıyorum. Evin önündeki kediler hemen başına üşüşüp zevkle yiyorlar pis kokulu şeyi. Cips sever kedilerimizin saçtığım pisliği temizleyeceğinden emin olarak kimseye görünmeden perdeyi çekiyorum hemen. Sonra çöpleri ve ortalığa saçılmış kirli kıyafetleri ayağımla sağa sola iterek Emre'nin yatağının ucuna geçip yastığını başının altından çekiyorum. Sert bir horultuyla yan dönmekten başka bir tepki vermiyor. Saçlarını çekiştiriyorum, ayağını gıdıklıyorum, yine de hiçbir uyanma belirtisi göstermiyor. En sonunda ayağımdaki terliği çıkarıp poposuna vurunca panikleyip yataktan düşüyor salak. Yerde yorganla boğuştuğu birkaç saniyenin ardından, kafasını kaldırıp bana baktığında yüzündeki ifade karşısında kahkahalara boğuluyorum. Bomboş gözlerine ağır ağır öfke çökerken kahvaltıya gelmesini söyleyip koşarak odadan çıkıyorum ve mutfağa, babaannemin güvenli kalesine koşturuyorum.

Leziz sofradan bir salatalık çalacakken Ecrin asık yüzüyle mutfağa girip çalan telefonumu veriyor. Aynı ifadeyle ona bakıp telefonu elinden alıyorum ve tanımadığım numaranın kim olduğunu öğrenmek için cevaplıyorum. Ne büyük hata!

"Mısra Abla!" diye cıvıldıyor Burçak. Sesini duyduğumda ağzıma atmak üzere olduğum salatalık dilimi havada kalıyor.

"Burçak?"

"Benim. Ablamın adresini bilmiyorsun ya, evi tarif etmek için aradım. Çıktın mı?"

"Çık... madım." O kadar şaşkınım ki ne diyeceğimi bilemiyorum. "Numaramı nereden buldun?" sorusu kaçıyor ağzımdan. Onların bildiği hattı kırıp atmıştım ve bu numarayı Kerem'den almadığına eminim.

"Abimden," diyor. Bir saniyeliğine bile inanmıyorum buna. Benim de ergen kardeşlerim var, onlara çoğu abladan daha yakınım. "Aşk olsun, biz aramayalım diye mi numaranı değiştirdin?" *E, evet.* Abini nikâh masasında terk ettim ya hani. Hatırladın mı? "Sana konum atsam yeterli olur mu?" diye soruyor ben cevap vermeyince.

"Ne konumu?"

"Ablamın evine hiç gelmedin ya, konum atacağım o yüzden."

"Neden ki?" derken Burçak'tan kızgın bir iç çekiş geliyor. "Duru'nun doğum günü bugün! Unuttun mu?"

"Haa," diye kaba bir ses çıkıyor ağzımdan. Hem de ne güzel unutmuştum. Vicdan azabı bile çekmiyordum yalan söyledim diye. Niye arıyorsunuz beni ya? Neyi yanlış yaptım ki bunlar başıma geliyor? *Hımm, şimdi saymaya kalkarsak liste epey kabarır aslında.*

Derin bir nefes alıp mahcup görünmeye çalışıyorum ama aslında hislerim mahcubiyete pek yakın değil. "Burçakçığım... Ben gelmesem daha iyi olacak. O gün öyle bir şey söyledim ama sonra düşündüm de abin beni görmek istemeyebi..."

"Yani yine yalan söyledin," diye kesiyor lafımı. "Ablam seninle ilgili tüm o kötü şeyleri söylerken seni savundum. Ama anlıyorum ki boşunaymış. Yalancının tekisin sen. Verdiğin hiçbir sözü tutmuyorsun. Bizim sevgimizi hak etmiyorsun!"

Duyduklarım karşısında ağzım açık kalıyor. Küçük bir kızın benimle böyle konuşmasına izin verecek değilim. "Sözlerine dikkat et bakalım!" derken buluyorum kendimi.

"Neden? Yalan mı? Yapmayacağın şeyler hakkında sözler verip duruyorsun ve sonra günü geldiğinde *puf*, Mısra Hanım ortadan kayboluyor."

"Hayır, öyle değil."

"Değil mi? Söz verdiğin halde gelmeyeceğini söylemiyor musun?" diye meydan okuyor Burçak. Ve geri zekâlının teki olduğum için gaza gelerek konuşuyorum.

"Hayır, geleceğim. At şu konumu." Telefonu hırsla kapayıp kendi kendime öfkeyle homurdanıp duruyorum. Söylediğim şeyi fark etmem için beynimin normal işlevine dönmesi gerekiyor. Anladığımdaysa kafamı duvara geçirmemek için zor tutuyorum kendimi. Bu kadar akıl yoksunu bir insan olduğumu bilmiyordum sevgili arkadaşlar, kaybettiğim aklım için sizi yas tutmaya davet ediyorum.

Ecrin'le babaannem dik dik bana bakarken ben de hüzünle elimde kalan salatalık dilimine bakıyorum. Neşemden ve iştahımdan eser kalmamış halde salatalığımı bırakıp odama hazırlanmaya giderken Kerem'in haklı çıkmasına dertlenerek giyiniyorum. İçimden bir ses sürekli gitmek zorunda olmadığımı fısıldasa da beni gitmeye zorlayan bir şeyler var. O şey ne, inanın bilmiyorum. Kerem'den çok fazla çekiniyorum. Hayatından çıkmak için can atıyorum ama sanki bir şeyler beni sürekli ona itiyor. Keşke mantıklı bir sebebim olsa. Keşke kendimi aptal olmadığıma inandıracak ufacık bir sebep bulabilsem.

Dışarı çıkıp Nida'nın evine gidene kadar Kerem'i defalarca arıyorum ama açmıyor. Sinirden köpürerek yol üzerinden Duru'ya sevimli bir pelüş oyuncak alıyorum. Sinirlenmeye hakkım olmadığını bilmek daha da kızdırıyor beni. Manyak gibi telefon kulağıma yapışmış halde aynı numarayı arayıp dururken Nurdan Hanım'ın eviyle aynı mahallede olan adrese ulaşıyorum.

Kapıda geçirdiğim üç dakika beni daha fazla germekten başka işe yaramıyor. Burada ne işim olduğunu sorguladığım bir iç hesaplaşmanın ardından baştan beri beni vazgeçirmeye çalışan yanımı dinleyip arkamı dönüyorum ama o an kapı açılıyor.

Bir insanın bunu yaşama ihtimali nedir ki? Böyle şeyler babaannemin izlediği günlük dizilerde olur sanıyordum ama şuna bakın. *Ayaklı bir klişeyim.*

Nurdan Hanım'ın beni görünce sevinçten zıplamadığı kalıyor bir tek. Sırtımı sıvazlayarak beni içeri geçirdiğindeyse aynı muameleyi göremiyorum. İsimlerini bile hatırlamadığım ama yüzlerini nikâhtan anımsadığım birkaç yakın akraba gözlerini üstüme dikip fısıldaşmaya başlıyorlar.

Onlarla pek de iyi ayrılmadığımız düşünülürse gözlerini üzerime dikmeleri anlaşılır bir durum. Burada olduğuma şaşırdıkları belli. Ama büyük şoku yaşayan onlar değil.

Kerem odanın bir köşesinde donmuş bir halde bana bakıyor. Kucağındaki Duru, dayısının onu dinlemediğini fark edince bakışlarını takip ediyor ve beni görünce neşeyle el sallıyor. Dayısının boynuna sımsıkı sarılıp kıkır kıkır gülerek bir şeyler söyledikten sonra yere zıplayıp yanıma koşuyor. Benden ziyade elimdeki hediye paketi çekiyor dikkatini. Bacaklarıma sarılıp hoş geldin dedikten sonra paketi çekiştirip alıyor elimden. Bense kötü bir oyuncu gibi öylece durmuş, sahnenin akıp gitmesini izliyorum.

Kuzenlerden biri olduğunu düşündüğüm bir kız, "Hoş geldin Mısra," diyor yanıma gelirken. "Seni burada görmeyi beklemiyorduk." *Ne yalan söyleyeyim, ben de beklemiyordum.* Sonra kulağıma eğilip, "Barıştınız mı?" diye soruyor.

"Hayır!"

Tepkim yüzünden şaşırıyor kızcağız. Yüzündeki ifade, *"Madem barışmadınız, niye buradasın?"* der gibi. Ne diyebilirim ki hâkim bey...

Nurdan Hanım beni yanına çekip aç kurtlardan uzaklaştırınca herkes kendi muhabbetine dönüyor ama kaçamak bakışlarını saklama gereği duymuyorlar. Zorlukla yutkunup hâlâ yanımda olan Duru'ya bakıyorum.

"Hediyeni beğendin mi?" Sevimli penguene sıkı sıkı sarılıp başını sallıyor. En azından birinin mutlu olduğunu söyleyerek kendimi rahatlatmaya çalışıyorum. Cesaretimi toplayıp da Kerem'e bakabildiğimde ceplerini karıştırdığını görüyorum. Aradığını bulamamış olmalı ki kızgın ifadesi daha da derinleşiyor. O sırada bana baktığında başımı hemen başka yöne çevirip deli gibi çarpan kalbimi sakinleştirmeye çalışıyorum. Nurdan Hanım koluma girip beni

Duru'nun arkadaşlarının anneleri olduğunu düşündüğüm birkaç kişinin yanına oturtunca biraz rahatlıyorum. Aile meseleleriyle bir ilgileri olmadığından, burası benim için güvenli bir bölge. Konuşulanları pek dinlemiyorum çünkü tüm duyularım Kerem'e yoğunlaşmış durumda.

"Burçak!" diye sesleniyor Kerem kapının eşiğinde duran kardeşine. "Telefonum nerede?"

Burçak bana bakıp tatlı tatlı gülümsedikten sonra elini cebine atıyor. "Aa, bende kalmış abi. Sabah teyzemi aramıştım ya, geri vermeyi unutmuşum," diyerek abisine uzatıyor telefonu.

Dudaklarımı sımsıkı birbirine bastırıyorum çünkü konuşmam kimse için hayırlı olmayacak. Yanımdan ayrılmamakta ısrarcı olan Duru'nun varlığından memnunum. Sürekli konuştuğu için yetişkinlerle muhabbete girmeme fırsat vermiyor. *Şükürler olsun.*

Telefonunu alınca Kerem'in kaşları çatılıyor. Aramalarımı ve mesajlarımı görünce bana o kadar da kızmaz diye umuyorum. Telefonu açmaması benim hatam değil sonuçta. *Ama Burçak'ın telefonunu açmam benim hatam.*

"Gözlerini Kerem'den alamıyorsun bakıyorum," diyor yanıma gelen kızlardan biri. "Buraya onunla barışmak için geldin, değil mi?" diye sorunca tüm başlar onaylarcasına sallanıyor. Kıkırdayarak bana bakan yüzleri dehşetle süzüyorum.

"Hayır, Duru için geldim ben," diyorum ama kendim bile inanmıyorum söylediğime, onları nasıl inandırayım? *He he, tabii tabii* sesleri ve imalı göz kırpmalar etrafımda dolanırken titreyen telefonuma can simidi gibi sarılıyorum.

Allah aşkına, burada ne işin var?

Mesaj atmış olması beni güldürüyor ama bana baktığını görünce ciddileşiyorum hemen. Daha önce birkaç şeyi kesinleştirmek haricinde mesajlaşmamıştık.

Oyuna getirildim.

Oyuna getiren biziz sanıyordum. Ve oyun bitmişti. Hatırladın mı?

Bana şöyle bakmayı keser misin? Herkes bizi izliyor.

Üstelik bize sanki çok eğlenceli bir gösteri yapıyormuşuz gibi sırıtarak bakıyorlar. Mesajımı okuyunca Kerem'in dudakları titriyor. Kendini ne kadar tutsa da sinir bozukluğuyla gelen kahkahalarını bastırmaya çalıştığı belli. Bir mesaj daha atıyorum.

Senden af dilmek için geldiğimi düşünüyorlar.

Ne kadar uğraşsam da dudaklarım tatlı bir gülücükle kıvrılıyor. Düz dururken bile herkesin hakkımda on tane teorisi vardı. Artık hiç şansım yok, herkesin gözünde Kerem'i terk ettiği için pişmanlıktan ölen kızım.

Bu durumda ben de sana özlemle bakan zavallı adam mıyım?

Hayır. O bir saniye önceydi. Şu anda bana âşık ama gururu yüzünden yanıma gelemeyen adamsın.

İkimiz de gülüyoruz ama sonra nerede olduğumuzun farkına varıp hemen ciddileşerek yerlerimizde doğruluyoruz.

Sana hâlâ kızgınım.

Yüzüne kaçamak bir bakış atıyorum. Telefonu elinde, eniştesini dinliyor gibi görünüyor ama yüzünde belli belirsiz bir gülümseme var. Hemen cevap yazıyorum.

Akrabalarımın olduğu bir nikâhta beni terk etmek ister misin?

Gözlerimi ondan ayırmadığım için gülüşünü yakalıyorum. Bir anlığına bana bakıp başını iki yana sallıyor. Dil çıkarmamak için kendimi zor tutuyorum. Ya da kıkırdamamak için. Öylesine rahatça şakalaşmak için böyle bir ânı ve ortamı seçtiğimizi fark edince biraz rahatsız oluyorum çünkü şu an içinde bulunduğumuz durumun mantıklı hiçbir tarafı yok. Kendime gelmek umuduyla lavaboya gitmek için izin isteyip kalktığımda Nurdan Hanım bana banyonun yerini gösteriyor. Tam içeri girecekken bir kol tarafından çekilip bir odaya tıkılıyorum. Ne olduğunu anlayamadan Kerem tepeme dikiliyor. Hadi bakalım, ayıkla pirincin taşını Mısra!

"Açıklayabilirim!" diyorum ellerimi kaldırarak.

"Açıkla." *Hımm, düşündüm de yapacak tek bir mantıklı açıklamam yok.* Kerem bunu biliyor olmalı ki bin bir imayla bana bakıyor. Benim bakışlarımsa utangaç.

"Mantıklı bir açıklama bulamadım," diyorum pes ederek. "Burçak bana hakaret edince ben de sinirlendim ve..."

"Burçak sana hakaret mi etti?" diye soruyor sözümü keserek. Bir ispiyonculuk etmediğim kalmıştı. Oldu olacak, kötü gelinler gibi abiyle kardeşi birbirine düşüreyim.

"Yani, şey... Haklı sebepleri vardı," diyorum okları kızın üstünden çekmek için. Kerem tam ağzını açmış bir şey söyleyecekken kapıdan bir kilit sesi geliyor. Anahtarın çıkardığı o tanıdık sesi duyunca ikimiz de kapıya atılıyoruz ama geç kaldığımızın farkındayız.

Birisi kapıyı kilitledi!

Kendimi berbat bir romantik komedi filminin içinde hissediyorum. Dünyanın en büyük klişesi başıma geliyor resmen. Tunalı ailesini karşıma alıp tane tane konuşarak *kapıyı üstümüze kilitleyemezsiniz* demek istiyorum. *Bu kadar Hollywoodculuk neden yahu?*

"Bunu gerçekten yaptılar mı?" diyorum kafamı kapıya yaslayarak. "Ailen çok fazla film izliyor bence."

"Sence bunu söyleyecek durumda mısın?"

Buraya gelme gafletinde bulunmasaydım hâlâ itiraz edecek hakkı kendimde bulabilirdim ama artık bulamıyorum. Kredimi doldurduğumun farkındayım.

Burası küçük bir oturma odası olmalı. Karşılıklı iki kanepe ve televizyon dışında bir eşya yok ama duvarları yan yana asılmış ebru resimleri süslüyor. Kapının hemen açılmayacağının ikimiz de farkındayız. Kerem ufacık odada bir o yana, bir bu yana yürürken ben de onun adımlarını sayarak zaman geçirmeye çalışıyorum. Kapıyı yumruklayıp bağırarak evdeki herkese rezil olmayı göze alamadığımızdan çaresizce bizi buradan çıkarmalarını bekliyoruz.

Kerem birden volta atmayı kesip odanın ortasında sırtı bana dönük şekilde öylece duruyor. Zaman geçtikçe solukları hızlanıyor ve öfkesini bana yöneltmesinden korkuyorum. "Camdan mı atlasak?" diye soruyorum ortamı yumuşatma umuduyla.

Kerem, "Saçmalama!" dediğinde sesindeki o çocuğunu azarlayan adam tonu, beni o kadar rahatsız ediyor ki sakinliğimi kaybediyorum.

"Bana baksana! Beni azarlayıp duramazsın. Senin yüzünden bu haldeyiz."

"Öyle mi? Buraya gelirken de kendine bunu mu söyledin?" diye kızıyor bana. Kerem'e karşı hissettiğim karmaşık duygular birbirine girip koca bir öfke yumağına dönüştüğünde içimdeki tüm sempatiyi ve mahcubiyeti yitiriyorum. Kerem ellerini ensesinde gezdirerek arkasını dönüyor, sakinleşmeye çalışıyor olmalı. Aslında haklı olduğunun farkındayım. Bu oyunda hatalı taraf tek kişi olmaktan çıkalı çok oldu, bunu da biliyorum. Yine de ona öyle kızgınım ki kavga etme isteğine engel olamıyorum. Ve bir an nerede, kiminle olduğumu unutup Emre'ye her zaman yaptığım şeyi yapıyorum Kerem'e. Hızla öne atılıp sırtına doğru zıplıyor ve kolumla boğazını kıstırıyorum. Bunu beklemediği için refleksle tepki veriyor ama aynı anda ben de hareket edince dengesini kaybedip dizlerinin üstüne doğru düşüveriyor. Bu sahnenin ardından tanıştığımızdan beri bana ilk kez bağırıyor ama buna hakkı olduğunu düşündüğümden karşılık veremiyorum.

"Mısra! Yok artık!"

Kendimi adamın sırtında bulunca ne yaptığımı idrak ediyorum da çok geç oluyor sevgili arkadaşlarım. Kerem avuç içleri ve dizleri yere bakacak şekilde düşmüş, ben de sırtında saçma bir açıyla asılı kalmış haldeyim. Fantastik bir dünyada olmadığımızı kim iddia edebilir ki? Ben edemem. Bunun gerçek hayat olmadığına yüzde yüz eminim. Belki de hâlâ uyuyorumdur ve bu uzun, rahatsız edici, berbat bir rüyadır. *İnşallah öyledir ya.*

Fakat durum oldukça gerçekçi hissettiriyor. Utançtan ölmeyeyim diye işi çirkefliğe vuruyorum mecburen. Bir şeyler yapmak zorundayım çünkü. *Bir gururum var benim!* "Daha fazla buna katlanamayacağım," diye bağırıyorum histerik bir halde. "Şimdi içeri gidip her şeyi anlatıyoruz!"

Kerem duruşunu değiştirmeden iç çekiyor. Omuzları sallanınca ben de kıpırdanıyorum. Neden hâlâ adamın sırtındayım, inanın bilmiyorum! Şoka girmiş olmalıyım. Kerem başını sağa doğru çevirince yüz yüze geliyoruz. "Lütfen," diyor sakin sesiyle. "Biraz daha idare edelim. Kimsenin kalbini kırmak istemiyorum."

Sesi her zaman sakin olur ama bu sefer çaresiz bir tını yakalıyorum o seste. Canımı sıkan bir his karnıma çörekleniyor. Rica dolu kahverengi bakışları yüzünden o his giderek büyürken Kerem, "Lütfen," diye tekrarladığında ricası yüzünden kendimi biraz perişan hissediyorum. Yıllar içinde, çalışırken uğradığım tüm zorbalıklardan sonra hayır demeyi öğrendiğimi düşünüyordum ama şu hale bakın. *Bu adama hayır diyemiyorum.*

Boynunu sarılı kollarım gevşerken alnımı sertçe omzuna vuruyorum. "Şu anda senden nefret ediyorum."

"Biliyorum," diyor gülerek. "Aynı hisleri paylaşıyoruz, merak etme."

"Ne ara bu kadar romantik olduk?" diye tatsız bir şaka

yapacakken kapının kilidi oynuyor. Kerem anahtarın kilitte dönen sesini duyar duymaz öyle bir hızla ayağa kalkıyor ki dengemi kaybedip popomun üstüne, yere yapışıyorum. Ne olduğunu anlayamadan kapı açılıyor ve kapıda Burçak'la Nida görünüyor. *Alçaklar!*

Beni Kerem'in ayaklarının dibinde bulunca Burçak'ın yüzüne önce koca bir hayret, sonra da aynı büyüklükte bir gülücük konuyor. Geri kalanımız o kadar şaşkınız ki bir süre kimse konuşmuyor, hatta ben yerden kalkmayı bile akıl edemiyorum.

"Ne oluyor burada?" diye soran tabii ki Nida. *Ah Nidacığım, açıklayabiliriz!*

Kerem'in bakışları benimle kardeşleri arasında gidip geliyor. Birkaç kez ağzı aralanıyor ama ne diyebilir ki? Başını sağa sola eğerken yüzündeki o sinir bozukluğunu yakalıyorum. Bu adam benimle konuşurken hep böyle oluyor. Sanki beni kaldırıp atsa mı, kahkahalarla gülse mi bilemiyormuş gibi.

Burçak heyecanlı bir sesle, "Abimden af mı diliyorsun?" diye sorunca Kerem'le şaşkınca birbirimize dönüyoruz. Kendimi toparlayıp yerden kalkarken Kerem'in bir cevap vermesini bekliyorum ama ağzını açıp da tek bir şey söylemiyor. *Bunun evet demekten ne farkı var ki?* Bu duruma öyle bozuluyorum, öyle içerliyorum ki ağlamamak için öfkeye sarılmak zorunda hissediyorum kendimi.

"Eğer sevgili kardeşiniz benimle barışmayı bu kadar istiyorsa saçma sapan oyunlar oynamak yerine dürüst olmayı denesin!" diyorum üstümü düzeltirken. Kerem hâlâ konuşmuyor.

İkisinin de omuzlarına çarparak kızların arasından geçiyor ve çantamı bulup koşar adım çıkıyorum evden. Arkamdan seslenen birilerini hayal meyal duysam da aldırmıyorum. Evden çıkar çıkmaz otobüs durağına doğru koşuyorum. Şimdi bir taksi çevirmek vardı ama buradan eve taksiyle gidecek kadar da kendimden geçemem. Bineceğim otobüs ben durağa yetişemeden gelince daha da hızlanıyorum ama fayda etmiyor. Tam durağa yetişeceğim sırada vicdansız şoför, kapıları kapatıp gaza basınca kalıveriyorum ortada. Aldığım şiddetli nefesler ve sarf ettiğim efor yüzünden nefes aldıkça canım yanıyor. *Kendimi perişan hissediyorum.*

Sokağın ortasında ağlamayayım diye sakinleşmeye çalışırken arkamdan geldiğini fark etmediğim Kerem bana yetişiyor. O da nefes nefese kalmış ve karnını tutarak soluklanıyor. Koyu renkli saçları koşarken rüzgârdan dağılıp alnına dökülmüş. Elini saçlarının arasına geçirip onları geriye gönderirken oldukça yakışıklı görünüyor doğrusu. Böyle düşününce ağlayasım geliyor sevgili arkadaşlarım. Bana yazıklar olmuş da kimsenin haberi yokmuş gibi hissediyorum.

"Ne yapıyorsun Mısra?" diye sorarken o da bir parça delirmiş görünüyor. Belki de bana nereden çattığını düşünüyordur.

"Seni ilgilendirmez," diyorum öfkeyle. Keşke onu yumruklayabilsem. Bundan o kadar hoşlanırdım ki. Kerem benden daha uzun olduğu için başımı kaldırmadıkça göz göze gelemiyoruz. Ben de bu avantajı sonuna dek kullanıyorum.

"Mısra, bana bakar mısın?" diye soruyor. Bakmıyorum. Bakarsam tırnaklarımı suratına geçirmekten korkuyorum çünkü. Cinnet geçirmeye bir adım uzaklıktayım.

"Mısra?"

Yok, dayanamayacağım. "Ailenin önünde ayaklarına kapanmam çok mu hoşuna giderdi?"

"Hayır tabii ki. Sadece ne diyeceğimi bilemedim. Öyle bir şeyi neden isteyeyim ki? Buraya gelmeni bile istemiyordum."

Öyle bezgin, bunalmış görünüyor ki ona bakarken kalbim kırılıyor. Bir şey canımı yakıyor ama ne olduğunu bilmiyorum. Kerem'in sözleri sanki ben boş yere tavır yapan aptal bir kızmışım, o da mecburen gönlümü yapmaya çalışıyormuş gibi hissettiriyor. Böyle hissetmekten hiç hoşlanmıyorum. Buna kırılmaktan da öyle.

"Beni hiç tanımıyorsun," diyorum kırık bir sesle. Konuştukça neden bu kadar içerlediğim ortaya çıkıyor. Ben de konuşurken anlıyorum bunu. "Kim olduğum hakkında hiçbir fikrin yok. Bir insanı incitmek sandığımızdan çok daha kolaydır Kerem. Beni bu oyunun içine sürükleyip, uzak durmamı isteyip sonra da beni oyuna devam etmeye mecbur kılamazsın. Farkında mısın bilmiyorum ama benim de bir gururum var. Hayatımda kimsenin önünde diz çökmedim. Ayakta kalmak için ne kadar çabaladığımı bilsen, böyle bir şey söyleyemezdin. Senin için kendimden yeterince taviz verdim. Ortaklaşa bir oyunu kabul edebilirim. Ama asla, kimsenin aklı havada, ne istediğini bilmeyen, gurursuz biri olduğumu düşünmesine izin vermeyeceğim. Bir anlaşmamız vardı. Üstüme düşeni fazlasıyla yaptım. Artık seni görmek istemiyorum."

Kerem karşımda donakalıyor. Bakışlarından olayın buralara vardığına inanamadığı belli. Belki abartıyorum ama umursayacak değilim. Kendimi yorgun, mutsuz ve kullanılmış hissediyorum. Dertleşebileceğim bir dostumun olmayışı daha da acıtıyor canımı. Birden üzerime bir çaresizlik hissi çörekleniyor. Eve gidip babaanneme sarılmak ve bana dinlemeye bayıldığım, annemle babamın o meşhur aşk hikâyesini anlatması için ona yalvarmak istiyorum.

"Mısra." Ne diyeceğini bilemediği halinden anlaşılıyor. Zaten bir şey söylemesini de istemiyorum ki. Artık aklımı kurcalamasını ve hayatımda olmasını hiç istemiyorum.

"Boş ver," diyorum iç çekerek. "Sana kızmıyorum. Sadece bir daha karşıma çıkma yeter." O sırada bir sonraki otobüs yaklaşıyor. Yolun kenarına geldiğimde, "Böyle gitme," deyişini duyuyorum. Yanıma gelip koluma dokunuyor. Neredeyse ağlayacak olmama bir anlam veremiyorum. *Role fazla girdim arkadaşlar, yardım edin!*

"Çok özür dilerim. Gerçekten. Haklısın ama böyle kırgın gidersen kendimi çok kötü hissedeceğim."

"Biz gerçek bir çift değiliz Kerem. Benim hislerimi umursaman gerekmiyor."

Bunları söyledikten sonra cevabını dinlemeden kapıları açılan otobüse biniyorum. Kendimi o kadar kaptırmışım ki tutunacak direklerden birine yaslandığımda kulaklarımda Yıldız Tilbe'den Delikanlım yankılanıyor. Kerem'in camın ardından bakan üzgün bakışlarına karşılık veriyorum. Otobüs hareket ettiğinde bile gözümün önünden gitmiyor adam. Bir an sonra araç bir tümsekten geçiyor ve yanağım yaslandığı direkten uzaklaşıp sertçe geri çarpıyor.

Darbenin sertliğiyle kendime geliyor ve ne yaptığımın farkına varıyorum. Olayı çok yanlış anlamış olmalıyım. Üzerimdeki depresif hava sonucu hayal gücüm beni gerçek bir ayrılık yaşadığıma ikna etmiş olmalı. O kadar ki Yıldız Abla bile bilinçaltımın oyununun daha gerçekçi görünmesi için olaya alet oldu. Kendimi ayıplayarak zonklayan yanağımı ovuşturuyorum. "Bir de adama biz gerçek bir çift değiliz diyerek hava atıyorum. Şu halime bak!" diye söylenirken arkamda birisi gülüyor. Sinir bozucu kısık gülüşü duyunca arkama dönüp geçen günkü hadsizle karşılaşıyorum.

Aslında böyle şeyler çok da garip değil. Belediye otobüsleri belli bir saate göre hareket ettikleri için uzun süre aynı otobüse bindiyseniz, o gün binen farklı kişileri ya da her gün otobüste olup da o gün olmayan kişileri fark edebilirsiniz. Lise yıllarımda günde dört kere otobüse biniyordum. Otobüstekilerle arkadaş olmak kaçınılmazdı. Bir kere uyuyakalıp her gün aynı otobüse bindiğim amca tarafından, "Kızım senin durak geliyor," diye uyandırılışımı hatırlıyorum. Ama burada bu durum söz konusu değil. Saatler ve otobüs hattı uymuyor ki. *Çantamı suratına geçirmeli miyim?* Adamın dudakları sevimli bir şekilde kıvrılıyor ve sırtını verdiği cama iyice yaslanıp konuşuyor.

"Hımm, tesadüf mü yoksa kader mi?" *Iyy klişe.*

"Talihsizlik," diye mırıldandığımda kıkırdadığını duyuyorum. Sinirlerim bozuk olduğu için benim de gülesim geliyor. Hayalperestliğim sağ olsun bir duygudan diğerine geçmekte asla sorun yaşamam. Bu yüzden böyle saçma sapan bir insanım ya zaten.

"Dokunaklı bir sahneydi."

"Hiç sohbet havamda değilim," diyorum ters ters. Adam arkamda ve aramızda beş adımlık mesafe var, bu yüzden konuştuklarımızı tüm otobüs duyuyor olmalı.

"Ne zaman sohbet havanda oldun ki? Her zaman aksisin."

Duyduklarıma inanamayarak ona dönüyorum. "Allah aşkına, nereden bilebilirsin? İki kez karşılaştık diye hakkımda her şeyi bildiğini mi sanıyorsun? Siz erkeklerin genel sorunu falan mı bu?"

Adam yüzünü buruşturuyor. "Bir de erkek düşmanı," deyip burnundan çıkan bir *hıh* sesiyle yanıma geldiğinde yüzümü buruşturup kötü bakışlarımı üzerine dikiyorum. "İnsanları okumada iyiyimdir ama aksi olduğunu söylemek için seni okumama gerek yok. Ağzından güzel bir şey çıkıyor mu merak ediyorum."

"Hiç tanımadığım biri beni rahatsız ederken gülücükler mi saçmalıyım?" diye soruyorum kaşlarımı çatarak. Adam bir an durup sonra rahatça gülümseyerek elini uzatıyor.

"Haklısın. Hadi tanışalım. Ben Sinan." Uzattığı ele bakakalıyorum. "Bu ne be, nesin sen? Mahallenin delisi falan mı? Sürekli bu semtin otobüslerine binip otobüsteki herkesle muhabbet etmeye mi çalışıyorsun?"

"Evet, tanımadığım birisi mahalleye girerse uykularım kaçıyor." Elini indirip sıkılgan bakışlarını otobüsün içinde gezdirirken ben de garip bir yaratıkmış gibi onu inceliyorum.

"Seninle flört etmiyorum. Sadece konuşuyorum işte," deyip omuz silkiyor. "Konuşmaktan daha iyi olduğum bir şey varsa dinlemektir. Birinin seni dinlemesine ihtiyacın var gibiydi."

Söylediği şey beni gafil avlıyor. En son ne zaman birinin beni dinlediğini hatırlamıyorum bile. Dinlemeyeceklerinden değil. Ama sanki dinleyen hep ben olmak zorundaymışım gibi hissediyorum. Kendimi aile reisi ilan ettiğim günden beri, aileme sıkıntılarımı açma lüksümü kaybetmişim sanki. Benim başa çıkamadığımı bilirlerse onlar hiç dayanamazlarmış gibi geliyor. Babalar da böyle mi hissediyordur acaba diye düşünmeden edemiyorum. Babam her zorlukta en büyük destekçimizdi. Düştüğümüzde bizi o kaldırırdı. Ağladığımızda bizi o kucaklardı, ne kadar zor olsa da her zaman dimdik durur ve bize güven verirdi. Onun altından kalkamayacağı hiçbir şey olamazdı. Babamın bir sorun altında ezilebileceğini düşünmemiştim hiç. Bir ailenin sorumluluğunu alınca sarsılmaz görünmek istiyordu insan. Ama babam anneme sahipti. Bense tek başımayım.

Yüzüm nasıl bir hal aldıysa Sinan neredeyse endişeli görünüyor. "Yanlış bir şey mi söyledim?" diye sorunca yorgun bir gülümseme yerleşiyor dudaklarıma.

"Doğru bir şey söyleyebiliyor musun ki?"

Sinan bana neşe içinde bakıp birkaç adım ilerideki kıza, "İnanabiliyor musun?" diye soruyor. "Benimle şakalaşıyor!" Kız kıkırdıyor, ben de yüzümü buruşturuyorum.

"Ee, isimsiz kız? Konuşmak ister misin?" Hayır, kesinlikle istemiyorum. Yine de yaklaşımından hoşlanmıyor değilim. Flört etmiyor, sadece samimi davranıyor ve ben içten davranışlara pek alışkın değilimdir. İşlek bir caddenin en büyük kafesinde garsonsanız her gün sizi aşağılamaya çalışan insanlarla muhatap olmak zorunda kalır, bir süre sonra herkesten nefret etmeye meyilli olursunuz. Mesleki deformasyon işte.

"Ne iş yapıyorsun?" diye soruyorum öylesine. Bu kadar girişken olduğuna göre insanlarla çalışıyor olmalı.

"Psikoloğum," deyince gülmeden edemiyorum. Bu, *ne hissettiğini biliyorum* tavırları nereden geliyor, anlaşıldı.

"Şaşırmadım."

Bana hiç aldırmıyor. "Sen?"

"Bir kafede garsonum," diyorum ve nasıl olduysa yolun geri kalanında havadan sudan konuşuyoruz. Uzun otobüs yolculuğum bittiğinde Sinan'ın yanından adımı ve çalıştığım yeri söylemiş olarak ayrılıyorum. Daha önce hiç yolda gördüğüm bir adama çalıştığım yeri söyleyip tekrar görüşme sinyali vermedim ama Sinan'ın sevgilisinin oluşu ve bana gerçekten arkadaşça yaklaşması bir istisna yapmama sebep oluyor. Fark ettiniz mi bilmiyorum ama yalnızlıktan geberip gideceğim. Arkadaş edinmek için de bir yerden başlamak gerekiyor, ne yapayım?

Eve girip kapıyı tekmeleyerek kapadıktan sonra bizimkileri salonda halının ortasına oturmuş halde buluyorum. Babaannem sırtını kanepeye dayamış, ayaklarını uzatarak oturmuş. Ecrin başını babaannemin bacaklarına koymuş, yerde uzanırken bir yandan da kıkır kıkır gülüyor. Emre de salonun ortasına bağdaş kurmuş elinde bir defterle kalem, saçma sapan hareketler yapıyor.

Anlayacağınız yine bensiz bir aile saadeti yaşıyorlar. Haliyle kıskanmadan edemiyorum. Yanlarına gidip ayağımla Ecrin'in kafasını itişim ve yerine kendim uzanışım da bu yüzden. "Ne yapıyorsunuz?" diye soruyorum kardeşimin homurdanmalarına aldırmadan. Babaannem saçlarımı okşarken Emre'nin yine âşık olduğundan bahsediyor.

Emre düşünceli pozlar vererek konuşunca yüzümü buruşturuyorum. "Şiir yazıyoruz abla. Kız şiirlere bayılıyor."

"Abimin şiirini gördüğünde kız felç olmasa bari," diyor Ecrin gülerek.

"Okusana," dediğimde Emre kazık yutmuş gibi dikleşip boğazını temizliyor. Aşk şiiri okuyacak gibi değil de 23 Nisan gösterileri için seçmelere katılmış gibi davranıyor.

"Başlıyorum." Boğazını temizleyip Ecrin'in kıkırtılarını kesmek için kalemini kızın kafasına attıktan sonra komik bir ciddiyetle hayatımda duyduğum en kötü şeyi okumaya başlıyor.

"Boş mesaj gibisin sevgilim,
Ne yana çeksem oraya gidiyorsun.
Ortada bariz bir mesaj var
Ama anlamını çözemiyorum.
Bakışların bakışlarıma değince,
Gözlerim seğiriyor delice.
Gel etme, bir cevap ver bu sabiye,
Aşkından göçüp gitmeden önce."

Emre mağrur bir ifadeyle bakıp fikrimi soruyor. O kadar ciddiyetle soruyor ki gülsem işin esprisi kaçıp gidecek. "Son ikilik babaannemin mi?" diyorum başımı ağır ağır sallayarak.

Ecrin, "Evet!" diye bağırıp kahkaha atmaya başlayınca daha fazla dayanamıyorum. İkimiz deli gibi gülerken Emre bize küsüp odasına gidiyor. Babaannemse bizi ayıplayarak şiire yardım ettiğini, babasının da şair olduğunu söyleyip bizi azarlıyor. Biz şair ruhundan ne anlarmışız. Ecrin'le iki taraftan babaannemi öpücüklere boğup surat asmayı kesene kadar gıdıklıyoruz ve nihayet bugün biraz olsun keyiflenebiliyorum.

Odama çekildiğimde aklımdan ilk geçen ailemi ne kadar sevdiğim oluyor. İkinci düşüncemse beklenmedik bir şekilde göğsümü sızlatıyor. Ne Kerem'in arkamdan bakarkenki o üzgün halini aklımdan atabiliyorum ne de nedenlerini merak etmeden durabiliyorum. Neden böyle bir oyuna ihtiyaç duyduğunu, neden bakışlarında hep bir parça hüzün sakladığını ve neden aşka karşı bu kadar tepkili olduğunu düşünüp cevaplar arıyorum. Bin bir düşünce geçiyor kafamdan. Asla hangisinin doğru olduğunu bilemeyecek olmam yüreğimi sızlatıyor. Bugün bir şekilde farklı bir duygu yakalamıştım onda. İlk kez arkadaş canlısı görünmüş, mesajlaşırken benimle şakalaşmıştı. Bir şekilde iyi arkadaş olabileceğimizi düşünmeden edemiyorum. Ve bu şansı ortaklaşa ellerimizle parçaladığımızı.

Kerem'den önceye, çalışmaktan başka bir şeye ihtiyaç duymadığım zamanlara dönmek istiyorum. Elimde olsa Kerem'le ve ailesiyle geçirdiğim günlerin içimdeki duygusal, kocaman boşluğu ortaya çıkarışını engellerdim. Ama bir kere farkına vardıktan sonra boş veremiyorum. İçimde yabancı, tuhaf hisler geziniyor.

Hapı yuttuğumun farkındayım ama kendi iyiliğim için sonuna dek bunu inkâr edeceğim.

9. Bölüm

Üzerinde on iki bardağın dizili olduğu kocaman bir tepsiyi tek elinizle tutup diğer elinizle bardakları masadakilere servis etmek nedir, biliyor musunuz? Gerçek bir yetenektir.

Bu yeteneğe sahip olmak için çok ter dökmek gerekiyor. Tepsiyi tutacak elinizi tepsinin altına, tam ortaya yerleştirmeli ve asla kıpırdatmamalısınız. Tüm kuvveti bileğinizden alacaksınız ve kendinize güveneceksiniz. Eğer o el birazcık titrerse, vay halinize arkadaşlar. Önce titremenin verdiği sarsıntıyla çaylar çay tabaklarına dökülür, sonra müşteriler söylenir, paniğe kapılıp birkaç bardağı tamamen devirirsiniz, şef garson sizi kenara çekip güzelce azarlar ve en sonunda ortalıktaki pisliği temizlemeniz gerekir.

Tüm bunları her çaylak en az on kez yaşamıştır, neyse ki ben profesyonelim. Çayları hızlıca götürüp, servis edip, tepsiye tek bir damla dökmeden geri dönebiliyorum. Tabii ara ara kolum kangren olmuş gibi, çürümüş gibi, birazdan vücudumdan ayrılıp düşecekmiş gibi hissetmiyorum değil. Sonuçta ben de insanım. Superman falan gerçek değil arkadaşlar, olsaydı çoktan beni kurtarmaya gelirdi. Bunu duymak acıtıyor mu? Üzülmeyin, geçiyor.

Şovumu sonlandırıp tepsimi zaferle kaldırarak uzun masanın arasından kıvrıla kıvrıla geçiyorum. Düz yürümeye uygun bir yol olmadığı için böyle yürümek zorundayım ama her seferinde tepsim havada, bu şekilde geçerken gözyaşları içinde beni tebrik etmelerini bekleyen o ruh haline girmeye engel olamıyorum. Ancak asla tebrik etmiyorlar. Ağızlarının ucuyla edecekleri teşekkürün ne kadar değerli olduğunu bilseydiler belki bu kadar kaba olmazlardı. Toplum olarak büyük bir nezaket problemimiz olduğunu düşünüyorum. Evinde sarı bezle bulaşıklardan kalanları temizleyen kız bir kafeye gelip de ayağına çay getirildiğini görünce öyle bir havalara giriyor ki karşısındakinin bir insan olduğunu unutuveriyor. Yaşayamadığı prensesliğini kaba saba emirlerle şurada geçireceği yarım saate sığdırmaya çalışıyor. Kalp kırdıklarını asla önemsemiyorlar, asla hatalarını kabul etmiyorlar ve asla ama asla empati kurmuyorlar. Bazen insanlardan o kadar nefret ediyorum ki... Her şeyi yoluna sokabilecek iki cümle var. *Özür dilerim ve teşekkür ederim.* Bu cümleleri samimiyetle söylersek, söylemekten çekinmezsek daha iyi insanlar olabiliriz. Duyuyor musun Kerem?

Evet, benden özür dilemiş olabilirsin. Öncesinde teşekkür de ettin evet. Ama o sırada kırgın ve kızgındım. Yani...

Yani, deliriyorum. Adama postayı koydum. Bir sürü rest çektim. Belki vicdanını rahatsız etmeyi bile başarmışımdır. Şimdi de manyak gibi aramasını bekliyorum. Üstelik neden beklediğimi de bilmiyorum. Gözlerimi kafenin girişinden ve telefonumun ekranından ayıramadığımı fark ettiğimde kendime karşı dürüst olmaya karar verdim.

Evet, Kerem'i bekliyorum. İlk gün beklediğimi inkâr ederken de bekliyordum, ikinci gün neden beklediğimi sorgularken de bekliyordum ve üçüncü gün ona âşık olmadığıma emin olduğum, ancak merakımı engelleyemediğim için beklediğime karar verirken de. Ama gelmiyor.

Bu süreçten öğrendiğim şu ki beklemek boktan bir şey. Geçtiğimiz günlerde beklemek dışında yaptığım iyi olan tek şey Sinan'la takılmaktı. Otobüsteki tanışmamızdan sonra bir arkadaşlık kurabileceğimizi gerçek anlamda düşünmemiştim. Bana kalsa onu aramazdım, yabancı birini bir buluşmaya davet etmek yapabileceğim bir şey değildi. Çok az vaktim varken böyle bir şeye cesaret edip de reddedilirsem incinirdim. Bu yüzden onu aramayacaktım ama o beni arayıp dışarı çıkamıyorsam kendisinin gelebileceğini söyleyerek beni kafede ziyaret etti. Hayatımda sohbet etmesi bu kadar kolay biriyle daha tanışmamışımdır. Ona bir kahve ısmarladım ve zararsız, eğlenceli bir sohbet yürüttük. Biraz magazin dedikodusu bile yaptık. Sinan konuşmak ve paylaşmak konusunda çok rahattı. Bana kız arkadaşından, aralarındaki bir sorundan bahsedince birlikte çözüm aradık. Kızı kırmadan onda hoşlanmadığı şeyleri söylemeye çalışacağında karar kıldık ama ben başarabileceğini sanmıyorum çünkü kimse kötü özelliklerinin sevgilisi tarafından yüzüne vurulmasından hoşlanmaz.

Buna rağmen bu konunun pek de önemli olduğunu düşünmüyorum çünkü Sinan hiç de âşık görünmüyor. İşte bu yüzden odaklanmamız gereken asıl konu bir arkadaşla muhabbet edip eğlenmiş olmam. Bir adamla İngiliz kraliyet ailesinin entrikalarını, Prenses Diana'nın hayatını ne diye konuştuğumu sorsanız söyleyemem. Düşününce kulağa çok da saçma geliyor ama arkadaşlık da böyle değil midir zaten? Her şey hakkında konuşmak ve sohbetin içinde istediğin kadar saçmalayabilmek değil midir? Asırlardır aileden olmayan biriyle öylesine birilerini çekiştirmemişim sanki. O kadar iyi geldi ki bir ara Sinan'la sokakta yürüyenlerin kıyafetlerini eleştirip bazılarıyla sessizce alay ettik.

Evet, bu iğrenç bir davranış. Ve evet, çok eğlenceli. Hadi küçük, kötü kalbimi suçlayın.

Uzun, yorucu, sıkıcı ve tüm olumsuz duyguları barındıran bir günü daha bir şekilde atlatmayı başarıyorum. Saat akşam sekizi vurduğu anda önlüğümü Burak'ın üstüne fırlatıp koşarak soyunma odalarına gidiyorum ve üzerimi değiştirip aceleyle kafenin dışına, özgürlüğüme doğru koşuyorum.

Ya da koşmaya çalışıyorum desek daha doğru olur. Kafenin dışına çıktığım an dev bir çiçek buketi çıkış yolumu kapıyor. Dev derken abartmadığımı bilmelisiniz. Kocaman bir şey bu. Çiçeği tutan adamın başı ve omuzları buketin arkasında kaldığından görünmüyor. Yüzümü buruşturup, "Affedersiniz," diyorum. "Geçebilir miyim?"

Buket kıpırdıyor. Hafifçe aşağı indiğinde altından tanıdık bir yüz çıkıyor. O kadar şaşırıyorum ki günlerdir beklediğim adamın karşısında prova ettiğim o mağrur ifadeyi takınacak zamanım olmuyor. Ağzım açık halde suratına bakakalıyorum.

Kerem, "Merhaba," diyerek çiçeği uzattığında toparlanıyorum hemen.

Utanç verici, abartılı şaşkınlığı yaşamamışım gibi çenemi yukarı kaldırıp, "Bu ne şimdi?" diye soruyorum.

"Çiçek. Senin için." Kerem koca buketi kucağıma doğru itip almam için ısrar edince çiçekleri kucaklayıp meraklı görünmemeye çalışarak inceliyorum. İlk aklıma gelen soru *neden* olmalı değil mi? Ama yemin ederim tek düşünebildiğim, bir çiçekçiye gitsem bunu ne kadara okutabileceğim oluyor.

Kerem'in çekingen bir hali var. Son görüşmemizde biraz duygusallaştığım için ben de ondan çekiniyorum aslında. Ama buraya gelmesi ve bana çiçek getirmesi çok hoş.

"Bana bir sera mı aldın?" diye soruyorum gülerek.

"O kadar da büyük değil."

"Evet, büyük." Kafenin girişini kapattığımızı fark ettiğimde dışarıya çıkarıyorum onu. Kucağıma sığmayan buketimi sıkıca göğsüme bastırırken sessizce yanımda yürüyen adama bakıyorum.

"Peki, bunlar ne için?"

"Özür çiçeği..." Gözlüğünü düzeltip elini ensesinde gezdirerek etrafa bakındıktan sonra kaçacak yeri yokmuş gibi tekrar yüzüme dönüyor. "Aslında şu anda çok gerginim. Bana bağırmanı bekliyordum ama sen gülümsüyorsun. Fırtına öncesi sessizlik anında mıyız?" Şaka yapmaya çalışıyor sanırım ama sahiden gergin olmalı ki şakacı görünmenin yakınlarında bile değil. Gülmemek için dudaklarımı ısırıyorum. *Adam haklı.* Hemen gitmesini söylemem gerekirdi ama garip bir şekilde onu gördüğüm için mutluyum.

"Sana ne zaman bağırdım?" Kaşlarını kaldırarak bakınca sırıtıyorum. "Tamam, biraz bağırmış olabilirim ama hepsini hak etmiştin."

"Biliyorum. Özür dilerim."

Durağa geldiğimizde birkaç adım ötede duruyorum. Aklıma gelen her cümle konuşmayı burada sonlandıracak şeyler. Bu konuşmanın burada bitmesini istemediğimi düşünüyorum şaşkınlıkla. Hatta elimdeki çiçeklere, onun mahcup yüzüne bakarken kalbime bir cemre düşüveriyor. Onu tanıma, gerçekten tanıma arzusu baskıcı bir kuvvetle beni sıkıştırırken bunu ona söylemek için dayanılmaz bir istek duyuyorum. Fakat ağzımdan çıkan tek şey kuru bir teşekkür oluyor.

Kerem bana samimiyetle gülümsediğinde kendimi çok rahatsız hissediyorum. Onu sevimli ya da yakışıklı bulmak karnımı ağrıtıyor. Onun hakkında böyle şeyler düşünmemeliyim, düşünmek istemiyorum ama bundan kurtulamıyorum da.

"Yani, barıştık mı?"

Kerem'in sorusuna cevap verirken sesim huysuz, genç bir kız gibi çıkıyor. Ben nazlı ya da insanlara tavır yapan biri değilimdir ama Kerem'e karşı böyle davranmak istiyorum. Ecrin bunu duysa iğrenç olduğumu düşünürdü. Ben de ona hak verirdim. "Bunu cidden önemsiyor musun?"

"Tabii ki. Benim için çok şeye katlandın." Bunu sadece kendim için, borcumu en az hasarla ödemek için yapmış olsam da şimdi bundan bahsetmenin ne gereği var ki canım?

"Peki, bunlara neden katlandım?"

"Anlamadım?" derken dürüst olduğu sesinden, yüzünden belli. Sürekli merak ettiğim sorularımdan bahsetsem ileri gittiğimi düşünür mü, bilmiyorum. Bana karşı mahcup olduğuna göre bu belki de tek şansım olabilir, o yüzden deneyeceğim.

"Neden böyle bir oyun oynadığını merak ediyorum. Bir senaryo yazıp elime verdin ama başlangıcı olmayan bir hikâye nereden bakarsan bak anlamsız olur. Bana o başlangıcı veremez misin Kerem?"

Bakışlarını benden kaçırıyor ama karşısında inatçı bir duruş sergileyerek onu ikna etmeye çalışıyorum. Yanımızdan geçen bir araba yol üzerinde durduğumuz için öfkeyle kornaya basana dek karşılıklı duruyoruz. Bir an için gürültülü korna sesleri kalbimdeki hislerin yansıması gibi hissettiriyor ve Kerem'in de bunu anlamasından korkuyorum. Beni biraz olsun önemsemesini öyle çok istiyorum ki bunu anlaması utanç verici olur.

"Bu, konuşmak istediğim bir konu değil," diyor sonunda Kerem. Neden diye üstelemek, anlatması için yalvarmak, gerekirse onu bir sandalyeye bağlayıp anlatana kadar türlü işkenceler etmek geliyor içimden. *Neyim var böyle doktor bey?*

"Kalbimi ne için kırdığını bilmek istemem yanlış değil bence."

"Kalbini mi kırdım?" diye soruyor samimi bir şaşkınlıkla.

Yani, adam haklı. Benimle doğru düzgün konuşmuyordu bile ve kalbimi nasıl kırmış olabilir ki? Ama vazgeçmiyorum. Elimdeki kozu kullanmaya gerekirse ajitasyon yapmaya hazırım.

"Evet, evinde ablanlarla birlikte benim senin ayaklarına kapandığımı söylerken kalbimi, gururumu ve elimi kırdın. O anda elime bastığını biliyor muydun? Kızgınlıktan anlamadım o an ama sonra bütün gece ağrıdı," diyorum dudaklarımı bükerek. "Ayrıca gelmen bu kadar uzun sürdüğü için de sana kızgınım. Bu özrü daha önce almayı hak ediyordum."

"Senden daha önce de özür diledim," dediğinde çiçeklerimi gösteriyorum.

"Özür dediğin böyle olur."

"Tamam, tamam. Bir yerde oturalım mı?" Havaya yumruğumu sallayıp zıplayarak koşturmamak için ciddi irade sarf etmem gerekiyor ama başarıyorum. Mağrur bir ifadeyle biraz yürüyüp ilerideki çay bahçesine götürüyorum onu. İki çay söylüyoruz ve çaylar gelene kadar ikimiz de konuşmuyoruz. Çaylarımız geldiğinde masanın ortasındaki şekerlikten bir küp şeker alıp ortadan ikiye ayırıyor. Bir parçayı çayına, diğerini ağzına atarken hafifçe gülümsüyorum. Bunu birlikte çay içmek zorunda kaldığımız birkaç seferden öğrendiğim kadarıyla hep yaptığını, eğer Duru yanındaysa yarısı kalmış küp şeker için didiştiklerini biliyorum. Bunu görmemiştim ama Nurdan Hanım oğluyla ilgili anılarını anlatırken söylemişti.

Ben hiç iyi değilim sevgili arkadaşlarım. Bana çok yazık olmak üzere.

"Konuşmak iyidir," diye giriyorum söze. "Konuşmadığın her an dertlerin içinde büyür ve bir yerden sonra kaldıramayacağın kadar ağırlaşır. Seni tüketir."

Bana uzun uzun bakıyor. Gözlerimin içinden tüm hayatımı görebildiği gibi çılgın bir fikre kapılınca bakışlarımı onunkilerden koparıyorum. Bir iç çekiş dökülüyor dudaklarından.

"Sana öyle mi oldu?"

Sorusu kendimi kırılgan hissetmeme sebep oluyor. Yüzüme küçük, duru bir gülücük yerleşirken üşüyen ellerimi sıcak çay bardağına sarıyorum. Onunla konuşmayı ve dertleşmeyi öyle çok istiyorum ki bu arzu beni korkutuyor. Hayatımda kimsenin ilgisini bu kadar çaresizce istememiştim. Bunların neden şimdi olduğunu anlayamıyorum. Neden baştan beri değil de şimdi onunla arkadaş olmaya çalıştığımı bilmiyorum ama önemli olduğundan emin değilim. Hem zaten sorgulayıp durmanın ne anlamı var ki? Bir şey oluyorsa ve bunu engelleyemiyorsam, yaşayıp ne olacağını görmeliyim. *Yalan söyledim ya, ödüm kopuyor olabilecek her şeyden!*

"Önce seninle ilgili konuşacağız. Neden böyle bir şey yaptın?"

Hemen yüzü asılıyor. "Söylemek istemiyorum. Çok saçma bir şey," derken öyle masum bir ifade takınıyor ki kendimi karşısında kıkırdarken buluyorum.

"İnan bana, saçma olduğunu biliyorum."

"Ben sadece evlenmek istemedim."

"Evlenmek istemiyorsan bunu dürüstçe söyleseydin. Sahte bir nikâh için o kadar uğraşmanın kolay bir yanı yok."

"Of, iyi. Sana mahcup olduğum için şanslısın çünkü başka türlü asla cevap vermezdim. İki yıl önce üniversiteden beri beraber olduğum sevgilimle nişanlandık. Hep eninde sonunda evleneceğimizi düşünürdüm, bu benim hayalini kurduğum gelecekte kesin olarak gördüğüm bir seçenekti. Başka seçeneklerin varlığını aklıma bile getirmiyordum, o kadar emindim ki sevgilimin nişandan sonra zamanla benden uzaklaştığını anlayamadım. Birlikte kuracağımız gelecek için birikim yapmaya çalışıyorduk, ben öyle sanıyordum yani. Birbirimize yeterince vakit ayıramaz olmuştuk ve sonra bir baktım, elimde bir nişan yüzüğü ve veda notuyla şok içinde evinin önünde dikiliyorum." Gözlerim hayretle açıldığında Kerem tatsız bir gülüşle omuz silkiyor. "Çok dramatik. Artık kim veda notu bırakıyor ki? Edebiyat okumanın zararları da böyle oluyor sanırım. Okul yıllarında sürekli bir şiirsellik arayışı içinde oluyorsun."

O çay bardağına bakarak konuşurken her söylediğini zihnime kaydediyorum. Sormak istediğim öyle çok şey var ki... Kızın nasıl biri olduğunu, Kerem'in onu nasıl sevdiğini merak ediyorum. Nasıl bir ilişkileri vardı, ne kadar yakındılar, paylaştıkları şeyler nelerdi... Böyle özel soruları soramayacak kadar akıllı bir kız olmam ne üzücü. Keşke patavatsızın teki olsaydım.

"Peki kız neden ayrılmak istedi?" diye sorduğumda Kerem bana kederli bir bakış atıp omuz silkiyor.

"Bir kız olduğunu da nereden çıkardın?"

Karşısında donakalıyorum. Kelimenin tam anlamıyla... *Donakalıyorum.* Rüzgârdan uçuşan saçlarım bile kıpırdamayı bırakıyor. Öylece Kerem'e bakıyorum. Şok denen sözcük şu an hissettiklerimin yanında o kadar yetersiz ki halimi anlatacak bir kelime bile bulamıyorum. Ağzımı açıyorum, kapatıyorum, açıyorum. Ama olmuyor. Tek bir ses çıkaramıyorum.

Kerem yüzüme bakıyor. Bakıyor. Bakıyor ve öyle büyük bir kahkaha atıyor ki etraftaki insanların başı bir anlığına bize dönüyor.

"Allah'ım! Şu ifadene bir bak. Sadece şaka yapıyorum." *Şaka mı? Ben burada ölmek üzereyim ve sen şaka mı yapıyorsun?* Kerem'in kahkahasının tatlılığı bile beni kendime getiremiyor. Eşek şakası diye buna derim arkadaşlar!

"Mısra, iyi misin?" diye soruyor kahkahası kesilirken. Hâlâ yüzünde müthiş bir gülümseme var. Müthiş derken demek istediğim... *Bu adam giderek daha mı yakışıklı oluyor ne?* Tanıştığımızda sıradan bir yüzü olduğuna eminim ama giderek daha farklı görünüyor sanki. Büyücüdür belki de. *Berbat bir espri anlayışı olan zalim büyücü.*

"İyi miyim?"

"Evet, iyi misin?" Her an tekrar gülmeye başlayabilir gibi bir hali var. *Ayıp be!*

"Bana yaptığın ilk şaka eşcinsel olduğun mu yani?" derken biraz alıngan görünmüş olmalıyım. Keyfim de koşarak uzaklaşmış durumda. Bir saniyeliğine zihnime doluşan görüntüler yüzünden günlerce yemek yiyemeyebilirim. Şoktan sıyıramıyorum kendimi. İmdat!

"Üzgünüm. Bu kadar ciddiye alacağını düşünmedim."

"Hangi erkek böyle bir şaka yapar ki?" diyorum inanamayarak. "Sanırım bayılacağım."

"Tamam, tamam. Kesinlikle bir kıza âşıktım." Derin bir nefes alıyor ve tek nefeste sanki bunlar hiç de önemli mevzular değilmiş gibi kayıtsız bir halde durumu özetliyor. "Terk edildim ve bu durumla pek kolay başa çıkamadım. Annem tekrar sevebileceğim biriyle beni tanıştırmaya kendini öyle adamıştı ki başkasını istemediğimi bir türlü anlamadı. Beni sürekli randevulara göndermek için kurduğu baskıdan o kadar sıkılmıştım ki bir kez daha terk edilirsem artık yeni birini bulmak, hayata devam etmek gibi zırvalarla beni daha fazla zorlayamayacağını düşündüm."

Yüzüne şüpheyle bakıyor olmalıyım çünkü ona pek inanmıyorum. Bu muydu yani? Bu kadar basit bir sebep için mi bunca zahmete girmiştik?

"Bana öyle bakma. İnsanlar sürekli konuşurlar Mısra. Herkes sana akıl verir. Herkes ne yapman gerektiğini söyler. Sanki sen bilmiyormuşsun gibi. Ama ne kadar bilsen de, dinlesen de, inkâr etsen de atlatamadığın şeyler olur. Berna gittikten sonra zor zamanlar geçirdim. *Unut gitsin işte,* diyenlerin yüzüne yumruk atmamak için uğraşırken nasıl sağlam bir sabır duygusu kazandığımı bilemezsin. Unut deyince unutulmuyor, birisi boş ver deyince mucizevi bir şekilde geçmiyor yaşadıkların. O acı içini kemirip duruyor ve sen insanların çenesini kapamak için saçma sapan bir oyun oynamayı göze alacak hale geliyorsun." Sandalyesinde geriye doğru yaslanıp yukarıdaki yıldızsız gökyüzüne çeviriyor yüzünü. "Tek istediğim rahat bırakılmaktı. Beni suçlayabilir misin?"

Suçlayamam elbette. Gözlerimi ellerime indiriyorum. Çok farklı hayatlar, farklı acılar olsa da yaşadıklarımız, bir şekilde onu anlıyorum ve onun için samimi bir üzüntü duyuyorum. Böylesine içten bir cevaptan sonra sorum yüzünden biraz utanmış haldeyim. Ona bakıp başımı iki yana salladığımda bana hafifçe gülümsüyor.

"Ayrıldıktan sonra Berna'yı hiç görmedin mi?" Cevap vermeden önce çayından bir yudum alıp yüzünü buruşturuyor. Serin havada dışarıda oturduğumuz için çaylarımız hemen soğudu.

"Hayır. Ama sanırım bu yakın zamanda değişecek." Yanımızdan geçen garsondan yeni çay rica ediyoruz, o bardakları alıp gittiğinde bileklerimi masaya yaslayıp öne doğru eğiliyorum.

"Nasıl yani?" Çocuksu merakıma gülerken elleriyle saçlarını dağıtıyor. Böyle yaptığında fena halde serseri göründüğünü söylemiş miydim? Sanmıyorum çünkü bunu az önce fark ettim.

"Bu ayın sonunda üniversiteden bir arkadaşımız evleniyor. İkimizin de yakın arkadaşı, düğününe gitmek zorunda olduğumuz bir arkadaş. Yani muhtemelen orada olacaktır."

Bunu söylerken bile moralinin bozulduğunu görmek, beni üzüyor. Kafama tehlikeli, asla kulak asmamam gereken düşünceler doluşurken sakince onu izliyorum. "Peki, bununla ilgili ne düşünüyorsun?"

Ben pürdikkat yüzünü incelerken tazelenmiş çaylarımız geliyor. Kerem şeker ritüelini uygularken sabırla bekliyorum. Gözlerini kaldırıp bana baktığında inanamayan bir ifade takınıp gülüyor.

"Hep böyle inatçı mısındır?"

"Bazen," deyip tatlılıkla gülümsediğimde onun da dudakları kıvrılıyor.

"Onu görürsem ne yaparım bilmiyorum Mısra. Son görüşmemizin üstünden yıllar geçti. Hâlâ ona âşık olduğumu düşünmüyorum bile ama onu orada sevgilisi ya da kocasıyla görürsem..." Durup paylaşması zor bir itirafı dile getirmeden önce gözlerime bakıyor. "Bunu yaşamak istemiyorum."

Bunu duymak kalbimi çok kırıyor ama bu kırgınlık onun adına mı yoksa durumum çok mu fena, bunları şimdi düşünmek istemiyorum. Uzanıp elini tutmak, onu teselli etmekten başka dileğim yok. Ama sözcüklerin hiçbir anlamı olmadığını az önce net bir şekilde ifade etti. Bu yüzden konuşurken söylediklerimin üstünde düşünmüyorum, sadece ona iyi gelmeyi istiyorum.

"Oraya seninle geleceğim."

"Ne?" derken neden bahsettiğim hakkında zerre fikri yok. Benim de öyle. "O düğüne seninle geleceğim. Eğer Berna yanında biriyle gelirse ben de senin kız arkadaşın olabilirim. Biliyorsun, neredeyse karın olacaktım. Kız arkadaşın da olabilirim sonuçta. Eğer yalnızsa da sadece bir dost olarak sana destek olurum." Kerem uzun uzun yüzüme bakıyor. Bakışları minnet dolu bir hal aldığında gözyaşlarına boğulmamak için dişlerimi sıkıyorum. Hayatımda yeterince sıkıntı varken, beni üzeceğini düşündüğüm seçimlerden kaçınmaya çalışırım. Bir dramın içine balıklama dalmaktan öyle korkarım ki insanlara yaklaşırken de hep dikkatliyimdir. Oysa şimdi kaçındığım her şeyi yapacak bir teklifle kendimi Kerem'in hayatına soktum. Ben iflah olmam sevgili arkadaşlarım. Başıma gelen her şeyi hak ediyorum ben.

"Bunu neden yapacaksın ki?"

"Neden olmasın? İkimiz çoktan yüz göz olmadık mı?" deyip güldüğümde bakışları kalbimi hızla çarptıracak bir şekilde yumuşuyor. İkimizin gözleri de kahverengi ama onunkiler sanki içinde binlerce anlam taşıyorlarmış gibi bambaşka görünüyorlar.

"Bana söyleyip duruyorsun ama asıl deli sensin," diyor Kerem yüzünde minicik bir gülümseme belirirken. "Teşekkür ederim Mısra."

Son bir iyilik daha yapacağım, diyorum kendime. Sonra da kendimi bir akıl hastanesine kapatır, hayatıma orada devam ederim.

10. Bölüm

Ayrılırken Kerem beni eve bırakmak istiyor ama otobüsle dönmeyi tercih ediyorum. Çünkü bir kez daha beni iki sokak aşağıda bırakmasını söylemek hoşuma gitmiyor. Yirmi üç yaşında ve evi idare eden kişi olduğum düşünülürse özgür yaşamam gerekir, değil mi? Fakat Ganimet Sultan gibi bir babaanneniz varsa ancak kısıtlı bir özgürlüğe ulaşabilirsiniz. Öyle ki hayatınızda aldığınız en güzel çiçek buketinden yalnızca çantanıza sakladığınız birkaç çiçeği eve getirebilirsiniz. Çiçeklerimden vazgeçmek beni üzüyor ama o koca buketi kime nasıl açıklayabilirim ki?

Otobüsteyken Sinan'a mesaj atıp buluşmak istediğimi söylüyorum. Ona Kerem'den henüz bahsetmemiştim ama artık son haftalarda nelerle uğraştığımı anlatacağım. Hem bir arkadaş olarak hem de psikolog olarak desteğine ihtiyacım olduğu ortada.

Evimin yakınındaki durağa gelince otobüsten inip bizim mahalleye giden azap yokuşunu çıkıyorum. Formumu her daim korumamı bu yokuşa borçlu olabilirim. Bu bir yokuş değil, dağ sanki. Neredeyse tırmanmak için ekipmana ihtiyaç duyacağız. Düz yoldan gidince yol çok uzadığı için her gün yokuşu tercih ederim ve her gün buna pişman olurum.

Nihayet yokuşu arkamda bıraktığımda alnımda ter damlaları birikmiş, bitap bir haldeyim ama bunu kendim istediğim için sızlanamıyorum bile. Düz yolda nefesimi toparlamaya çalışarak yürürken her adımda biraz daha iyi hissediyorum. Havalar ısınmaya başladığından artık bu saatlerde mahallemiz canlı oluyor. Eve yaklaştığımda sokağın başındaki küçük gruba bakıyorum. Kiraz Nine ve Rasim Dede sandalyelerini alıp evlerinin önünde oturmuş, etraflarına dizilen gençlerle sohbet ediyorlar. Bu yaşlı çift mahallemizin en popüler insanları olduğundan bu görüntüye alışığım. Öyle tatlı sohbetleri var ki ne zaman kapıda otursalar insanlar kendilerini yanlarında oturmuş, anlattıklarını dinlerken bulur. Gençleri çok sevdikleri ve onlarla konuşmaktan hoşlandıkları için de bazen kendileri gençleri yanlarına çağırırlar, grup zamanla büyür ve sonunda nineyle dede yorulup eve çekildiklerinde bile kapılarında sohbet etmeye devam eden bir grup olur. Eskiden ben de onlarla otururdum. Kışın pek dışarı çıkmadıkları için bir süredir onları görmüyorum ama bundan daha uzun zamandır yanlarında oturacak vaktim de enerjim de olmuyor. Zaten çoğu akşam ben işten döndüğümde yaşlılar çoktan eve dönmüş, gençler de gürültü yaparak azar yememek için parklara dağılmış olurlar. Fakat bugün saat hâlâ erken. Üstelik kaldırıma ve yola gelişigüzel oturmuş grupta kardeşlerimi de görüyorum. Emre'nin her yerden çıkabilme özelliği olduğu için orada olması normal ama Ecrin'i de yanında görmek ilginç bir durum. Kız kardeşim daha yeni genç bir kıza dönüşüyor ama karakteri dolayısıyla yıllardır çoktan çocukluğunu arkada bırakmış gibi hissettiriyordu zaten. Yine de o, Emre gibi herkesle ilişki kurup tasasızca eğlenebilecek birisi değil. Ecrin bile Kiraz Nine'nin yanında oturacak kadar bu mahallenin bir parçası olabiliyorken ben neden olmayayım ki?

Biraz çekinerek yanlarına yaklaşıp selam verdiğimde Emre, "Abla!" diye bağırarak abartılı bir coşkuyla bana el sallıyor. Yaşlı çiftin etrafına dizilip yola oturmayı sorun etmeden yere bağdaş kurmuşlar. Emre yanında oturan en iyi arkadaşı Umut'u kabaca itip oraya oturmamı söylüyor. Herkesin dönüp bana bakmasından rahatsız olarak boşalan yere geçtiğimde Kiraz Nine bastonunu bana doğru sallıyor.

"Mısra kızım mı bu? Yaklaş bakalım, göreyim seni."

Gülümseyerek yaklaşıp elini öpüyorum. Rasim Dede'nin de buruş buruş elini içtenlikle öperken yüzüme samimi bir gülümseme yerleşiyor. Kaç yaşında olduklarını kestiremiyorum ama yüz deseler de şaşırmam. Onlar mahallemizin efsanesidir. Sürekli kavga ederler, birbirlerini hiç beğenmez, her söylediklerine karşı çıkarlar ama onları iki dakikalığına uzaklaştırmayı deneyenin vay haline. Buna gücü yetecek bir insanı tanımıyorum. Rasim Dede'nin karısının yanından ayrıldığı tek zaman dilimi namaz vakitleridir. Onun dışında çarşı pazarda hep beraberler. Rasim Dede camiden biraz geç dönse Kiraz Nine onu kapılarda bekliyor. Hal böyle olunca herkesin gönlünde taht kurmuş iki sevimli insan olarak biliniyorlar mahallede.

"Yüzünü gören cennetlik," diyor Kiraz Nine. "Hiç gelmiyorsun yanımıza, gönül koyacağım sana, haberin olsun."

"Geç saatlere kadar çalışıyorum. Eve geldiğimde bir şey yapacak vaktim kalmıyor bile. Yoksa seni ne kadar sevdiğimi bilirsin," derken samimiyim. Evlerinin önünden geçerken hep kapıdan da olsa merhaba deme düşüncesiyle bir duraksarım ama genelde bunu yapacak gücüm olmaz. Kafede çalıştığım için çoğu gün geç saatlere kadar mesaim oluyor. Evdekilerle iki muhabbet edeyim derken de gece yarısını geçiyor. Bu yüzden kimseyi göremiyorum.

"Akıllı kızım," diyor Kiraz Nine saçlarımı okşayarak.

Rasim Dede de ona katılıp yaşlı gözlerinde beliren yoğun bir şefkatle bakıyor bana. "Ahmet seninle gurur duyardı."

Babamın adını duyduğumda her zaman olduğu gibi buruk bir hisle gülümsüyorum. Sevdiğiniz insanları yitirdiğinizde artık hayatın bir parçası olmadıkları için onlardan bahsetmek kolay olmuyor. Onları güzellikle anmanın sevinci, hasret duygusunun acısıyla birleşip tuhaf ve sancılı bir duygu bırakıyor geriye. Neşeyi de hüznü de aynı anda yaşatan, hangisinin nerede başlayıp nerede bittiğini söyleyemediğim bir duygu bu.

Ne garip, insan ailesini kaybettiğinde çektiği acının asla azalmayacağını, artık hayatına devam etmenin imkânsız olduğunu sanır. Koca bir yara göğsünüze yerleşir ve her solukta acı verir. Bu eksilmeyen, kaybolmayan acı varlığınızın bir parçasına dönüşür ve öyle sıradan bir hale gelir ki normal olanın böyle hissetmek olduğunu düşünürsünüz. Acıya alışmak böyle bir şeydir.

Ben de bu alışkanlıkla gülümseyerek, "Umarım öyledir," diyorum. Ardından yanlarına oturduğum insanlara bakıp çoğunluğunun Emre'nin yaşlarında çocuklar olduğunu fark ediyorum. Benim yaşıtlarım da var ama hiçbiri daha önce arkadaşlık ettiğim insanlar değil. Yerinden ettiğim Umut'a baktığımda bana şapşalca gülümsüyor. "Nasılsın serseri?"

"İyiyim kahraman. Sen?"

"Hani yuva bozan kötü kadındım? Ne ara kahramanlığa terfi ettim?"

Abartılı bir iç çekişle bacaklarını toplayarak bağdaş kurarken yerde oturmakla hiçbir sorunu yokmuş gibi görünüyor. "Abla, yok ya. Babam o günden sonra harçlığımı kesti, geberecektim açlıktan. Ne evlenmesi, daha tövbe ettim ben o işlere."

"Aman bunlar adam olacak da..." diye söyleniyor Kiraz Nine. "Ben evlendiğimde on beş yaşındaydım. Dedeniz de on yedisindeydi. Bütün köylü peşindeydi ama ben kaptım," deyip genç kız gibi kıkırdayınca hepimiz kahkaha atıyoruz. Biraz onların gençlik maceralarını dinledikten sonra Rasim Dede soğuyan havadan şikâyet edip karısını da alarak eve giriyor. Onların gidişiyle gruba kısa bir sessizlik çöküyor. Hemen sonra varlığını muazzam bir şekilde görmezden geldiğim Gülsüm'ün sesini duyuyorum. Kendisi lisede sınıf arkadaşımdı. O zamanlar hoşlandığı çocuk bana ilgi gösterdi diye tüm lise hayatını benden nefret etmeye adamış, başıma türlü sıkıntılar açmıştı. Hâlâ bana aynı kötü gözlerle baktığına göre o günden bu yana hayatta hiçbir şey başaramamış olmalı.

"Ee Mısra, artık mahalleden kimseyle takılmıyorsun. Zengin muhitlerde çalışıyormuşsun, artık ilgini çekmiyor mu mahallemiz?" diye soruyor. Uzun zamandır konuşmadığım için aklımdan çıkmış ama ağzını açtığı an nasıl biri olduğunu hatırlıyorum. Kız tam bir geri zekâlı. Filmlerde göreceğiniz türden ezik bir kötülüğü var.

"Ben garsonum Gülsüm," diyorum hiç gocunmadan. "Çalıştığım muhitin beni yüksek statülere taşıyacağını düşünecek kadar hayalperest değilim. Sürekli çalıştığım için senin gibi gezip tozacak enerjim olmuyor, kusura bakma."

"Garson mu?" derken yanında oturan arkadaşıyla bakışıp alaycı bir gülüşü paylaşıyorlar. Bu, o kadar komik ki gülmek istiyorum. Hayatta hiçbir şey başarmamış, sorumluluk almamış, kendini geliştirmekten bihaber olan insanların bir mesleği küçümsemeye hakkı olduğunu düşünmesi ne komik.

"Garsonluk yaparken bu kadar havalı geziyorsa düzgün bir işi olsa herhalde kendini kral zannederdi," diyor Gülsüm arkadaşlarına. Emre'nin yanımda gerildiğini hissedince omzumu ona yaslayıp kayıtsız bakışlarımı karşımdaki asalak insanlara çeviriyorum.

"Peki, sen? Cam kenarında oturup mahallede bir olay olsa da dedikodusunu yapsam diye beklerken mi bu kadar küstahlaştın?"

Gülsüm'ün alaycı ifadesinin bozulup utançla dolmasını izlerken keyifleniyorum. Onun gibi insanlara pabuç bırakacak olsaydım gencecik yaşımda bu kurtlar sofrasında hayatta kalabilir miydim sanıyorsunuz? Gülsüm kaşlarını kaldırıp, kötücül bir gülümsemeyle konuştuğunda bu kez gözlerimi deviriyorum. *Gerçekten katlanılmaz birisi.*

"Ben olmasam seni gecenin bir yarısı eve bırakan adamlardan kimin haberi olurdu Mısracığım? Ama iki sokak aşağıda, bizim evin önünde bırakmalarını anlayamıyorum bir türlü. Açıklamak ister misin?"

Sözcükleri kullanma şekli öyle bir imayla yüklü ki sanki genelevden dönmüşüm de beni kapıdaki fedai eve bırakmış gibi bir havası var. Herkes merakla bana bakarken ben dik dik Gülsüm'ün gözlerinin içine bakıyorum. Ona elbette cevap verebilirim ama ben ağzımı açamadan Emre konuşmaya başlıyor.

"Ablamın yaptıklarıyla bu kadar ilgileneceğine kendine bir koca bulmakla ilgilenseydin, kısmetini beklerken kafayı yemezdin Gülsüm Abla. Ablamın ne yaptığından, kimlerle görüştüğünden kime ne? Biz onun neler yaptığını biliyoruz, senin bilmene hiç gerek yok ama bu kadar merak ettiysen söyleyeyim. Hepimiz senin gibi babamızın sırtından geçinmiyoruz, ablam geç saatlere kadar çalışmak zorunda kalıyor. Sağ olsun bazen mesai arkadaşları onu da mahalleye kadar bırakıyor da gözümüz arkada kalmıyor."

Emre'nin korumacılığı karşısında bir parça şaşkına uğramışken kaldırımda oturan kız kardeşim giriyor bu kez söze. "Biz insanlara, senin gibi ne koparsak kâr gözüyle bakmadığımızdan kimseyi yolundan etmemek için yol üzerinde inip kendi evimize yürüyoruz. Benim ablam hakkında öyle istediğin gibi konuşamazsın sen. Onun bizim için yaptıklarını ebeveynler çocukları için yapmıyor. Onu kıskanmak yerine ona saygı duyup örnek alırsan belki kendini düzeltmek için de bir motivasyonun olur hayatta."

Kendinden büyük insanların içinde hiç çekinmeden anne tavuklar gibi kabararak ablasını savunan bu küçük kıza bakarken öyle gururlanıyorum ki burnum sızlamaya, gözlerim yanmaya başlıyor. Herkes sus pus olup bize bakmasa hüngür hüngür ağlayabilirim ama bunu yaparsam Ecrin'in beni öldüreceğinden korkuyorum.

Gülsüm apaçık bir nefretle, "Terbiyesizler," diyerek kalkıp giderken arkadaşları da peşine düşüyor. Arkasından Umut'un ıslığını ve Emre'nin arkadaşlarının alkışlamaya başladığını görünce ben de gülüyorum.

Umut'la Emre'nin şaklabanlıklarıyla bir süre daha orada kalıyoruz ama akşam esintisi ortaya çıktığında herkes üşüdüğünü söyleyerek ayaklanıyor. Ben de kalkıp iki kardeşimin ellerini tutuyor ve mızıldanmalarına rağmen elimi bırakmalarına izin vermeden eve yürüyorum.

Bazen çok çalışmaktan, eve gelip babaannemin hastalığıyla, kardeşlerime duyduğum sorumlulukla uğraşmaktan öyle çok yoruluyorum ki en ufak bir şeyi daha kaldıramayacağımı düşünüyorum. Sanki ufacık bir rüzgâr beni devirmeye yetecekmiş gibi güçsüz hissediyor ve daha sonra bundan utansam da kaçabilmeyi diliyorum. Bir anlığına başıma buyruk olmayı, istediğim her şeyi yapmayı, kimseyi düşünmek zorunda olmamayı arzuladığım günler oluyor. Ama uğraştığım şeylerin boşuna olmadığını görmek, bu duyguları geride bırakmamı sağlıyor. Ailemin sevgisini ve güvenini hissetmek öyle gurur verici ki onların büyüyüp dönüştükleri insanları gördükçe boşuna yaşamadığımı hissediyorum. Kardeşlerim için her şeyi yapacağımı zaten biliyordum ama bugünden sonra, onların da zamanı geldiğinde benim için her şeyi yapacaklarına eminim ve bu tarifi imkânsız bir mutluluğun içine atıyor beni. Öyle ki eve giderken onlara sıkıca sarılıp tökezleyerek yürümeyi bile dert etmiyorum.

"Abla ya, bıraksana artık bizi," deyip uzaklaşıyor Ecrin. Ona dil çıkarıp Emre'nin koluna sarılıyorum. Keyfim öyle yerinde ki bana ters ters bakmasına rağmen sırıtıp duruyorum. Bu onu daha da sinirlendiriyor. "Kim eve bırakıyor seni gece yarısı?"

"Arkadaşım," diyorum kelimeyi uzatarak.

"Ne tür bir arkadaş?"

"Aynı anlattığın türde bir arkadaş. İstersen sizi tanıştırırım bir ara." İş yerinde arkadaşım diyebileceğim tek kişi Burak ve onun da arabası yok ama olsun. Bu önemsiz bir detay bence. Kerem'in beni birkaç kez mahalleye kadar bıraktığını söyleyip kardeşimin vicdanına bir darbe indirmektense bazı şeyleri gizlemekte sakınca görmüyorum.

"Ayrıca ben senin ablanım köfte kafa. Bana hesap soramazsın."

"O zaman ben de babaanneme söylerim, o sorar hesap," diyor Emre meydan okuyarak.

"Öyle bir şey yaparsan ben de babaanneme geçen ayki araba kazasını anlatırım." Birbirimize kötü kötü bakıp önümüze dönüyoruz ve konu şimdilik kapanıyor. Emre'nin huysuzluklarına rağmen kendimi kuş gibi hafif ve neşeli hissederek evime giriyorum.

Eve geldiğimizde saat epey geç olmuştu. Bir şeyler atıştırıp duş alana kadar saat gece yarısına gelmişti bile. Evet, yatmadan önce yemek yemenin ne kadar zararlı olduğunu biliyorum ama siz de benim kadar çalışsaydınız boş vakit bulduğunuzda yemek yemeniz gerektiğini bilirdiniz. Biraz babaannemle oturduktan sonra odama geçip yatağıma uzanıyorum. Ecrin okuma gözlüğünü takmış ve kitabına gömülmüşken rahatça uyumak için ona arkamı dönüyorum ama aklıma birden düşen Kerem Tunalı yüzünden uykum kaçıveriyor.

Bugün konuştuklarımızı düşünürken artık arkadaş olmaya karar verdiğimize göre ona mesaj atsam mı diye geçiyor içimden. Hemen bu isteği bertaraf edip yatakta dönüyorum. Bu kez aklıma Berna geliyor. Varlığından haberdar olduğum andan beri kadına karşı inanılmaz bir öfke duyuyorum. İnsan güzel günler geçirdiği birine bir vedayı çok görmemeli. Ne kadar acı verse de hiçbir veda insanın canını değersiz bir kâğıt parçası kadar acıtmaz. *Düşüncesiz kadın.*

Bu sefer sırtüstü uzanıyorum ve aklımda şekillenen sarışın, güzel bir kadını Berna olarak hayal ediyorum. Yanında Kerem var. Şimdiki halinden biraz daha genç görünüyor. Kadına bakarken gözleri aşkla parıldıyor, ancak Berna'nın bakışları soğuk ve uzak. Zavallı Kerem günden güne eriyor, en sonunda bulduğu ayrılık notuyla yıkılarak tanıştığım günkü o bunalmış adama dönüşüyor.

O an Berna'yla kavga etmek için inanılmaz bir istek duyuyorum. Bu da açıkça gösteriyor ki delirmişim. Son günlerde bunu ne kadar sık tekrar ettiğimi fark ettiniz mi? Ben ettim. Çünkü gerçekten deliriyorum arkadaşlar. *Gerçekten.*

Bir kez daha sağa doğru dönünce Ecrin elindeki kitabı sertçe kapatıp bana bakıyor. "Debelenip durmasana, dikkatimi dağıtıyorsun."

Ona üç numaralı *"Kes sesini!"* bakışımı atıp telefonumu alıyorum ve Kerem'e mesaj atıyorum. Öyle aniden ve pervasızca yaptım ki bunu bir sonraki an ne yazdığımı hayretle kontrol ediyorum.

Uyudun mu?

Ne harika bir mesaj değil mi? *Aynen.* Ben daha pişman olamadan şaşırtıcı bir şekilde hemen cevap geliyor.

Bir yazı üzerinde çalışıyorum.

Hımm. Yani? Beni rahatsız etme mi diyor? Ama zaten çoktan mesaj attım, biraz sohbet edemez miyiz? Nasıl cevap vereceğim? *Biri bana yardım etsin lütfen.*

O zaman sana iyi çalışmalar.

Cevabıma karşı yüzümü buruşturuyorum ama çok geç. Gönderdim bile. Allah'ım, gençliğimi özgürce yaşayamadım diye mi böyle şeyler yapıyorum acaba ben? Yaşayamadığım bir ergenlik mi kaldı ruhumda?

Bir saniye.

Gelen mesaja dudaklarımı bükerek bakarken ikincisi geliyor.

Tamam. Ara verdim. Neden uyumuyorsun?

Öylece ekrana bakıyorum. Beni başından savabilirdi ki bunu yaptığını düşünmüştüm. Fakat benimle konuşmak için ara veriyor, öyle mi? Birdenbire içimde kelebekler dans etmeye başlıyor! Heyecandan yatağımda doğrulup oturuyorum.

Uyuyamadım.

Aferin Mısra. Sohbeti devam ettirmek için çok güzel bir cevap gerçekten. Neyse ki Kerem bu konuda benden daha başarılı davranıyor. Cevap olarak gelen mesaj üzerine keyiften dört köşe oluyorum. Kerem'in benimle ilgili bir şeyler öğrenmek istemesi beni o kadar mutlu ediyor ki neredeyse kedi gibi mırlamaya başlayacağım.

Bana kardeşlerinden bahsetsene.

Klasik küçük kardeşler işte. Emre'yi zaten biliyorsun. Sürekli sorun çıkarır. Ecrin de kitapları dışında hiçbir şeyi sevmeyen mutsuz bir ergen.

Mesajımı kocaman gülen bir emojiyle birlikte yolladıktan sonra gözümü ekrana dikip saymaya başlıyorum. Görüldüğünü belirten mavi simge ayrı, cevapladığını gösteren üstteki yazı ayrı mutlu ediyor beni. Kalbim çırpınıp dururken hevesle bekliyorum cevabını. Ne diye bu kadar heyecanlandıysam?

Tamam, şimdi gerçekleri söyle.

Mesajı okuduğumda bir kıkırtı fırlıyor dudaklarımdan. Ecrin bana kaşlarını çatarak bakıp kiminle konuştuğumu sorunca tekrar yatağa uzanıp sırtımı kız kardeşime dönüyorum.

Yalan söyledim. Onlar harika çocuklar. Yine de beni delirtiyorlar.

Kardeşler her koşulda baş belasıdır zaten. Onlarla tek başına mı ilgileniyorsun?

Sorusu pek de kalp çarpıtan sohbete uygun bir soru değil. Yine de yüzüm hiç asılmıyor.

Babaannem var.

Gerçi babaannem ilgilenmem gereken kişi mi yoksa bizimle ilgilenen kişi mi tartışılır ama olsun. Her şekilde evimizin biriciğidir o.

Bir süre cevap gelmiyor. Yeni bir konu açarak kasvetli sorulardan kurtulmak için can atıyorum ama ne yazacağımı bir türlü bilemiyorum. Neyse ki Kerem yine imdadıma yetişiyor.

Bu güzel. Baksana, Burçak bugün tam on iki kez aradı. Uzaktan bile beni delirtmeyi başarıyor. Sen nasıl dayanıyorsun?

Tekrar kıkırdadığımda Ecrin bu kez sırtıma yumuşak bir şey fırlatıyor. Pek umurumda olduğunu söyleyemeyeceğim.

Dayanmak mı? Nasıl delirdim sanıyorsun?

Deli olduğunu düşünmüyorum. Belki biraz çatlak diyebiliriz.

Mesajına sırıtırken hemen ardından ikincisi geliyor ve sesim çıkmasın diye dudaklarımı sımsıkı ısırıyorum. Bu kadarcık sohbetle böylesine keyiflenmek biraz aptal gibi hissettiriyor ama böyle hissetmeyeli yüzyıllar olduğu için bundan hiç gocunmayacağım.

Aslında bayağı bir çatlak.

Dedi evcilik oyunu oynayan adam.

İşte şimdi kalbimi kırdın.

Telafi etmek için cuma günü sana kahve ısmarlamamı ister misin?

Bunu yazdığım anda nefesimi tutup heyecanla cevabın gelmesini bekliyorum. Sonunda istediğim cevabı alınca o kadar seviniyorum ki havaya bir sevinç yumruğu savururken buluyorum kendimi.

Yanında krokanlı pasta da olacak mı?

Olmuş bil.

Öyleyse yakında görüşürüz. İyi geceler Mısra.

İyi geceler Kerem.

Telefonu göğsüme bastırıp yüzüme yapışan gülümsememle iç çekiyorum ve karnımdaki kelebeklere rağmen uyumayı umarak gözlerimi kapatıyorum.

11. Bölüm

Yine bir sabah kafenin bahçesindeyim. Kucağıma küp şeker kolisini almış, masalardaki boşalan şekerlikleri dolduruyorum. Kahvaltı kalabalığının azaldığı, öğle arasından önceki o sakin saatlerdeyiz. Bu yüzden Sinan'ın peşimde dolaşması, elemanların meraklı bakışları haricinde tepki çeken bir olay değil.

"Sonra bana, 'Sen önce kendini düzelt. Esprilerine gülmek benim için işkence. Aptalca şeyler söyleyip duruyorsun ve sürekli beni utandırıyorsun,' dedi." Bunu söylerken kafasını sürekli iki yana sallıyor, sevgilisine gücenmiş gibi bir hali var. "Düşünebiliyor musun? Parfümünü beğenmedim diye laf nereye geldi."

Gülmemek için uğraşırken önümdeki şekerliği büyük bir dikkatle inceliyorum. "Kötü koktuğunu duymak kimsenin hoşuna gitmez Sinan."

"Kötü demedim. Kötüyle *bence hoş değil* arasında dağlar kadar fark var. Kız tarçınlı bir şeyler kokuyor. Ben tarçın sevmem. Tarçın isterse dünyanın tescilli en iyi kokusu seçilsin ama ben tarçın sevmiyorum. Anlamak niye bu kadar zor?"

"Çünkü o bir kız?" diyorum omuz silkerek. Üstelik yakışıklı bir adam tarafından kokusu beğenilmeyen bir kız. Tabii ki intikam ister. "Ee, sonra ne oldu?"

"En azından senin gibi ayaklarım kokmuyor dedi ve gitti," diyor Sinan inanamayarak. Kahkahamı daha fazla tutamayınca bana ters ters bakıyor. "Bilgin olsun diye söylüyorum. Ayaklarım kokmuyor. Çünkü yetişkin ve kişisel bakımımı önemseyen bir adamım. Toplum içinde beni küçük düşürmek için ayaklarımın koktuğunu iddia etmesi olacak şey mi ya? Hangi aklı başında insan böyle davranır ki?"

"Sana inanıyorum." Sesimi ifadesiz tutmaya çalışsam da ciddi olamıyorum ve Sinan iyice bozuluyor. "Ne zamandır birliktesiniz?"

"Birlikteydiniz diyecektin herhalde. Şu saatten sonra onunla yan yana bile gelemem. Zaten sadece üç hafta önce başlamıştık."

"Hayatının kadını değilmiş, ha?"

"Şaka mı yapıyorsun?" diyor dehşetle ve birlikte gülüyoruz. Yanımızdan geçerken Nilay'ın gözleri Sinan'ın üzerinde fazla oyalandığında Sinan artık bekar biri olduğu için bu konuda ne yapması gerektiğini soruyor. İkimiz aynı yaştayız ama birçok yönden Sinan bana çok tasasız, neşeli, yalnızca hayatını yaşayıp eğlenen bir adam gibi göründüğü için kendimi ondan daha büyük hissediyorum.

Sinan cebinden bir nane şekeri çıkarıp ağzına atınca Kerem yine aklıma düşüyor. Çayına şeker atmadan önce eliyle kırıp yarısını yediğini anımsayınca son zamanlarda sık sık başıma gelen o tuhaf, iç gıdıklayıcı hisler tarafından ele geçiriliyorum. Masaya bıraktığım şekerlere bakarken kafama çarpan küp şekerle Sinan'a dönüyorum.

"Niye şekerlere sırıttığını merak ettim," diyor ifadesiz bir sesle.

"Bir şey düşünüyordum."

"Nedir?"

Meraklı hali beni güldürüyor. Bu kadar meraklı biri olmasaydı muhtemelen asla arkadaş olamayacaktık, o yüzden bu huyuyla bir sorunum yok. Ona anlatmayı zaten düşündüğüm için tereddüt etmiyorum.

"Bir arkadaşım var."

"Arkadaşın mı var?" diyor Sinan sahte bir hayretle. Olmayan arkadaşlarıma kafayı taktığı bir sohbetimizde ona son zamanlarda yakın bir arkadaşım olmadığını söylemiştim. Gözlerimi devirip gevşeyen lastik tokamı saçımdan çekiyor ve kısa saçlarımı tekrar ensemde topluyorum. Kâküllerimi aheste aheste düzeltirken Sinan kıpırdanıp duruyor.

"Tabii ki arkadaşlarım var Sinan." Yani, tamam, en yakın arkadaşlarım yok ama hâlâ arayıp görüşebileceğim arkadaşlarım var. Sadece bu konuda biraz çekingenim. "Her neyse, Kerem'le kısa bir süredir tanışıyoruz ve ona bir konuda yardım ediyorum." Kaşları havalanırken daha açık olmamı istiyor. Ona Emre'nin yaptığı kazadan başlayarak her şeyi anlatıyorum. Bu sırada şekerlikleri doldurup kutuyu kaldırdıktan sonra kirlenmiş masa örtülerini de değiştiriyorum. Sinan'sa nezaketen bile olsa yardım teklif etmiyor.

Anlatacaklarım bittiğinde konuşmasını bekliyorum ama o geveze çenesi bu kez açılmıyor. O sessiz kaldıkça da ben geriliyorum. Sonunda dayanamayıp ayağına tekme atmaya kalkışıyorum. Geri çekilip, "Bunu cidden yaşadın mı?" diye soruyor kahkahalarla gülerek. "Vay be! Böyle şeyler sadece dizilerde olur sanırdım."

"Aman ne komik, ne komik."

"Ee, şimdi de adama âşık mı oldun?"

"Ne aşkı ya?" Kafedeki tek tük müşterilerin bakışları bağırdığım için bana dönünce kıpkırmızı kesiliyorum.

"Aha, kızardın," diyor Sinan keyifle. Utanmış olmamdan haince zevk alarak beni daha fazla utandırmak için elinden geleni yapıyor. "Uyumadan önce de onu düşünüyor musun? Uyandığında da aklına ilk o mu geliyor? Romantik misin sen yoksa? Öyle ben asiyim, ben atarlıyım havaların nerede, hani?" Susması için Sinan'ın ağzını bantlamayı planlarken korkutucu bakışlarımı görerek birkaç adım geriliyor.

"Tam buradaymış. Tamam, bir şey demedim," diye mırıldanıyor hemen.

"Sadece biraz heyecanlanıyorum o kadar. Âşık olsam niye eski sevgilisiyle buluşmasına yardım edeceğim? Deli miyim ben?"

"Deli değil de salak olman kuvvetle muhtemel."

"Kime laf anlatıyorum ki?" diyorum sinirle ve Sinan üç yaşında bir çocuğun bakışlarını takınıyor.

"Üzgünüm. Ciddileşiyorum." Dik dik ona bakarken boğazını temizliyor. Ben de bahçedeki küçük tezgâhın arkasına rastgele dizilmiş bardakları düzenliyorum. "Şimdi, ilgilendiğin bir adamın eski sevgilisiyle uzun zaman sonra ilk kez görüşmesine eşlik edeceksin çünkü?"

Kaşlarını kaldırarak bana bakınca düşünüyorum. Çünkü... Çünkü? "Çünkü yardıma ihtiyacı var," diyorum sanki bu dünyanın en mantıklı sebebiymiş gibi.

Sinan'ın ifadesi ciddiyete bürünüp, karşımdaki duruşu bile değişince bana gerçekten tavsiye vermeye başlayacağını anlıyorum. "Mısra. Bence kendine karşı dürüst olursan bu işten en az hasarla kurtulabilirsin. Göz ardı etmeye devam edersen üzülmenin kaçınılmaz olacağını düşünüyorum."

"Neyi göz ardı ediyorum ki?" diyorum sessizce. Dudaklarımın kenarlarının aşağı çekildiğini hissediyorum. Elimdeki bardakla yüzüne bakarken Sinan'ın ifadesi şaşkınlığa bürünüyor.

"Hemen üzülme. Kötü bir şey söylemiyorum Mısra. Sadece, eğer Kerem'e karşı bir şey hissediyorsan kendine karşı dürüst olmanı istiyorum. Çünkü eğer onunla görüşmeye devam edeceksen ne yapmak istediğine karar vermen gerekiyor."

"Ben sadece ona yardım etmek istiyorum."

"Böyle söylüyorsan sana inanacağım. Sadece dikkatli ol, tamam mı?"

Dikkatli olmak... Bunun için geç kaldığımı hissediyorum ama elimden geleni yapacağım.

Bütün gün oradan oraya koşturduktan sonra hâlâ enerjik kalabilmemin tek nedeni birazdan Kerem'i görecek olmam. Sinan'ın söylediklerini tüm gün düşündüm. Hissettiklerimin ne olduğunu bulmaya, bulduğumda da sahip çıkmaya karar verdiğimden beri keyfim yerinde. Akşam saat sekize vurduğu an önlüğümü çıkarıp Burak'a el sallayarak soyunma odasına koşturup dolabımı açıyorum. Tüm çalışanların giydiği ve hepimizin nefret ettiği gri tişörtü dolabımın içine atıp dar kotumun üstüne sabah özenle dolaba astığım incecik pembe gömleğimi geçiriyorum hızla. Sonra duvardaki boy aynasına yaklaşıp ensemdeki tokayı çıkarıp atıyorum. Toka izini yok etmek için parmaklarımı birkaç kez saçımın arasından geçirmem yeterli oluyor. Çantamı kapıp dudaklarıma Ecrin'in hediyesi olan çilekli nemlendiricimi sürdükten sonra aynadan görüntümü inceliyorum. Her zamanki salaş ve rahat tarzımın yanında bu güzel gömlek ve pantolon çok büyük bir değişime yol açmış gibi hissettiriyor. Bu sadece günlük bir şıklık ama ben öyle uzun zamandır bu işlerle ilgilenmiyorum ki kendimi bu halimle neredeyse prenses sanacağım. Aslında ayağıma güzel, topuklu ayakkabılar da giymek istemiştim ama işe onlarla gelemeyeceğim için bir çantaya koymuştum. Sabah çıkarken çantayı unuttuğumu hatırlayınca yıpranmış spor ayakkabılarıma somurtarak bakıyorum. Bunlar sahip olduğum en rahat ayakkabılar, o yüzden ne kadar yıpransalar da çalışırken bana sağladığı konfor için giymeye devam ediyorum. Fakat hoşlandığım adamın yanına da bu ayakkabılarla gitmek istemezdim.

Ben ayakkabılarıma sıkıntılı bakışlar atarken soyunma odasına Feyza giriyor. Yüzümdeki ifadeyi görünce durup, "İyi misin?" diye sormadan geçmiyor yanımdan. Feyza bazı akşamlar çalışıp okul harçlığını çıkarmaya çalışan öğrencilerden biri. Çalışma saatlerimiz uymadığı için kızı pek tanımasam da her zaman gülen yüzüyle aklımda kalan, tatlı bir kız.

"Ayakkabılarımı unutmuşum. Özel bir yere gidecektim," derken yanaklarım ısınıyor. Feyza beni baştan aşağı süzüp sevimli bir gülücükle bakıyor yüzüme.

"Çok güzel olmuşsun. Seni böyle gördüğüme sevindim. Genelde renksiz ve yorgun görünüyorsun." Feyza sözlerinin beni biraz üzdüğünü görünce, "Öyle demek istemedim," diye toparlamaya çalışıyor ama omuz silkip susturuyorum onu. Haklı olduğu için ona kızacak değilim.

"Baksana, benim ayakkabılarımı giyebilirsin. Kıyafetine uyuyor," deyip yere yalın ayak basmayı dert etmeden ayağındaki topukluları çıkarıyor. "Şey, kaç numara giyiyorsun?"

"Otuz yedi," diyorum kızın yüzüne öylece bakarken. Feyza kocaman gülümseyip, "Ben de!" diye cıvıldayınca bu neşeye karşı ne yapmam gerektiğini düşünüyorum. *O zaman sarılalım mı yani, ne diyorsun?*

"E, sen ne giyeceksin?" diye sorduğumda bana arkasını dönüp dolabını açmaya gidiyor.

"Dolabımda ayakkabılarım var. Bunlarla çalıştığımı düşünmüyorsun herhalde? Hem öyle olsaydı bile ayağındakileri bana verirdin."

Biraz tereddüt etsem de samimiyeti karşısında rahatlayıp ayakkabıları dikkatlice giyiyorum. Ayağıma tam oluyorlar. "Çok teşekkür ederim. Sana borçlandım."

Feyza tatlı bir gülümsemeyle kızların birbirine destek olması gerektiğini söylüyor. Beni uğurlarken defalarca kez ayakkabılara çok iyi bakacağımı söylüyorum. Kerem'le buluşmak için sahile yürürken ayakkabılar yüzünden birkaç kez tökezliyorum. Topukları fazla yüksek olmasa da ben hiç alışkın olmadığım için yürümek hayli zor geliyor. Kerem'in yanına gittiğimde düşmemeyi dileyerek dikkatle atıyorum adımlarımı.

On dakikalık yürüyüşün sonunda Kerem'i sahilde bir banka oturmuş, beni beklerken buluyorum. Ellerini ceplerine atmış, bankın sırtına yaslanmış ve başını hafifçe yukarı kaldırmış halde otururken o kadar güzel görünüyor ki aramızda kısa bir mesafe kala, heyecanımı yatıştırmak için durup sessizce bekliyorum. Henüz hava tam olarak kararmadığından etraf yeterince aydınlık, bu yüzden durduğum yerden kapalı göz kapaklarını ve yüzündeki dingin ifadeyi seçebiliyorum.

Bir adama güzel denmeyeceği söylenir. Sanki güzellik kadınlara özgüymüş gibi. Ama şu anda Kerem'in yüzüne bakarken düşünebildiğim tek şey güzelliği oluyor. Her zaman yakışıklı bir adam olduğunun farkındaydım ama son günlerde daha da ötesini görüyorum. Ruhunu görebiliyor gibi hissediyor, gerçek Kerem'in orada bir yerde gülmeyi ve konuşmayı seven bir adam olduğuna inanıyor ve bunun doğru olmasını tüm kalbimle diliyorum.

Kerem orada dikilip durduğumu fark etmiş gibi başını yavaşça çevirip beni gördüğünde gülümsüyor. Her zaman attığı o nezaket gülücüklerinden değil üstelik. İçten, parlak, gözlerine yansıdığını bildiğim bir gülüş bu.

Öylece ona bakıyorum. Kerem bana gülümsüyor ve

yorgunluklarımdan, sıkıntılarımdan, omuzlarıma binen yüklerden silkinip kurtuluyorum. Gülümsüyor ve gözümde büyüyen tüm dertlerim önemsiz birer detaya dönüşüyor. Gülümsüyor ve onun hep gülmesi için her şeyi yapabileceğimi düşünürken buluyorum kendimi. Kerem bana gülümsüyor ve... *Ona âşık oluyorum.*

Farkındalıkla gözlerim kocaman açılıyorlar. Kerem ayağa kalkıp yanıma gelirken bağırarak kaçmak istiyorum. Bu duygu beni korkuttuğu için değil. Bununla ne yapacağımı bilmediğim için.

İnsan âşık olunca ne yapar?

A. Seviyorsa gidip konuşur.

B. Onun da kendisine karşı hisleri olup olmadığını anlamaya çalışır. (Ki bu da nasıl sorusunu beraberinde getiriyor.)

C. Âşık olduğu kişinin suratının ortasına tekme atıp koşarak uzaklaşır.

Ne yapacağım?

Kerem aramızda iki adım kala durup, "Merhaba," diyor. Gözlerimi kırpıştırarak yüzüne bakmaktan başka bir şey gelmiyor elimden. Kaşları sempatik bir tavırla havalanırken tatlı bir gülücükle bana sesleniyor. "Mısra?"

Kerem ısrarla cevap beklerken salak gibi adama baktığımı fark etmem biraz zaman alıyor. Farkına vardığımdaysa utançtan kıpkırmızı kesiliyorum. "Şey... Şey..." Aman Allah'ım. Sanırım konuşma yetimi kaybettim!

"Selam," diyorum sonunda. Kerem gülecek gibi oluyor ama kibarlığı elden bırakmamak adına başını hafifçe eğip kendini durduruyor. Utançtan ölünebilseydi çoktan yere yapışmış olurdum.

"Aklıma bir şey geldi de... Dalmışım."

Yanaklarımın mor rengine döndüğüne emin bir halde ayaklarıma bakarken, "Yorucu bir gün müydü?" diye soruyor Kerem.

Yutkunarak başımı sallıyorum. "Oldukça olaylı bir gündü." Son zamanların en büyük olayını gözlerinin önünde yaşadım az önce. *Nasıl fark etmedin yahu?*

"Aç mısın?" diye soruyorum konuyu değiştirmek için. "Tatlı yiyecektik ama eğer açsan yemek de yiyebiliriz."

"Harika olur. Bugün pek bir şey yiyemedim."

"Balık sever misin?" Hâlâ şaşkın bir ördek gibiyim ama gözlerine bakmazsam kendimi kontrol edebilirim sanırım. "Balık ekmek yiyelim mi?" Bu ayakkabılarla daha cici bir yere gitmeyi isterdim ama hiçbir ciciliği, Ahmet Usta'nın balık ekmeğine değişemem sevgili arkadaşlarım. Hem ben de uzun zamandır yemedim.

"Balık ekmek mi?" diye soruyor Kerem şaşkın bir tebessümle. Başıma ne geldiyse o gülücüklerden geldi zaten.

"Sevmez misin?"

"Çok severim. Gidelim hadi."

Yürürken yüzüne bakma gafletine düşüyorum. Kalbim öyle hızlı çarpıyor ki etraftaki herkes sesini duyabilirmiş gibi gerginim.

"Tamam, bu taraftan." Birlikte yan yana yürürken denizin esintisi saçlarımı tatlı tatlı savuruyor. Kalbimde öyle sıcak bir heyecan dalgası var ki rüzgârın sertliğinden hiç etkilenmiyorum.

"Günün nasıldı?"

"Yoğun, yorucu... Senin?"

"Sakin, sıkıcı," deyip gülümsüyor. "Bazen hayatımda hiç heyecan olmadığını düşünüyorum. Sanırım bu yüzden seni acayip aksiyonlara sürükledim."

"Buna rağmen hâlâ sıkılıyorsan sende bir sorun var demektir." Benim hayatım senin sayende hiç olmadığı kadar heyecanlıyken, sen nasıl sıkılabiliyorsun ki?

"Sanırım öyle. Bugünlerde kendimi düzeltmeye çalışıyorum. Bana yardımcı ol."

"Seve seve," deyip genişçe gülümsediğimde onun yüzü de gülüyor. Küçük balıkçı dükkânına geldiğimizde balık ekmeklerimizi söyleyip ufak dükkânın önündeki küçük iskemlelere oturuyoruz. Burası yemeğini hızlıca yiyip kalkacağın bir yer, gelmeyi teklif ederken bu küçük ayrıntıyı unutmuştum ama şimdi bunu önemsemiyorum. Önemli olan tek şey Kerem'le beraber zaman geçirmek.

"Düzeltmek derken neyi kastediyordun?"

Rüzgârdan uçuşan saçlarımı kulaklarımın arkasına sıkıştırıyorum ama fayda etmiyor. Esinti giderek sertleşip tüylerimi diken diken ederken bahar havasının azizliğine uğradığımı hissediyorum. Bir saat önce hava çok güzeldi ama şimdi giderek şiddetlenen rüzgâr yüzünden ürperiyorum. Kerem elinde tepsiyle yaklaşan çocuktan iki çay alıyor. Çaylar biraz soğumuş ama yine de can simidi gibi sarıyorum ellerimi bardağa.

"Daha neşeli olmaya çalışıyorum." Çayına yarım şeker atıp bana tatlı bir gülücükle bakıyor. "Bu yüzden seninle daha çok görüşmem gerekiyor." *Ah, bu fikre bayıldım.*

"Neden, çok tatlı ve eğlenceliyim diye mi?"

"Hayır, sinirli ve dengesiz olduğun için. Beni güldürüyorsun."

Gözlerimi açıp ağzımı şaşkınlıkla büzerek şapşal bir ifade takındığımda kısık sesle gülüyor. Çantamı ona doğru savurmaya çalıştığımda ise ellerini kaldırarak özürler sıralıyor hemen. "Şaka yapıyorum, lütfen bana tekrar çanta fırlatma."

"O zaman sen de karşımda saçma sapan şeyler söylemekten vazgeç."

"Söz veriyorum."

Mağrur bir ifade takınmak isterdim ama koca bir gülücük yüzüme yapışıp kaldığı için şapşalın tekine benziyor olmalıyım. Sıcak ekmeklerimiz geldiğinde karnım açlıktan gurulduyor. Güzel bir yemek yemenin heyecanıyla adamcağız uzatamadan ekmeğimi tepsiden kapıveriyorum. Kerem benimle alay ederek kendi yemeğini alırken ben çoktan yemeye başladım bile.

Kocaman bir ısırık alıp gözlerimi kapatıyor ve hafifçe sallanarak ağzımdaki lokmanın tadını çıkarıyorum. Karşımda oturan kişi Kerem olmasa bir de ne kadar beğendiğimi dile getirmek için garip sesler çıkarırdım ama en azından bunu yapmayacak kadar dizginleyebiliyorum kendimi. Gözümü açtığımda Kerem'i bana bakarken yakalıyorum ama buna romantik anlamlar yükleyecek kadar delirmedim. Lütfen siz de delirmeyin. Adamın karşısında kendimden geçmişçesine balık ekmek yiyorum burada.

"Ne bakıyorsun?"

"İlginç biri olduğunu düşünüyordum."

"İlginç olmasam burada ne işim vardı?" diyorum lokmamı bitirdiğimde. "İlginç olmayan biri teklifini kabul etmezdi. Hem bak, sıkıcı hayatına ilginçliğimle güneş gibi doğdum, ne güzel."

Kerem ağır ağır başını sallıyor. Sonra dudaklarının kıyısında bir gülücük beliriyor. Büyüyor, büyüyor ve en sonunda kısık, tatlı bir kahkaha fırlıyor ağzından. *Ah.* Deli kalbim yüzünden bu geceyi hastanede bitirmeyiz umarım.

"Evlenmek istediğimi söylediğimde çantanı kafama fırlatıp bana bağırmıştın."

"E, çok haklıydım. Parayı karşılayamayacağımı düşünüp evlenmek istedin. Yapılacak en doğru şey seni silahla vurmak olurdu, ucuz yırtmışsın."

"Kötü bir zamandan geçiyordum. Bir an parlak bir fikir gibi görünmüştü. Çok mu aptalcaydı?" diye soruyor utangaç bir ifadeyle.

"Öyleydi ama bir de iyi yanından bak. O aptal fikir olmasaydı benimle tanışamazdın." Cümle ağzımdan çıkar çıkmaz pişman olunca dalga geçtiğimi düşünsün diye sahte bir ukalalık takınarak saçlarımı savuruyorum. "Sonuçta benim gibi biriyle tanışmak bir ayrıcalıktır."

Kerem cevap vermek yerine uzanıp saçımı tutunca kalbim durmaya yelteniyor. Bu aşırı tepkilerin hiç lüzumu olmadığını ise yüzüne baktığım an anlıyorum. Bir şeylerle çok eğlenir gibi bir ifadeyle bakıp, saçımı ısırmak üzere olduğum ekmeğimden çekip çıkarıyor. Saçlarım rüzgârdan uçuşurken bir tutam ekmeğimin arasına girmiş! Yüzümde tiksinti ve hüsranla Kerem'in eline bakakalırken masadaki ıslak mendil paketlerinden birini açmam için bana uzatıyor. Bir eliyle saçımı, bir eliyle de ekmeğini tuttuğundan mendili açıp kendim silmeyi düşünüyorum ama Kerem ekmeğini bırakıp ıslak mendili eline alıyor ve nazikçe temizliyor saçlarımı.

"Bu çok iğrenç," diyorum ağlamaklı bir halde. "Ve de utanç verici."

"Ve komik," diyor Kerem sırıtarak.

"Tabii, saçlı balık ekmek yiyen sen değilsin."

Kerem gözlerini kaldırıp bana bakarken sevimli bir ifadeyle burnunu kırıştırıyor. "Bak işte, bu biraz iğrençti."

Saçlarımın temizlendiğinden emin olduktan sonra elindeki tutamı bırakıp geri çekiliyor ve bana yeni bir balık ekmek söylüyor. Ben de minnettarlıkla kabul edip ayaklarımızın dibinde dolanan kedilere paylaştırıyorum yiyemediğim ekmeğimi.

Sonrasında kardeşlerimden bahsediyoruz. İşimizden, arkadaşlarımızdan, eğlenceli anılarımızdan konuşup duruyoruz. Onu dinlerken zamanın nasıl geçtiğini anlayamıyorum bile. Güldüğünde ben de gülümsüyor, herhangi bir mimik yaptığında farkında olmadan tekrarlıyorum. Her samimi bakışında göğsüm tatlı bir heyecanla sıkışıyor.

Bu rahatsız iskemlelerde kim bilir kaçıncı çayımızı içtikten sonra kalkıyoruz. Hesabı Kerem ödeyip ona hâlâ tatlı borcum olduğunu söyleyince memnuniyetle kabul ediyorum. Sahil boyunca yürümeye devam ediyoruz ama saatin ilerlemesiyle hava gitgide daha da soğuyor. Ellerimi kollarıma sürterek ısıtmaya çalışırken Kerem'in söylendiğini duyuyorum. "Ne diye bu kadar ince giyindin ki? Bahar havasına güven olmayacağını bilmiyor musun?"

Ceketini çıkarıp bana verirken nezaketen de olsa itiraz edecek gücü bulamıyorum kendimde. Dişlerim takırdayarak öleceğime biraz da Kerem Tunalı üşüsün canım!

Cekete iyice sarınıp mahcup bir ifade takınıyorum. "Teşekkürler ama sen de üşüyeceksin," derken en prenses sesimi kullanıyorum. Böyle bir sesim olduğunu da bu sayede keşfetmiş oldum. Emre'yle Ecrin bu hallerimi görse gözyaşlarına engel olamazlardı.

"Evet, üşüyeceğim. Kendini kötü hisset," diyor ama ciddi olmadığını sesinden anlayabiliyorum. Bu akşam daha önce olmadığımız kadar yakınlaştık ve her geçen dakika onun aslında ne kadar tatlı bir adam olduğunu keşfetmenin mutluluğuyla doluyum.

"Bir sorum var," diyorum eskiden Ecrin'le oynadığımız oyunu hatırlayarak. Saçlarımı yüzümden çekmeye çalışırken zapt edemeyince iki kulağımın arkasına sıkıştırıp ellerimi orada tutuyorum.

"Çiçek mi, meyve mi?" Kerem'in sorumu anlaması birkaç saniye sürüyor. Hafifçe ona dönüp cevabını beklerken "Ne diyor bu kız?" demek yerine cevaplıyor sorumu.

"Çiçek."

"Sahi mi? Bence meyve," dediğimde Kerem gülüyor. "Romantik olduğunu bu kadar belli etme."

"Peki, evlenmek istediğin kadına hangi çiçeği alırdın?" diye saçma bir soru soruyorum ama Kerem biraz düşünüp ciddiyetle cevap veriyor.

"Sanırım hanımeli. Hanımeli çiçeği bağlılığı simgeler. Evlilik bağlılığı gerektirir ve bağlılık da sadakati beraberinde getirir diye düşünüyorum."

"Ama ya sevgi?" diye soruyorum merakla. Sevgi olmadan bir evlilik ne kadar bağlayıcı olabilir ki?

"Âşık olduğun demedin ki, evlendiğin dedin."

"Âşık olmadığın biriyle mi evleneceksin?" Soru ağzımdan öyle bir çıkıyor ki gören de bana bir yaratıkla evleneceğini söyledi sanır.

"Az daha evleniyorduk, unuttun mu?" diyor omuz silkerek. Muhtemelen aptalın teki olduğumdan böyle demesine feci halde bozuluyorum. Ne yazık ki bu yüz ifademe de yansıyor. Kerem incindiğimi sezmiş olmalı ki elimi nazikçe tutup dirseğinin iç kısmına yerleştiriyor ve kolunu göğsüne doğru kıvırıp yürümeye devam ediyor.

"Aşkın o kadar da önemli olduğundan emin değilim Mısra. Berna beni seviyordu. Sevdiğini biliyorum. Ama sevgisi onu yanımda tutamadı. O kariyeri için giderken bana doğru düzgün bir veda bile etmedi ve ben hâlâ bana yaşattığı hayal kırıklığıyla uğraşıyorum. Bence sadakat, güven ve bağlılık aşktan daha değerli duygular."

Bir süre sessiz kalarak söylediklerini sindirmeye çalışıyorum. Elimin altındaki sıcak teni aklımı karıştırsa da söyledikleri kalbimde bir yer edinmeyi başarıyor. Onu bu kadar kırdığı ve aşka olan güvenini sarstığı için bir kez daha nefret ediyorum Berna'dan. "Yine de aşk olmasa da evleneceğin kişiyi sevmelisin. Ve ona bunu göstermelisin. Hanımeli buketinin içinde güller de olsun, tamam mı?" diyorum ayaklarıma bakarken. Kerem hafifçe gülüyor.

"Söz veriyorum. Evlenmeye karar verirsem çiçek buketini sana yaptıracağım." Öylesine söylediği bir cümlenin kalbimi kırması hiç adil değil. Kendimi onun ve Berna'nın düğünü için hazırlık yaparken düşündüğümde tüylerim ürperiyor. *Nikâhına beni çağır sevgilim.*

"Ayrıca hanımeli, buket çiçeği değildir," diye söylenirken sesim çok huysuz çıkıyor ama Kerem'in buna aldırdığı yok.

"O zaman ben de bunu umursamayacak birine hanımeli götürürüm. Hadi, ben de sana bir soru sorayım. Sıkıntıya düştüğünde savaşmayı mı seçersin yoksa kaçmayı mı?"

Oyunuma ayak uyduruşu karşısında gülümsemeye çalışıyorum ama içim hâlâ biraz buruk. Bu da cevabıma yansıyor. "Kaçmayı."

Kerem yürümeyi bırakıp bana dönünce şaşkın bakışlarıyla karşılaşıyorum. Umursamaz görünmeye çalışarak omuz silkip kimseye söylemediğim bir şeyden bahsediyorum ona. "Keşke kaçabilseydim. Kardeşlerimin anne babamıza ihtiyaçları olduğunda, babaannem her hastalandığında onu da kaybetmekten ölesiye korktuğumuzda, paramın bittiği ay sonlarında... Tek dileğim kaçmak oluyor."

"Ama kaçmıyorsun," diyor Kerem yumuşakça. Buz tutmuş parmak uçlarımı ısıtabilmek için yumruklarımı sıkıyorum.

"Kaçamam ki. Ben kaçarsam her şey Emre'nin üstüne kalır ve ben ona bunu yapamayacak kadar çok seviyorum kardeşimi." Huzursuz sessizliği dağıtmak için gülerek ekliyorum. "Ve inan bana, Emre'yi sevmek bazen hiç de kolay olmuyor." Kerem buna gülmek yerine uzun uzun bana bakıyor.

"Kaçmayı istediğin halde kalıyorsan, bu savaşmaktır Mısra. Zor bir hayatın olduğunu yeni yeni fark ediyorum. Bunun için gerçekten üzgünüm. Seni daha önce tanımaya çalışmadığım için de. Ama artık biraz da olsa tanıdığıma inanıyorum. Bir seçenek sunulsa bile kaçmayı seçmeyeceğine eminim. Shakespeare, *On İkinci Gece* oyununda der ki 'Bazıları büyük doğar, bazıları büyüklüğü kazanır, bazılarına da büyüklük yakıştırılır.' Şimdi kendini küçümsüyorsun ama bence sen büyüklüğü kazananlardansın. Erken yaşta hayatta üstlendiğin rol çok büyük. Bu rolün altında ezildiğini ima edip dursan da aslında o kadar güçlüsün ki sana hayranlık duyuyorum."

Kerem gözlerimin içine bakarak konuşurken yüreğime sıcak bir his yayılıyor. Yıldızlar bu hisse şahitlik etmek istercesine tüm görkemiyle parıldarken Kerem'in sözleriyle içimde yeni bir kadın uyanıyor sanki. O sözleri hak etmek için deliren yanım sevinçle karşılıyor bu yeni kadını ve ben bir kez daha Kerem'e minnettar kalıyorum. Beni sandığımdan daha iyi anladığı, bana güvendiği ve bana umut verdiği için...

12. Bölüm

Hayatım boyunca romantik duygular beslediğim tek erkek Kerem Tunalı değildi elbette. Her ne kadar üniversiteye gidememiş ve liseden sonra gönül işlerine vakit bulamamış olsam da gayet mutlu bir çocukluk ve dopdolu bir lise hayatı geçirdim.

İlk aşkım birinci sınıftaki Metehan'dı. Tabii yedi yaşındayken aşktan anladığım şey Metehan'ın çantasına içinden kalpli aşk notları çıkan sakızlar atmaktan ibaretti ve biriyle birbirimize seni seviyorum dediğimizde bebeklerimizin olacağına inanıyordum. Yine de güzel zamanlardı. Metehan'ın peşinden koşup duruyor ve bana seni seviyorum demesi için yalvarıyordum. Sebebini açıklamanın yanlış bir karar olduğunu Metehan'ın öğretmene gidip, 'Bebeklerimin olmasını istemiyorum ben. Baba olmak için çok küçüğüm,' diye ağlayarak beni şikâyet ettiğinde anlamıştım. Sonra öğretmenimiz benimle utanç verici bir konuşma yapmıştı. İlk aşkım böyle hazin bir sonla bitti.

Sonra yedinci sınıfta okulumuzun popüler serserilerinden Tuncay'a âşık oldum. Bulduğum her yere ismini yazıp kalp içine alıyor ve her türlü utanç verici platonik tavırlara girmekten çekinmiyordum. Sonra Tuncay yakın bir arkadaşıma çıkma teklifi etti ve ona olan hislerimi öldürmek zorunda kaldım.

Son olarak lisede Levent'e tutulmuştum. O zamana kadar daldan dala atlayan kalbim Levent'i gördüğü anda diğerlerinin saçma bir ilgi olduğunu fark etmiş, asıl aşkın Levent'in gözlerinde saklı olduğuna kanaat getirmişti.

Üç yıl boyunca Levent'e âşıktım. Platonik olarak... Sapık gibi onu takip ettiğim üç yılın sonunda arkadaş olmaktan öte gidemeyince çılgınca bir şey yaptım. Ona açıldım! O ânı defalarca prova etmiştim. Levent'e onu ne kadar sevdiğimi anlatırken üzerimde en güzel elbisem olacaktı. Yüzüme gözlerimi ve dudaklarımı daha güzel gösterecek türden bir makyaj yapacaktım. O zamanlar uzun olan saçlarımı maşa yardımıyla kıvırıp omuzlarımdan aşağı salacaktım ve Levent'e duygularımı anlatacaktım. O da bir anda benim ne kadar mükemmel olduğumu fark edecekti ve birlikte sonsuza dek mutlu yaşayacaktık.

Bu kadar kolay olacağına gerçekten inandınız mı? Saçmalamayın. Konu Mısra Sezgin'se kolay diye bir şey yoktur.

Levent beni çok sevdiğini ama bu sevginin bir arkadaşa, kardeşe duyulan sevgiden öte olmadığını söyleyerek, kalbime bir hançer saplayıp acımasızca beni yaralamıştı. *Hain.*

Ondan sonra bir daha Levent'le konuşmadım. Okulun son haftasıydı ve tatilden sonra da son sınıfa geçtiğimiz için hepimiz çok meşguldük. Zaten o senenin sonuna gelemeden annemle babamı bir trafik kazası yüzünden kaybettim.

Olanlardan sonra Levent, hatırlayamayacağım kadar önemsiz bir kalp acısıydı. Anne ve babamın acısının yanında o kadar değersiz, o kadar anlamsızdı ki ona olan hislerim ve hayal kırıklığım toz zerreciklerine dönüşüp etrafa savruldu. Daha sonra ise aşkı düşünecek zamanım hiç olmadı.

Şimdiye dek. Çocukça hislerim hep hüsranla sonuçlanmıştı ama hiçbirinde gerçekten acı çekmemiştim. Levent kalbimi kırmıştı, çok üzülmüştüm ama şimdi düşündüğümde hiçbir şey hissetmiyorum. Oysa Kerem'i düşünmekle bile kalbime güneş doğuyor. Sürekli çalışarak, eve bakarak, çalışarak ve çalışarak geçirdiğim yıllardan sonra ona bakmak ruhuma sinmiş bıkkınlıktan arındırıyor beni. İçime sonsuz bir iyimserlik ve umut ışığı ekiyor. Bir deneme kabininde, üstümdeki elbiseyi incelerken onu sevmenin bana ne kadar iyi geldiğini düşünüp duruyorum.

Kerem'le gideceğimiz düğün için bir elbise almaya geldim. Oraya gidiş amacımı ciddiye alıyor ve yanında çok güzel görünmek istiyorum. Bu yüzden mesaimin öğleden sonra başladığı bir günde Sinan'ı erkenden kaldırıp bu mağazaya sürükledim. Kabinden çıkıp artık kesin olarak en yakın arkadaşım olan bu garip adama kıyafetimi gösteriyorum.

Üzerimde gülkurusu renginde, hoş bir elbise var. Sinan'ın işaretiyle etrafımda dönünce elbisenin kısa eteği salınıyor ve ben de bundan hoşlanarak kıkırdıyorum.

"Çok tatlısın," diyor Sinan ifadesiz bir yüzle.

"Beğenmedin mi?"

"Hayır, beğendim. Ama dediğim gibi... Çok tatlısın. Bu elbiseyle çok nahif görünüyorsun. Kırılgan."

Aynada uzun uzun kendime bakıyorum. Karşımdaki gördüğüm kişi her zamanki huysuz, gün bitsin de eve gidip dinleneyim diye rahatsızca kıpırdanan yorgun Mısra değil. Karşımda yenilenmiş, heyecanlı ve evet... *tatlı* bir Mısra var.

"Bu, kötü bir şey mi?"

"Hayır ama amacımız sana bakanların tatlı olduğunu düşünmesi değil, cazibene kapılması ki burada Kerem'den bahsediyorum. Yani düşünsene, sen böyle pamuk şeker gibi giyinip gideceksin ve Berna aşırı seksi bir halde gelip Kerem'in..."

"Tamam," diyorum elimi kaldırarak. Daha fazla devam ederse elimi suratına geçirmekten çekinmeyeceğim. "İyi, anladık." Elbiseye hüzünlü bir bakış atarak kabine dönüyorum. "Çıkarayım o zaman."

"Bu kadar sevdiysen alalım Mısra."

"Tabii, tüm hevesimi kaçır, sonra alalım Mısra de. Bir dakika önce benliğimin yeni yönlerini keşfediyordum ve sen hepsini öldürdün. Korkunç birisin Sinan Ertekin."

"İçinde bir yerlerde hâlâ *Barbie*'leriyle oynayan küçük bir prenses olacağını kim bilebilirdi ki?" diyor Sinan daha çok kendi kendine konuşarak. "Hadi, bir fotoğrafını çekelim. Geceleri elbiseye bakıp ağlaman için bir anı olur."

Ona somurtarak bakarken telefonumla fotoğraflarımı çekiyor. Bir iki pozdan sonra daha fazla somurtkan kalamıyorum. Gülümseyerek değişik pozlar verirken âna kapılıp şımardığımda Sinan beni azarlayıp kabine geri yolluyor. Dudaklarımı bükerek elbiseye son bir bakış atıp üstümden çıkarıyorum. Sinan'ın seçtiği elbiseleri denemeden önce de az önce çektiğimiz fotoğraflara bakıyorum. Utangaç bir gülümsemeyle ekrana baktığım bir pozu beğenince içimdeki haylaz çocuk beni dürtüklüyor ve fotoğrafı Kerem'e atıyorum. Düğün için uygun olup olmadığını sorarken asıl amacım ne düşündüğünü öğrenmek. Mavi bir elbiseyi alıp giymek üzereyken telefonum titriyor ve heyecanla atılıp mesajı açıyorum.

Tabii ki, çok tatlı görünüyorsun :)

Mesaja gözlerimi dikip bakıyorum. *Tatlı.* Sinan'ın bahsettiği seksi Berna gözümün önüne gelince tepem atıyor. Üzerimdeki elbiseye dair tüm güzel hislerim buharlaşıyor ve sinirle mavi elbiseyi bırakıp kırmızı olanı alıyorum.

Kalem elbise vücuduma tam oturuyor. Biraz daha kıvrımlı olsaydım mükemmel olabilirdi ama böyle de güzel görünüyorum. Tatlı olmadığıma eminim en azından. Kabinden çıkıp meydan okuyan bir havayla Sinan'a baktığımda bakışları takdirle parlıyor.

"İşte bu," diye mırıldanıyor etrafımda dönerken. "Bu elbise sana daha çok uydu. Doğru ayakkabı, saç ve makyajla seni ortamın en güzel kızı haline getirebiliriz."

Ona dik dik bakıyorum. "Ciddi misin sen? Boynuna pembe şal takıp stil programlarına konuk jüri olarak da gidiyor musun?"

"Kapa çeneni kadın, burada sefil bir taşa pırlanta görüntüsü vermeye çalışıyorum. Sefil taş olarak kalmak istemiyorsan tepemi attırma."

"Sefil taş senin..."

"Kerem'in yanında da böyle misin sen? Hayır, o zaman hiç şansın yok, boşuna uğraştırma beni."

"Pislik," deyip kabine dönüyorum. Elbiseyi çıkarıp rahat pantolonuma dönmenin sevinciyle kasaya gittiğimde kadın elbiseyi gülümseyerek alıp seçimime övgüler yağdırıyor.

"Harika bir seçim. Bu elbise indirimde ve birkaç saat sonra kampanya süresi bitiyor Şanslısınız." Kadın fiyat bilgilendirmesi yapıp konuşmaya devam ederken söylediği ücrete takılıp kalıyorum.

"Ne kadar dediniz?" Kadın sesimdeki ince dehşeti ya fark etmiyor ya da bunu göstermeyecek kadar profesyonel davranıyor.

"Ben o parayla üç aylık elektrik faturamı öderim," diyorum inleyerek. Sinan ellerini yelpaze görevi görsün diye yüzüme doğru sallıyor.

"Üzgünüm hanımefendi," diyor kadın içtenlikle. Dudağımı büküp Sinan'a baktığımda acımı paylaştığını belli edercesine sırtımı sıvazlıyor.

"Üzülme. Boncuklarla kolye yapıp akşam sahilde satar, elbisenin parasını çıkarırız. Ama bu elbiseden vazgeçmemeni tavsiye ederim. Kutsal bir amacımız var, unutma."

"Kutsal amacımız neden bu kadar pahalı?"

"Ayakkabılarını ben alacağım, söz."

"Belki biraz da simit satarsak altından kalkabiliriz," diyorum mızmızlanarak. Sinan sırıtırken iç çekerek kartımı kadına uzatıyorum.

"Taksit ister misiniz?"

Kadının sorusuna çaresiz bir bakışla cevap verirken çoktan Kerem'e olan aşkımı sorgulamaya başladım bile.

"Otuz altı aya falan bölebiliyor muyuz bunu?"

13. Bölüm

Küçük kardeşlerin elinde sizi tehdit edebilecekleri bir koz varsa başınız feci halde belada demektir. Bir de sizi tehdit edebilecekleri bir *kişi* düşünün. Ganimet babaanne gibi biri. Tüyleriniz ürperdi mi?

Geçen gün, Ecrin'in doğum günü için küçük bir kutlama planı yaparken Emre bunun beni *"şu evlere kadar bırakan"* canım arkadaşımla tanışmak için iyi bir fırsat olduğunu söylediğinde ona saçmalamamasını söyledim. Sonra benim canım kardeşim ne yaptı, biliyor musunuz? Gizemli arkadaşımdan babaanneme bahsetmek hakkında ne düşündüğümü sordu. *Alçak!*

Anne babalar genelde korkmanız gereken kişiler olmaz. Babanız size kızdığında anneniz onu yumuşatabilir ya da tam tersi olur. Ama durumum göz önüne alındığında beni kurtaracak kimse yok sevgili arkadaşlarım.

Kardeşlerim de bunun gayet farkında ve her fırsatta bu kozu kullanıyorlar. Tamam, ben de onları birçok kez babaanneme ispiyonlamakla tehdit ettim ama bu başka. Ben ablayım. Ben büyüğüm, onlar küçük. Ben uyanığım, onlar saf. Ben güzelim, onlar çirkin. Bu işler böyle yürür. Yoksa büyük kardeş olmanın ne anlamı kalır ki?

Emre'yi geçiştirme çabalarım başarısızlıkla sonuçlanınca ben de alternatif çözümler aramaya başladım. Kerem'i eve götüremezdim sonuçta. Ne diye götüreceğim ki? Arkadaşım desem ayrı, sevgilim desem ayrı garip bir durum bu. Zaten bendeki bu şansla babaannem kesin bir açığımı yakalar, az daha Mısra Tunalı olacağımı öğrenir, sonra bizi kulaklarımızdan sürükleyerek bir nikâh dairesine götürür.

Bu yüzden öğle arasından sonraki molamda karşımda Sinan'ı görünce gözyaşlarına boğulmama ramak kalıyor. "Sinan!" diye bağırıyorum dramatik bir edayla. "Hoş geldin!"

Sinan bana şüpheyle bakarken koluna girip arkalardaki bir masaya götürüyorum onu. Oturmasını bekleyip karşısına geçerken daha fazla dayanamıyor. "Ne?"

"Sen harikasın, biliyor musun?"

"Evet," diyor tekdüze sesiyle.

"Muhteşemsin. Bir arkadaşta olması gereken her türlü özelliğe sahipsin. Sen var ya, sen..."

"Mısra. Beni korkutuyorsun. Ne isteyeceksin? Aldığımız elbise yüzünden kartına haciz mi geldi? Satılacak böbrek mi lazım? Benim canım tatlıdır bak, böbrek falan veremem ben."

"Saçmalama Sinan," derken gülüşüme engel olamıyorum. "Ailemle tanışmanı istiyorum sadece." Yüzüme boş boş bakınca ona Emre'yle yaptığımız konuşmayı anlatıyorum kısaca. Kaşlarını kaldırıyor, ardından yüzünde muzip sırıtışıyla dudağını dişliyor. Tüm hücrelerim Kerem diye haykırdığı için şanslıyım. Yoksa Sinan'ın yakışıklılığı karşısında halim ne olurdu, kim bilir. Böyle düşündüğümü asla itiraf etmeyeceğim tabii ki. Kısa süre önce başlayan dostluğumuzdan öğrendiğim bir şey varsa, o da Sinan'ın egosunu daha fazla şişirmemem gerektiğidir. Zira kendisini bu kadar beğenen başka bir adamla daha tanışmadım.

"Sevgili rolü mü yapacağız?"

"Eh, yok artık," diye çıkışıyorum hemen. Sinan gülmeye başlayınca benim de sinirlerim bozuluyor. Kahkahalarımın arasından, "O bir kere olur," demeyi başarıyorum. Arkadaşım keyifle arkasına yaslanırken onun her konuda güvenebileceğim birisi olduğunu düşünüyorum. Bu tuhaf aslında. Tanışalı çok az zaman oldu ama sanki yıllardır arkadaşmışız gibi birbirimizin yanında rahatız. Sinan'ın bu şehirdeki herkesi tanıyıp hepsiyle arkadaş olduğuna dair şüphelerim olsa da benimle takılmaktan keyif aldığına, bu yüzden arkadaşım olduğuna inanıyorum.

"Merak etme. Ben aile büyükleriyle çok iyi anlaşırım. Özellikle büyükanneler bana bayılır."

"Benimle arkadaşlık etmek sana çok zahmetli gelmiyor mu? Bir dert yumağıyım ve seni sürekli bir yerlere sürüklüyorum."

"İnsanlar genelde arkadaşlık edilmesi zor olanın ben olduğumu söyler aslında."

"Öyle mi? Yani, kendini beğenmiş ukalanın tekisin ama sana canımı sıkan bir şeyi anlattığımda her zaman dürüst ve yargılamayan bir tavırla beni dinliyorsun. Bunu kaç insan yapıyor ki?"

Sözlerimden hoşlandığını yüzündeki koca gülücükten anlayabiliyorum. Sinan okulunu yeni bitirmiş, bu yüzden çok fazla boş vakti olan bir psikolog. Az önce söylediklerim bir psikolog için edilebilecek en güzel iltifattı sanırım, karşımda havalara girmesinden bu açıkça anlaşılıyor.

Dünyadaki tüm insanlarla anlaşmanın bir yolunu bulabilecek gibi görünen bu adamın babaannemle nasıl bir ilişki kuracağını görmek için sabırsızlanıyorum.

Sinan yapacak başka işi olmadığı için iki saat boyunca kafede oturup bilgisayarıyla bazı işlerini hallediyor. Ben de tenha bir vakitte Burak'a yaklaşıp erken çıkıp çıkamayacağımı soruyorum. Bu tür isteklerde çok fazla bulunmadığım için ihtiyacım olduğunda izin almak hiçbir zaman sorun olmuyor.

Sinan'la birlikte önce bir kitapçıya gidiyoruz. Ecrin'in çok sevdiği sahaflarına gitmeyi düşünmüştüm ama Sinan oradan harçlığıyla zaten istediği kitabı alabileceğini, büyük bir mağazadan, son çıkan şu pahalı kitaplardan almamın kardeşimi daha mutlu edeceğini söyleyince yeni kitapları inceliyorum. Uzun süre kitapların arka kapak yazılarını okumama rağmen Ecrin'in hangisini seveceğinden emin değilim. Çok çeşitli bir zevki olmasına ve sürekli istediği, sevdiği kitaplardan bahsetmesine karşın genelde ben yatakta yorgunluktan sızmak üzereyken çenesi düştüğü için kitap isimlerini hatırlamam mümkün olmuyor. En sonunda kitap yerine mağazadan bir hediye çeki alıp üzerinde renkli baykuşlar olan tatlı bir defterle birlikte paketlemenin en iyisi olacağına karar veriyorum.

Sinan da mutlaka okunması gerektiğini düşündüğü bir kitap alıyor Ecrin için. Bir kitap kurduna hediye almak o kadar kolay ki. Kitaplarla ilgili herhangi bir şey aldığınızda sevinçten kafayı yiyorlar. Aslında kardeşlerimin arasında pek çok konuda kolay olan Emre, zor olan Ecrin'dir ama konu hediyeye gelince iş tersine döner.

Emre bir şeyleri tamir etmeye, devreler kurmaya, bunlarla küçük icatlar yapmaya bayılıyor. Zamanının çoğunu küçük, şekilsiz robotlar yapmakla geçirdiği için genellikle benden elektronikle ilgili ne işe yaradığından emin olmadığım malzemeler ya da aletler ister, bu yüzden doğum günlerinde ona sürpriz yapmak yerine açıkça ne istediğini sorarız.

Hediye işini hallettikten sonra sıra pastaya geliyor. Marketten gerekli malzemeleri alıp ellerimizde poşetlerle eve varıyoruz. Ecrin'in arkadaşında olacağını bildiğimden rahatça zile basıyorum. Babaannem karşısında beni görünce epey şaşırıyor. Şaşırmasının sebebi yanımdaki adam da olabilir tabii, bilemiyorum.

"Bu saatte ne işin var burada?"

"Babaanne, burada yaşıyorum, hatırladın mı? Ellerimiz dolu baksana, çekil de içeri geçelim."

"Sen kimsin?" Sinan daha önce yüzünde görmediğim sıcak ve flörtöz bir gülümsemeyle nazikçe selamlıyor babaannemi.

"Merhaba efendim, ben Sinan," deyip elindeki poşetleri gösterince babaannem bu faslı kısa kesip bizi içeri alıyor. Poşetleri mutfağa bırakıp sıcaktan ve yorgunluktan bunalmış bir halde sandalyeye oturuyorum. Sinan da babaannemin elini öptükten sonra aynısını yapıyor.

Biz birer bardak soğuk su içerken babaannem sanki ufacık bir kadın değilmiş gibi karşımıza dikilip bir açıklama bekler gibi dik dik yüzümüze bakıyor.

"Babaanne, Sinan benim arkadaşım. Ecrin'e pasta yapacaktım, bana yardıma geldi."

"Senin arkadaşın yok ki," diyor babaannem burun kıvırarak. Ona şaşkın ve darılmış bir ifadeyle baktığımda hiç oralı olmadan, "Neyse," diye mırıldanıyor. "Hoş geldin oğlum. Emre birilerini getirecekmiş. Ben börekle kısır yaptım. Siz de pastayı yapın, benim dizim var." Mutfaktan çıkıp gittiğinde arkasından bakakalıyorum.

"Yahu, hayatımda ilk kez eve erkek getirdim. Kadının umurunda olmadı, iyi mi?" diye mırıldandığımda Sinan kıkırdıyor.

"Kesinlikle umurunda ama beni beğendi de sesini çıkarmıyor," deyip kendini beğenmiş bakışlarla bakıyor yüzüme. "Hep böyle olur."

Gözlerimi devirip ayaklanıyor ve kek için malzemelerini dolaptan çıkarıyorum. İlk çalıştığım yer bir pasta kafeydi. Fazla büyük bir yer olmadığı için bazen üretim kısmında yardıma ihtiyaç olunca ben giderdim. Pasta yapmayı orada öğrenmiştim. Görüntüde harikalar çıkaramıyordum belki ama idare ediyordu. Lisedeyken de mutfakta bir şeyler yapmaya bayılırdım zaten, elimin lezzeti de güzeldi. Tam evimin kadını, çocuklarımın anası olacak kızdım da işte hayat yakamı bırakmıyordu.

Sonraki bir saat boyunca Sinan'la itişe kakışa çikolatalı bir pasta yaptık. Şekli biraz eciş bücüştü ama kekin ve kremanın kıvamı muhteşemdi. Üzerine eritilmiş çikolatadan bolca döküp çilekleri de dizdikten sonra şekli de biraz toparlamıştı. Gururla geri çekilip, kollarımızı göğsümüzde bağlayarak eserimizi izledik.

"Vay be, her konuda başarılıyım," dedi Sinan. Başlarda bunları söylerken çok ciddi olduğunu sanıyordum çünkü öyle görünüyordu ama onu tanıdıkça sadece eğlendiğini görmeye başladım. Biraz ukala ve kendini beğenmişti ama bu huylarıyla insanları rahatsız etmiyor, hatta kendisiyle de dalga geçebiliyordu. Ona ne söylesem de ne kadar eleştirsem de asla alınganlık etmediği için anlaşması çok kolay biriydi.

"Affedersin ama pastayı *ben* yaptım. Senin tek yaptığın kremayı parmaklayıp şeklini bozmaktı."

"Yumurtaları çırptım ya!"

"Aman, ne büyük marifet."

Biz birbirimize sataşıp dururken zil çalıyor. İkimiz de yaşımızın gerektirdiği gibi davranmıyoruz ama umurumda değil. İnsanın aptalca şeyler yapabileceği bir arkadaşı olması o kadar güzel ki diğer şeyler bunun yanında önemsiz kalıyor. Birkaç saniye sonra Emre ve Umut ellerinde süslemelerle içeri dalıyorlar. O kadar çok gürültü çıkarıyorlar ki elimdeki tırtıklı bıçakla huysuz yaşlılar gibi ortaya atlayıp *keserim ulan topunuzu* diye bağırmak istiyorum.

Mutfağa bir karmaşa halinde düşen kardeşim, Sinan'ı fark edince aniden ciddileşiyor. Bir saniye içinde tüm muzipliğinden sıyrılıp Sinan'ın karşısına dikildiğinde onun ne kadar büyüdüğünü fark ediyorum. Elbette onu hâlâ küçük bir çocuk gibi görmüyorum ancak sadece akşamları ve genelde aile içinde vakit geçirdiğimizden bir başka adama böyle tehditkâr bakışlar atışına ilk kez şahit oluyorum. Dudaklarım hafifçe kıvrılırken Emre'nin babamınkinin kopyası olan yüzüne sevgiyle bakıyorum ama bu sevgiyi ona yöneltemem, şımardığı zaman çekilmez birine dönüşüyor çünkü. "Hoş geldiniz kaz kafalılar."

Emre, Sinan'ın yanında ona böyle seslenmeme açıkça bozulurken Umut bana hiç aldırmadan gözlerini Sinan'a dikmiş, onu korkutmak ister gibi bakıyor. Bu hallerine gülerek Sinan'ın koluna giriyorum.

"Bu, arkadaşım Sinan." Emre'ye yüzündeki ifadeyi düzeltmesi için birkaç agresif mimik yaptıktan sonra onu da tanıtıyorum. "Kardeşim Emre ve bu da belalımız Umut." Umut dayanamayıp gülerken Emre kaşlarını çatarak elini uzatıyor ve tokalaşıyorlar.

"Aynı yerde mi çalışıyorsunuz?"

"Hayır." Gözlerimi büyüterek Sinan'a döndüğümde omuz silkiyor. Benim için yalan söyleyecek değil belli ki. En azından ne zaman ciddi olduğu, ne zaman şaka yaptığı anlaşılmadığı için Emre'nin kafasını karıştırmayı başarıyor.

"O zaman neden ablamı eve bırakıyorsun?"

"Bırakmıyorum ki. Daha yeni mezunum, arabam bile yok."

"Abla, o zaman seni eve bırakan kim ya?" *Arabasına çarptığın için evlenmek zorunda kaldığım Kerem Tunalı, deyip kurtulabilsem keşke.* Ama bunu itiraf etmeye hiç niyetim yok.

"Of, Emre. Kimse beni eve bırakmıyor. Sinan yeni en yakın arkadaşım, yani ona iyi davran. Tamam mı?"

"Sevgilin değil mi yani?"

"Yok artık," diyor Sinan gülerek. "Onunla yalnızlıktan delirmiş gibi göründüğü için arkadaşlık ediyorum." Sinan'a hayret dolu, incinmiş bakışlarımla döndüğümde omzumu tutarak bana teselli veriyor. "Otobüslerde garip davranmamalısın canım, her zaman benim gibi iyi kalpli bir insana rastlayamazsın."

"Bana acıyor musun?"

"Saçmalama," diyor hemen ve hazırlıklara döndüğümüzde gönlümü almak için bana Kerem'den bahsedip duruyor. Bu sıralar bu isim tüm iyimserliğimi kabarttığı için taktiği hemen işe yarıyor elbette. Emre ergen diliyle homurdanarak bir süre etrafta gezinip dursa da aramızdaki iletişimin Umut'la kendi arasındaki kadar arkadaşça olduğunu fark ettikten sonra bizi rahat bırakıyor.

Hep birlikte evi güzelce süslerken Sinan, babaannemin yanına oturup dizisiyle gerçekten ilgileniyormuş gibi sorular sordukça babaannem keyiflenerek onunla derin bir sohbete dalıyor. Emre'yle duvara yapıştırmaya çalıştığımız balonların arasından onlara dik dik bakıyoruz. Zira babaannemin genç kız gibi kıkırdamasına alışık değiliz.

"Bu adam sevgilin değil mi şimdi?" diye soruyor Emre üçüncü kez.

"Of Emre. Değil dedim ya. Arkadaşım olamaz mı benim?"

"Ne bileyim. Olmuyor genelde."

Ağzının ortasına bir tane geçirmek üzereyken Ecrin'in arkadaşı bir mesaj atıp geldiklerini haber veriyor. Ecrin'in hiçbir şeyin farkında olmadığını, doğum gününü tamamen unuttuğunu söyleyince iyice havaya giriyoruz. Sonunda kapı çalıp da evin en ağır ergeni olan kız kardeşim artık klasikleşen *nefret ediyorum bu hayattan* tavrıyla fişek gibi içeri daldığında hep bir ağızdan, "İyi ki doğdun!" diye bağırıyoruz. Biz doğum günü şarkısı söylerken Ecrin nadiren görebileceğimiz o şaşkın yüzüyle karşımızda öylece duruyor. Hepimize tek tek duygu yüklü bakışlar attıktan sonra ağlamaya başladığında ise bu kez biz donup kalıyoruz.

Kız kardeşim çoğunlukla içine kapanıktır. Duygularını saklamaya meyillidir ve kolayca ortaya çıkarabildiği tek duygusu huysuzluk olduğundan genelde memnuniyetsiz görünür. Buna rağmen onun aslında ne iyi bir yüreği olduğunu çok iyi bilirim. İnsanların içinde ağlamasının neredeyse imkânsız olduğunu da öyle. Ecrin ondan daha şaşkın görünmemiz karşısında utanarak toparlanmaya çalıştığında hemen öne çıkıp ona sarılıyorum. Emre'yle bakışsak da duygusallığının sebebini şimdilik kurcalamadan pasta merasimine geçiyoruz. Kardeşim garip ruh halinden nihayet sıyrılıp gülücükler atmaya başlayınca her şey normale dönüyor. Ecrin'in arkasından gelen birkaç arkadaşından sonra ergenlerle dolu evimiz inanılmaz bir gürültüyle dolunca başıma bir ağrı saplanıyor ama görmezden gelmeye çalışıyorum.

Ecrin başta Sinan'ı geceleri kıkırdayarak mesajlaştığım adam sanıyor ama zeki bir kız olduğu için benim bir açıklama yapmama gerek bile kalmıyor. İkimizi birazcık izledikten sonra kikirdek halimden eser olmadığını fark ederek Sinan'a olan ilgisini kaybediyor hemen. Herkes kendi arkadaşıyla takılmak için sözleşmiş gibi evin etrafına dağılınca Sinan'la birlikte mutfağı temizliyoruz.

"Ecrin'le ne konuşuyordun?" Sinan'ı Ecrin'le salonun köşesinde gördüğümden beri bunu merak ediyorum.

"Ağlayınca ne kadar paniklediğinize bakılırsa pek sık ağlamayan birisi olduğunu düşündüm ve iyi olup olmadığını kontrol etmek istedim."

"Sen iyi hissetmediğini düşündüğün herkese zaman ayıran birisin, değil mi?"

"Evet, herkes bunu yapsaydı dünyayı değiştirebilirdik."

"Sanırım haklısın."

Hediyeler, yemekler derken parti faslı bitip de evimiz nihayet boşaldığında odama gidip pijamalarımı giyiyor ve yatağa gömülüyorum.

"Bu saatte yatacak mısın?" diye soruyor Ecrin. Kendisi iki saattir Emre'nin onun için meyve kasalarından yapıp boyadığı kitaplığa kitaplarını yerleştirmekle meşgul. Elini kendi isteğiyle hiçbir işe sürmeyen kız o kadar özenle kitapların tozunu alıyor ki görseniz ağlarsınız.

Ona cevap vermeden eve geldiğimden beri elime almadığım telefonuma bakıyorum. Ekranda iki cevapsız arama ve bir mesaj görünüyor. Hepsi Kerem'den. Müsait olunca aramamı rica ettiği mesajı görünce endişeleniyorum.

Hemen onu ararken aklımdan bin tane düşünce geçiyor. Burçak yine bizi bir araya getirme komploları mı yapıyordu? Ailesi ilişkimizin gerçek yüzünü mü öğrenmişti? Berna mı gelmişti?

Aklımdan geçen son düşünce bu olunca telefonu açan Kerem'e ilk sözlerim, "Ne oldu?" sorusu oluyor. Berna'nın zamansız gelişinin ihtimali bile yüreğimi sıkıştırırken bu gerçekten yaşansa halimin ne olacağını düşünmek bile istemiyorum.

"Bir şey olmadı," diyor Kerem hafifçe gülerek. "Sana da merhaba bu arada. İyiyim, sen?"

Gözlerimi kırpıştırarak duvara bakıyorum. Ne ara uzandığım yerden doğrulduğumu bile hatırlamazken hattın ucundaki sakin hatta keyifli ses şaşırmama, biraz da bocalamama sebep oluyor.

"Bir şey oldu sandım. İki kez aramışsın, sonra mesajı görünce..."

"Seni sadece bir şey olunca mı arıyorum?" diye sorduktan bir saniye sonra mahcup sesini duyuyorum. "Düşündüm de sanırım öyle yapıyorum. Üzgünüm. Sadece seni merak ettim. Bir süredir konuşmuyoruz."

Yatağıma oturmuş kafamda kurduğum garip senaryolar yüzünden yeterince şaşkınken bir de Kerem'in sadece konuşmak istemek için aramış olması karşısında ne yapacağımı bilemiyorum. Heyecanlı mıyım, mutlu mu oldum yoksa şaşkınlıktan küçük dilimi mi yuttum hiçbir fikrim yok.

Aslında yalnızca iki gündür konuşmuyoruz. Bu günlerde sürekli olarak onu aramak ya da mesaj atmak istesem de kalbimdeki hislerin büyüklüğü konusunda içten içe endişelendiğim için bunu yapamadım. Eski sevgilisinin hayatını bu denli etkilediği bir adama kontrolsüzce kapılmaktan korkmuş olmalıyım. Onu hiç aramayacak değildim elbette ama beni bir bahanesi olmadan aramasını da beklemiyordum. *Bir süredir konuşmuyoruz.*

Üzerimdeki o hayret dolu sakinliği kıran farkındalıkla dolu bir neşe oluyor. Kalbim gürültüyle çarparken *fark etmiş* diye düşünüyorum. Eksikliğimi hissetmiş olması beni öyle mutlu ediyor ki duygusallaştığımı hissediyorum.

"Şey... Biraz meşguldüm."

"Bir sorun yok, değil mi?"

Yüzüme utangaç bir gülücük yerleşiyor. Kız kardeşimin beni izlediğini görünce ısınan yanaklarımı gizlemek için yatağımın duvar tarafına doğru dönüyorum.

"Her şey yolunda. Bugün Ecrin'in doğum günüydü. İşten erken çıkıp ona bir sürpriz hazırladım."

"Öyle mi? Kaç yaşına girdi?"

Bunu öylesine sormuş olsa bile ailemle ya da benimle ilgili herhangi bir şeyle ilgilendiği için birazcık da olsa özel olduğumu düşünme izni veriyorum kendime. Bu kadarcık umutlansam ne olur ki? "On beş. Emre de yakında on sekiz olacak. Sen kaç yaşındasın?"

"Yirmi sekiz," dediğinde dudaklarımdan bir şaşkınlık nidası fırlıyor.

"Nasıl yani? Kadın olsan anlayacağım ama bir erkeğin bu kadar gençken evlilik baskısına uğradığına inanamıyorum."

"Değil mi? Keşke annem biraz cinsiyetçi olsaydı. Belki bunları yaşamamız gerekmezdi."

Gülümseyen sesi kalbimi sıcacık bir hisle sarıp sarmalarken, "Kerem," diyorum tatlılıkla. *Belki de bunları yaşamamız gerekiyordu,* demek istiyorum. *Eğer yaşamasaydık böyle güzel hislerin varlığını öğrenemezdim.*

"Efendim?"

Düşündüklerimi söyleyecek cesareti kendimde bulamayınca, "Hiç," diye mırıldanıyorum. "Düğüne hâlâ gidiyor muyuz?"

Sanki bir tuşa basıp Kerem'n tüm keyfini yerle bir etmişim gibi sıkıntılı bir nefes verdiğini duyuyorum hattın ucundan. "Evet, gidiyoruz."

Bu işten memnun olmadığını hatırladığımda üzülmemeye çalışıyor, onun Berna'yı düşünüp durmasının beni incitmemesi gerektiğini kendime hatırlatıyorum. Bana karşı hiçbir sorumluluğu yok. Yine de o kadını kendi sorularımla aklına getirdikten sonra bunu düzeltme ihtiyacı ile tekrar neşelenmeye çalışıyorum. "Yarın akşam işin var mı? Seni bir yere götürmek istiyorum."

"Nereye gideceğiz?"

"Hoşuna gideceğini umduğum bir yer."

"*Hımm*, gizemli olmaya mı çalışıyorsun?" diye sorarken gülümsediği sesinden anlaşılıyor.

"Evet, ne diyorsun?"

"Akşam yedide buluşalım mı?"

Yerimde zıplayıp, "Harika!" dediğimde Ecrin yerleştirdiği kitap yığınından bir parçayı sertçe masaya bırakarak orada olduğunu hatırlatıyor. Ona göz devirirken Kerem'le birbirimize iyi geceler dileyerek vedalaşıyoruz.

Bana ters bakışlar atan küçük kardeşime bir açıklama yapmam gerektiğini düşünerek, "Bir adamla tanıştım," diyorum bu hiç de büyük bir mesele değilmiş gibi.

"Eh, onu anladım."

"Ondan çok hoşlandığımı da anladın mı?"

"Herhalde. Oradan bakınca salağa mı benziyorum?" Huysuz huysuz konuşsa da yüzüme baktığı an gülücüklerini bastırmaya çalıştığını anlıyorum. "O da senden hoşlanıyor mu?"

"Şey... Sanmıyorum."

"Sanırım salak olan o," dediğinde kıkırdayarak yerimden kalkıp Ecrin'e sarılıyorum.

"Sanırım öyle..." Söylenerek beni uzaklaştırmaya çalışan kardeşimi sıkıca tutup, "İyi ki doğdun ruh hastası," diyorum sevgiyle. "Seni çok sevdiğimi unutma, tamam mı?" Alaycı bir ses çıkarsa da sonunda o da bana sarıldığında bir süre öyle kalıyoruz. Beni çok kızdırsa da, sürekli kavga etsek de, bazen abla olan oymuş gibi davransa da bu küçük odada beraber geçirdiğimiz on beş yılın her gününe minnettarım. Kardeşlerim olmasaydı kalbimde bu kadar çok sevgiyi nasıl taşıyabilirdim ki?

"Çatıya çıkalım mı?" diye soruyor Ecrin benden uzaklaşırken. "Battaniyeyle çekirdek alırız. Sen de bana hoşlandığın adamı anlatırsın."

"Ama Emre'ye duyurmadan çıkmamız gerek."

"Tabii ki abla." Ecrin gözlerini devirerek yatağın altından bir battaniye çıkarırken ona yardım ediyorum.

"Ayrıca bana kızmayacağına söz vermen de gerekiyor... Son zamanlarda bir şeyler karıştırdım."

"Kızılacak bir şey yaptıysan kızarım," diyor benim sık sık kullandığım bir ses tonuyla. Gülerek yanağına bir öpücük kondurduğumda küçük kardeşim tarafından azarlanıyorum.

Yukarı çıkıp da Kerem'le nasıl tanıştığımı, ona nasıl âşık olduğumu anlattığımdaysa Ecrin dünyanın en saçma hikayesini dinliyormuş gibi davranıyor. Tavrı yüzünden on beşine giren o değil de benmişim gibi hissetsem de hikâyemi onunla paylaşırken hafiflediğimi düşünüyorum. Kız kardeşim her geçen gün kendim için büyüttüğüm en yakın arkadaşmış gibi hissettirirken, onunla dertleşmek de giderek kolaylaşıyor.

O sabah mutlu bir yüzle kafeye girip herkese neşeli selamlar verirken güzel bir gün geçireceğime çok emindim. Kerem'i götüreceğim yeri seveceğini düşünüyor, bu yüzden de çok heyecanlanıyordum. Ne diyorduk, insan her gün başına bir fenalık geleceğini düşünerek yaşayamazdı değil mi? Belki de ben artık hep böyle düşünmeliyim çünkü o sabah asla beklemediğim bir haber alıyorum.

Burak sıkıntıyla yanıma yaklaşıp beni bir köşeye çekerken, buraya pek uğramayan patronumuzun birkaç elemanı işten çıkarmak için geldiğini ve rastgele yaptığı seçimlerden biri sonucunda işime son verildiğini öğreniyorum.

Burak'ı dinlerken üzerimdeki o iyimserlik ve tatlı neşe hızla uzaklaşıp yerini soğuk bir boşluğa bırakıyor. Bu haber öyle beklenmedik ki dizlerimdeki tüm derman birdenbire çekiliyor. Düşmemek için bir masaya tutunduğumda Burak endişeyle bir bardak su veriyor elime.

"Ama nasıl olur?" diyebiliyorum sonunda. "Burada bir sürü yeni eleman var. Yıllardır burada çalışıyorum. Neden ben çıkarılıyorum ki?"

Bunun sebebini biliyorum aslında. Bir süre önce işletme sahibi Erhan Bey'le çalışma saatleri konusunda yaşadığım bir tartışma olmuştu. Gerginlik dolu ve sonuç vermeyen bir tartışmaydı, uzun süre patronun gözüne görünmekten kaçınmış, işimi kaybetmekten korkarak mecburen geriye çekilmiştim. Tam da unutup rahatladığım sırada adam hamlesini yapmıştı demek.

"Çok üzgünüm Mısra," diyor Burak samimiyetle. "Ben biraz soruşturup seni ararım tamam mı? Tecrübelisin, hemen iş bulabilirsin. Arkadaşlarımla konuşup bir şeyler ayarlamaya çalışacağım."

Burak'ın nasıl bir hayat yaşadığımdan, sorumluluklarımdan haberi yok ama şu an yüzümde nasıl bir ifade varsa beni teselli etmek için elinden geleni yapıyor. Belli belirsiz teşekkür edip oradan çıkıyorum. Bağırıp çağıracak, hakkımı arayacak gücüm bile yok.

Burada çalışmak zor da olsa hiçbir zaman maaşım ve sigortam hakkında endişelenmemem gerekmezdi. Daha önce bu sebeplerle çektiğim sıkıntıları unutmamıştım ki böyle endişeler yaşamadan benim işimi yapmak kolay değildi. Bu yüzden üç yıldır bu kafede öyle çok zorluğa katlanmıştım ki...

İş aramanın ne kadar sancılı bir süreç olduğunu biliyordum. Üstelik benim ne kaybedecek vaktim vardı ne de bir süre idare edecek birikimim. Aksine tek bir ay maaş alamazsam bütün sistemim çöker, her şey sarpa sarardı.

Ne yapacağımı bilmiyorum. Annemle babamın ölümünden sonra uzun süre devamlı bir iş bulamamıştım. Babamdan kalan bir maaş vardı ama onunla evimizin kredisini ödüyorduk ve geriye kalan azıcık para hiçbir şeye yetmiyordu. O zamanlar sadece birkaç ayda babaannemin hastalığı ve diğer her şey üzerime binip beni tüketmişti. Şimdi de o hislere çok yakınım.

Kaybedecek vaktim olmadığını, hemen iş aramaya başlamam gerektiğini söylüyorum kendime ama bacaklarım hareket etmiyor. Yol kenarındaki bir banka oturup sabahın köründe, işe giden insanların tuhaf bakışları altında ağlamaya başlıyorum.

14. Bölüm

Saat öğlene gelirken bir çay bahçesinde başımı ahşap masanın üzerine yaslamış karşımdaki sahile bakıyorum. Saatlerdir bu haldeyim. Sabahın bir vaktinde gerçekleşen ağlama nöbetimden sonra gelip buraya oturduğumdan beri bomboş hissediyorum. Ağlarken gözyaşlarımla birlikte tüm duygularım da gözlerimden akıp gitti sanki. Bıraksalar burada, bu şekilde yıllarca oturabilecekmişim gibi hissediyorum. Geldiğimde garsonu geçiştirmek için söylediğim çay buz kesmiş vaziyette. Fazla kalabalık olmayan çay bahçesinin en ücra köşesine oturduğumdan mı yoksa harap halde olduğumdan mı bilmiyorum ama kimse beni rahatsız etmiyor. Üçüncü teklifinden sonra garson bile çayımı tazelemeyi teklif etmekten vazgeçti.

Böyle yapmamam gerektiğini, bu kadar üzülecek bir şey olmadığını söyleyip duruyorum kendime ama ne zaman harekete geçmek için doğrulsam burnum sızlıyor. Tekrar ağlamaktan korktuğum için bir türlü ayağa kalkamıyorum.

Küçük masanın üzerindeki bir çiziğe gözlerimi dikmiş bakarken yaklaşan garsonun çekingen sesini duyuyorum. "Hanımefendi, iyi misiniz?"

İyi olmaktan öyle uzağım ki cevap vermek çok anlamsız

geliyor. "İyi görünmüyorsunuz," diyor garson. *O zaman neden soruyorsun ki? Sadece beni rahat bırak işte.* "Sizin için yapabileceğimiz bir şey var mı?"

"Eleman arıyor musunuz?"

"Efendim?" dediğinde başımı kaldırıp yüzüne bakıyorum. Suratım ne halde bilmiyorum ama adamın irkilişinden tahmin etmek zor olmuyor.

"Buraya eleman arıyor musunuz?"

"Şey... Hayır," diyor etrafa bakınarak. Delinin tekine çattığını düşünüyor olabilir. Aslında bakarsanız haklı da olabilir. Şu sıralar akıl sağlığı yerinde olan bir insan olduğumu hiç sanmıyorum.

"O zaman yardımcı olamazsınız." Adam nihayet derdimi anladığını belirten bir ses çıkarıyor. Halime üzülmüş olacak ki yeniden konuştuğunda sesi dostane çıkıyor.

"Birini aramamızı ister misiniz? Aileniz ya da arkadaşınız? Gerçekten iyi görünmüyorsunuz."

"Arkadaşım gelmek üzere," diyorum yorgun bir iç çekişle. Garson beni yalnız bıraktığında yalan söylemiş olmamak için Sinan'ı aramayı düşünsem de bu kadar kırılganken biriyle görüşmenin fikri bile kendimi daha kötü hissetmeme sebep oluyor.

İçmediğim çayın parasını masaya bırakıp çantamı alarak kalkıyorum. Çıkmadan önce yüzümü yıkamak için lavaboya girdiğimde görünüşüm karşısında moralim daha da bozuluyor. Aynada bana bakan kızın gözleri kıpkırmızı. Dudaklarının kenarları aşağı doğru bükülmüş. Rengi solgun, saçları dağılmış...

Gözlerimi yumup derin bir nefes alıyorum. Çaresiz olmadığımı biliyorum. En azından çaresizliğe düşmek için daha çok yolumun olduğunu, önce durumu düzeltmek için çabalamam gerektiğinin farkındayım. Birçok kez düştüğümü, her seferinde ayağa kalkıp sorunun üstesinden geldiğimi hatırlatıyorum kendime. Ama bir türlü ikna olamıyorum. Tüm bunlarla tek başıma uğraşmaktan o kadar yoruldum ki birisi elimden tutsun istiyorum. Düştüğüm yerden kalkabilmem için bana güç versin, beni sevsin, bana güvensin. Tüm bunları ailem olduğu için değil, öyle olması gerektiği için değil, sadece istediği için yapsın.

Arayabileceğim insanlar var ama telefona uzanmıyorum bile. Şımarıkça davranıyorum belki ama birisi beni merak etsin, iyi olmadığımı fark edip beni teselli etsin istiyorum.

Tek istediğim birilerinin umurunda olmak. Hayatta abla ya da torun olmaktan daha farklı, daha özel biri olmak. Değerli ve başarılı olmak. Bütün bunların yanında garson olmayı bile becerememişken hiçbir konuda başarılı olamayacağımın düşüncesinden bir türlü kurtulamıyorum.

Yüzümü ve boynumu yıkadıktan sonra bileğimdeki lastik tokayla saçlarımı sıkıca topluyorum. Birkaç tel toka bulmak için çantamı açtığımda ışığı yanan telefonum çarpıyor gözüme. Kayıtsız bir şekilde telefonu alıp mesajı açıyorum.

Şu anda çok leziz görünen çilekli bir tatlıyla bakışıyorum. Seninle yiyebilmek için akşamı bekleyeceğim. Çileği çok sevdiğini söylediğini hatırlıyorum. Doğru mu? Çünkü eğer değilse sorumluluğu alman gerekecek. Öğle aramda bu tatlıyı yemeyerek büyük bir fedakârlık yaptığımın farkındasındır umarım.

Gözlerim harflerin üzerinde gezinirken içimdeki sıkıntı bir anlığına gizleniyor. Baharın dengesiz havası gibi gelip giden ruh halim yüzünden serseme dönmüş vaziyetteyim. Saatlerdir somurtmaktan kireç gibi ağırlaşan dudaklarımın kenarları ufak ufak hareketleniyor. Tüm kederimin içinde kendimi hafifçe gülümserken buluyorum. Basit, sıradan bir mesaj kırılan kalbime merhem oluveriyor. Okuduğum her kelimeyle kırık parçalar birbirine yaklaşıp yeniden bütünleşmek için çırpınıyorlar sanki. İpi sıkıca tutulmuş, tek bir noktada savrulup duran bir uçurtmaymışım da ummadığım bir anda beni tutan ellerden kurtulup salına salına gökyüzüne süzülmüşüm gibi saniyeler içinde küçük dünyam değişiyor. Koca bir umut yumağı kalbimin ortasına çöreklenip oturuyor ve bu kez minnettar bir damla düşüyor gözlerimden.

Neye ihtiyacım olduğunu hissettiğini düşünüyorum. Öyle olmadığının farkındayım elbette. Ama böyle düşünmek hoşuma gidiyor. Hayallerimde Kerem'le kalplerimiz aynı ritimde atıyor. Ben üzüldüğümde, incindiğimde hissedip yanıma geliyor, ardından sıkıca kucaklanıyorum.

Tamam, bazen fazla hayalperest olabilirim. Ama öylesine atılmış bir mesajla bile sorunlar gözüme daha az korkutucu gelirken bana sarılsa ne olurdu düşünsenize.

Tuvaletten çıkıp derin bir nefes alırken, "Kendine gel Mısra," diyorum omuzlarımı gererek. "Sen her şeyi yapabilirsin."

Bunu laf olsun diye değil, gerçekten inandığım için söylüyorum. Evet, çok zorlanabilir, üzülebilir, incinebilirim ama ne olursa olsun üstesinden geleceğim. *Her zaman gelmedim mi?*

Çay bahçesinden çıkarken az önce konuştuğum garson bana hafifçe gülümsüyor. Aynı şekilde karşılık verip bir daha buraya adım atmamayı aklıma kazıdıktan sonra otobüs durağına doğru yürüyorum.

Uzun süre yürüyüp kendimi biraz olsun iyi hissettiğimden emin olduğumda Kerem'i arıyorum. Açar açmaz keyifli bir sesle giriyor söze.

"Hadi çileği sevmediğini söyle ve beni bu işkenceden kurtar."

Yüzüme küçük ama içten bir gülümseme yerleşiyor. "Şansına küs. Çileğe bayılırım."

"Canım yanıyor şu an." Şuna bakın. Nasıl gülümsemeden durabilirim ki?

"Ne yapıyorsun?"

"Öğle yemeğindeyim. Sen?"

Ah, sabahtan beri neler yaptığımı kimseye anlatabileceğimi sanmıyorum. Böyle bir sinir boşalması yaşamak utanç verici. Kerem'in bunu bilmesi gerekmiyor. "Bugün çalışmıyorum. Biraz aylaklık yapayım dedim."

"Öyle mi? O zaman eğer başka bir planın yoksa daha erken buluşabiliriz. Saat dörtte işim bitecek. Seni alabilirim."

Bütün sabah acı çeken kalbim teklifiyle beraber nihayet göğsüme yaptığı baskıyı azaltıyor. Umutsuzluk hissi giderek daha da uzaklaşırken Kerem ne zaman etrafta olsa ortaya çıkan o tatlı çarpıntıyı tekrar hissediyorum. Aşk ne garip bir şey. Sadece bir saat önce tek bir adım atacak gücüm yokken şimdi ona varacak tüm yolları koşabilirim.

"Olur tabii. Çok güzel olur hem de."

"Öyleyse birkaç saat sonra görüşürüz Mısra."

"Görüşürüz. Şey... Teşekkür ederim."

"Ne için?" diye sorduğunda sanki görebilirmiş gibi çekingen bir tavırla omuz silkiyorum.

"Gülümsememi sağladığın için."

"Ah, kötü bir gün mü geçiriyorsun?" diye sormasını beklemiyordum. Sesinin samimi bir endişeyle dolmasını, sanki ona hemen şimdi ihtiyacım olduğunu söylesem kalkıp gelirmiş gibi hissettirmesini hiç beklemiyordum. Ancak böyle hissediyorum. Kerem için umutlanmaya hevesli şapşal kalbim hiç vakit kaybetmiyor.

"Biraz. Ama şimdi daha iyiyim."

"Buna sevindim. Gülmek sana yakışıyor Mısra."

Bu kez içten ve parlak bir gülüşle dudaklarım aralanırken kendimi güçlenmiş, hatta yenilmez hissediyorum.

Kerem'le buluşacağımız vakte kadar birkaç yere gidip özgeçmişimi bırakarak değerlendiriyorum zamanımı. Eskiden çalıştığım yerleri de arayabilirim ancak onlar küçük işletmeler olduğu için çaresiz kalmadıkça dönmek isteyeceğimi sanmıyorum.

Aslında garsonluktan nefret ediyorum ama bildiğim başka bir iş olmadığından bu şekilde devam etmem gerekiyor. Evimizin kredisinin biteceği günleri görebilmenin umuduyla yaşlanıp gideceğim sanırım.

Saat tam dörtte buluşmak için sözleştiğimiz yere gidiyorum. Kerem'in buraya gelmesinin vakit alacağını bildiğimden çantamdan bu sabah aldığım defterimi çıkarıp özgeçmiş bıraktığım yerlerin isimlerini yazarak oyalanıyorum. Zihnim pek çok endişeyle sürekli olarak çalışıp dururken elimdeki kalem boş sayfanın etrafında amaçsızca geziniyor. Kendi kendime bir şarkı mırıldanarak dalgınlıkla attığım çizgilerin zamanla bir şekle girdiğini görsem de ne yaptığımın farkında olduğumu söyleyemem. Kalemin ucundan tanıdık gözler dökülüyor kâğıdıma. Dizlerime koyduğum deftere iyice eğilip gür kirpikler çiziyorum. Geriye çekilip nasıl göründüğünü incelediğimde Kerem'in gözlerinin yansıması çıkıyor karşıma. Özenle çizilmiş kaşlar ve kirpiklere bakarken derin bir özlem duygusuyla sarsılıyorum. Hayır, Kerem'e duyduğum özlem değil bu.

Resim yapmayalı ne kadar uzun zaman olduğunu, bunu ne çok özlediğimi fark ediyorum. En son ne zaman elime kâğıt kalem alıp resim çizdiğimi hatırlamıyorum bile. Oysa eskiden bunu yapmadan yaşayamayacağımı düşünürdüm. Okuldayken ders aralarında sürekli resim çizer, dışarıdayken hep çizebileceğim bir şeyler arardım.

Bir zamanlar en çok sevdiğim şeyin bir anıdan ibaret kalmış olması içimi sızlatıyor. Bu günlerde beni en çok mutlu eden adamın, özlediğim bir alışkanlığı hatırlattığını düşündüğümde kalbimin tam üstüne bir kelebek konuyor. Kozasından yeni çıkmış kelebek, kanatlarını sevinçle çırparken bu kez onu hayatta tutabilmeyi umuyorum. Çünkü bu kelebeğin eski bir dost olduğuna, onu hatırlayıp ona tutunmamı söylemeye çalıştığına eminim.

Parmaklarımı kâğıdın üzerinde gezdirirken yıllar sonra bana çizmeye değer bir şey verdiği için Kerem'e bir kez daha âşık oluyorum. Hissettiğim kalp çarpıntıları her geçen gün daha da derinleşip beni ona bağımlı hale getirirken canımın yanabileceğinin farkındayım ama bu, beni korkutmuyor. Çünkü sonunda ne olursa olsun, bana her zaman ilham vereceğini biliyorum.

Kerem'in gözlerini öyle güzel çizmişim ki kendimle gurur duymalıyım. Son yıllarda resim çizecek vaktim hiç olmamıştı. Yaptığım tüm sosyal faaliyetler gibi, kendime sakladığım bu gizli sığınağım da yavaşça uzaklaşmıştı benden. Şimdi onu tekrar bulmanın ne anlama geldiği hakkında bir fikrim yok. Neden şimdi, neden bir anda gelişti bilmiyorum ama aslında en çok ihtiyacım olanın kalemimi özgür bırakarak resme geri dönmem olduğunu fark etmemi sağlıyor bu küçücük karalama. Hemen şimdi kendimi bir odaya kapatıp günlerce resim çizmemi engelleyen tek şey Kerem'in sesi oluyor.

"Ne yapıyorsun?" diye sorduğunda panikle defterimi çantamın içine sokuyorum.

"Ay!" diye bir çığlık kopuyor dudaklarımdan. "Niye öyle sessizce yaklaşıyorsun? Korkuttun beni."

Ayağa kalktığımda elini uzatıyor ve basitçe tokalaşıyoruz. Henüz bu sınırı aşamadık. O mesafeyi korumayı seven bir adam, bense ileri atılıp onu yanaklarından öpecek kadar cesaretli bir kadın değilim.

"Selam verdim ama iyice yaklaşmadan beni fark edemedin. Artık çantana o kadar aceleyle ne sakladıysan," diyor muzip bir ifadeyle. Resmimi gördüğü için mi öyle bakıyor bilemiyorum ama ona baktığımda içimdeki tüm duygular şahlanıyor. Kulaklarıma tatlı aşk şarkıları dolarken topuklarımın üstünde sallanarak o şarkıları mırıldanmak istiyorum.

Niye bilmiyorum ama ben sadece senle mutluyum.

Ah şu gönül gözünden görmek dedikleri var ya, seni her halinle seviyorum.

Bunu yüksek sesle söyleyebilecek bir durumda değilim, o yüzden omuz silkip tokamdan kurtulan saçlarımı kulaklarımın arkasına sıkıştırıyorum. Saçlarım berbat görünüyor olmalı ama ne yapalım? En iyi günümde olduğum söylenemez.

"Hadi, otobüse bineceğiz," deyip duraklara yöneliyorum.

Kerem nazikçe kolumdan tutup, "Arabam şu tarafta," diyerek diğer yöne çekiyor beni. *Bazen insanların arabası olabildiğini unutuyorum.*

"Nereye gidiyoruz?" diye soruyor arabaya bindiğimizde. Gideceğimiz semti söyleyip saçlarımı çözüyor ve elimle hafif hafif karıştırarak havalandırmaya çalışıyorum.

"Orası şehrin biraz dışında kalmıyor mu?"

"Evet ama değecek, inan bana. Harika şeyler yiyeceğiz."

"Çilekli mi?" diye sorarken sahte bir ciddiyet takınıyor. Sanki hayır dersem beni şu an arabadan indirecekmiş gibi davranması karşısında gözlerimi deviriyorum.

"Çileğe bu kadar düşkün bir erkek... Çok havalısın gerçekten."

"Havalı olmak gibi bir derdim yok, ben daha çok karnımı en güzel şekilde doyurmakla ilgileniyorum," deyip bana yandan bir bakış atıyor. Bir de öyle bir derdin olsa zavallı kalbime ne olurdu acaba?

Yolun kalanında sıradan bir sohbet yürütüyoruz. Cicili bicili semtleri arkamızda bırakıp daha mütevazı yerlere ilerledikçe Kerem birkaç soru soruyor. Sorularını keyifle cevaplarken yolu inceliyorum. İçime dolup taşan ilhamın haddi hesabı yok. Gördüğüm her şeyin bir yansımasını çizme ve bir düzine Kerem Tunalı portresi yapma hayalleri zihnimde dolanıp duruyor.

"Şurada duralım," diyorum navigasyonu kapatırken. Kerem arabayı durdurup etrafa bakıyor. Geldiğimiz yer eski bir mahalledeki mütevazı görünümlü, iki katlı, yıllanmış bir ev. Buradan bakınca ihtimal vermezsiniz ama evin diğer tarafındaki bahçeye çıktığınızda aşağıda kalan denizin enfes bir manzarası çıkıyor önünüze. Alt kattaki pencerelerin önüne rengârenk reçel kavanozları yerleştirilmiş. Kapının yanında da Pamuk Teyze'nin Mutfağı yazan sevimli bir tabela var.

Kerem ilgiyle evi incelerken kolundan tutup içeriye giriyorum. Girdiğimiz büyük salon, desenli masa örtülerinin süslediği birkaç masayla bir restorana dönüştürülmüş. Rengârenk boyanmış ahşap sandalyelerin hepsi masaların üzerine ters olarak koyulmuş çünkü burası yalnızca ev sahiplerinin canı istediğinde açık olan bir yer. Eskiden burası her zaman dolup taşarmış ancak Pamuk Nine ve eşi yaşlandıkça restoran bölümünü kapatıp yalnızca yaz sezonunda, hatırlı müşterilerine arkadaki bahçeyi organizasyonlar için kiralar olmuşlar.

Nerede olduğunu bildiğim mutfağa doğru yürüyüp, "Merhaba!" diye sesleniyorum ama mutfakta kimse yok. "Birazdan gelirler herhalde. Gel, yukarıya çıkalım."

Merdivenlerin gıcırtısı eşliğinde yukarı çıktığımızda Kerem'in yüzünü inceliyorum dikkatle. Gözleri duvardaki kitaplıkları tararken yüzüne minik, hoşnut bir gülümseme yerleşiyor.

Aşağıdaki rengârenk masaların aksine burada, kitaplıkların çevrelediği alanda büyük, ahşap bir masa ve sandalyeler var. Kitapların çoğu o kadar eski ki sayfaları sararmış ve kapakları aşınmış. Açık balkon kapısına rağmen hafif bir küf kokusu yayıyorlar odaya. Bazı kitaplar dikkatli dokunulmazsa parçalanıp gidecekmiş gibi görünüyor.

Kerem kitapları ilgiyle incelerken bana bakıp, "Hazine bunlar," diyor Ecrin'den tanıdığım bir keyifle. "Nereden buldun burayı?"

"Kız kardeşim geçen senelerde bir köşe yazısı görmüştü. Burada yaşayan çiftin hikâyesinden ve bu odadan bahsedilen bir yazıydı. Gelip görmeyi o kadar çok istedi ki doğum gününde Emre'yle birlikte onu buraya getirdik. Ecrin buraya âşık oldu, birkaç kez gidip geldikten sonra ev sahiplerini çok sevince fırsatını buldukça buraya gelmeye başladık."

Merdivenler yine gıcırdayınca arkama dönüyorum. Pamuk Teyze beni görünce içten bir gülümsemeyle yanıma geliyor. "Güzel kızım gelmiş! Ben de biraz meyve toplamaya çıktıydım. Kardeşlerin nerede?"

Bana sarıldığında yanaklarını öpüp Kerem'i gösteriyorum. "Bu sefer arkadaşımla geldik."

Kerem'e bakınca yüzünde teyzelere has olan *biz biliriz bu arkadaşları, biz de geçtik o yollardan* bakışı beliriyor.

"Hoş geldiniz oğlum." Kerem kibarca merhaba dediğinde Pamuk Teyze onu beğeniyle süzüp imalı bakışlarını bana çeviriyor. Utangaç bir gülüşle omuzlarımı kaldırarak etrafa bakınıyorum.

"Geleceğimizi biliyor muydunuz?" diye soruyor Kerem.

Pamuk Teyze göğsünü kabartıyor. "Biz yılın belli zamanlarında açıyoruz restoranı. Ben yemeği yapıyorum, Hacı Amca'nız da bahçeyle ilgileniyor. Servisine, hesap kitabına torunlar bakıyor. Yıllar önce kapatmak istedik aslında ama hayatımız burada geçti, bırakamıyoruz. Bu yüzden sezon zamanları haricinde sadece kalbimizde yer edinen müşterilerimizin ricasıyla misafir kabul ediyoruz." Bana dönerek elimi avuçları arasına alıyor. "Mısra'mız da onlardan biri."

Kerem'in etkilendiğini bakışlarından anlayabiliyorum. Gözlerindeki ifadeye bakılırsa Pamuk Teyze de fark ediyor. Bize bahçeye geçmemizi, bizim için hazırladıklarını getireceğini söyleyip yanımızdan ayrıldığında Kerem'le yalnız kalıyoruz.

"İnsan burada yıllarca kalabilir, hiçbir şeye de ihtiyaç duymaz."

"Değil mi?" diyorum gülümseyerek.

"Herkesin kalbinde yer ediyor gibisin Mısra Sezgin," diye mırıldandığında kalbimden taşan bir sıcaklık yanaklarıma doğru yükseliyor. *"Senin de kalbinde yer alıyor muyum?"* diye sorabilmek isterdim ama heyecanım yüzünden konuşamıyorum.

"Hadi gel, bahçeye çıkalım."

Burası büyük bir bahçe. Yaz hazırlıklarına başlandığını belli eden yarısı takılmış renkli lambalar ve etrafta bazıları boyanmış, bazıları boyanmayı bekleyen sandalyelerle doluyken oldukça da kalabalık görünüyor. Fakat nefes kesen manzarası öyle güzel ki etraftaki dağınıklığın hiçbir önemi yok. Yüksek bir tepede, gözlerden uzaktaki bu ev; nefis deniz manzarasıyla, sakinliğiyle öyle güzel ve huzurlu ki burada olmak her zaman hayatı daha güzel görmemi sağlıyor. Hele de bunca ilhamla doluyken sanki her şeyi ilk kez görüyormuş gibi hissediyorum.

Hacı Amca yanımıza gelip evindeki özel misafirleri karşılayan bir tavırla selamlıyor bizi. Kerem ona kitapları sorduğunda küçük yaştan beri bulduğu her kitabı topladığını, babasından kalan tek şeyin de kitaplar olduğunu anlatıyor gururla. Bu hikâyeyi her geldiğimde dinlediğim için bu sefer bütün ilgimi Kerem'e veriyor, her hareketini dikkatle izliyorum. Ara sıra gözlerini bana çevirip de gülümsediğinde kızararak bakışlarımı kaçırsam da kısa bir süre sonra tekrar ona bakarken yakalanıyorum. Bu akşamın, bu anların sakin tatlılığına kapılmak çok kolay. Geri döndüğüm an tekrar stresle dolacağıma eminim. İş arama telaşı ve hayat dertleri şu evin kapısının eşiğinde beni bekliyorlar. Ama burada, yaşlı bir çiftin gençlik anılarını dinlerken, onların yaptığı güzel yemekleri yerken, huzurlu bir ortamda her şeyden uzakta çayımı yudumlarken, yanımda sevdiğim adam varken hayat gözüme o kadar güzel, o kadar yaşamaya değer geliyor ki tekrar o telaşlı hayata dönmeden önce her bir saniyenin tadını çıkarıyorum.

Pamuk Teyze ve Hacı Amca yemeği bizimle yiyor ama masayı topladıktan sonra bizi baş başa bırakarak eve geçiyorlar.

"Uzun zamandır bu kadar keyifli bir akşam geçirmemiştim," diyor Kerem yalnız kaldığımızda.

"Evet, ben de."

Kısa, tatlı bakışmamız telefonumun sesiyle bozuluyor. Burak'ın aradığını görünce Kerem'den müsaade isteyerek kalkıyorum. Burak'ın birkaç arkadaşıyla konuştuğunu, iş görüşmesi için beni beklediklerini söylemesi beni şaşırtıyor. O sözleri söylerken bana teselli vermeye çalıştığını düşünmüştüm.

"Peki, bana bu isim ve adresleri mesaj atar mısın? Tamam. Çok teşekkür ederim Burak. Bu iyiliğini unutmayacağım," diyerek telefonu kapattıktan sonra şaşkınca gülüyorum. Burak ile yakın bir arkadaşlığımız yoktu ama yıllardır aynı kafede çalışıyorduk. Bu yüzden benim için birkaç arkadaşını araması büyük bir şey değil belki ama yine de bütün sabah hissettiğim koca yalnızlığı biraz olsun azaltıyor.

"Bir sorun mu var?"

Dalıp gittiğim için utanarak masaya geri oturduğumda ekranıma Burak'ın mesajının bildirimi düşüyor.

"Arkadaşım bana birkaç iş görüşmesi ayarladı, onun için aramış."

"Çalıştığın yerden memnun değil misin?" diye sorduğunda ona hiçbir şey anlatmadığımı hatırlıyorum.

"Şey, bu sabah işten ayrıldım." Aslında kovuldum ama bu detayı bilmesi gerekir mi? Hiç sanmıyorum. Kerem yerinde doğrulup dirseklerini masaya yaslıyor. Elleri masanın ortasında iç içe geçmişken uzanıp onları tutmak için delice bir istek duyuyorum.

"Neden bana söylemedin?"

"Ne yapabilirsin ki?" diyerek gülüyorum ama onun ifadesi ciddiyetle dolu.

"Mesela sana iş teklif edebilirim." Böyle bir şey söylemesini beklemediğim için şaşıp kalıyorum elbette. Bir şey söylemeden yüzüne bakmaya devam ettiğimde, "Aslında iş bulabilirim demek daha doğru olur," diye devam ediyor. Yayınevinin üst katındaki ofiste bir avukatlık bürosu olduğunu, asistanlarının işten çıktığını ve birkaç gündür birini aradıklarını anlatıyor bana. Onun referansıyla sorun olmadan girebileceğimi de eklediğinde heyecanlanmaya bile çekinerek derin nefesler alıyorum.

"Ama ben lise mezunuyum. Hem asistanlık yapmadım ki hiç."

"Sadece telefonlara bakıp kahve yapacaksın Mısra. Bir de gelenleri karşılayıp kuryeyle ilgileneceksin. Dava işlerinde asistanlık görevini stajyerler görüyor zaten. Sen sadece ofisten sorumlu olacaksın. Belki birkaç basit bilgisayar programı öğrenmen gerekir, o kadar. Şimdiki işinden daha zor olamaz herhalde?"

"Ne diyeceğimi bilemiyorum."

"Neden? Düzgün mesai saatlerin olur, kendine de ailene de daha çok vakit ayırabilirsin, daha az yorulursun. Hem bana da yakın olursun," diyor gülümseyerek. "Güzel olmaz mı?"

Kerem'in ince düşüncesi, tatlı sözleri, güzel bir işimin olma ihtimali birleştiğinde bu sabah yaşadığım o korkutucu hisleri hatırlayarak duygulanıyorum. Kerem kırılganlığımı hemen fark ediyor. Bakışları endişeyle dolarken yerinden kalkıp yanıma geliyor. Elimi tutmak için uzandığında ben de ayağa kalkıp kollarımı boynuna sarıyorum. Ona sıkıca sarılıp da "Çok güzel olur," diye mırıldanırken sesim öyle boğuk ki gözyaşlarımı tutmak için verdiğim çabayı sesimden bile anlayabilir.

Olabilecek en kötü şekilde başlayan günüm Kerem'in kollarını belime dolayıp da bana sarılmasıyla birden değişiveriyor. Etrafımı saran güzel hisler, yaşadığım tüm kötü duyguların üstüne çıkıp da hatırlamaya değer olanın sadece bu an olduğunu düşündürürken, Kerem'in çırpınan kalbimi duyduğuna eminim.

15. Bölüm

Zihnim uykunun sisinden hafifçe sıyrılırken dün gecenin hisleri üzerime akın ediyor. Daha gözlerimi açmadığım halde gülümsemeye başlıyorum. Kerem'le birbirimize sarılmamız, endişelerimi gidermek için söylediği tatlı sözler, beni evime bırakıp da içeriye girdiğimi görmeden gitmeyeceğini inatçı bir şekilde söyleyişi zihnimde dönüp dolaşırken kulaklarıma bir mesaj bildirimi çalınıyor.

Kerem'in mesaj atmış olabileceğini düşünerek gözlerimi açıp el yordamıyla yerdeki telefonumu ararken nasıl olduysa yere yuvarlanıp tok bir sesle zemine düşüyorum. Kalçamı çarpmanın acısıyla attığım boğuk çığlık Ecrin'in de uyanmasına neden oluyor.

"Ne oluyor ya?" diye söylenerek kalkıp da yerde beni görünce uykulu yüzü asık bir ifadeyle kısılıyor. "Bu ne be?"

Ona gözlerimi devirerek yerden kalkıp yatağıma otururken huysuz bir sesle söyleniyorum. Sabah sabah bütün iyi enerjimi nemrut bakışlarıyla sömürüyor resmen. "Sana da günaydın gün ışığım."

"Saat kaç? Neden işe gitmedin?"

"Sen niye okula gitmedin?"

"Canım istemedi."

"Öyle mi hanımefendi? Ne isterdi canınız? Eyfel Kulesi'ne karşı romantik bir kahvaltı mesela? Ne dersiniz?"

"Paris'ten nefret ederim," diye homurdanıyor alayımı görmezden gelerek. "Romantik her şeyden nefret ederim. Özellikle de romantik görünüp şerefsiz çıkan erkeklerden..."

Kullandığı sözcük yüzünden onu uyarmak için ağzımı açıyorum ama son günlerdeki tavırlı halleri ve erkekler hakkındaki söylenmesi tam o anda bir anlam ifade edince ağzım açık kalıyor. Dudaklarımı birbirine bastırarak kalkıp yatağının ucuna oturuyorum.

"Sorun ne? Romantik adamlara söylenmelerine alışkınım ama bu kadar içten hakaret edip her zamankinden daha fazla somurtman, ağlayarak bizi kucaklaman tamamen yeni şeyler." Ecrin yüzünü yastığa doğru çevirse de ifadesindeki değişikliği görünce şaşkınlıkla eğiliyorum. "Ne? Yine mi ağlayacaksın? Ecrin, endişelenmeye başladım."

Kız kardeşim yatağında doğrulup da endişeli halime baktığında tekrar ağlamaya başlıyor. Ben onu sakinleştirip konuşturmaya çalışırken Emre odamıza pat diye dalıp gördüğü manzara karşısında kontrolden çıkınca alışıldık bir kaosun içinde kalıyorum.

Emre saniyede on beş kez ne olduğunu sorduktan sonra Ecrin'den cevap alamayacağını kabullenip bana dönüyor.

"Ne olmuş? Biri laf mı atmış? Tehdit mi etmiş? Alay mı etmiş? Kim ulan o? Benim kardeşimle alay edenin ağzına..." derken bağırarak sözünü kesiyorum.

"Vurursun herhalde, anladık!"

Duraksayıp bana baktıktan sonra havası inmiş balonlar gibi sakinleşip omuz silkiyor. "Öyle diyecektim zaten."

Kabaca Ecrin'i dürtükleyip, "Söylesene kızım, kim canını sıktıysa gideyim ağzını burnunu kırayım," diyerek kızı zorlaması hiçbir şeyi çözmüyor elbette. Ecrin tekrar yatağa girip sırtını bize döndüğünde onu biraz kendi haline bırakmak için Emre'yi odadan çıkarıyorum. Erkek kardeşimin sorunları çözme yöntemi hakkında bir ara konuşmamız gerekiyor anlaşılan.

"Hadi bu kızın derdi var da okula gitmiyor, sen niye evdesin köfte kafa?"

"Ya ne derdi olabilir bacak kadar kızın, delirtecek misiniz beni?" Emre bana hiç aldırmıyor. Abilik içgüdülerinin yanlış bir yorumuyla tekrar odaya girmeye çalışınca sabrımı yitirerek kulağını tutuyorum. "Abla ya!"

"Bir, kızı rahat bırak. İki, okula git. Üç, artistlik yapma. Kafanı kırarım vallahi."

"Ne okulu ya? Son hafta kimse okula gitmiyor."

"Son hafta mı?" Sürekli koşturduğum için mi bilinmez, zamanın bu kadar hızlı akmasına bir türlü alışamıyorum. Sabah o günü nasıl geçireceğimi düşünürken bir anda gün bitiveriyor. Annemle babamın yokluğuyla nasıl baş edeceğimi düşünürken bir bakıyorum, beş sene geçmiş bile.

"Sen niye işe gitmedin?"

Mutfağa gitmek için arkamı dönmeden önce kayıtsız bir halde kovulduğumu söylüyorum. Emre bıraktığım yerde kalakaldığında mutfağa girip kahvaltı hazırlamak için buzdolabına bakınıyorum. Koridordaki donmuş kardeşim birkaç dakika sonra çözülüp de yanıma geldiğinde, "Tamam," diyor sanki her şeyi planlamış gibi sürekli olarak kafa sallarken. "Sen hiçbir şeyi düşünme. Yaz tatilindeyiz zaten. Ben çalışırım."

"Sen mi çalışırsın? Sen poponu kaldırana kadar biz açlıktan ölürüz." Dolapta kaşar peyniri bulunca tost yapmaya karar veriyorum. Peyniri dilimlemeye başladığımda Emre hızla bileğimi yakalıyor.

"Ne yapıyorsun abla? O kadar kalın dilimlenir mi? Sen artık işsiz birisin, böyle lükslere giremezsin." O kadar ciddi konuşuyor ki gülemiyorum bile.

"Emre, sen salak mısın?"

"Hayır!" diyor neredeyse inleyerek. "Endişeliyim."

"Başka iş buldum geri zekâlı. Niye bu kadar rahatım sanıyorsun?"

"Ulan..." diyor sandalyeye çökerek. Elimin tersiyle ağzına hafifçe vuruyorum ama hiç etkilenmiyor bundan. "Niye söylemiyorsun? Yüreğime indirdin. Tamam, olsun. Yine de ben de çalışacağım yazın. Üniversite için para biriktireceğim, böylece beni düşünmek zorunda kalmazsın."

"Sen ders çalışırsan, ben de endişelenmek zorunda kalmam. Düşünmek benim işim. Sen sadece beni endişelendirme ve sınava hazırlan. Tamam mı ballısı?" diyorum son cümlede babaannemi taklit ederek. Emre'nin bundan hoşlanmadığı belli ama sesini çıkarmıyor. Biz birlikte kahvaltıyı hazırlarken Ecrin ıslak saçlarıyla mutfağa girip başköşeye oturuyor. Normalde bunu yaptığında Emre onun saçını çekerek, oradan kaldırıp sofraya yardım etmesini sağlar ama o kadar mutsuz görünüyor ki Emre bile kıyamıyor kıza.

"Abla, Ecrin'in nesi olduğunu söylemezsen okuluna gidip bağlantısı olan herkesi döverim."

"Niye be?"

"Ne bileyim hangisi üzdü kızı? Bodoslama dalacağım."

"Gerzek gerzek konuşma ya," diyorum kısık sesle. Bizi duymaması imkânsız ama yine de kafa kafaya vermiş sessizce konuşuyoruz. "İlk aşk acısını çekiyor belli ki, elleme kızı."

Eyvah. Büyük bir hata yaptığımı Emre, "Ne?" diye bağırdığında fark ediyorum. Ecrin'e dönüp sanki kız yüz metre ötedeymiş gibi bağırmaya devam ediyor. "Kim ulan o şerefsiz?"

"Ne şerefsizi ya?"

"Seni ağlatanı diyorum!"

"Abi, çek şu bıçağı, kazara kendini keseceksin."

Emre elindeki ekmek bıçağıyla Ecrin'e yaklaşıp sessizce mırıldanıyor. "Kazara seni kesmeyeyim de."

"Abla!" Ecrin'in çığlığıyla uğraştığım şeyleri bırakıp bıkkınca arkamı dönüyorum. Emre'nin elindeki bıçağı alıp kafasına bir şaplak indiriyorum ama o beni hiç dinlemeden horoz gibi kabarmaya devam ediyor.

"Abla diyor bir de! Sen bir metre boyunla neyine güvenip âşık oluyorsun kızım? Seni de döverim, o çocuğu da döverim."

"Döveceksen onu döv, burada mağdur olan benim." Emre beni aşıp Ecrin'e ulaşmaya çalışırken aniden durup şüpheci bir ifade takınıyor.

"Döveyim mi?"

"Burnunu kır mümkünse."

"Ciğerini bile sökerim."

Ecrin elini uzatınca tokalaşıyorlar. Ağzım açık bir halde kardeşlerime bakıyorum.

"Siz benim kardeşim olamazsınız ya. Otur şuraya." Emre'yi itip kakarak sandalyeye oturttuktan sonra tam karşısında duruyorum. "Bilmen gereken bir şey var. İyi dinle."

"Dinliyorum abla," diyor temkinli bir halde. Azar yemeyi bekliyor olmalı ama ben artık hümanist bir kadın olmaya karar verdim. Böyle küçük kaoslar beni sinirlendiremez.

"Sen maço biri değilsin."

"Değil miyim?"

"Hayır, o mafya dizilerini izleme artık, lütfen. Kardeşinin üzüldüğünü düşünüyorsan ona anlayış ve sevgiyle yaklaşabilirsin, hepsi bu. Daha önce kimseyi dövmedin, dövmekle tehdit etmeni de istemiyorum. Anladın mı?"

Emre kuyruğunu dik tutmaya çalışıyor ancak söylediklerimin onu utandırdığını biliyorum. Korumacılığı yüzünden sık sık Ecrin'in üzerinde baskı kurmaya çalışsa da aslında kibar ve anlayışlı bir çocuk o. Cevap vermesi için yüzüne dik dik baktığımda mutfak dolaplarına bakarak mırıldanıyor. "Dövmezdim ki zaten. Korkuturdum sadece."

Eh, bu kadarını yapabilir sanırım. Ecrin'e dönüp, "Söylediğim her şey senin için de geçerli. Kavga edip durmanızdan bıktım, birbirinize karşı daha anlayışlı olmanızı istiyorum. Anladınız mı?"

Çeneleri yukarıda, yüzlerinde tavırlı ifadelerle kafa salladıklarında *adam olun* başlıklı konuşmamı bitirip babaannemi uyandırmak için mutfaktan çıkıyorum. O sırada telefonum çalıyor. Zil sesi bana Kerem'in mesajını hatırlatırken odama doğru koşturuyorum. Dikkatim dağıldığı için mesaja bakmayı unutmuşum.

Arayan Kerem. Adını görmek bile heyecanla ışıldamama sebep olunca aramaya utanç verici bir coşkuyla cevap veriyorum. "Merhaba!"

"Günaydın. Uyandırmadım umarım. Mesaj atmıştım aslında ama bekleyemedim."

"Hayır, uyanmıştım. Mesajını görmemişim." *Bazı aile krizleriyle baş ediyordum da.* "Bir şey mi oldu?"

"Arkadaşıma senden bahsettim. Bir süredir asistanları olmadığı için zor durumdalar. Bugün görüşmeye gelebilir misin? Eğer anlaşırsanız belgelerini tamamlayıp hemen başlayabileceğini söylememi istediler."

"Ciddi misin?" Soru ağzımdan bir çığlıkla beraber çıkıyor. "Tabii ki gelirim! O zaman hemen hazırlanayım ben, görüşürüz." Hızlı hızlı konuşurken Kerem gülerek araya giriyor.

"Nereye geleceğin hakkında bir fikrin var mı?"

"Ah, evet... Hayır. Yok." Giderek alçalan sesim yüzünden bir kez daha güldüğünü duyuyorum. Odamdaki aynadan pembe yanaklarıma bakarken utangaç bir gülüş yerleşiyor yüzüme.

"Adresi mesaj atıyorum. Koşmadan gel olur mu?"

Bir kıkırtı eşliğinde, "İmkânı yok," deyip birkaç teşekkür mırıldandıktan sonra telefonu kapatıyorum. Şapşal gülüşlerimle bir anlığına salınarak durduktan sonra bir iş görüşmesine çağırıldığım gerçeği çarpıcı bir kuvvetle hatırlatıyor kendini. Dolabımın kapağını açıp askılığı karıştırırken Ecrin'e seslenerek hemen gelmesini istiyorum. Her türlü yardıma ihtiyacım var şu an.

Kıyafetlerimin tümü kot pantolonlar ve tişörtlerden oluşuyor. Garsonluk yaparken şık değil, rahat olmam gerekiyordu. Bir ofiste, avukatların arasında nasıl giyinmem gerektiğini ya da bu konuda bir beklenti olup olmadığını hiç bilmiyorum.

Ecrin arkasında bir salatalığı kemiren Emre'yle birlikte odaya geldiğinde onlara kısaca durumu anlatıyorum. Emre bir ofiste, insani saatlerle çalışma ihtimalimi duyduğu an yatağıma oturup ellerini açarak ablasının selameti için dualar etmeye başlıyor.

Ecrin ise durumu benden daha çok ciddiye alıp ilk izlenimin çok önemli olduğuna dair bir şeyler mırıldanarak dolabı karıştırırken, "Nasıl hiçbir şey olmaz ya?" diye söylenip duruyor. Böyle yaptığı için ben de giderek geriliyor, neredeyse ağlayacak hale geliyorum.

Sonunda geçen hafta giydiğim pembe gömlek ve siyah pantolonu giymeme karar veriyoruz. Ecrin'in siyah ayakkabılarını da giydikten sonra saçlarımı tarayıp hafif bir makyaj yaparak bitiriyorum hazırlığımı. Aynaya baktığımda görünüşümü beğeniyorum, ancak daha birkaç gün önce bu kıyafetle Kerem'in yanına gitmiş oluşum canımı sıkıyor. Oysa ben hiçbir zaman kıyafetlerle bu kadar ilgilenen bir kız olmamıştım.

"Niye somurtuyorsun? Çok güzel oldun," diyor Emre yanağıma bir öpücük bırakırken.

Gülümseyerek kardeşime yaslandığımda aynadaki görüntümüz beni şaşırtıyor. Ben çok kısa birisi değilim ama Emre'nin boyu benimkini geçeli uzun zaman oldu. "Gerildim herhalde. Bugün böyle olsun da yarın ne giyeceğim ki?"

"Alışverişe çıkarız," diyor Ecrin hemen. O da diğer yanıma geçip kollarıma sarılıyor. "Salı pazarına götürürüm ben seni."

"Sen salı pazarına mı gidiyorsun?"

"Evet, hem de çok güzel şeyler buluyorum. Esnaf, düşük bütçeli ünlülerin bile oradan giyindiğini söylüyor."

Ecrin'in yanaklarını sıkarak çocuk gibi sevmeye kalkınca kardeşim cırlamaya başlıyor hemen. Telefonum çalmasa onunla uğraşmaya devam ederdim ancak Emre, Burak'ın aradığını söyleyerek telefonumu uzatınca Ecrin'i hemen bırakıyorum.

Burak bana bu ayın maaşıyla tazminatımın hesabıma yattığını söylemek için aramış. Büyük bir para değil ancak şu an tam da ihtiyacım olan şeyi karşıladığı için dünyalar benim oluyor. Burak'a, haber verdiği için defalarca teşekkür edip telefonu kapatıyorum. Komik dans hareketleriyle neler olduğunu anlatırken kardeşlerim de sevincimi paylaşıyorlar.

"O zaman alışverişe rahatça gidebiliriz. Bana da ayakkabı alalım mı abla? Geçen gün çok güzel bir ayakkabı gördüm."

"Bana da harçlık verelim mi abla?" diye soruyor Emre de tüm sevimliliğiyle. Onlara gözlerimi devirsem de yanaklarından birer makas almadan duramıyorum.

"Bakarız. Şimdi ben çıkıyorum, Ecrin de benimle geliyor. Dönüşte alışveriş yapacağız," diyorum cıvıl cıvıl bir sesle.

"Ben?" Hevesle sormasına rağmen, Emre'yi yanımda götürmeme imkân yok.

"Sen... Salatalık yemeye devam et."

Ecrin de hazırlandıktan sonra Kerem'in verdiği adrese gitmek için minibüse biniyoruz. Yarım saatlik bir yolculuktan sonra iş yerinin hemen önünde indiriyor minibüs bizi. Yıllardır ulaşımı bu kadar kolay bir yerde çalışmadım sevgili arkadaşlar. Dokunmayın, ağlayacağım.

Ecrin'den, beni gireceğim binanın karşısındaki kahve dükkânında beklemesini istiyorum. Emre olsa benimle gelmekte ısrar ederdi ama Ecrin bir iş görüşmesine küçük kardeşimle girmemi zaten istemez. Yine de merakının üstesinden gelemiyor olmalı ki biraz somurtarak karşıya geçip kafeye giriyor.

Onun oturduğunu gördükten sonra Kerem'i arayıp geldiğimi haber veriyorum. Beşinci kata çıkmamı, beni karşılayacağını söylediğinde hem iş görüşmesinin heyecanı hem de Kerem'i görecek olmanın neşesiyle içim içime sığamaz bir halde biniyorum asansöre.

Heyecandan titreyen ellerim için yapabileceğim bir şey yok. Elimi ayağımı koyacak yer bile bulamıyorum. Asansörün kapısı açıldığında Kerem Tunalı'yla karşılaşıyoruz. Ellerini cebine atmış, beni bekliyor. *Canım benim.*

"Hoş geldin."

"Hoş buldum," derken uzattığı elini sıkıyorum. Hayal gücüm bana oyunlar oynamıyorsa eğer bu olması gerekenden biraz daha uzun bir tokalaşmaydı. Ancak hayal gücüm bana sık sık oyunlar oynadığı için bu konuda gerçeğin ne olduğunu bilemem. Aramızda gelişen arkadaşlığın verdiği rahatlıkla gözlüğüne işaret ediyorum. "Birbirimizin kötü gün dostları olduğumuz için sana bilmen gereken önemli bir gerçeği söyleyeceğim. Hazır mısın?"

Kerem meraklı bakışlarıyla başını hafifçe yana yatırdığında ağzımdaki baklayı çıkarıyorum. "Gözlüğünü değiştirmelisin."

"Neden?"

"Çirkin çünkü. Çerçeveli, modern bir gözlük alsana."
"Bu çok rahat bir gözlük."
Yüzündeki abartılı şok ifadesini görmezden gelerek, "Ama bu gözlükler yaşlı amcalar için," dediğimde Kerem oyunbaz bir tavırla omuzlarımı tutup beni asansöre çeviriyor.
"Bu yaşlı amca seni tanımıyor, gitsen iyi olacak."
"İnsan sahte nişanlısını nasıl unutur?"
"Nişan mı? Emin misin? Yaşlı bir adamla nişanlandın mı?"
"Sahteydi." Kerem asansörün düğmesine basacakken parmağını tutup ona dönüyorum. Beni bıraktığında yüzümde büyük bir gülümseme var, o ise bana dargın bakışlar atıyor.
"Bunu unutmayacağım. Hadi, üst kata çıkacağız."
Koluna girip gönlünü almak için gözlüğüne abartılı iltifatlar sıralarken yukarıya çıkıyoruz. Kapının önünde durunca Kerem'le şakalaşmanın rahatlığı beni bir anda terk ediyor. Kalbim panikle çarparken Kerem bir uyarıda bulunmadan zile basıveriyor. Birkaç saniye sonra elinde büyük bir kupayla kahve tutan takım elbiseli bir adam açıyor kapıyı. Bizi görünce kahve bardağını yukarıya kaldırıp içeriye doğru bağırıyor. "Süvariler geldi!"
Ellerim çantamın kulpunu sıkı sıkı kavramış, içten içe selamlaşma provası yapıyorken böyle bir karşılamaya tepki veremeyecek kadar şaşırıyorum. Kerem gülerek kenara çekildiğinde süvari bekleyen adam kendini tanıtıyor.
"Hoş geldiniz, ben Timuçin."
"Mısra," deyip memnun oldum gibi bir şeyler mırıldanıyorum. Kalbim o kadar hızlı atıyor ki kendi sesimi duyabildiğimden emin değilim. Heyecandan bacaklarım uyuşuyor, her an düşebilirim. Düşersem beni tutarsın, değil mi Kerem? Tutmaz mısın? *Aşk olsun.*
"Evet Mısra, Kerem senin hakkında bilmem gereken her şeyi söyledi. Arkada üç ofis var. Senin görevin gelenleri

karşılamak, telefonlara bakmak, programımızı düzenlemek gibi işler. Yapamayacağın bir şey yok." Adam girişteki karşılama masasına yaslanmış halde kahvesini içerken bir yandan dünyanın en kolay işiymiş gibi anlatıyor yapacaklarımı.

"Timuçin hep böyledir. Ahmet'le karşılaşmadığımız için şanslıyız," diyor Kerem beni rahatlatmak ister gibi.

"Neden ki?"

"Ahmet kuralcıdır. Aynı zamanda ciddi ve korkunçtur," diyor Timuçin Bey sesini kısarak. Onun eğlenceli bir adam olduğu her halinden belli. "Görüşmeye gelenleri o karşılıyordu ve on gündür gelen herkeste bir sorun buldu. Tamam, birinin işe adapte olmasını beklerken biz de ona vaktimizi ve emeğimizi veriyoruz. Birkaç günden sonra işi beğenmeyen ya da yapamadığını söyleyen biriyle uğraşmayı kimse istemez. Bu yüzden güvenilir birini aramasını anlıyorum ancak Ahmet de fazla güvensiz davranıyor. Sen Kerem'in arkadaşı olduğun için itiraz etmeyecektir. Yani, beni kurtaracak mısın?"

"Neyden kurtarayım?" derken sersemlemiş haldeyim. Kendimi ciddi ve katı bir ortama hazırlamışken beni işe almak için hazırda bekleyen biriyle karşılaşmak biraz aptallaşmama sebep oldu. İki erkeğin birbirlerine bakıp gülmesiyle yanaklarım kıpkırmızı kesiliyor. Özgüvenimi yerine getirmek için kendimi çimdiklesem fark ederler mi acaba?

"Kapıyı açmak ya da telefonlara bakmak için işimin bölünüp durmasından. Bu senin işin. Stajyerlerimiz var ama genelde adliye işlerine koşturdukları için kapıları açmak bana kalıyor. Günlerdir buraya tıkılıp kaldım, sağlığım için hiç iyi değil bu."

Timuçin Bey kafamı o kadar karıştırıyor ki işe alındığımı açıkça söyleyene dek anlayamıyorum. Adamın yıllardır beni bekliyormuş gibi coşkuyla karşılaması içime kurt düşürüyor, bir an işi kabul etmesem mi diye bile düşünüyorum ancak o kadarına cesaret edemem. Timuçin Bey bazı belgeleri hazırlayıp yarın hemen iş başı yapabileceğimi söylüyor. Çalışma saatlerini ve diğer konuları konuşup oradan çıktığımızda alt kata inene dek Kerem'le konuşmuyoruz.

"Bu adamı tanıyorsun, değil mi? Tuhaf birine benziyor."

"Evet, Timuçin iyi arkadaşımdır. Fazla sinirlenen birisi değil ama kızgınsa yanına yaklaşmamanı tavsiye ederim. Ahmet daha ciddi ve disiplinli bir adamdır. Garip bir ikililer."

"Beni öylece işe aldığına inanamıyorum. Ona hakkımda ne söyledin ki?"

"Harika biri olduğunu." Binanın kapısını açıp geçmem için elini uzattığında ona utangaç bir bakış atıyorum. Bunu gerçekten söylediğini düşünmüyorum ancak bana böyle demesi bile çok hoşuma gidiyor.

Merdivenlerin ucuna kadar benimle geldiğinde ellerimi önümde birleştirip topuklarımın üstünde yaylanıyorum. "O zaman yarın görüşürüz. Her şey için teşekkür ederim."

Dönüp gitmeye hazırlanıyorum. Kerem uzanıp, yanaklarımı öptüğünde dünyam bir anlığına duruyor. "Hiç önemi yok. Yeni işin hayırlı olsun. Bir şeye ihtiyacın olursa söylemekten çekinme lütfen."

Onu duyuyorum ancak az önce yanaklarıma konan tüy gibi öpücükler sağ olsun, konuşma ve hareket etme kabiliyetimi yitiriyorum.

Bir şeyler geveleyerek veda edip yolun karşısına geçtikten sonra ellerimi yüzüme bastırıp kısık bir çığlık atıyorum. Kerem Tunalı'nın mükemmel olmadığına birkaç hafta önce çok yakından şahit oldum. Buna rağmen onu bir türlü kusurlu göremiyorum. Adam benimle şakalaşıyor, bana iş buluyor, yanaklarıma minicik tatlı buseler bırakıyor.

Bu durumda zavallı kalbim ona âşık olmaktan başka ne yapabilir ki?

16. Bölüm

Hayatım hiç beklemediğim bir anda, beklemediğim şekilde yön değiştirmiş, yeni umutlar ve heyecanlar etrafımı sarmıştı. Yıllardır ilk kez sabahları mutlu uyanıyordum. Uyanıp üzerime yeni ve güzel kıyafetlerimi giymek, makyaj yapmak, aynadaki yansımamın güzel görünmesi için çaba sarf etmek benim için yeni şeyler. Hazırlanıp işe gitmeyi, Timuçin Bey'le şakalaşmayı, Ahmet Bey'in Türk kahvesinin şekeri konusunda endişelenmeyi seviyorum. Ahmet Bey bahsedildiği gibi otoriter ve disiplinli biri, ondan çekinmek için bir sürü sebebim var ama kötü bir adam olduğunu düşünmüyorum. Yeni işimdeki en büyük derdimin Ahmet Bey'in kahvesinin o enteresan kıvamını tutturmak olması beni eğlendiriyor. Her sabah kahvesini istediği gibi yapmış olmayı umarak odasına giriyor, ilk yudumunu alışını tedirgin olarak bekliyorum. Bana bakıp kaşlarını kaldırıyorsa, bu "*Hâlâ öğrenemedin,*" demek oluyor. Tepki vermiyorsa, kahveyi beğenmiş demektir.

Günün en sevdiğim anları Kerem'in sabahları önce benim bulunduğum kata çıkıp kapıdan içeri sadece başını uzatarak selam verdiği o tatlı, küçük anlar. Onu gördüğümde yüzümde oluşan kocaman, şapşal gülücükleri asla engelleyemiyorum.

Havalar artık giderek ısınırken geniş pencereler sayesinde bolca güneş alan daire, öğlenleri çok sıcak oluyor. Sadece kişisel ofislerde klima olduğu için kapıyı genelde açık bırakıyorum. Böylece bazen Kerem'in beni görmek için yukarıya çıktığında çıkardığı ayak seslerini duyup kendime çekidüzen verebiliyorum. O sesleri duymanın verdiği tatlı heyecan bütün günümü güzelleştiriyor.

Günlerdir Kerem'in yakınlığıyla öyle meşguldüm ki Sinan aklıma bile gelmedi. Bu yüzden sabah beni arayıp ne kadar kötü bir arkadaş olduğum hakkında söylenirken gönlünü almak için öğle arasında buluşmayı teklif ettim. Ben ısmarlıyorsam kabul edeceğini çünkü bunu hak ettiğimi söylediğinde buluşmak için sözleştik.

Burada daha yeni olmama rağmen herkesle o kadar iyi anlaşıyorum ki alışmakta hiç zorlanmıyorum. Bana öğretilenleri dikkatle dinleyip hata yapmamak için en ufak işleri bile özenle tamamlamaya çalışıyorum. İlk haftamın bu kadar güzel geçmiş olması patronlarımı da memnun ediyor elbette. Bu sabah Ahmet Bey çalışkanlığımdan çok memnun olduğunu ve böyle devam edersem kalıcı olmaktan yana endişelenmememi bile söyledi.

Bu karmaşanın arasında Kerem'e onunla gideceğime söz verdiğim düğünün gelip çattığını ancak randevusunu değiştiren bir müvekkil sayesinde fark edebiliyorum. Gözlerim iri iri açılırken alt kata koşmamak için kendimi zorlamam gerekiyor. Öğle arasına kadar zor sabredip Timuçin Bey'in stajyeri yemeğinden döndüğü anda yerimi ona bırakarak ofisten tüyüyorum. Sabırsızlığım yüzünden asansörü beklemek yerine aşağı paldır küldür inmeye başlayınca o sırada yukarıya çıkan Kerem Tunalı'yla rastlaşıyoruz. Nasıl becerdiğimi bilmiyorum ama bir anda onu karşımda görünce hızımı alamayıp kendimi merdivenlerden aşağı uçarken buluyorum.

Gerçekten uçuyorum ama! Ayağım kayıyor, yer ayaklarımın altından kayboluyor ve hızla aşağı doğru süzülüyorum.

Peki, Kerem ne yapıyor dersiniz? İnsanız tabii, hayal gücümüz geniş. Gönül istiyor ki güçlü kollarıyla beni yakalasın, belimden tutup beni geriye yatırarak yüzünü yüzüme yaklaştırsın ve biraz romantik biraz da endişeli bakışlarıyla "İyi misin?" desin.

Ama öyle şeyler yalnızca filmlerde oluyor arkadaşlar, birbirimizi kandırmayalım. Ben yere yapışırken Kerem'in tek yapabildiği adımı haykırmak oluyor. İyi misin sorusu geliyor elbette ama hayal ettiğim şekilde değil. Daha çok ambulansı çağırayım mı tonunda bir *"İyi misin?"* bu. Böyle feryat figan bir *"İyi misin?"*

Gözlerimi kırpıştırarak ne yapacağını bilemez halde beni konuşturmaya çalışan Kerem'e bakıyorum. Olayı o kadar algılayamadım ki ben şu an neden yerdeyim, neden merdivenin son basamağına yaslanmış sırtım sızım sızım sızlıyor, gözlerimin önündeki kırmızı noktalar nereden geldi, Kerem ne diye dehşete düşmüş halde bir şeyler söyleyip duruyor? Anlayamıyorum sevgili arkadaşlarım.

Kerem dizlerinin üstüne çöküp benimle göz göze geldiğinde ancak kavrayabiliyorum durumu. Sırtım ve popomdaki sızı yüzünden ağzımı açarsam ağlamaya başlama ihtimalim var, bu yüzden kendimi daha fazla utandırmadan yapabileceğim tek şeyi yapıyorum.

Kahkahalarla gülüyorum!

Önce burnumdan o bilindik tuhaf ses çıkıyor. Ardından dudaklarım titreşiyor ve kahkaha atmaya başlıyorum. Kerem'in endişeyle kırışan alnının rahatladığını ve ifadesinin boşaldığını görünce daha çok gülüyorum. Sonunda o da bana katılıyor ve Timuçin Bey'in çıkıp aşağıda neler olduğuna bakmasını gerektirecek kadar gürültü yapıyoruz.

"İlginç bir romantizm anlayışınız var," diyen sese doğru başımı kaldırdığımda Timuçin Bey bize sahte bir kibirle bakıp tekrar ofise giriyor.

Bense hâlâ kahkaha kokan sesimle, "Düşmem sence de çok romantik değil miydi?" diye soruyorum.

"Daha önce bu kadar romantik bir şey görmemiştim."

"Öyle mi? Etkilendin mi? Bence etkileyiciydi," dediğimde Kerem gözlerimin içine bakıyor. Büyük gülümsemesi giderek küçülüp yüzünde bir tebessüm olarak kalırken o tatlı bakışlarıyla uzun uzun izliyor beni. Kalbim rayından çıkmış bir tren gibi tehlikeli bir şekilde çırpınırken beni hepten bitirmek için dağılmış kâküllerimi düzeltip yüzündeki tebessümle konuşuyor.

"Son zamanlarda gördüğüm en etkileyici şey olduğunu itiraf etmeliyim."

Size de düşüşümden değil de farklı bir şeyden bahsediyormuş gibi geldi mi? Gözlerimi kısarak ciddiyetini ölçmeye çalıştığımda muzip bir suratla dudaklarını birbirine bastırıyor ve hayal kırıklığıyla inleyerek omzuna vuruyorum.

"Çok kötüsün! Yardıma muhtaç bir kadınla dalga geçtiğin için kendinden utanmalısın."

"Bana öyle bakarsan gülmemeyi nasıl başarabilirim?" diyor ayağa kalkarken. Elini uzatınca hevesle eline tutunup kalkmama yardım etmesine izin veriyorum. Sırtımdaki hafif ağrı yüzünden ağzımdan bir inleme kaçınca Kerem'in ciddiyeti geri geliyor.

"Acıyor mu?"

"Merdivenden uçmuş birisi için yeterince iyiyim bence. Doğum günümde bana Batman kostümü almak ister misin?"

Kerem gülerek hâlâ tuttuğu elimi sıkınca sırtımdaki ağrıyı unutuveriyorum. Etrafımı çevreleyen güzel duygular dudaklarımın kenarına âşık bir gülücük yerleştiriyor. Bir an için o gülümsemenin yansımasını Kerem'in dudaklarında görür gibi oluyorum. Son günlerde Kerem sık sık benimle flört ettiğini düşünmem için kucağıma sebepler yığarken, ondan ne kadar hoşlandığımın da farkındaymış gibi hissettiriyor. Hoş, anlamaması için aptal olması gerekir zaten.

"Batman uçamaz Mısra, bunu beş yaşındaki çocuklar bile bilir." Elimi avuçlarının arasından çekip omzuna vurduğumda gülerek geri çekiliyor. "Ama sana Superman kostümü alacağım, söz."

"Kendine de alacak mısın? Mavi tayt sana çok yakışır."

"Uçabildiğini iddia eden sensin. Taytı giymek senin hakkın."

"Iyy, gıcık," deyip aşağı inmeye başladığımda sırıtarak peşimden geliyor.

"Yemeğe birlikte çıkalım mı?"

Burada geçirdiğim günlerde sadece bir kez öğle yemeğini beraber yedik çünkü her zaman aynı vakitlerde müsait olamıyoruz. Onu reddetmeyi hiç istemesem de Sinan daha bu sabah beni kötü bir arkadaş olmakla eleştirmişken Kerem için onu ekemem. Yemeğe Kerem'le gitmeminse imkânı yok. Sinan'ın beni utandıracak yüzlerce yorumu olacağına emin olduğum için ikisini tanıştırmaya hiç niyetli değilim. Bu da demek oluyor ki *yaylan Kerem Tunalı.* Beni düşerken tutmazsan işte böyle gözden düşersin.

"Bir arkadaşıma söz verdim," diyorum ona dil çıkarıp. "Sen yemeğini Batman'le ye."

"Gerçekten dil mi çıkardın?"

"Ne var? Beş yaşındaki çocuklar bile dil çıkarıyor."

"Aslında onlar bunu büyüdüklerinde bırakıyor ama..." *Birazdan kafana terliği yiyeceksin* adlı babaanne bakışlarımı Kerem'e dikince duraksıyor ve tatlı tatlı gülümsüyor. "Ama sen onlardan çok daha sevimlisin."

Dalga geçtiğini bilmeme rağmen biraz şımarmak için kendime izin verip şapşalca sırıtıyorum. Binanın çıkışına geldiğimizde vedalaşıp ayrı yönlere yürüyoruz. Sinan'ı caddenin aşağısındaki dönercide önünde iki tane devasa tavuk dürüme yumulmuş halde buluyorum. Karşısına oturduğumda bir süre bana bakmıyor. İlk dürümünü bitirip de açlığını yatıştırdığında ancak konuşuyor benimle.

"Cidden diğerini de yiyecek misin?" Sinan bana alınmış gibi bakıp bana da bir dürüm söylüyor. Sessizce yemeğimizi yedikten sonra arkamıza yaslanıp şişmiş karınlarımızla birbirimize bakıyoruz.

"Selam."

"Selam."

"Düğün pazar günü," diyerek konuya direkt dalış yapıyorum. Sinan gözlerini devirip kolasından bir yudum alıyor.

"Hangi pazar?"

"Yarından sonraki pazar."

"Alınma ama... Benden ne istiyorsun?"

"Alındım," diyorum surat asarak. Sinan tavrını değiştirmeyince önce ona bu haftanın detaylı özetini geçip sonra da babasıyla yaşadığı bir tartışmayı dinliyorum.

"Babanla pek tartışmıyorsunuz, değil mi?" diye soruyorum canının ne kadar sıkkın olduğunu görünce. Anlattıklarına bakılırsa babasını kırmak istemiyor ama istediği şeyi yapmaktan vazgeçmeyi de kabul edemiyor. Tartışmalarının kaynağı gözüme öyle komik, öyle anlamsız görünüyor ki ona tatmin edici bir tavsiye veremiyorum.

"Bu konuda sana bir çözüm önerisi sunamam Sinan çünkü babam yanımda olsaydı onun istediği her şeyi yapardım. En büyük hayalimden bile tereddüt etmeden vazgeçerdim. Elbette durumlarımız aynı değil, senden böyle düşünmeni bekleyemem ama bu konuda objektif olmam da mümkün değil."

Böyle bir cevap vermenin haksızlık olduğunu biliyorum ama cidden... Ebeveyni olmayan birine gidip anne babadan dert yanmak biraz acımasızlık değil mi?

Ailenizi kaybettiğinizde, size bağırdıkları günlerin bile hasretini çekersiniz. Kavgaların, kırgınlıkların hiçbir önemi kalmaz. Hiç geçmeyen bir yas ile ebeveynlerimi özlerken arkadaşlarımın günlük hayatında yaşadığı sıradan sıkıntıları ne zaman dinlesem benimle dalga geçiliyormuş gibi hissederim. Eskiden ben de asla böyle düşünemezdim, o yüzden kimseyi suçlamıyorum. Bunları başıma geldikten sonra fark etmem üzücü ama hayat her zaman böyle değil midir? Yanınızda yürüme engelli biri yoksa engelliler için ayrılmış park alanlarının duyarsız insanlar tarafından kapatıldığının, yolların aslında onlar için hiç elverişli olmadığının farkına varamazsınız. Karnınız tok olduğunda, sizin için kötü ya da ucuz olan bir yemeğin bir başkası için ne kadar değerli olduğunun bilincine varamazsınız. Kışın soğukta ince bir ceketle kalmadıkça dolabınızdaki o hiç giymediğiniz kıyafetlerinizin bir başkasına ne kadar faydalı olabileceği aklınıza gelmez belki. *Çünkü yaşayan en bencil varlıklarız.*

"Üzgünüm," diyor Sinan. Üzgün olduğunu biliyorum. Ona kızgın da değilim. Çünkü beni istese de gerçekten anlayamayacak. Üstelik eğer anlaması için birini kaybetmesi gerekecekse hiç anlamamasını dilerim. Yine de biraz sağduyu her zaman bizi daha iyi olmaya teşvik eder ve Sinan'da fazlasıyla sağduyu var.

Arkadaşlığımız hatırına ona sorunlarıyla ilgili elimden geldiğince yardımcı olmaya çalışıyorum, ardından benim dertlerimi masaya yatırma vakti geliyor.

"Pazar günü düğünde ne yapacağım?"

"Kerem'e iyi bir arkadaş olacak, durumu takip edecek, gerekirse hayat kurtaracaksın."

"Çok kolaymış cidden. Makyajımı sen yapar mısın?"

Sinan ağzını garip bir şekle sokup benimle dalga geçiyor. "O kadar da değil. Zevkli biri olabilirim ama makyaj yapmayı bilmiyorum. Düzgün bir güzellik salonuna git. Düzgün diyorum çünkü sen mahalle arasındaki kuaför ablaların elinde gelinin kız kardeşine dönecek bir kızsın Mısra."

"Bu senin bana cimri deme şeklin mi?"

Alaycı bir gülüşle beni incelerken emirler vermeye devam ediyor. "Saçlarını ensende güzel bir topuz yaptır. Ayakkabıyı hallettin mi?"

"Salı pazarından aldım," diyorum sırıtarak. "Çakma ama hiç belli olmuyor, güven bana."

"Sana mı?"

Bugün ikinci kez dil çıkarıyorum ve Sinan kolasını kafama fırlatmaya kalkıyor. Biraz daha konuştuktan sonra hesabı ödeyip kalkıyorum. Ofise yürüyüp işimin başına geçtiğimde Timuçin Bey etrafımda dolanıp duruyor. Yaptığı bininci imadan sonra ancak Kerem'le benim aramda ne olduğunu sorduğunu idrak edebiliyorum ve o andan sonra kendisiyle mecbur kalmadıkça konuşmuyorum. Akşama kadar beni delirtmekten çekinmediği için mesai saatimi doldurduğumda can havliyle kaçıyorum ofisten. Kerem'le arkadaş olduklarına inanmak öyle zor ki... Fakat arkadaşlarına bakılırsa Timuçin Bey kendi karakterinin zıddı insanlarla tuhaf bir şekilde iyi anlaşıyor.

Çıkmadan önce Kerem'i görmek ve pazar gününü netleştirmek için yanına uğramaya karar veriyorum. Alt kata inip yayınevine girdiğimde her zamanki gibi ortam beni mest ediyor. Buraya pek girip çıktığım söylenemez ama dedikodulardan çekinmesem bulduğum her fırsatta gelirdim. Koridorun duvarı çeşitli renklerde ve boyutlarda plakalarla süslenmiş, üstlerinde ünlü yazarların bazı cümleleri var. Ofislerin içlerini tam olarak bilmiyorum ancak açık kapılardan gördüğüm kadarıyla odalar renkli, canlı, büyük ve kitaplarla dolu.

Beni bile bu kadar etkiliyorsa Ecrin burayı görse delirirdi.

Neşe Hanım beni karşılayıp ağzımı açmaya fırsat kalmadan Kerem'in odasında olduğunu söyleyince gülümsemesine karşılık verip koridorun sonundaki odaya yürüyorum. İçeri girmeden önce kapıyı tıklıyorum ama Kerem yaptığı işe nasıl dalmışsa beni fark etmiyor. Bilgisayarının başına geçmiş, bir eli yanağına dayalı şekilde çalışırken sıkılmış bir hali var. Yüzündeki değişikliği fark edince selam vermeden konuşmaya başlıyorum.

"Hey! Gözlüğünü değiştirmişsin." Kerem duruşunu değiştirmeden sadece gözlerini çevirerek bana bakıyor.

"Bunların ne kadar ağır olduğunu biliyor musun? Bana bunu yaptığın için seni asla affetmeyeceğim."

"Benim yüzümden mi değiştirdin?" *Seni seven kalbim sana, deli oluyor anlasana!* Bu adam mecnuna döndürecek beni yakında. Yıldız Tilbe şarkıları söyleyerek ortalıkta deli deli gezinip duracağım. *Sana dayanamıyorum, inan ki sensiz mutlu olamıyorum!*

Gözlerini ekrana çevirip, "Hayır," dediğinde kıkırdıyorum. Bakışlarını bana çevirmiyor fakat dudaklarındaki küçük gülücüğü görebiliyorum.

"Yine de yakışmış. Güle güle kullan."

"Teşekkürler," diyor geriye yaslanıp kollarını esnetmek için gerinirken. "Çıkıyor musun?"

"Evet. Hâlâ pazar günü gidiyor muyuz?" Ayağa kalkıp yanıma geliyor. Çok yakınımda durduğu için başımı kaldırmak zorunda kalıyorum çünkü boynuyla bakışmaya meraklı değilim. Aslında meraklı da olabilirim, güzel bir boynu var. Adamın her şeyi güzel arkadaşlar, böyle insan olur mu? Ağzını burnunu kırasım geliyor bu kadar yakışıklı olduğu için. *İçimde gizli bir maço mu taşıyorum acaba ben? Belki de mafya dizilerini izlemeyi bırakması gereken benimdir.*

"Evet, eğer hâlâ istiyorsan?"

"Tabii ki."

Ona tatlılıkla gülümseyip veda etmek için yanaklarını öpüyorum. Tabii bunlar daha çok yanakların birbirine değmesi ve havaya atılan öpücükler oluyor, neticede sıradan bir vedalaşma anındayız. Ama ben her seferinde havaya giden öpücükler için yas tutmaktan kendimi alamıyorum. Ne olurdu dudaklarımı yanağına değdirip öpücüğümü tam oraya kondurabilseydim? Öylesi aramızda tuhaf karşılanacak bir romantizm barındıracağından, öpücüklerim havaya gitmeye devam edecek ne yazık ki. *Tatlı olacağım derken yollu olmanın âlemi yok,* der babaannem.

"Görüşürüz o zaman," dediğimde gülümsüyor. O gülümseyince ben böyle minnoş birine dönüşüveriyorum. Ne istese yapabilirim gibi geliyor. Bunu keşfederse neler olur acaba?

"Görüşürüz."

Kerem'e arkamı döndüğüm andan itibaren önümüzdeki lanetli pis düğün için endişelenmeye başlıyorum. *Allah'ım inşallah Berna kırk kilo almıştır, ön dişleri çürüyüp dökülmüştür. Saçlarını iğrenç bir renge boyatmıştır da yüzü limon gibi görünüyordur.*

Kerem'in kırılan kalbini tamir etmek için her şeyi yaparım ama lütfen günün sonunda benim kalbim kırılmasın. Çünkü eğer kalbim kırılırsa beni teselli edecek kimse olmayacak.

17. Bölüm

Pazar sabahına uykusuzluktan oluşan çirkin, mor halkalarımla açıyorum gözlerimi. Gerginlikten gece boyu uyuyamadım. Berna ve Kerem buluşmasına dair sahneler bir kâbus gibi üzerime çökerken kendime o kadar sinirlendim, öyle bir strese girdim ki uyuyabilmenin imkânı yoktu. Sabah yataktan değil de bir kamyonun altından çıkar gibi kalkıp banyoya giriyorum. İhtiyaçlarımı görüp soğuk suyla yüzümü yıkadıktan sonra biraz daha iyi hissederek uyanık birisi var mı diye evi dolaşıyorum.

Babaannem televizyonun karşısındaki yerine oturmuş, lif örerek bir dizinin tekrarını izliyor. Zayıflık ve yaşlılıktan ufacık kalmış yüzünü tutup yanaklarını öperken, "Günaydın şekerim, neden bu kadar erken kalktın?" diyorum yorgun bir halde. Yanına oturup başımı omzuna yasladığımda yarım ağızla gülüyor.

"Asıl sen niye kalktın? Sana düzenli iş hayatı yaramadı deli kızım, ne yapacağını şaşırıyorsun baksana."

"Bana yaramayan şey o değil babaanne."

"Neymiş o zaman?" dediğinde suratımı asıyorum. Nasıl anlatsam sana, ilk harflerine baksana Ganimet Sultan. Ya da bakma, olayı çözersen ortalık karışabilir.

"Dün dışarıda yediğim börek dokundu herhalde. Senin böreklerin gibi değiller, midemi kötü yapıyorlar."

Babaannem kucağındaki ipleri çekip lifini dikkatlice koltuğun kenarına koyuyor. Saçlarımı okşayıp alnımı öperken gördüğüm ilginin keyfini sürüyorum. Yeni işimin maaşı eskisinden daha az ama evde kimse bunu umursuyor gibi görünmüyor. Her gün aynı saatte gidip gelecek bir düzene sahip olmamın ailemi benden daha çok mutlu ettiğini düşünüyorum. Babaanneme yeni işimden bahsettiğimde rahat bir yerde çalışabileceğim için öyle sevinmişti ki gözlerinden yaşlar dökülmüştü. Babaannem tatlı dilli bir kadın değildi. Sevgisini kelimeleriyle değil, davranışlarıyla gösteriyordu çoğu zaman. Bazen huysuz da olsa, bizi azarlasa da hepimize ne çok kıymet verdiğinden bir gün bile şüphe edemezdik. Bu yönlerine baktığımda Ecrin'in karakterinin babaanneme benzediğini düşünüyordum.

"O zaman ben kızıma bir börek açayım şimdi. Ne zamandır yapmadıydım."

"Yorulursun babaanne, gerek yok," desem de kafasına bir kere koydu mu vazgeçirmenin imkânı olmadığını biliyorum.

"Bir şeycik olmaz. Saat erken daha, bu sıpalar öğlene kadar uyuyor zaten, yetiştiririm kahvaltıya. Sen de Sinan'ı çağır. Geçen sefer çok beğenmişti poğaçamı, bir de böreğimi yesin." Başımı sallayıp kanepeye iyice yayılıyorum. Babaannem mutfağa gidip tezgâha vuran tabak çanak sesleri eşliğinde bir türkü tuttururken gülümseyerek dinliyorum sesini.

"Üşenmedi kalktı ya," diye mırıldanırken kumandaya uzanıp televizyonu kapatıyorum. "Sinan'ı çağır diyor bir de. Hayır sanki..." Birden duraksıyorum. *Sinan'ı mı çağırayım?* Doğrulup mutfağa doğru şaşkın bir bakış attıktan sonra babaanneme seslenerek mutfağa koşturuyorum.

"Babaanne? Sinan ne alaka ya?"

"E yavuklun değil mi o senin, gelsin bizimle vakit geçirsin biraz. Sahipsiz sanmasın seni."

"Ne yavuklusu ya? Yok öyle bir şey."

"He, tabii yoktur. Yaşlıyız diye bu işleri bilmiyoruz sanıyorsunuz. Bilirim kızım, bilirim. Biz de az değildik zamanında..." Babaannem her zaman sevimli bulduğum hafif şivesiyle konuşurken onu gerçeklere ikna etmeye çalışıyorum. Ne söylesem ağız burun bükerek *evet tabii,* diye mırıldandığı için on dakikanın sonunda sinir küpüne dönmüş bir halde çıkıyorum mutfaktan. Arkamdan söyledikleriyse çığlık atmama neden olacak kadar zıvanadan çıkarıyor beni.

"Adama da böyle mızıklanıyorsan üç güne kalmaz bırakır seni, demiş olayım."

"Babaanne!"

Kahvaltı masasında kardeşler arasında garip bir sessizlik var. Üçümüz birbirimize tuhaf tuhaf bakıp dururken babaannem ve Sinan ortamı hiç sessiz bırakmıyor. Sinan böreğe övgüler yağdırırken babaannem de gençliğinde köyde en hızlı börek açan kız olarak bilindiğini anlatıp övünmekle meşgul.

"Herkes parmakla gösterirdi beni. Analar gelinleri olayım diye yarışırdı. Ben dedenizle kaçtığımda erişkin oğlu olan bütün analar yas havasına girdiydi."

"Erişkin diyor ya." Emre siniri bozulmuş gibi gülerken Ecrin de ona gözlerini devirmekten geri durmuyor.

Sinan'ı tamamen kendi çıkarlarım için çağırdım. Babaannem nasılsa ne dersem diyeyim Sinan'ın yavuklum olmadığına inanmayacaktı. Ben de bari çağırayım da beni düğüne hazırlasın diye düşündüm. O da bunu bekliyormuş sanki. Ya da çağırıldığı her yere giden bir adam olmalı çünkü ne zaman onu arasam daha önce hiç bahsetmediği isimlerin yanından kalkıp geliyor.

"Neden kaçtın babaanne? Ailen vermedi mi?" Babaannem ne ara Sinan'ın babaannesi oldu bilmiyorum. İkisi çoktan en iyi arkadaşlar oldular bile.

"Bilmem, sormadık ki. O zamanlar kaçmak modaydı. *Ekşin* olsun dedik herhal," diye cevap veriyor babaannem. Dört çift göz birbirimize bakıp kahkahayı koyuveriyoruz.

Emre, Sinan'a gösterilen ilgiyi kıskanıp, "Kız, senin ekşın diyen dillerini yerim," diyerek babaanneme sarılınca tatlı bir itiş kakışın içine giriyorlar.

Kahvaltıyı bitirdiğimizde babaannem odasına çekiliyor. Böreği hevesle yaptığı için bir süre umursamadı ama kollarının ağrıdığını biliyorum. İlaçlarını alıp arkasından giderken Ecrin ve Emre'ye masayı toplamalarını tembihliyorum. Mutfaktan çıkmadan önce arkama dönüp Sinan'a parmağımı sallayarak *sen de* demeyi ihmal etmiyorum tabii.

Annemle babamın eski odasına giriyorum. Babaannemin koca yatağın içinde kıvrılmış küçük bedenini görünce içim sızlıyor. Yaşına göre çoğu zaman dinç ve tam bir dilli düdük olduğundan bazen ne kadar yaşlı olduğunu unutuyorum. Henüz dalmadığı için gözlerini açıp bana bakıyor. Normalde ilaçlarının dozunu artırmayı sevmez çünkü bu, tüm gün sersem gibi hissederek uyumasına neden olur. Ancak çok yorulmuş olmalı ki sesini çıkarmıyor bu sefer. İlaçlarını dikkatlice içirip tekrar yatmasını bekledikten sonra sabah bana yaptığı gibi alnına şefkatli bir öpücük bırakıp odadan çıkıyorum.

Biz mutfağı toplarken Ecrin salona teçhizat kurup saç ve makyaj işini üstleniyor. Aslında kuaföre gidecektim ama küçük kardeşim bu konuda hayli ısrarcı olunca risk almaya karar verdim. Ecrin, Kerem'den ve gariban sevdamdan haberdar olduğu için beni güzelleştirip Kerem'in acılar içinde kavrulmasına kararlıymış, en azından bana söylediği buydu.

Ev işleri bittiğinde çabucak bir duş alıp üzerime bol eşofmanlarımı geçiriyorum. Salona girdiğimde Ecrin'in salonun ortasına yerleştirdiği sandalyeye oturup bana yapacaklarını bekliyorum belli belirsiz bir endişeyle. Ecrin arkadaşından yürüttüğü kocaman makyaj çantasını açıp içindekileri sehpanın üzerine yayıyor ve hangi fondötenin yüzüme daha iyi gideceğini, rujumun tonunu falan tartışıyor Sinan'la. Emre'yle şaşkın bakışlarımızı üzerlerine dikmekten başka bir şey yapamıyoruz.

"Kız, çingene," diyor Emre. "Çift kişilikli misin sen? Nereden biliyorsun bu kadar moda zımbırtısını?"

"Hayır, salak. Fazla makyaj yapmıyor olmam bir kız olduğum gerçeğini değiştirmiyor. Ayrıca Kübralarda kalırken geceleri birbirimize makyaj falan yapıp eğleniyoruz."

"Bir, bana bir kere daha salak dersen boğazına oje sokarak öldürürüm seni. İki, bir daha Kübralara gitmek yok. Aptal saptal işler yapmayın."

Ecrin sesini inceltip Emre'nin taklidini yapınca Emre ona doğru atılıyor ama aynı anda Sinan tişörtünün sırtından tutup tekrar oturtuyor Emre'yi.

"Emre, kıpırdadığın an kucağına otururum," diye tehdit edince Emre dehşetle bana bakıyor ama bir daha kalkmaya yeltenmiyor. Çünkü Sinan'la beş dakika geçirince boşa konuşmadığını öğreniyorsunuz.

Ecrin kâküllerimi toplamayı teklif ediyor ama Sinan şiddetle karşı çıkıyor bu duruma. Koyu kahverengi kâküllerimin bana çok yakıştığını söyleyip hafifçe sırıtarak göz kırpıyor. Emre de Sinan'a hak verince el birliğiyle kâküllerimin kalmasına karar veriyoruz. Kız kardeşim saçımın arkasını örüp ensemde topluyor. Ardından örgüleri iki yandan gevşeterek basit örgüyü hoş bir topuza dönüştürüyor. Yaptıklarını gergin bir halde sürekli eleştirdiğim için iş makyaja geldiğinde aynaları ortadan kaldırıyorlar. Makyajımı Ecrin'in yapmasına rağmen Sinan o kadar çok karışıyor ki bir ara gözümü açtığımda Ecrin'i elindeki ruju Sinan'ın kafasına atarken yakalıyorum. Asırlardır o sandalyede oturuyormuş gibi hissediyorum bir süre sonra. Gittikçe sandalyede arkaya doğru kayıyorum, kamburum çıkarken sonunda bitiyor!

Lakin aynaya bakmama asla izin verilmiyor arkadaşlar. Hain Kostok'un gardiyanlığında odama sürgün ediliyorum. Ecrin giyinmeme yardımcı olurken meraktan ölmemek için hızlı olmaya çalışıyorum. Ayakkabılarımı da ayağıma geçirip aynaya dönmek için atıldığımda Ecrin kolumu yakalayıp beni odadan çıkarıyor.

"Sinan Abi koridordaki boy aynasını salona taşıdı, gel."

Peşinden salona girdiğimde Sinan ıslık çalıyor. Emre'ye ise inme iniyor sanırım. O kadar şaşırıyor ki donmuş gibi yüzüme bakakalıyor. Çocuk sabahtan beri yapılan şamataya anlam veremiyordu zaten, bir de elbisemi görünce beyni hepten yandı.

"Tamam. Ne oluyor?"

"Düğüne gideceğiz dedik ya, köfte kafa," diyorum yanından geçerken.

"Sen mi evleniyorsun?"

Ecrin, Sinan ve ben bir ağızdan, "Yuh!" diye bağırıyoruz. Emre'nin ifadesinde hiçbir değişme olmayınca Ecrin ona bir arkadaşımın düğününe gideceğimi söylüyor. *Yalana bak, bundan bir adım sonrası sevdiğimin nikâh şahidi olmak.*

Aynanın karşısına geçerken karşımda tuhaf bir yüz göreceğimden endişe ediyordum ancak bu hâlâ benim yüzüm.

Her zaman normale göre küçük olduğunu düşündüğüm gözlerim şimdi çok daha belirgin ve göz alıcı görünüyorlar. Doğal haliyle de sevdiğim cildim biraz müdahaleden sonra daha canlı ve parlak görünmüş. Ne Ecrin ne de ben abartılı makyajlar yapacak kadar bu işlerle ilgilenen kızlarız, buna rağmen kardeşim bana güzel bir özel gün makyajı yapmayı başarmış. Dudaklarıma sürdüğü koyu kırmızı ruj elbisemle aynı renkte. Sağa sola dönerek görünüşümü incelerken güzel göründüğümü düşünüyorum. Yanaklarıma makyajla pembelik verilmiş fakat hiç gerek yoktu aslında. Kerem'i gördüğüm an zaten kızaracağıma eminim.

"Teşekkür ederim," diyorum Ecrin ve Sinan'a sarılarak. Sinan'ın eli sırtıma konamadan Emre beni çekiştirip kendisi sarılıyor. Her zaman içimizdeki en kıskanç kardeş o olmuştur.

Emre yüzüme bakmak için geri çekildiğinde yüzündeki ciddiyet beni güldürüyor. "Çok güzelsin."

"Güzelim tabii," diyerek biraz şımarıklık ediyorum ama Emre nedense biraz daha duygusallaşıyor.

"Evet, güzelsin ama tüm bunlar yüzünden değil," diyor elini kıyafetime doğru savurarak. "Benim ablam olduğun için güzelsin. Bizim için çalışıp dururken gece eve yorgun argın gelip yine de bizimle ilgilendiğin için güzelsin. Birine ihtiyacımız olduğunda, her zaman orada olduğunu bildiğimiz için güzelsin." Alnıma bir öpücük bırakıp sıkıca kucaklıyor beni. "Ama en çok da gülümsediğinde güzelsin. Seni uzun zamandır bu kadar mutlu görmemiştim ablacığım. Umarım o adam seni hak ediyordur. Umarım bizi düşünmeyi bırakıp kendi mutluluğun için bir şeyler yapıyorsundur. Çünkü mutlu olduğunda... Dünyanın en güzel kızı sensin."

Sersemlemiş bir halde ona sarılırken Ecrin'le birbirimize şaşkın bakışlar atıyoruz. Emre bu kadar hazırlığın bir arkadaş için olacağına inanacak kadar saf değil elbette. Buna rağmen genelde yaptığı gibi panikle ve agresif tavırlarla ortalığı birbirine katmayıp bana güvenmesi, aniden bu kadar güzel şeyler söylemesi karşısında o kadar duygulanıyorum ki gözlerim yaşarıyor.

Fakat daha gözyaşlarım yanaklarıma düşemeden Ecrin bağırarak aramıza girince Sinan da yanlış yerde duygusallaşıp bütün emeklerini tehlikeye attığı için Emre'yi azarlamaya başlıyor.

"Of abi! Sanki gelin mi oluyor ablam, bu ne duygusallık ya? Bana bak abla, ağlarsan bozuşuruz." Odadaki duygusallığın katili Ecrin'e kötü kötü bakıp zorla odadan çıkarılan erkek kardeşimin arkasından bağırıyorum.

"Seni seviyorum!"

"Beni herkes seviyor." Ukala cevabı yüzünden ağlamakla gülmek arası hislerimden kurtulup kendimi çabucak toparlıyorum.

On dakika sonra Kerem kapıda olduğunun haberini veriyor. Küçük çantamı elime alıp tökezlememek için üstün bir çaba sarf ederek dışarı çıktığımda onunla karşı karşıya geliyoruz. Bugün gözlük takmamış. Sıcak bakışlarıyla, tıraşlı yüzüyle her zamankinden daha da yakışıklı görünüyor. Lacivert takım elbisesi ona o kadar yakışmış ki *vicdansızın oğlu* diye haykırmak istiyorum yüzüne. Ben onu incelerken o da dikkatle beni süzüyor. Gözlerimiz buluştuğunda oradaki beğeni dolu bakışların öznesi olduğumu bilmek, inanılmaz bir gurur ve özgüven salıyor yüreğime. İki adımda tam karşısına geçip utangaç bir edayla selam veriyorum.

"Merhaba," diyor uzanıp yanaklarımı öperken. "Çok güzel görünüyorsun." İltifatıyla birlikte omuzlarımdan iki küçük kanat çıktı, fark ettiniz mi? Aşırı mutluluktan oluşan basınçla havalanacağım şimdi.

Bana kapıyı açıp, "Gidelim mi?" dediğinde içimi kemirip duran o soruyu sormadan bu yola çıkmak istemediğimi düşünüyorum.

Bunu sormak kolay değil ama istediğim cevabı alsam da almasam da bilmenin en iyisi olduğuna eminim. "Kerem, sen… Gergin misin? Onu göreceğin için yani."

"Aslında biraz gergindim." Elimi tutup parmaklarımın üstüne bir öpücük bıraktığında titrek bir soluk kaçıyor dudaklarımın arasından.

"Artık değil misin?"

"Hayır, değilim."

Beni iyi hissettirmek için mi böyle söylüyor yoksa dürüst mü görmek için bakışlarımı yüzüne kaldırıp, "Neden?" diye fısıldıyorum. Gülümsemesi yüzüne yayılırken cevabı yüreğimde şiddetli bir sarsıntıya yol açıyor.

"Çünkü sen yanımdasın."

Bir buçuk saattir arabadayız. Ve bu bir buçuk saatlik araba yolculuğunun hayatımın en tatlı anları olduğuna karar verdim. Kerem'in gerginliğinden kaçıp bana sığınması beni o kadar mutlu etti ki yol boyunca hayatımda hiç olmadığım kadar gevezeydim. Sanırım bir milyon tane soru sordum ve sabırla hepsini cevapladı. Hatta kötü esprilerime bile güldü. Kıkırtımı bastırmak o kadar güçtü ki bulduğum her fırsatta kıkır kıkır gülmekten çekinmedim.

Kerem Berna'yla karşılaşmaktan korkmuyordu çünkü ben yanındaydım.

Ben.

Ben!

Şu an zihnimde Berdan Mardini'den Senden Çocuğum Olsun İstiyorum şarkısının yankılanması kesinlikle Kerem'in suçu. Adamın yüzüne baktıkça, "*Senin için, bu dünyanın ipini çekerim, saçlarının bir tek teli için, tanımam ki her şeyi silerim,*" diye bağırmak istiyorum.

İçimde gizlice beslediğim kamyoncu dayı uyandı bir kere. Artık kalbimin üstünde haykırarak arabesk şarkılar söylerken dudaklarımı kapalı tutmam çok zor oluyor. Utanmasam Kerem'e dirsek atıp, çocuğumuz "*Her sözüyle aşkımız gibi eritsin kara kışları,*" diyeceğim.

Gerçek dünyadan kopup gittiğimi hissediyorum. Sanki dünya şu küçücük arabadan ibaret, sanki dünyada sadece ikimiz varız.

"Sonra ne oldu?" diye soruyor Kerem beni hayal âleminden çıkararak.

"Ecrin intikam almak için Emre'nin kot pantolonunun poposuna parlak taşlarla çiçek desenleri dikti. Alarmını da kapattığı için geç uyanmış Emre. O aceleyle fark etmemiş pantolonun arkasını. Eve geldiğinde kızı öldürecekti, zor tuttuk."

"Gerçekten oldu mu bunlar?" diyor kahkaha atarken. Güzel gülüşü dikkatimi dağıtıyor yine. Ne anlattığımı unutacak gibi oluyorum ama başını bir saniyeliğine çevirip bana bakınca yakalanmanın utancıyla, gözlerimi kaçırarak hızlı hızlı konuşuyorum.

"Ecrin'in kitabını başka bir kıza hediye etti dedim, duymadın mı? Beklenenden azını yaptığını bile söyleyebiliriz. Ben çocuğu uykusunda boğacağından endişelendiğim için uyuyamamıştım o gece. O kitabın kavgası tam üç hafta sürdü. Sonunda Emre çaldığı kitabın yerine dört tane kitap almak zorunda kaldı. Ecrin konu kitapları olduğunda aşırı tepki verir her zaman." Yüzümü buruşturduğumda Kerem tatlı tatlı gülüyor. Kardeşlerimle kavgalarımızdan birkaç anı daha anlatıyorum, o da küçükken Nida Abla'ya yaptığı eziyetleri anlatıyor bana. Kerem'in yaramaz bir çocuk olacağını hayal bile edemezdim ama anlattıkları o kadar korkunç ki Emre'den şikâyet ettiğim için utanıyorum.

"Öyle bir çocuk nasıl bu kadar zarif bir adama dönüşebilir?" diyorum daha çok sesli düşünerek. Yandan bir bakışla kaşlarını kaldırıyor.

"Mısra, zarif kelimesinin bir adam için iltifat olabileceğini sanmıyorum."

"Şey, yani nahif diyecektim." Bir imalı bakış daha yiyince kıkırdıyorum. "Sakin?"

"Biraz daha dene."

"Asil?"

"Buna alışabilirim."

"Asil... Yakışıklı, karizmatik..." Söylediklerimin hoşuna gittiği yüzündeki tatlı gülücükten açıkça anlaşılıyor. İçimdeki muzip yanı bastıramayınca işaret parmağımla başparmağımı birleştirip gözlerime tutuyorum. "Dede gözlüklü?"

Bunu söyler söylemez parmağını bana doğru uzatıyor sahte bir sinirle. "Bana bir kez daha öyle seslenirsen seni arabadan atarım."

Korkmuş gibi görünmeye çalışıyorum ama kahkaham üç saniye sonra Kerem'in yüzüne patlıyor. Kızgın kalmaya çalışsa da birkaç saniye sonra kırmızı ışıkta durmuş, gülüşüp duran tatlı bir çifte dönüşüyoruz. Bu anıyı tüm hayatım boyunca hatırlayıp gülümsemek için kalbimin en özel köşesine saklıyorum.

Geldiğimiz çiftliğin bahçesinin her yeri pembe ve beyaz süslemelerle dekore edilmiş. Gelin ve damadın içeriye gireceği kapıdan sallanan ince kumaşların üstü pembe-beyaz çiçeklerle dolu. O çiçekler bahçenin her yerini süslüyorlar. Kerem'in yanında yürürken hayran hayran etrafı inceliyorum. Pembe delisi değilimdir ama oluşan tablo o kadar güzel ki iç çekmekten alamıyorum kendimi.

"Burası masal gibi," cümlesi kaçıveriyor ağzımdan. Kerem'in bana baktığını fark edince yanaklarım kızarıyor. Nedense utanç verici bir şey söylemiş gibi hissediyorum.

"Değil mi? Duygu'dan başka türlüsünü beklemezdim zaten."

"Böyle bir yeri ne kadara tutmuşlardır acaba?" Dalgınlıkla sorduğum soru üzerine Kerem'in dudakları yukarı kıvrılınca hemen savunmaya geçiyorum, "Ne? Sadece şu çiçeklerin fiyatı bile benim maaşımın kaç katıdır. Niye zengin düğününe geleceğimizi söylemiyorsun? Kendimi ona göre hazırlardım. Ben genelde böyle ortamlarda kırmızı bir elbise ve topuklu ayakkabılarla dolaşmam. Topuklu ayakkabıyla servis yapmak ne kadar zor biliyor musun? Nereden bileceksin, hiç garsonluk yapmadın. Aslında yapsan da bilemezdin çünkü neden topuklu ayakkabı giyesin ki değil mi? Bu arada neden öyle bakıyorsun? Konuşmanı tercih ederim. Acilen bir şey söylemezsen asla susamayacağım ve bünyemin daha fazla saçmalamayı kaldırabileceğini sanmıyorum." Nefessiz kaldığım için ağzımı kapayıp nefeslendiğimde Kerem öyle bir kahkaha atıyor ki başı arkaya düşerken etrafımızdaki bakışları üzerimizde hissediyorum. Ellerimi yüzüme kapatmamak için çantamı sımsıkı kavrarken gülmeyi kesmesi için çantayı suratına vurmak geçiyor içimden. *Güzel yüzüne yazık olmasını istemediğim için çok şanslısın Keremciğim.*

"Gülmesene," diyorum dişlerimin arasından. Bize bakanlara sevimli bakışlar atmaya çalışıyorum ama çok yapmacık durduğumdan endişeliyim.

"Sen de beni güldürme o zaman. Niye bu kadar gerildin ki? Az önce resmen boyut atladın, gergin olan ben olmalıydım."

"Söyledim ya, böyle bir yerde misafir sıfatıyla bulunmadım daha önce. Her an birileri benden içecek isteyecekmiş gibi geliyor."

Kerem kolunu kıvırıp bana uzatıyor. Kaşlarımı kaldırıp başımı sallıyorum. Yani diyorum ki *neyin peşindesin canım sen?*

"Kimse bu kadar şık bir kadından içecek istemez, aksine sana içecek getirmek için birbirleriyle yarışırlar. Eh, buna izin veremem." Tatlı bakışlarıyla elimi dirseğinin iç kısmına yerleştiriyor. Son zamanlarda yaşadıklarımdan öğrendiğim bir şey varsa o da mükemmel gün diye bir şey olmadığıdır. Kendime belanın iki adım uzaklıkta olduğunu söyleyip dursam da bu benim yere basmamı sağlamaya yetmiyor. Heidi gibi seke seke yürümek üzereyim.

"Ama ayakkabılarımı pazardan aldım." *Of!* Bunu neden söyledim ki? Aşağılık kompleksi mi var acaba bende? Hayır, ayakkabılarım çok güzel. *Canım pazar.*

"Kimsenin anlamayacağına eminim."

"Gerçekten mi?"

"Bana güven."

"Tamam," derken başımı omzuna atıp kendimi oraya Japon yapıştırıcısıyla sabitlemek gibi çılgın istekler geçiyor içimden ama bunlara kulak asmıyorum. O kadar delirmedim daha. *Yani... Sanırım.* Yüksek ayaklı yuvarlak masalardan birinin yanında karşı karşıya duruyoruz. Çoğu masanın etrafında, mutlu mutlu sohbet eden insanlar var. Berna'nın ortalıkta olmadığını düşünüyorum çünkü Kerem onu görseydi en azından bir tepki verirdi herhalde. Aramızda sohbet ederken Kerem'i selamlamaya birileri geliyor. Gürültücü ve şakacı erkek grubu bana imalı selamlar vererek Kerem'e bu konuda takıldıktan sonra memnun olduklarını söyleyip gidiyorlar. Kerem'in arkadaşlarıyla normal şartlarda tanışınca hayatında bir yerim varmış gibi hissediyorum. Daha önce ailesiyle tanışmıştım ama hakkımda söylediğim hiçbir şey doğru değildi.

Nikâh vakti yaklaştıkça Kerem'in gergin olup olmadığını düşünmekten karnıma ağrılar giriyor. Berna, gelin ve damat ortaya çıktığında hâlâ gelmemiş olursa o zaman hiç gelmeyecek demektir. Biz de Kerem'le sonsuza dek mutlu yaşayabiliriz o zaman. Ama gelirse... Bunu düşünmek beni de çok fena halde geriyor.

Bir ara yanımızdan geçen tatlı bir garson içinde bir sürü çikolata olan küçük bir sepeti masanın ortasına bırakıyor. Garsona bütün kibarlığımla teşekkür edip güzel görünen bir çikolataya uzanıyorum. Tadı başta garip geliyor ama aromanın ne olduğunu anlamadığım için bir tane daha yiyip aslında güzel bir tadı olduğuna karar veriyorum. Bir tane daha yedikten sonra çikolata daha da lezzetli geliyor.

"Zengin çikolatası diye mi böyle değişik bir şey bu?" diye soruyorum Kerem'e. Yanımızdan az önce ayrılan arkadaşı uzun süre burada kalıp hiç bilmediğim insanlardan bahsettiği için biraz sıkıldım, o yüzden bütün dikkatim çikolatalarda.

"Bu sepeti eve götürebilir miyim? Çaktırmadan ceketinin içine saklarız."

"O kadar güzel mi?" diye sorduğunda yediğim çikolatanın aynısından bir tane daha bulup Kerem'e uzatıyorum. Çikolatayı elimden almak yerine başını eğerek ellerimden yiyor. O uzun uzun çiğnerken ben yanında küçük, pembe bir çileğe dönüşmüş olmalıyım. *Burası neden bu kadar sıcak?*

Yüzüne bakamadığım için sepetin içindeki farklı çikolataları karıştırıp aynısından birkaç tane daha bulmaya çalışıyorum. "İçinde jel gibi bir şey var. Karamele falan da benzemiyor. Ne ki acaba?"

"Likörlü sanırım," diyor Kerem. "Bunu sevdin mi gerçekten? Tadı berbat."

Başımı sallayarak çikolataları karıştırmaya devam ederken birden duruyorum. "Ne?"

"Tadı çok kötü diyorum."

"Hayır. Neli dedin?"

"Likörlü çikolata." Kerem'e nasıl bakıyorum bilmiyorum ama bana doğru yaklaşıp bileğimi tutacak kadar endişelenmesine neden oluyor bakışlarım.

"Bildiğin likör mü?"

"Evet."

"Alkol olan?"

"Ee... Evet. Niye öyle bakıyorsun? İyi misin?"

"Nasıl iyi olabilirim? Az önce içki içtim!"

"Hayır," diyor Kerem şaşırarak. "Çikolata yedin."

"İçinde alkol vardı!" Kerem dehşetim karşısında gülecek gibi olunca bileğimi elinden kurtarıp ona vuruyorum.

"Neden beni uyarmadın?"

"Nereden bilecektim ki?" diyor ellerini iki yana açarak.

"Nasıl da güzel görünüyordu, nasıl da tatlıydı. Zavallı körpecik bedenimi nasıl da kandırdı, görüyor musun?"

Kerem artık gülüşünü saklayamıyor. "Mısra, bir çikolatayla sarhoş olamazsın. Alkol oranı çok azdır. Küçük bir çikolata sadece."

"Uyuşturucuları da şeker diye satarlar zaten hep."

Çocuk gibi dudağımı sarkıttığımda Kerem birden sahte bir ciddiyetle omuzlarımı tutuyor. "Tamam, ne istersin? Ağzına bir böcek sokup seni kusturayım mı? Böylece likör de körpecik bedeninden çıkmış olur."

"Ama sen benimle dalga geçiyorsun!" diyorum omzuna vurarak. Gülmeye devam edince ona küsüp çikolataları önüne itiyorum. Hepsini yiyip sarhoş olursa bunun sorumluluğunu asla almayacağım. Pis adam, saf ve temiz endişelerimle nasıl dalga geçebilir?

Gelin ve damadın giriş şarkıları çalmaya başlayınca yan yana durup girişe doğru dönüyoruz. Çift, çiçeklerle bezeli bahçe kapısından girerken Kerem'e küstüğümü hemen unutuyorum. Gelini görünce elimde olmadan iç çekiş dökülüyor dudaklarımdan. Her yerde olan çiçekler gelinin buketinde ve saçlarında da var. İşlemeli gelinliğinin duvağı arkaya doğru upuzun salınıyor. Koluna girdiği adamın hayran bakışlarını buradan bile görebiliyorum. Bu bakışları gören herkes gibi içim bir parça kıskançlıkla doluyor. Bir gün Kerem'in bana böyle bakmasını tüm kalbimle diliyorum.

Başımı ona çevirdiğimde hareketsiz, dosdoğru karşıya bakıyor. Yumuşak yüz hatları, çehresini saran katı ifadeden etkilenerek sertleşmiş sanki. Bakışlarını takip etmeme hiç gerek yok. Onun kimi gördüğünü ve bundan hiç mutlu olmadığını yüzüne bakarak anlayabilirim.

Kendimi buna hazırladığıma inanmıştım ancak bu kadar saf duygularla âşık olduğum adamın eski sevgilisine karşı hâlâ hisleri olduğunu düşünmeye alışmak mümkün değilmiş. Gözlerimi masanın üzerindeki çikolata sepetine indiriyorum. Kerem'in bir zamanlar çok sevdiği kadını görmek, onunla konuşmak istemiyorum. O kadının bir daha Kerem'in canını yakmasını istemiyorum ama onun belki de Kerem'in kalbini iyileştirebilecek tek kişi olduğunu düşünmek kalbimi çok kırıyor... Gözlerimi kırpıştırarak ağlamamaya çalışıyorum. Kimse bana bakmadığı için şanslıyım.

Her şey yolunda Mısra. Her. Şey. Yolunda.

Burada Kerem'in gerçekten kız arkadaşı olarak bulunmayı öyle çok isterdim ki. Berna'yı görmenin onu etkilememesini, yalnızca bana bakmasını... Onun elini tutma ihtiyacı kendimi giderek daha da kötü hissetmeme sebep oluyor. *Bu Kerem'le Berna'nın düğünü değil Mısra! Kendine gel be!*

Merakıma daha fazla direnemeyince derin bir nefes alıp Kerem'in bakışlarını takip ediyor ve onu görüyorum.

Uzun, sarı saçları omuzlarından aşağıya dalga dalga uzanmış. Ayağındaki topuklulara rağmen boyu çok kısa görünüyor. Yüz hatlarını seçemiyorum ama çok güzel olduğunu anlamak için yakından bakmama gerek yok. Üzerine tam oturan su yeşili elbisesiyle güzel bir kadın karşımdaki. Onunla hiçbir benzerliğimiz yok. Görünüşü benim tam zıddım. Eğer Kerem'in hoşlandığı kadın tipi o ise benim hiç şansım olamazdı.

Kadın etrafına bakınırken Kerem'i fark ediyor. Küçük bir duraksayışın ardından yüzüne koca bir gülümsemenin yerleşmesine şahit oluyorum. Dönüp Kerem'e bakacak gücüm yok. Kalbim yeterince kırık ve buraya geldiğime çoktan pişman oldum bile. Berna tereddütlü adımlarla bize doğru yürürken yanında bir adamın olmadığının da fazlasıyla farkındayım.

"Merhaba," diyor gözleri Kerem'in üzerindeyken. Derin bir nefes alıp sakinleşmeye çalışıyorum ben de. Ne denli korktuğumu ikisinin de bilmesini istemiyorum.

"Merhaba." Kerem'in sesi hiç de arkadaşça değil. Berna da bunu fark ediyor elbette. Gülümsemesi yerini mahcup bir ifadeye bırakırken biraz utanmış görünüyor.

"Uzun zaman oldu," derken bakışları duygusallaşıyor. *Kendimi çok kötü hissediyorum.* "Seni görmek çok güzel."

Cesaretimi toplayıp Kerem'e baksam da yüzünü okumakta zorlanıyorum. Az önceki gibi kaskatı değil ama Berna'ya bakışlarında sevgiye dair hiçbir şey yok. Hatta yüzünde hiçbir duygudan iz yok. Bir zamanlar Kerem'e sahip olsaydım eğer, bana böyle bakmasına dayanamazdım.

"Veda bile etmeden giden biri yıllar sonra bir zorunluluk yüzünden karşına çıktığında, söyledikleri hiç de inandırıcı olmuyor Berna."

Kadın bakışlarını kaçırdığında beni fark ediyor. Yüzüme bakınca rahatsız oluyorum ama gözlerimi ondan çekmiyorum. "Kız arkadaşın mı?"

Bu soruyu hiç de kızgın veya gücenmiş bir halde sormuyor, hatta yüzünde kibar bir gülümseme bile var. "Hayır," diyorum hemen. Kerem onaylasa da onaylamasa da kendimi kötü hissedeceğim için benimle konuşmamasına rağmen cevabı kendim veriyorum. "Mısra ben."

"Berna'yla tanış. Eski bir... Tanıdık," diyor Kerem bana. Berna bu kelime karşısında gözle görülür bir şekilde irkiliyor. Ne diyeceğini bilemediğini fark edince elimi uzatıp, "Memnun oldum," diyorum. Yalan söylemek kötü bir davranıştır ama ne yapayım? Kendimi hep böyle berbat durumlara sokarsam nasıl dürüst olabilirim ki?

"Ben de. Mısra çok güzel bir isim," diyor gülümseyerek. Kendimi zorlayarak bir teşekkür mırıldanıyorum. Burada istenmediği gayet açıkken neden kalıp konuşmaya devam ediyor ki? Berna da bunu düşünüyormuş gibi iç çekerek, "Sanırım kim olduğumu biliyorsun," dediğinde yüzümü buruşturmamak için zor dayanıyorum.

"Öyle bakma, zararsızım. Gerçekten. Kerem'le aramızda olanlar çok geride kaldı ama o bir zamanlar benim en yakın arkadaşımdı," deyip sevdiğim adama bakıyor. Sözde benimle konuşuyor ama ben hiç öyle hissetmiyorum. "Arkadaşımı gerçekten çok özlüyorum."

Kerem'in kalbini kırdığı için sanırım, Berna'yı hep kötü biri olarak hayal ettim. Sinir bozucu, imalarda bulunan, iğneleyici konuşan, kibirli biri olarak düşündüm hep. Öyle olsa şüphesiz her şey çok kolay olurdu. Oysa bu kadın Kerem'in karşısına geçmiş samimiyetle onu özlediğini söylüyor. Yanında benim olmam umurunda bile değil. O kadar rahatsız oluyorum ki yapabilsem buradan çekip giderim.

"Ne kadar kolay söylüyorsun," diyor Kerem. Kızgın mı yoksa kırgın mı belli etmiyor. İstediğinde asla renk vermediğini en iyi ben biliyorum. Ya da düşündüm de... *Muhtemelen Berna da biliyordur.* "İstediğinde sevgilinim. İstediğinde arkadaş. İstemediğinde hiçbiri olamıyorum. Her şey sadece seninle ilgili. Onca yıl sonra gelip hiçbir şey olmamış gibi selam veriyorsun. Yanımdaki kadına söylediklerine bak. İnanılmazsın gerçekten."

Kerem nazik, centilmen bir adam. Onunla hayatının kapana kısılmış gibi hissettiği bir döneminde tanışmış olmama rağmen bana karşı her zaman çok kibardı. İsteyerek kalbimi asla kırmayacağını biliyordum. Belki Berna da Kerem'in böyle biri olmasına güvenerek karşısına geçip pervasızca konuşabilmiş, benim için tehlike teşkil etmediğini söyleme cüreti gösterebilmişti.

Kerem'in sert sesini, aşağılayan konuşma şeklini duymak onu öyle sarsıyor ki ağlamaya başlayacağını düşünüyorum. Ne yapacağımı bilemez halde ikisinin yüzüne bakıp dururken kendimi fazla hissediyorum burada. Sessizce uzaklaşmak için dönüyorum ancak Kerem kolumu yakalayıp, "Beraber gidelim," diyerek arkamdan geliyor.

Gelin ve damadın yanına uğraması gerektiğini söyleyince ses çıkarmadan onu takip ediyorum. Arkadaşlarını tebrik edip birkaç dakika yanlarında kaldıktan sonra kalabalığın arasından çıkıp elini sırtıma koyarak beni çıkışa doğru yönlendiriyor.

Gelirken nasıl eğlendiğimizi hatırlayınca sessiz yolculuğumuz kendimi çok üzgün hissettiriyor ama sessizliği bozmak için hiçbir şey yapamıyorum.

Evimin önüne geldiğimizde Kerem arabayı park edip arkasına yaslanıyor. Kemerimi çıkarıyorum ama arabadan inmeye henüz hazır değilim.

"Bu kadar üzüleceksen..." diyorum benim için çok zor olsa da. "Niye öyle davrandın ki? Seninle konuşmaya çok hevesli görünüyordu."

Kerem bana bakıp şaşkınca güldüğünde dudağımın içini sertçe ısırıyorum çünkü hislerimle baş etmek çok zor. "Üzülmüyorum Mısra. Eğer hâlâ üzülseydim böyle hissetmezdim."

"Nasıl hissediyorsun?"

"Kızgınım sanırım. Berna'yla ayrılmak benim için zordu çünkü biz çok yakın arkadaşlardık. Bu yüzden beni o şekilde terk etmesini aşmakta zorlandım. Bunun çok acımasızca olduğunu düşündüm. Şimdi de son görüşmemizin ardından sanki araya o yıllar girmemiş gibi hiç utanmadan benimle konuşabilmesine çok kızdım, hepsi bu."

Bana bakıp da yüzümdeki kırgınlığı gördüğünde ifadesi pişmanlıkla doluyor. Kendi hislerimi saklamak için elimden geleni yaptım ama sonunda yakalanmak, sandığım gibi utandırmıyor beni. Hatta kendimi biraz olsun iyi hissediyorum.

"Sonra konuşs ak daha iyi olacak," diyerek arabadan indiğimde Kerem beni durdurmuyor. Arkama hiç bakmadan eve girip kendimi banyoya atıyor, daha iyi hissedene dek kendimi kısıtlamadan özgürce ağlıyorum.

18. Bölüm

Türlü türlü kâbusların kovaladığı bir gecenin sabahında uyanmak tam bir işkence oluyor. Telefonumun alarmı ısrarla ve o iğrenç alarm müziğiyle çalarken göz kapaklarımı aralamak için ciddi bir savaş veriyorum. Ama sanırım göz kapaklarım felç olmuş, zira kendilerini kıpırdatamıyorum. İki parmak, üstlerine hafifçe baskı uygulayıp yukarı doğru kaldırıyor ama tek görebildiğim karman çorman renklerden oluşan belli belirsiz bir figür. İnleyerek gözlerimle uğraşan parmaklardan kurtulmaya çalışsam da beceremiyorum. Uzaklardan gelen sesin sahibi beni omuzlarımdan tutup kaldırırken aptal bir şarkıya başlıyor bağırarak. Bunu yapabilecek tek kişiye, Emre'ye gelişigüzel bir yumruk sallıyorum ama tutturamıyorum galiba. Elimin bir şeye çarptığını hissetmedim fakat belki elim de felç olduğu için hissetmiyorumdur.

"Rahat bırak beni ya!" diye söylenip Emre'nin omzuna koyuyorum kafamı.

Saçlarımı okşayarak, "İşe geç kalacaksın ballısı," diyor. Ballısı derken babaannemi taklit ettiği için pek bir sevimli geliyor gözüme. Seveyim diye elimi kaldırıp kafasını arıyorum.

"Abla! Gözümü oydun ya," diye feryat edince bundan da vazgeçiyorum. Kaş yapalım derken göz çıkarmanın âlemi yok.

"Hadi kalk!" diyor bu sefer kızarak. Sevecen halini gördüğü şiddet sebebiyle az önce kaybetmiş olmalı. Oysa ben yıllarca onun türlü türlü hallerini çekerken sabrımı bu kadar hızlı yitirmiyordum.

"Kalkmayacağım ben."

"İşe kim gidecek?"

"Sen git," diyorum omuz silkerek. Gözlerim hâlâ kapalı ama artık kirpiklerim birbirine yapışmış gibi hissetmiyorum.

"İyi misin sen?" diye soruyor ciddileşerek. Çünkü normal şartlarda geç kaldığımı duyunca yataktan fırlayıp otuz saniye içinde hazır olmam gerekirdi. "Dün bir şey mi oldu?"

Bu soruyla beraber birden her şey üstüme devrilmiş gibi hissediyorum. Gözyaşlarım tekrar ortaya çıktığında Emre korkuyla yüzüme bakıyor. Kendimi durdurmaya çalışsam da içli hıçkırıklarımı bir türlü kesemiyorum.

"Niye ağlıyorsun ya? Kimle görüşüyorsun ki sen? Ne yaptı da üzdü seni? Ama sana söyledim, dün onunla tanışıp tehdit edeyim demedim mi? Dövüşmeme kuralı sen ağlayana kadardı abla. Herifi bulup eşek sudan gelene dek dövmek zorundayım artık ben. Bu bir namus meselesi."

Burnumu çekerek, "Çocuk, biz sana ne yedirdik de böyle salak oldun sen?" deyip Emre'yi yataktan itmeye çalışıyorum ama ablalığım sökmüyor bu kez.

"Kes zevzekliği, anlat!" diyor Emre kaşlarını çatarak. Benimle konuşma şekli karşısında şoka girerek yüzüne baktığımda artistliği bir parça dağılıyor. Bakışları pencereye doğru kayarken ensesine bir tane yapıştırarak kimin abla olduğunu hatırlatıyorum.

"Gece uyuyamadım, sinirlerim bozuldu. Kâbus gördüm, canım sıkıldı. Keyfim kaçtı, işe gitmek istemedim.

Oturdum, ağlıyorum ben de. İlla bir şey mi olsun ağlamam için. Canım ağlamak istedi, sana ne acaba?"

"Abla?"

"Ne!"

"Şu kanatlılardan lazım mı?"

"Ne kanadı ya?" Ağrıyan başımı ovuştururken, "Tavuk mu istiyorsun?" diye soruyorum dalgınca.

"Yok, temizlik ürünü var ya..."

"Ne diyorsun Emre?"

"Ne bileyim? Asabisin, yerli yersiz ağlıyorsun, hareketlerine mantıklı bir açıklama getiremiyorsun. Sen pek böyle yapmazsın da Ecrin hep böyle kafayı yiyor. Bu sefer sana da mı öyle oldu diye merak... Niye öyle bakıyorsun?" Bakışlarımda kocaman neon bir yazıyla *aptal çocuk* yazdığını söylemem durumu anlamanız için yeterli olacaktır sanırım. Erkek kardeşim ped isteyip istemediğimi soruyor şu an.

"Seni öldürmemem için bana tek bir mantıklı sebep ver Emre. Sadece bir tane."

"Ben senin kardeşinim?"

"Yeterli değil," deyip üstüne atıldığım an yataktan fırlayıp odadan kaçıyor. Arkasından babaannemin terliğini atıp, kapıyı çarparak kapatıyorum.

Bu evde insanın akıl sağlığını koruması mümkün değilken nasıl aşk acısı çekilir ki? Ağız tadıyla ağlatmıyorlar adamı kardeşim! Ellerimi saçlarıma daldırarak odama giriyorum. Kapıları, dolapları çarpa çarpa kıyafetlerimi alırken Ecrin'in uykusunu da mahvediyorum ama hiç umurumda değil bu. Ablan acı çekerken uyumak ne demek diye tekmelemediğime dua etsin küçük cadı.

Ecrin'in ne suçu var diye düşünecek halde değilim. Benim de suçum yoktu!

Pijamalarımı çıkarıp yeni aldığım lacivert pantolonumla beyaz gömleğimi giyiyorum. Bu işe başladığımdan beri her sabah hafif bir makyaj yapıyordum ama bu sabah buna ne enerjim ne de isteğim var. Son zamanlarda omuzlarıma doğru biraz fazla uzayan küt saçlarımı bir topuzla toplayıp uzayan kâküllerime de sinirlenerek tel tokalarla toparlıyorum. Uzun saçla uğraşamadığım için yıllardır aynı saç modelini kullanıyorum. Ecrin sürekli kâküllerimi kestiği için de her zaman alnıma dökülmelerine alışığım. Bu halimi garip bulunca tel tokaları çıkarmaya yelteniyorum fakat babaannem tam o sırada savaşa girer gibi açıyor banyonun kapısını.

"Yahu kadın, insan bir kapıyı çalar. Bir seslenir, müsait misin diye. Giyiniyor olabilirdim şu an."

"He kızım, senin fındık kadar memelerine çok meraklıydım ben de zaten."

Ellerimi göğüslerimin üstüne koyup aynaya dönüyorum hemen. Erişkin bir Ganimet babaanne özgüveninizi iki saniye içine yerle bir edebilir.

"Babaanne ya, niye öyle diyorsun ki şimdi. Zaten mutsuzum."

"Başlarım mutluluğunuza! Gözümü açtığımdan beri her biri bir yanda sızlanıyor. Babaanne başım, babaanne gözüm, babaanne memem. Kaldır kıçını da sofraya gel, iki lokma ye, sonra da git işine gücüne!"

Babaannem beni güzelce fırçalarken ağzımı açıp da tek söz edemiyorum. Kadına ne yaptıysalar sinirleri tepesine çıkmış, belli. Zaten sinir bozanlar hep Emre'yle Ecrin'dir ama ne hikmetse fırçayı her zaman ben yerim. Hiç şaşmaz.

Arkasını dönmeden önce yüzü biraz yumuşuyor. "Yüzün gözün açılmış böyle, elleme saçını. Yanaklarına da az pembe çal, nasıl kızsınız siz bilmem ki, serseri gibi geziyorsunuz anca," deyip çıkıyor banyodan. Arkasından yetişip omuzlarına sıkıca sarılıyorum. Yanaklarını öpücüklere boğarken Emre yaklaşıp beni gıdıklayınca onunla tekrar di-

dişmeye başlıyoruz ama bu kez öfkeyle değil kahkahalarla sataşıyoruz birbirimize. Bu sayede bir süreliğine zihnimi Kerem'den uzaklaştırıp ailemle birlikte güzel bir kahvaltı yapabiliyorum.

Sabah ofisi havalandırıp kimse gelmeden yerleri süpürüyorum. Aslında ofis temizliğiyle ilgilenen birisi var ama sürekli bir şeyler yapmazsam otuz saniyede bir aşağı inip Kerem geldi mi diye sorabilirim. Bu yüzden kendime iş çıkarıp duruyorum. Dolapları düzenleyip Timuçin Bey'in öğrettiği birkaç dosya işini hallediyorum. Büroda tek başıma olduğum için etrafın sessizliği de canımı çok sıkıyor. Stajyerler zaten sürekli adliyeler arasında koşuşturduğu için burada olmuyorlar. Timuçin Bey'in bu sabah iki tane duruşması var. Ahmet Bey ofisinde ama varlığıyla yokluğu bir şeyi değiştirmiyor benim için. Yapabileceğim her şeyi yapıyorum ama saat ilerlemiyor bir türlü. Öğle arasına gelene kadar Kerem'in kapıdan içeri başını uzatıp selam vermesini bekliyorum ama gelmiyor. Belki onunla karşılaşırım umuduyla asansör yerine merdivenlerden iniyorum.

Ben tam beşinci kata gelirken yayınevinin kapısı açılınca umutla dışarı çıkan kişiye bakıyorum ama bu Kerem değil. Bu, asla karşılaşmayı istemediğim tek insan. Tam merdivenlerin ortasında durup, ses çıkarmazsam beni görmeyeceğini umut ederek nefesini tutuyorum ancak şansın benden tarafta olduğu nadiren görülen bir durumdur. Berna beni görünce, "Ah," diyor şaşkınlıkla. Moralinin bozuk olduğunu fark edince birazcık rahatladığımı itiraf etmeliyim.

"Kerem'i görmeye mi geldin?"

"Hayır, bu binada çalışıyorum."

"Anladım. Ben onu görmeye gelmiştim ama pek de iyi gitmedi. Öğle yemeğine mi çıkıyorsun?"

Tereddüt ederek merdivenlerden inmeye devam ettiğimde benimle yürümeye başlıyor. "Evet," diyorum mecburen. Onunla konuşmak istemediğim her halimden belli olmalı.

"Beraber yemeye ne dersin?"

"Ah, hiç sanmıyorum," deyişim bir refleksten ibaret aslında. Teklifi beni öyle dehşete düşürüyor ki cevap ağzımdan fırlayıveriyor.

"Senden küçük bir ricada bulunacağım sadece. Fazla vaktini almam."

Binadan çıktığımda bir dizi *lütfen* daha sıralayınca mecburen onunla karşıdaki kafeye geçiyorum. İştahım yanımdaki kadın tarafından bizzat kapatıldığı için yalnızca tatlı bir kahve içeceğim.

O da kendisine kahve söyleyip konuşmaya hazırlanır gibi bana baktığında karşısında güçlü ve kendimden emin bir duruş sergilemek için elimden geleni yapıyorum.

"Benimle ne konuşmak istiyordun?" diye sorduğumda mahcup bir ifade takınıyor.

"Seni rahatsız mı ediyorum?" *E, herhalde yani.*

Cevap vermeyip boş boş yüzüne bakıyorum. Bu kadına karşı nazik olmak gibi bir sorumluluğum yok. Hem ondan bu kadar hoşlanmıyorken öyle yapmacık hallere bürünmekle uğraşamam.

"Peki," deyip bir yudum daha alıyor kahvesinden. İçimde gizli, şirret bir yanım olmalı çünkü aklımdan şu kadını bir güzel pataklamak geçiyor. "Kerem'e karşı çok suçlu ve üzgün hissediyorum. Aramızda yaşananları biliyor musun?"

"Neden bileceğimi düşünüyorsun?" diyorum biraz saldırgan bir tavırla. Burada durup onun hislerini dinlemek istediğimi nereden çıkardı bu kadın? "Neden benimle bu konuda konuşuyorsun? Kim olduğumu, Kerem'i ne kadar tanıdığımı nereden biliyorsun?"

Tepkim karşısında bir anlığına sersemliyor. Gözlerini kırpıştırarak boynunu kaşırken bu sefer onun rahatsız olmasından keyif alıyorum. "İkiniz çok... Yakın görünüyordunuz. Kerem beni görmeden önce bir süre sizi izleme şansım oldu. Aranızda özel bir şey olduğunu düşündüm. Yok mu?" diye soruyor beklentiyle gözlerime bakarak. *Ah.* Bizi izlemiş ve gördüklerinden, özel bir bağımız olduğu sonucunu çıkarmış. Yemin ederim göğsümde mehter takımının sesini duyuyorum. Dünyayı kurtarsam hissedemem böyle bir zafer duygusunu.

"Bu seni neden ilgilendirsin ki?" Berna'nın Kerem için özel biri olduğumu düşünmesi içimi biraz olsun rahatlatıyor. En azından artık ikisinin arasını yapmamı istemeyeceğine eminim. Sandalyemde geriye yaslanıp kollarımı göğsümde birleştiriyorum. *Şşş, n'aber?*

"İlgilendirmez tabii. Kötü bir niyetim olmadığını bilmeni istiyorum. Kerem'le tekrar birlikte olmanın peşinde değilim. Sadece arkadaşlığımızı kurtarabilmeyi umuyorum. Yıllarca hep beraberdik. Kerem bana hep destek oldu. Her derdimde bana elini uzatan, umut veren Kerem'di. Şimdi onunla böyle olmak canımı yakıyor."

Pekâlâ, bu kadını hiç tanımıyorum ancak dünyanın kendi etrafında döndüğünü sanan bir tip olduğu gayet açık. Benimle konuşmak istemesinin şımarıklık mı yoksa hadsizlik mi olduğuna bir türlü karar veremiyorum.

"Madem öyleydi neden yıllarca onunla iletişim kurmadın?" derken hiç de arkadaş canlısı görünmediğime eminim. Onun sözlerinin samimiyetine de hiç inanmıyorum. İnsan birini bu kadar seviyorsa neden bile isteye hayatından çıkarır? Bir telefon uzağındayken neden aramaz? Sevdiklerine sarılabilmenin, dokunabilmenin, onlara bakabilmenin ne büyük bir nimet olduğunun nasıl farkında olamaz?

"Benim için de kolay değildi. Veda etseydim gidemezdim. Burada yapmak istediği şeyler, hayalleri vardı. Eğer ben gideceğimi söylesem benimle gelirdi. Benim yüzümden yapamadıklarının pişmanlığını yaşamasını istemedim."

"Bunun kararını kendisi vermeliydi. Hem ayrılmak istesen bile bunu yapma şeklin berbattı Berna. Seni hayatına öylece geri alacağına inanıyor musun gerçekten?" Ben inanmıyorum ve bunu farkına varmak Kerem'i görme isteğiyle yanıp tutuşmama sebep oluyor.

"Anlamıyorsun."

"Haklısın, anlamıyorum. Hislerini ya da pişmanlıklarını anlatacağın kişi ben değilim Berna. Ayrıca benden ne istediğini de hâlâ anlamış değilim."

"Kerem'le konuşabilmem için bana yardım etmeni istiyorum. Ben... Sana değer veriyor gibiydi, bu yüzden seni dinleyeceğini düşündüm. Kendimi affettirmek ve Kerem'in içinde hâlâ bana karşı bir his kaldıysa onu azat etmesini sağlamak istiyorum. Kerem yaşanmışlıklara değer verir. Kendisi için sonuçlanmamış işleri bir türlü bitiremez kafasında. Ben ilişkimizi tek taraflı bitirdim. Kerem'in beni anlamasına izin vermedim. Geç kaldığımı biliyorum ama artık anlasın istiyorum. Anlasın ve yoluna devam etsin. Ortak bir sürü arkadaşımız var. Neler yaptığını, neden yeni bir ilişkiye başlamadığını biliyorum. Bunu bilerek kendi yoluma devam edemiyorum."

Bu kadının cüretkârlığı beni sahiden çileden çıkarıyor. Kerem'le özel bir bağımız olduğunu düşündüğü için benden bunları istediğine inanamıyorum. Bu o kadar yanlış, öyle ayıp ki hakarete uğradığımı hissediyorum.

Kerem'in Berna'ya karşı hisleri ne, istekleri ne bilemem. Belki de Berna haklıdır. Eğer haklıysa ondan bunu yapmamasını isteyemem. Fakat ona yardım etmek istemediğime eminim. Sevdiğim adamı unutamadığı aşkının ellerine öylece teslim etmek kalbimi söküp atmakla aynı şey. Bunu kendime neden yapayım ki?

"Hayır. Sana yardım edemem. İstediğini yapabilirsin, onunla konuşmak için çabalayabilir, seni affetmesi için yalvarabilirsin ama bunu kendin yap. Hiç tanımadığın birinden böyle bir şey istemen gerçekten komik."

Berna reddedilmeye alışık olmamalı çünkü hayır dediğim an yüzü fena halde bozuluyor. Ancak sonra beni dikkatle izleyip asık suratıma karşı hafifçe kaşlarını kaldırıyor.

"Ona âşıksın," deyişi bir soru değil, bu yüzden cevap vermiyorum. Bu kadınla daha fazla konuşmak istemediğime emin olarak ayağa kalkıyorum.

"Öyleyse hoşça kal."

Masaya kahvenin parasını bırakıp kafeden ayrılıyorum. Bu durumda söylenecek şey şans dilemekti muhtemelen ama ona şans dileyeceğimi sanıyorsa avucunu yalar. Nasıl bir insan olduğu umurumda değil. Ondan nefret ediyorum.

Asansörü beklerken omuzlarım yukarıda, başım dik. Sinan'ın daha önce söylediği gibi biraz da kendimi düşünmenin en iyisi olduğuna inanıyorum. Eğer barışacaklarsa bunu bensiz de yapabilirler. Bu işte bir payımın olduğunu düşünmek bile beni hasta hissettiriyor.

Asansöre binip yedinci kata bastıktan hemen sonra beşinci kata da basıyorum. Kerem'i görme isteğiyle daha fazla mücadele edemeyeceğim artık. Asansör açılır açılmaz açık olan yayınevinin kapısından giriyorum. Sekreter Neşe Hanım'ın yerinde başkası duruyor. Yayınevinde çalışan biri olduğunu biliyorum ama adını ya da burada neyle ilgilendiğini hatırlayamıyorum. Beni görür görmez telaşla masasından kalkıp önüme geçiyor.

"Merhaba. Kerem Bey burada mı?"

"Evet ama onu göremezsin."

Ellerini kaldırıp ciddiyetle yolumu kesen kadının yüzüne bakakalıyorum. "Neden?"

"Çünkü gelirsen seni içeri almamamı söyledi." *Ne?*

"Ne?"

"Bir misafirle geldi ve seni görürsem ofisine geri yollamamı söyledi." Omuz silkip bana kapıyı gösteriyor.

Karşısında ağzım açık halde kalakalmışken, "Bunu bu kadar kırıcı bir şekilde söylemek zorunda mıydın?" diyorum cadı kadına. "Sadece misafiri olduğunu, müsait olmadığını söyleyemez miydin?" Hışımla arkamı dönüp ayaklarımı pat pat vurarak kendi katıma çıkıyorum.

Ofise girdiğimde yerime bakan stajyer kız ayağa kalkıyor. "Nerede kaldın, adliyeye gitmem gerekiyor."

"Özür dilerim," derken sesim biraz sert çıkınca Ebru kaşlarını çatıp çantasını kaptığı gibi dışarı çıkıyor. Muhtemelen şirret kadının teki olduğumu düşünüyordur. Normalde böyle biri değilimdir ama hiç normal bir gün geçirmiyorum maalesef.

"Şirret birini görmek istiyorsan alt kata in," diye söyleniyorum arkasından. Çoktan gittiği için beni duyması mümkün değil ama Timuçin Bey duyuyor. Tam arkamdan, "Kim?" diye sorunca yerimde zıplayıp elimdeki çantayı adamın omzuna geçiriveriyorum. Timuçin Bey bağırarak kolunu tutunca ellerim ağzıma kapanıyor.

"Hih!" deyip gözlerimi kocaman açmaktan başka bir şey yapamıyorum.

"Derdin ne senin?" diye kızıyor bana. "Neden insanlara şirret diye bağırıp kendin şirretlik ediyorsun?"

"Bana şirret mi dediniz?"

"Hayır, bunu sen söyledin." Berna ile uğraşmak zorunda kalmışım, patronuma vurduğum için utanç içindeyim. Kerem'in asistanı içeri alınmamam için tembihlenmiş... Ne bu ya, dünyanın en rezil günü mü?

"Ben şirretlik etmedim," diyorum alıngan bir halde.

"Bana vurdun! Hem de hiç suçum yokken."

"Sinsice yaklaşan sizdiniz. Sonuçlarını hesap etmeliydiniz."

"Sinsice mi? Sen etrafta terör estirirken beni duymamış olabilir misin acaba?"

"Madem kızgın olduğumu gördünüz, neden bana yaklaşıyorsunuz?" Öfkeli olduğumu düşünüyordum ama konuştukça sesim kırılıyor, ağlamak üzere olduğumu fark edince dudaklarımı sertçe ısırıyorum.

Timuçin Bey bana cevap verecekken, "Ne diye bağırıyorsunuz?" diye ofisinden çıkan Ahmet Bey'i görünce bu kez ağlamaklı bir ses çıkıyor ağzımdan. *Bir de kovulayım da rezillikler kraliçesi olsun bugün.*

"Bir şey yok," diyor Timuçin Bey bana gözlerini kısarak bakarken. "Mısra'yı korkuttum sanırım. Kusura bakma, çalıştığını bilmiyorduk," diyor. Adama vurdum ama o beni korkunç patrondan kurtarıyor, bugün daha ne kadar utanacağım acaba?

"Özür dilerim," diyorum ben de süklüm püklüm bir halde.

"Buranın bir iş yeri olduğunu unutmayın. Mısra, bana bir kahve getir lütfen." Ahmet Bey'in katı bakışlarını üzerime dikmesi sözleriyle azarlamasından çok daha korkutucu bir şey. O ofisine girdiğinde Timuçin Bey'e dönüyor ve en masum gülümsememi takınıp, "Siz de ister misiniz?" diye soruyorum.

Timuçin Bey cevap vermeyi reddedip garip bir mimik yaparak ofisine giriyor. Kendi kendime mızıldanarak, yanlışlıkla şiddet uyguladığım patronumun gönlünü almaya çalışıyorum.

Mesai bittiğinde asansörde Kerem'le karşılaşmamak için bildiğim tüm duaları okuyup bir suçlu gibi gizlene gizlene çıkıyorum binadan. Koşar adımlarla otobüs durağına gidip o semti gururlu bir başkaldırışla hızla terk ediyorum. Arabam olsaydı bunu yaparken havalı hissedebilirdim, ancak imkânlar dâhilinde yaşadığımı biliyorsunuz.

Kısa bir yolculuğun ardından eve giden dik yokuşu çıktığımda karşıdan gelen Sinan'ı görüyorum. Yanıma gelip burnumu sıkarak selamlıyor beni.

"Ne yapıyorsun burada?" diye sorduğumda burnumu sıkan eli kafama yönelip alnıma bir şaplak atıyor. Ardından parmaklarını birleştirip, "Üfle," diye dudaklarımın önüne uzatıyor. *Salak mısın sen ya?*

"On iki yaşında mıyız Sinan?"

"Bunu Emre'den öğrendim. Ne var, gayet eğlenceli," deyip gözlerini deviriyor. "Amma sıkıcısın."

"Parmaklarına üflemedim diye sıkıcı olduğumu söyleyemezsin ama ben senin aptal olduğunu söylerim." Ona dil çıkarıp neden burada olduğunu soruyorum tekrar.

"Sana da merhaba Mısracığım. Ben de seni gördüğüme sevindim gerçekten. Ganimet babaanne olmasa görüşemeyeceğiz hiç." Bu sırada çoktan eve girip merdivenleri çıkmaya başladık.

"Babaannem mi çağırdı seni?" Manidar bir şekilde gözlerini kırpınca kafamı kapıya doğru yaslayıp inliyorum. "Taktı kadın sana. Zorla evlendirecek bizi." O sırada kapı açılınca öne doğru savrulup Ecrin'in ayaklarının dibine düşüyorum. *Yine.*

"Niye kapıyı çalmıyorsunuz yahu?" diyor elindeki kek parçasını kemirirken.

O anda Sinan'ın gözü dönüyor. "Sen benim kekimi mi yiyorsun?" diye bağırarak Ecrin'in elindeki keki almaya çalıştığında kardeşim kedi gibi ciyaklıyor.

"Bana ne! Geç kalmasaydın!" diyerek kekin hepsini ağzına sokuşturmaya çalışırken başımı yukarı kaldırmış, şaşkın bir yüzle onlara bakıyorum.

"Ganimet Sultan bana yaptı o keki. Çıkar ağzındakileri de yiyemezsin!" Ecrin Sinan'ın kıskacından kurtulup mutfağa koşunca Sinan da peşinden gidiyor.

"Tamam o zaman," diye mırıldanarak ayağa kalkıp kapıyı kapatıyorum. Mutfağa girdiğimde kek tabağını önüne alıp yumulmuş bir Sinan ve hâlâ ağzındakini yutmaya çalışan bir Ecrin, yanlarında da çorba kaynatan bir babaanne buluyorum.

Sanki evin çocuğu olan Sinan'mış, bense misafirmişim gibi etrafa şaşkınlıkla bakarken canım sıkılıyor.

"Ne yapıyorsunuz siz ya?"

"Çok güzel yemekler pişirdim Sinan oğluma. Sofrayı kurmaya başlayın hadi."

"Babaanne, senin torunun biziz," diye araya giriyor Emre. Sesini duyuyorum ama kendisi burada değil. Bir saniye sonra başını masanın altından çıkarıyor.

"Ne yapıyorsun orada be?" diye sorduğumda Emre masa örtüsünün aşağı sarkan ucunu kaldırıp masanın altında kalan geniş tabureyi gösteriyor. Üzerine yatıp masa örtüsünü de üstüne çekmiş. Mutfaktaki saçma ortama hayret ederek odama kaçarken babaannem, "Yemekten sonra da şekerpare var," diyor övünerek. Kapımı kapatmadan önce Emre'yle Sinan'ın yemekler üzerine bir kavgaya tutuştuğunu duyuyorum.

Akşam yemeğinden sonra babaannem ilaçlarını alıp odasına çekilince biz de çatıya çıkıp çekirdek çitliyoruz. Gazeteye sarılı, tehlikeli içecekler içmek daha uygun bu ruh halime ancak mahalle çocuğu ve iki ergen ablası olduğum için çekirdek çitleyebiliyorum sadece. Zaten öyle şeyler yapsak Ganimet Sultan bizi bu çatıdan aşağı sallandırırdı.

Çıt çıt seslerinin arasından, "Sizce neden beni içeri almamalarını söyledi?" diye soruyorum. Emre aşağı doğru bükülen dudaklarımı fark edince bir kez daha, "Kim lan bu? Gideyim ağzını burnunu kırayım," deyince hepimiz üstüne çekirdek çöpleri atıyoruz.

"Bu yaptığı çok ayıp," diyor Ecrin. "O kadar sevimli anlattın ki adam sandık biz de. Hıyar çıktı, iyi mi? Zaten var ya, bunların hepsi böyle. Önce canım cicim yaparak tatlı görünüp kalbimize giriyorlar, sonra tabii öküz bünyeleri daha fazla saklayamıyor kendilerini, ortaya çıkınca üzülen biz oluyoruz. Gökhan da tıpkı böyle." Ellerini ağzına götürüp, "Aşağılık adamlar," diye bağırıyor gökyüzüne doğru.

"Aha, isim verdi!" diye atılan kişi tabii ki Emre. "Hangi Gökhan kız? Söyle, yemin ediyorum gider, okuldaki her Gökhan'ı döverim."

"Yahu, konu benim burada!" diye çocuk gibi sızlanıyorum ama aldırmıyorlar. Sinan da eğlenerek bir Emre'ye, bir Ecrin'e bakmakla meşgul. Şuradan atsam kendimi fark etmeyecekler.

"Galiba kendimi aşağı atacağım."

Gördünüz mü? Kimse umursamadı. Harçlıklarınız kesilince fark edersiniz artık. *Alçaklar!*

Sinan ayağıyla ayağımı dürtünce çocukların kavgasını fırsat bilip hızlıca Berna'yla olan konuşmamdan bahsediyorum. Ona söylediklerimi anlatırken kardeşlerimin başarılarını duyduğum anda yüzümde oluşan o gururlu bakış yerleşiyor Sinan'ın yüzüne. Zaten sinirlerim bozuk, zaten kafamda bin tane düşünce var. Birden gördüğüm destek karşısında duygulanarak ağlamaya başlıyorum. Kardeşlerim bunu fark edince birbirlerini hırpalamayı bırakıp ayrılıyorlar.

"Dedim size," diyor Emre. "Alayım iki çuval kanatlı dedim." Ecrin'le aynı anda Emre'nin kafasına vuruyoruz. Aslında galiba biz salak ettik bu çocuğu böyle kafasına vura vura.

"Aferin sana!" diyor Sinan, bana konfeti atar gibi bir avuç çekirdek çöpü fırlatıp. Siz hayatınızda böyle samimi bir sevgi gösterisi gördünüz mü? *Göremezsiniz.* "Kerem'in tavrının asıl sebebini öğrenmeden yorum yapmayacağım, kapıdaki kadın yanlış aktarmış da olabilir sonuçta. Fakat o kadına karşı kendini koruyup tavrını ortaya koyduğun için seninle gurur duyuyorum."

Övgüsü beni utandırıyor. Küçük bir gülümseme eşliğinde yayınevindeki kadın için, "Zaten cadı kadının tekiydi," dediğimde birlikte gülüşüyoruz. Biraz daha lafladıktan sonra Sinan evine gidiyor. Biz de odalarımıza çekiliyoruz. Eve gelince yatağın üzerine attığım telefonumu elime alıyorum. Ekranda bana sırıtan dört cevapsız çağrı bildirimi var. Yüzümün aldığı şekli Ecrin hemen fark edince yanıma gelip tam da Kerem'i geri arayacakken telefonu elimden kapıyor.

"Hey!"

"Ne?" diyor telefonu arkasına saklayıp. "Akşamdan beri zırıltını ben çekiyorum. Hemen arayacak mısın yani? Biraz da o kendini kötü hissetsin. Sabaha kadar bende kalacak bu telefon!" deyip odadan çıkıyor. İtiraz etmek istesem de haklı olduğuna karar verip yatağıma giriyorum. Kafamı yastığın altına sokarken merak duygusu içimi kemirse de direnip uykuya dalmaya çalışıyorum.

Umarım bana ulaşamadığın için meraktan uyuyamazsın da yarın gözlerinin altında çirkin, mor halkalarla işe gelirsin Kerem Tunalı! Umarım dede gözlüklerini taktığında Berna'yla karşılaşırsın da senin artık yaşlandığını düşünüp peşinde koşmaktan vazgeçer.

19. Bölüm

Çağın getirdiği bir gereklilik olan telefona yapışma hastalığına yakalanmadığım için kendimle hep gurur duymuşumdur. İnternetsiz ve telefonsuz çok kolay hayatta kalabileceğimi düşünürüm hep. Emre buna sadece beş saniye dayanabilir mesela. İnternetsiz bir ortamda solunum yolları çalışmıyor çocuğun. Histeri krizlerine girdiği için taşınabilir modemle geziyor mankafa. Tek tesellim interneti faydalı şekilde kullanıyor oluşu. Teknolojiyle yakından ilgileniyor ve bu konuda kendini geliştirmek için çok uğraşıyor.

Bense zaten yakın zamana kadar konuşacak arkadaşım ve internette öldürecek vaktim olmadığı için bu aletleri sadece eve giderken bir şeye ihtiyaç olup olmadığını sormak için kullanırdım. Bu yüzden bu sabah Ecrin'le ettiğim kavgayı hâlâ aklım almıyor sevgili arkadaşlarım.

Uyanır uyanmaz sessizce Ecrin'in yatağının dibine sokulup yastığının altındaki telefonumu almaya çalışmıştım. Kız kardeşimin gözleri ürkütücü bir şekilde pat diye açılıp ödümü koparmıştı. Sonra Ecrin kolumu ısırarak yastığın altındaki telefonumu benden önce kapmıştı. Pislik!

Beni bilirsiniz; dünyanın en sevgi dolu, en tatlı ablasıyımdır. Ama bazen benim de sabrım taşabiliyor. Bütün gece Kerem ve Berna'nın nikâh şahitliğini yaptığım ya da dünkü cadı kadının beni düğünden yaka paça çıkardığı kâbuslar gördükten sonra Kerem'in gece tekrar beni arayıp aramadığını öğrenmek zorundaydım. Ecrin'den telefonumu alamayınca öyle sinirlendim ki ellerimle kafasını kavrayıp kardeşimi yataktan attım ve üstüne çıkıp avucunda sımsıkı tuttuğu telefonumu almaya çalıştım. Ecrin zaten ailemizin psikopatıdır. Çocuk nasıl hırslandıysa tek hamlede beni yere serip üstünlüğü ele aldı ve babaannem gelip bizi ayırana kadar yerde boğuştuk. Aslında önce Emre girmişti odaya ama kapıya yaslanıp kahkahalarla ve tezahüratlarla bizi izlediği için ayrılmamızda bir etkisi olmamıştı. Sonrasında babaannemden yarım saat nasihat dinleyip işe geç kalmış ve gelir gelmez Timuçin Bey'in asık yüzü ve bitmek bilmeyen istekleriyle uğraşmıştım.

Ne güzel bir sabah ama!

Timuçin Bey elinde cübbesi ve omzuna astığı bilgisayar çantasıyla ofisinden çıkınca ayağa kalkıp onu geçirmek için kapının yanına geçiyorum. Yüzünde beş yaşında bir çocuğun ifadesiyle bana bakıp burnundan soluyarak yüzünü buruşturuyor. Kıkırdamamamak için dudağımı ısırdığımda bir elinin iki parmağını önce kendi gözlerine, sonra benimkilere doğrultup dışarı çıkıyor. Ben de arkasından gülerek el sallıyorum. Timuçin Bey asansöre bindiğinde kapılar kapanmadan hemen önce bana dil çıkarıyor. Kahkaham merdiven boşluğunda yankılanırken merdivenleri tırmanan tanıdık ayak sesleri duyuluyor.

"Keyfin yerinde bakıyorum." Başımı çevirip aşağıya baktığımda ağır ağır merdivenleri çıkan Kerem Tunalı'yı görüyorum.

Koyu renkli pantolonu ve hoş gömleğiyle bana doğru yaklaşırken onu dargın bakışlarla süzüyorum. Saçları bugün biraz dağınık. Umarım bunun sebebi dün beni içeri almadığı için saçını başını yolmasıdır. Her zaman spor ve şık olur ama bugün saçlarının serseri tarzı ona bambaşka bir hava katmış. Tam karşımda durup gözlerimin içine bakarken kızgın göründüğünü fark edince kaşlarımı kaldırıyorum. Ona ne oluyor ki? Kızgın olması gereken kişi benim burada!

"Mısra Sezgin," diyor gözlerini kısarak bana bakarken. Meydan okuyan bakışlarına cesurca karşılık veriyorum. *Hele bir mantıklı açıklaman olmasın, kafanı kopartacağım oğlum senin!*

"Kerem Tunalı."

"Bana söylemek istediğin bir şey var mı?" diye sorduğunda alaycı bir gülüş fırlıyor dudaklarımdan.

"Aslında senin bana söyleyeceklerin olduğunu umuyordum."

"Neden telefonlarını açmıyorsun?"

"Neden asistanına gelirsem beni yaka paça yollamasını söylüyorsun?"

"Ne?" derken keskin ifadesini kayboluyor. Kırışan alnına kafa atsam ne olur acaba şu an? *Kesin benim canım daha çok yanar.*

"Ne!" diyorum ben de kollarımı göğsümde birleştirip.

"Kimseye seni yaka paça yollamasını söylemedim."

"O zaman asistanın kendi mi uydurdu?"

"Asistan kim be?" diyor Kerem. *Be* mi? Adam benimle dura dura güzel diksiyonunu, kibarlığını kaybetti sonunda.

"Ne bileyim? Neşe'nin yerine bakan kız."

"Alev mi?"

"Alev mi?" diyorum yüzümü buruşturarak. Filmlerde gittiği yol belli olmayan kadınların adı her zaman Alev olur. Alev deyince bir duracaksın, bir geri çekileceksin. Sen gitmişsin, Mısra'yı içeri alma diyorsun. *Aşk olsun ya!*

"Ah!" diyor bir şeyi hatırlamışçasına. "Sen dün beni görmeye mi geldin?" İçimden söylenmeye devam ederken omuz silkip ona bakmayı reddediyorum.

"O yüzden mi telefonlarımı açmadın?" deyip başını yana doğru yatırarak halinden memnun bir şekilde sırıtıyor. Şimdi niye birdenbire sevimli gülümsemelerini takınıyorsun? *İtirazım var hâkim bey, Kerem hile yapıyor!*

"Annem gelmişti." Kendimi mazeretlerine hazırladığım için alaycı bir ses çıkarıyorum önce. Yaklaşık üç saniye sonra ise bahanesinin ne olduğunu idrak ediyorum.

"Ne?" diye bağırıp hemen elimi ağzıma kapatıyorum. Ahmet Bey'in ofisine tedirgin bir bakış atarken Kerem dudaklarını birbirine bastırarak başını sallıyor.

"Haber vermeden çıkıp gelmiş. Burçak yine beni gammazlamış sanırım," diyor kapıya yaslanıp. Birden gözüme öyle yorgun görünüyor ki saçlarını okşamak, onu şefkate boğmak arzusu küskünlüğümün üstüne doğru hızla tırmanıyor. "Berna'nın geldiğini duymuş, seni bu yüzden bıraktığımı düşünmüş. Aksine inandıramıyorum. Karışmayacağına söz vermişti ama Berna'yı duyduktan sonra sözünden döneceğine eminim."

"Bir saniye..." diyorum elimi kaldırarak. "Seni terk eden bendim."

Kerem tatsız bir gülüşle bakıyor bana. "Anneme göre Berna'ya olan saplantılı aşkım yüzünden beni terk ettin. Senin gibi dürüst ve iyi bir kızı Berna için kaçırdığıma inanamıyor. Bana çok kızgın. Bir de tabii ona işten ayrıldığını söyledim. Aynı zamanda ekmeğinle de oynamış oldum."

"Zavallı," diyorum elimi omzuna koyarak. Ardından hafifçe omzuna vuruyorum. Fakat alaycılığım hemen kayboluyor. "Yine de dün beni görmeye hiç gelmedin. Düğünden sonra... Endişelendim."

Yüzünde mahcup bir ifade beliriyor. "Üzgünüm. Her şey üst üste geliyor."

Başımı eğip parmaklarımı inceliyorum bir süre. Sormak istediğim bir sürü şey var ama onun yerine, "Umarım annene yakalanmam. Hayallerinde yaşattığı dürüst gelin olarak kalmak en iyisi," diye mırıldanıyorum.

"Kime göre?" diyor Kerem hafifçe gülerek. Ardından iç çekerek elini saçlarına götürüp karman çorman saçlarını daha da dağıtıyor. "Bu işin sonunda annemin yaptığım çocukluğu öğrenebileceğini ve kalbinin kırılacağını düşünmemiştim. Ama ne yaptığımı öğrenince hayal kırıklığına uğrayacak." Gözlerime baktığında mutsuzluğunu açıkça görebiliyorum ve o an tek düşünebildiğim ona sıkıca sarılmak oluyor. "Ne yapacağım?" diye sorduğunda onu teselli etme arzusu öyle baskın geliyor ki kendimi kollarımı iki yana açarken buluyorum.

"Sıkı bir teselli kucaklaşmasına ihtiyacın varmış gibi görünüyor."

Bir süre öylece yüzüme bakıyor. Ben de kollarımı hareket ettirmeden sabırla bekliyorum. *Bana gelmesini bekliyorum.*

Bu küçük bekleyiş onu ne kadar sevdiğimi düşündürüyor bana. Çocukça planlarını, sessizliğiyle beni deli edişini, kahkahasının tatlı tınısını, gözlerindeki sıcak bakışları, hatta o aptal dede gözlüklerini bile! Onu olduğu gibi seviyorum ve bunu bilmesini istiyorum. Konuşmak, tüm bunları ona da söylemek istiyorum ama kelimeler boğazımda takılı kalıyor. Hiçbir şey söyleyemeden sadece gözlerine bakıp anlamasını diliyorum.

Sonra Kerem gülümsüyor. Güneşe kavuşmayı bekleyen bir günebakan gibi hissederken bir adım atıp kollarını bana sarıyor. Bir süredir kollarımı açmış şekilde bana sarılmasını beklediğim halde donup kalıyorum. Beni sıkıca sarmalamadan hemen önce açık kollarım vücuduna yavaşça dolanıyor ve bir saniye sonra başım Kerem'in göğsüne, onun burnu benim saçlarıma karışıyor. Güneşe asıl o anda kavuşuyorum. Tüm karamsarlığımı silip atacak kadar yoğun bir ışık sarıyor tüm hücrelerimi. Renkler daha parlak, hayat daha güzel bir hale geliyor. Kalbime güneş doğarken Kerem'e sıkıca sarılıyor ve her saniyesinin tadını çıkarmak için gözlerimi yumuyorum.

20. Bölüm

Sizlerle az önce keşfettiğim birkaç bilgiyi paylaşmak isterim. Kerem Tunalı'nın kucağı uçsuz bucaksız bir çiçek tarlasını anımsatıyor arkadaşlar. Göğsünden yayılan sıcaklık, sevgiye ihtiyaç duyan her bir zerremi koca bir renk cümbüşüyle dolduruyor.

İş yerimin ortasında tasasızca Kerem'e sarılırken irkilerek fark ediyorum ki bu adama güveniyorum. İrkilmeme sebep olan bu değil. Güven duygusunun yabancılığı korkutuyor beni. Bu duyguyla birlikte uzun zamandır kimseye güvenmediğimin farkına varıyorum. Ailemi elbette çok seviyorum. Onlara güveniyorum da. Fakat üstlendiğim sorumluluklar yüzünden onlarla her şeyi paylaşamıyorum. Hatta sürekli sıkıntılarımın üzerini örtüp kendimle ilgili çok az şeyi onlara anlatıyorum. Bu da ister istemez güvende olan değil, güvende tutan taraf olduğumu hissettiriyor bana.

Oysa şimdi Kerem'in kolları arasındayken ona her şeyi anlatmak istiyorum. Beni yargılamayacağına ya da bana acımayacağına güveniyorum. Bu yüzden sevinçlerim kadar kederlerimi de bilsin, üzüldüğümde benim ona yaptığım gibi kollarını açıp karşıma dikilsin, kollarının arasındayken her şeyin üstesinden gelebileceğime beni inandırsın istiyorum.

"Kerem." Ona seslenmemle geri çekiliyor ve hiç istemesem de sımsıkı doladığım kollarımı çözmek zorunda kalıyorum. Kahverengi gözlerini dikkatle yüzüme çeviriyor. Yaşadığım duygu patlamasından olsa gerek gözlerinin güzelliği karşısında bir anlığına zihnimdeki tüm kelimeler yitip gidiyor.

Sesimin titremeden çıkması için birkaç kez yutkunuyorum. Belimdeki elleri de geri çekilince cesaretimi kaybetmemek için bileklerini tutuyorum. İkimizi de şaşırtıyor bu hareketim.

Bakışlarımı yüzünden ayırmadan, "Bana güveniyor musun?" diye soruyorum. Sormayı planladığım şey bu muydu, emin değilim ama söyleyince doğru geliyor. Kerem'in güven duygusunu aşktan bile önde tuttuğunu söylediğini anımsıyorum, bu yüzden bana güvenmesini çaresizce istiyorum.

Kerem bileklerini aşağı doğru kaydırınca ellerim avuçlarının içine yerleşiyor. Parmaklarımı okşadığında heyecandan öleceğimi sanıyorum. Ufacık bir dokunuşun bu kadar büyük duygular hissettirmesi nasıl mümkün olabiliyor, asla anlayamayacağım. Bunun hiçbir mantığı yok.

Parmaklarımdaki kıpırtılar devam ederken gözlerini gözlerime çevirip, "Dün ne yaptın?" diye soruyor. Bir cevap yerine yeni bir soruyla karşılaşınca bir an için konuyu değiştirdiğini sanıyorum. Fakat ısrarcı bakışlarını görünce niyetini anlıyorum. Kerem'e söylemek istemediğim bir şey bu, ancak şimdi söylemezsem bana güvenmesini istemeye hakkım olmayacağını biliyorum.

Kısa bir duraklamanın ardından, "Berna'yla karşılaştım. Bir süre karşıdaki kafede oturduk," diye mırıldanıyorum. Yüzündeki rahatlamayı görene kadar gerildiğinin farkında değildim. Ne konuştuğumuzu, neden onunla görüştüğümü sormasını beklerken içten bir gülümseme sunuyor bana. Ardından başımın arkasını tutup, nazikçe çekerek omzuna yaslıyor beni. Bana tekrar sarılmasını hiç beklemediğim için merakıma yenik düşerek geri çekiliyorum. Şaşkın bakışlarımı görünce mahcup bir gülümsemeyle benden özür diliyor.

"Neden ki?" diye soruyorum elle tutulur bir şaşkınlıkla.

"Benim yüzümden hiç ilgin olmayan meselelerle rahatsız edilip duruyorsun."

"Biraz haklısın sanırım," deyip güldüğümde Kerem'in hâlâ üzerimde olan elleri yavaşça çıplak kollarımda gezinmeye başlıyor. "Ama bu kez senin hatan yoktu. Yine de özrünü kabul ediyorum."

Kirpiklerimin altından ona şımarık bir bakış attığımda dudakları tatlı bir gülüşle kıvrılıyor. "Mısra," dediğinde sanki bu kelimeye onlarca cümle sığdırmış gibi hissediyorum. "Sana güvenmediğim bir an bile olmadı."

Sorduğum sorunun basit bir evet ya da hayır sorusu olduğunu düşünmüştüm, ancak Kerem'in cevabı basit olmanın yakınından bile geçmiyor.

Bana hep güvendiğini söylemesi bugüne dek ondan duyduğum en güzel şey.

İş çıkışı Kerem'le asansörde karşılaşıyoruz. Ben her zaman bu saatte çıktığım için orada olmam şaşırtıcı bir olay değil ama Kerem'i görmek beni şaşırtıyor. Asansörün kapısı açılıp da bakışlarımız birleştiğinde ikimiz de gülümsüyoruz.

"Selam," diyerek küçük asansöre giriyor Kerem. Olabildiğince uzağa sinmeye çalışıyorum çünkü bu klostrofobik ortamda, üstüne üstlük öğlen gerçekleşen kucaklaşmalardan sonra ona bu kadar yakın olmak utanç verici bir şekilde yanaklarımı kızartıyor.

"Merhaba." Çantamın kulpunu sıkıca tutarken bir şeyler söyleme ihtiyacıyla, "Annen tekrar gelir mi?" diye soruyorum. Kerem'in keyfi bariz bir şekilde kaçınca bunu sorduğuma pişman oluyorum hemen.

"Bilmiyorum Mısra. Bunu şimdi konuşmasak olur mu?" Eh, öyle istiyorsan konuşmayalım yakışıklı. Bugün sana karşı sonsuz bir anlayış beslediğim için şanslısın.

Asansörden indiğimizde telefonum çalıyor. Ben telefonu cevaplarken Kerem'in sessizce yanımda yürümesinin pek önemi yokmuş gibi davranıyorum.

"Efendim Sinan."

"Annem beni zorla evlendirmeye çalışıyor."

"Ne?" diyorum gülerek. Bu adamla asla düzgün bir selamlaşma yaşayamıyoruz arkadaşlar, asla.

"Annem. Gülendam Teyze'nin kızı Gülboylam'la aramı yapmaya çalışıyor. Beni kurtarmaya gel."

"Gülboylam mı?" derken kahkahamı bastıramıyorum. "Ne diyorsun ya?"

"Ne bileyim boylam mı enlem mi? Güllü bir şey işte. Dikkat etmedim. Nereden bilebilirdim annemin hain planlarını? Tek isteğim bir tabak kısır yemekti."

"Peki, benden ne istiyorsun?"

"Beni kurtar. Ev numaramı mesaj atacağım şimdi. Onu ara, kanser olduğunu falan söyle, ne bileyim. Telaşlanıp evden çıkabileceğim bir haber ver. Gülboylam yaklaşıyor, kapatmam lazım. Kırk beş saniye içinde aramazsan telli duvaklı damat gideceğim, kıyma bana."

Bunları söyleyip ciddi ciddi telefonu kapattığında, telefonu kulağımdan çekip yüz hizamda tutuyorum. "Bu neydi şimdi?" derken gelen mesajla bir sabit hat numarası beliriyor ekranda. "Ciddi mi bu?" diye kahkaha atarken kıpırdanıp duran Kerem'e dönüyorum.

Gülerek, "Ay, Kerem!" derken sesim onu yeni fark etmiş gibi çıkıyor. Dudağımı ısırıyorum ama Sinan'ın dehşeti o kadar komikti ki gülüşümü engelleyemiyorum. "Özür dilerim, sinirlerim bozuldu."

"Kim aradı?" diye sorduktan hemen sonra utanmış görünerek elini ensesine atıyor. *Kalbim*! "Öylesine sordum. Yemeğe gidelim mi?"

Telefonum art arda titremeye başlayınca omuzlarımı düşürüp üzgün bakışlarımı takınıyorum. Sinan'ı kısır gününden kurtarmak için Kerem'i reddetmek istemiyorum ama her aradığımda koşup gelen birine bunu borçluyum sanırım. "Çok isterdim ama arkadaşımın başı dertteymiş," derken dudağımı ısırmak zorunda kalıyorum. Yoksa tekrar gülmeye başlayacağım.

"Yakın arkadaşın mı?" diye soruyor Kerem. "Adını hiç duymamıştım." Tavrının, sözlerinin yaydığı ilginç sinyal yüzünden içimdeki aşk böcekleri kulaklarını havaya dikerek neler olduğunu sorgulamaya başlıyorlar.

"Evet, çok yakınızdır," derken imalı bir sırıtış yerleşiyor yüzüme. Kayıtsız görünerek Kerem'e yarın öğle yemeği sözü veriyorum ve vedalaşıyoruz. Sinan'ın attığı on beş mesajdan sonra ölmediğini umarak evini arayıp annesine işle ilgili aradığımı, Sinan'ın bazı belgeleri acilen getirmesi gerektiğini, kendisinin bu konuda bilgisi olduğunu söylüyorum. Bu günlerde sürekli iş görüşmelerine gittiği için sözlerim ilk anda şüpheli görünmeyecektir ama daha sonra Sinan'ın bir şeyleri açıklaması gerekebilir.

Aman, ne yapalım? Zaten son zamanlarda sürekli olarak birileri için yalan söylerken buluyorum kendimi. Dürüst, gözü pek Mısra Sezgin'den eser kalmadı artık. Kötü kalpli bir cadıya dönüşmeme azıcık var.

Yarım saat sonra bir kafede oturmuş onu beklerken Sinan karşıma geçip sandalyeye yığılıyor.

"Hayatımın en korkunç anlarıydı. Halamın, kadınsal hormonlarımın ağır bastığından şüphelenip göğüslerimi yoklamasından bile korkunçtu," deyip bir an duruyor. "Yok ya, o hâlâ en korkunç anım."

Söylediği şeyin garipliğini görmezden gelerek ilk cümlesine cevap veriyorum. "Neden, kız çok mu çirkindi?"

"Üzerinde altın simli boncukları olan kırmızı fırfırlı gömleği beni o kadar dehşete düşürdü ki yüzüne bakamadım, bilmiyorum."

Kahkaha attığımda bana kötü kötü bakarak, önümdeki tabağı çekip tatlımı yemeye başlıyor. "Yediğim iki lokma kısır da boğazıma dizildi. Demli bir çay söyle bana oradan. Birkaç tane de börek. Tansiyonum düşüyor, lütfen çabuk ol."

Gülerek siparişlerini verdikten sonra hiç haberi olmadan görücü usulü bir buluşmanın ortasında kalışını anlatıyor bana. Olayı yüzde yetmiş oranında abarttığına eminim ama o kadar eğlenceli anlatıyor ki hiç bozuntuya vermiyorum. Sinan bu yönüyle arkadaşlık etmesi çok kolay bir insan. Onunla beraberken her zaman eğleniyorum, sıkıntılarım olduğunda ne kadar iyi bir psikolog olduğunu ortaya çıkaracak şekilde bana içten tavsiyeler veriyor. Aynı zamanda hayatımda tanıdığım en sosyal insan. Tanıdığı herkese vakit ayırdığı için onu ne zaman arasam başka birinin yanında oluyor. Eğer ben de çok meşgul birisi olmasaydım, sürekli onu beklemem gerekeceği için bundan çok rahatsız olurdum sanırım. Ama bizim aramızda böyle bir dert olmuyor ve bence bu yüzden Sinan'la ikimiz çok iyi geçiniyoruz.

Onu yeterince dinledikten sonra konuyu Kerem'e getiriyorum elbette. Sinan ağzındaki koca lokmaya aldırmadan sitem ediyor. "Bıktım senin Kerem'inden. Gidip şu adama evlilik teklifi et de kurtulayım artık. İlk erkek çocuğunuza da adımı koyarsınız. O kadar kahrını çekiyorum sonuçta."

"Kerem'le o noktaya gelelim de ne istersen yapacağım söz," deyip heyecanla ekliyorum. "Aramız iyi. Yarın yemeğe gideceğiz." Öğlen yaptığımız konuşmayı Sinan'a anlattığımda dürüst davrandığım için beni ciddiyetle takdir ediyor.

"Seninle konuşurken Kerem rahatsız oldu gibi geldi. Seni sordu," deyip muzip bir gülüşle ona bakıyorum. "Hoşuma gitti."

Sinan'ın bakışları bir anda değişiyor. Kafasında dönen çarkların sesini neredeyse duyuyorum. "Ne?" diye sorduğumda ifadesi değişiyor. Bir şey hatırlarmış gibi aniden irkiliyor.

"Olmaz."

"Niye?"

"Yarın öğlen benimle buluşmak zorundasın."

"Hayatta olmaz!" diyorum. "Bugün senin için Kerem'i reddettim. Bir de yarın ekeyim mi? İmkânı yok."

"Çok önemli," diyor Sinan. "Benim için gerçekten çok mühim. Eğer gelmezsen çok kırılacağım Mısra," derken o kadar ciddi ki kararlılığım çatırdıyor.

"Ne var ki yarın?"

"Gelince görürsün. İçten tepki verebilmen için haberinin olmaması daha iyi." Kaşlarımı çatıyorum. Eski sevgilisine falan mı gösterecek bu beni? Beklerim çünkü Sinan'dan böyle hareketler.

"Ama..."

"Ciddiyim." Sahiden de ciddi. Onu böyle görmek biraz garip olsa da kabul ediyorum. Kerem'le akşam yemeğine çıkmak benim de daha çok işime gelir, bu yüzden yarınki öğle tatilimi Sinan'a ayırıyorum. Bunu duyunca yüzünde oluşan hain gülüşten şüphelensem de Sinan yeni bir konudan bahsetmeye başladığında kafam dağılıyor ve üstünde düşünmekten vazgeçip kendimi muhabbete kaptırıyorum.

Eve geldiğimde sessizlik karşılıyor beni. Evi turlarken boş olduğunu anlayınca Emre'yi arıyorum. Babaannemle birlikte Kiraz Nine'nin geleneksel toplantılarına katıldıklarını söyleyip beni de davet ediyor. Duş alıp yatacağımı söylüyorum ama odama girince komodinimin üstündeki defterimle kalemime gidiyor elim. Son zamanlarda her fırsatta yaptığım gibi bir şeyler karalamaya başlıyorum. Zihnimdeki görüntüyü çok da bilinçli olmayan bir şekilde kâğıda aktarırken ortaya birbirine sarılmış bir çift figürü çıkıyor. Bu defterin her yerini Kerem ve benimle doldurmak için dayanılmaz bir arzu duyarak birbirine dolanmış eller çizmek için yeni bir sayfaya geçiyorum.

Tekrar çizmeye başladığımdan beri her geçen gün daha güzel resimler yaptığımı düşünüyorum. Henüz bunları kimseye göstermedim. Evimizde eskiden resim yapmayı ne kadar sevdiğimi hatırlayacak tek kişi babaannemdir, onun da heyecanımı anlayabileceğinden emin değilim.

Resimlerimi Kerem'e gösterme isteği kalbime sessizliğin ortasında patlayan bir gök gürültüsü gibi düşerken, defterimi göğsüme bastırarak yatağımda uzanıyorum.

21. Bölüm

Havadaki bunaltıcı sıcağa inat harika bir sabaha açıyorum gözlerimi. Terden enseme yapışmış saçlarım bile gülümsememi engelleyemiyor. Hiç mızmızlanmadan erkenden kalkıp keyifle yıkanıyorum. Saçlarımı kurutup taradıktan sonra dudaklarıma renkli bir nemlendirici sürüyorum.

Dolabımı karıştırırken Ecrin'le beraber aldığımız yeşil elbise çarpıyor gözüme. Daha önce pek elbise giymediğim için almak istememiştim ama fiyatı çok uygundu ve Ecrin çok ısrar ediyordu, bu yüzden almıştım. Varlığını unuttuğum elbiseyi bugün hatırlamış olmayı bir işaret olarak yorumlamayı seçiyorum. Elbiseyi askısından çektiğim gibi aynanın karşısında üstüme tutuyorum. Tereddütle deneyip, V yakalı elbisenin üst kısmındaki düğmeleri ilikleyerek belindeki ince kemeri düzeltiyorum. Etrafımda döndüğümde uçuş uçuş eteğinin verdiği his kıkırdamama neden oluyor ama etekli Mısra gözüme çok garip geldiği için bununla dışarı çıkmaya cesaret edemiyorum.

Elbiseyi çıkarmaya karar vermişken Ecrin uyanıyor. Beni görünce uykulu gözlerinde dünyanın en garip ifadesiyle bir süre bakışlarını üzerime dikip başını tekrar yastığa atıyor.

"Çıkarıyor musun? Bence yakışmış, çok güzel görünüyorsun."

"Buna uygun ayakkabılarım yok," diye geçiştirmeye çalışıyorum Ecrin'i. *Bunu giyecek özgüvenim yok,* demekten iyidir.

Ecrin esneyerek ayağa kalkıp yatağının altından birkaç kutu çıkarıyor. Kutuları karıştırdıktan sonra bir tanesini bana doğru atıp, "Bunu giy," diye emrediyor. Dudaklarımı büzerek kutuyu açıyorum. İçindeki alçak topuklu ayakkabıları görünce kutunun kapağını Ecrin'in kafasına atıyorum.

"Bunu ne zaman aldın sen?"

"Harçlıklarımı nereye harcadığımı sana rapor mu edeceğim?"

Görüyor musunuz, nasıl arsızlık ediyor. Anne veya babanızdan harçlık aldığınızda onlara böyle diklenemezsiniz. Ama iş ablaya gelince çemkirmekten asla çekinilmiyor.

"Sen harçlıklarınla kitap alır, kıyafetlerini bana aldırırsın Ecrin."

"Hatırlattığın iyi oldu, bir dahakine öyle yapayım ablacığım." Ayakkabıları elime alıp kutusunu tekrar Ecrin'e attıktan sonra telefonumla çantamı da alarak odadan çıkıyorum. Babaannemle Emre'nin yanına gitmeye bile çekinirken bu kılıkla dışarı çıkabileceğimden şüpheliyim doğrusu. Üzerimdeki abartısız, güzel bir elbise ama böyle bir şeyle dışarı çıkmayalı o kadar uzun zaman olmuş ki bu görünüşümü yadırgıyorum. Kerem'le gittiğimiz düğünde de elbise giymiştim ancak orası özel bir yerdi, elbisenin ağırlığından mı yoksa Kerem'le gideceğimiz yerin heyecanından mı bilmiyorum, fazla umursamamıştım.

Şimdi üzerimde yeşilin tatlı bir tonundaki elbisemle derdi tasası olmayan genç bir kıza benziyorum, bu da sinirlerime dokunuyor. *Dert tasa dedik de elektrik faturasını ödedim mi ben?*

Mutfağa girip babaannemle Emre'ye hiç bakmadan kahvaltı sofrasına oturuyorum. Bir dilim ekmek alıp üzerine çilek reçeli sürerken gözlerinin üzerimde olduğunun farkındayım ama ısrarla görmezden geliyorum. Göz ucuyla Emre'nin ağzını açtığını ve babaannemden kafasına bir tokat yediğini görünce sırıtarak babaanneme bakıyorum ama bana pas vermiyor.

"Ee," diyorum dayanamayarak. "İyi mi, kötü mü?"

Emre, "Gereksiz," dedikten sonra babaannemden gelen ikinci atağı eğilerek savuşturup zaferle çayını yudumluyor.

"İyi olmuş. Sinan mı gelecek seni almaya?" diye soruyor babaannem tam karşıma oturup. Emre gönlümde bir başkasının olduğunu bildiğinden artık Sinan'la arkadaşlığımı benimsemiş durumda. Bu yüzden babaannemin sözleriyle çok eğleniyor.

"Ömrümü yedin babaanne ya, gidiyorum ben," deyip reçelli ekmeğimle kalkıyorum masadan. Ayakkabılarımı giyip birkaç adım attıktan sonra idare edebileceğime karar verip dışarı çıkıyorum. Otobüs durağına yürürken herkes bana bakıyormuş gibi paranoyak bir his dadanıyor yakama. Eteğim kısa sayılmaz ama alışkın olmadığım için kenarlarını çekiştirip durmaya engel olamıyorum. Kimsenin umurunda olmadığıma eminim fakat ne zaman görünüşüme biraz özen göstersem bana yakışmadığını düşünüp gerilim. Neden bilmiyorum, hayat beni çok yoruyor sevgili arkadaşlarım. Gencecik yaşımda yetmişlik teyzeler gibi hissediyorum kendimi.

İşe geldikten sonra Timuçin ve Ahmet Bey'in ofislerini havalandırıp geldiklerinde kahvelerini hemen verebilmek için ısıtıcıya su koyuyorum. Masaların üzerlerini düzenleyip diğer ufak işleri hallettikten sonra genellikle tüm gün adliye adliye gezdiği için haline üzüldüğüm stajyer Ufuk geliyor. Her zamanki ölü enerjisiyle karşıma dikildiğinde henüz içmediğim kahvemi eline tutuşturuyorum. Minnettar bir gülümsemeyle ayaklarını sürüye sürüye stajyerlerin ortak kullandığı ofise gidiyor. Ardından Timuçin Bey gelip selam vermek yerine bana şüpheci bakışlar atarak ofisine giriyor. Beş dakika sonra da beni çağırarak raflarındaki dosyaları alfabetik sıraya göre düzenlememi istiyor. Öğlene kadar tüm vaktimin raflarını düzenlemek ve temizlemekle geçmesi benim için sorun değil, sorun olan Timuçin Bey'in sinir bozucu soruları. Bana alakasız şeyler sorup cevaplarımı sürekli reddederek tartışmalar açıyor. Ben sinirlendikçe gözlerindeki keyifli parıltılar daha da arttığı için öğle yemeğine bir süre kala temizliğe daha sonra devam edeceğimi, Ahmet Bey'in yapmamı istediği şeyler olduğunu söyleyip ofisinden kaçarcasına çıkıyorum. Aramızda net bir patron çalışan ilişkisi olmasını tercih ederim ancak hem yaşlarımızın yakın oluşu hem de onun Kerem'in yakın arkadaşı olması bana sürekli sataşmasına sebep olurken ben de ciddiyetimi korumakta zorlanıyorum. Bir noktada bana yenge demeye başlayacağından o kadar eminim ki kendimi buna hazırladım bile.

O sırada Kerem arayıp dışarıda olduğunu ve yemek için buluşabileceğimizi söylüyor. Sinan'a bir kez daha gıcık olsam da dostluk kanunları gereği durumu Kerem'e açıklayıp akşam gönlünü alacağımı söylüyorum. Kapattıktan sonra Sinan'ı arıyorum ama açmıyor. Öğle yemeğine kalan yarım saatlik vaktimi bir şekilde geçirip tekrar Sinan'ı aradığımda yine cevap vermiyor.

Bana bahsettiği şu büyük olayın ne olduğunu bilmediğim için endişelenip endişelenmemekte kararsız kalıyorum. Akşama kadar ısrarla aradığım halde Sinan açmayınca endişeli birkaç mesaj atıyorum ancak yanıt gelmiyor.

O gün işlerimi erkenden bitirince masama oturup çenemi yumruğuma yaslıyor ve yanımdan ayırmadığım defterime bir şeyler çizmeye başlıyorum. Çizmekten en çok zevk aldığım şey Kerem Tunalı olduğu için hatırımda kalan mimiklerini çizmeye başlıyorum yine. Bu defterin her sayfasına Kerem'e ya da ikimize dair bir şeyler çizmek beni mutlu ediyor. Geleceğimde Kerem olur mu, olmaz mı bilemem ama bu defter bende oldukça onu asla unutmayacağımı biliyorum ve şimdiden onsuz kalabileceğim günler için bu küçük defteri bir sığınak olarak görüyorum.

"Gizli yeteneklerin de var demek." Ahmet Bey'in sesiyle irkilerek doğrulup defterimi kapatınca patronum gülüyor. "Ben çıkıyorum. Timuçin bu akşam çalışacağını söyledi, ona bir kahve götürüp çıkabilirsin."

"Teşekkürler, iyi akşamlar." Ahmet Bey gittikten sonra Timuçin Bey'e kahvesini verip ortalığı toparlıyorum. Çıkmadan önce lavaboda saçlarımı düzeltip rujumu tazeledikten sonra Kerem'in yanına gitmek için çantamı alıyorum. Kapıyı açtığım an Sinan saatlerdir oradaymış gibi içeri giriyor. Elinde rengârenk tatlı bir buketle karşımda durunca şaşırıyorum ama beni bugün habersiz bıraktığını hatırladığımda kaşlarım çatılıyor hemen.

Yanından geçmeye yeltenince bir adım yana kayıp tekrar önüme geçiyor. Birkaç kez bunu tekrarladıktan sonra pes edip ellerimi belime atıyorum. "Sana kızgınım."

"Özür dilerim," deyip çiçeği yüzüme doğrultuyor. Elimin tersiyle çiçeği itiyorum.

"Bana randevumu iptal ettiriyorsun. Sonra gelmiyorsun. Üstüne haber bile vermiyorsun. Bir mesaj atmak çok mu zordu?"

"Atmadım mı?" diyor gözlerini büyüterek. "Attığıma eminim."

"Hayır. Atmadın."

"O zaman telafi etmek için seni yemeğe çıkarayım mı? Pahalı yemek yedireceğim sana, söz. Tavuk döner yerine et döner yeriz mesela. Nasıl?"

Ciddi kalmak için çaba sarf ediyorum ama Sinan'la konuşurken bu pek mümkün olmuyor. "Of Sinan," diyorum gülerek. "Kerem'le yiyeceğim ben yemeğimi."

"Ama bana söz verdin."

"O öğlen içindi."

"Kesinlikle çok geçerli sebeplerim var. Bunu yemekte konuşmaya ne dersin ballısı?"

"Ganimet Sultan, her yerdesin," diye mırıldanıyorum gözlerimi devirirken. "Ben gidiyorum, tutma beni."

"Mısra, önemli diyorum!"

"Bu daha önemli yahu, çekil şuradan." Biz itişip kakışırken Kerem geliyor. Bana, ardından Sinan'a, sonra Sinan'ın elindeki çiçeklere giden bakışlarını takip ediyorum. Sonunda tekrar bana baktığında ise salak gibi el sallarken buluyorum kendimi.

"Selam, hoş geldin." Sinan birdenbire şeker kıza döndüğümü görünce homurdanıyor. Ona aldırmadan, "Çıkabiliriz," diyorum Kerem'e. Tam öne doğru adım atmışken çiçekler bir kez daha suratıma tutulunca buket yüzüme çarpıyor ve öfkeyle dönüp Sinan'a vuruyorum. Kendi erkek kardeşim yeterince sorunlu zaten. Bir tanesine daha ihtiyacım olduğunu mu sanıyor bu?

"Kesecek misin şunu artık?"

"Hayır."

İç çekerek Kerem'e dönüyorum. "Kerem, bu Sinan. Kendisi neyin peşinde olduğunu bilmediğim, sabrımı sınamaya kararlı bir arkadaşım."

"Sadece seni yemeğe çıkarmak istiyorum," diyor Sinan garip garip bakarak. Karşımdaki Sinan olmasa bana alındığını düşüneceğim.

"Ben Kerem'le yemeğe çıkıyorum. Sana iyi akşamlar." Sinan bir kere daha ağzını açtığında Kerem elini sırtıma koyarak beni kapıya doğru nazikçe itiyor. "O zaman biz gidelim. Memnun oldum Sinan," diyor ama yüzünde hiç de memnun olmuş bir ifade yok. Hatta biraz kızgın görünüyor. Tam o anda kafamın içimde *klik* diye bir ses duyduğuma yemin edebilirim. Gözlerimin önünde ampuller yanıyor resmen. Kocaman açılan gözlerimle Sinan'a baktığımda bana gülecek gibi oluyor ama Kerem'in bakışlarına yakalanmadan tekrar sabit ifadesine dönüyor hemen.

"Bari çiçeklerimi al," deyince muzip bir ifadeyle buketi elinden alıyorum. "Eh, teşekkürler o zaman. Yarın ararım, tamam mı?"

"Tabii," diyor somurtarak. "İyi eğlenceler." Kerem'i, sinirlendiğinde sessiz kaldığını bilecek kadar tanıyorum. Özellikle sahte nikâhımızın öncesindeki planlar istediğimiz gibi gitmediğinde bu haline birkaç kez şahit olmuştum. Sinan'ın tavrına sinirlendiğini görmek beni o kadar mutlu ediyor ki gülüşüm gittikçe genişlerken aval aval etrafa bakınıyorum. Asansöre binerken başımı çevirip bir kez daha Sinan'a baktığımda kaşlarını oynatarak sırıtıyor. Asansörün kapıları kapandığında başımı eğip Kerem'in yüzüne bakmaya çalışıyorum.

"N'aber?" deyişim biraz fazla coşkulu oluyor sanırım. Beni kıskanma ihtimali karşısında biraz delirdiysem ne olmuş yani? Bunu hak ediyorum.

"Nereye gitmek istersin?"

"Fark etmez. Sen seç."

Başını salladığında çenemi kapamak zorunda kalıyorum. Asansörler yeterince gergin alanlar zaten. Zorlamaya gerek yok. Kerem'in bakışları yeni fark etmiş gibi elbisemin üzerinde geziniyor.

"Güzel görünüyorsun," dediğinde içimdeki kelebekler yumruklarını havaya kaldırarak bağırıyorlar. *Evet be, evet!*

"Teşekkür ederim," derken sesim öyle cilveli çıkıyor ki kendime inanamıyorum. Dışarıya çıktığımızda Kerem yer bulamadığı için arabayı alt sokağa park ettiğini söylüyor ve yürümeye başlıyoruz. Birkaç kez bakışları bana dönüyor. Bir şeyler söylemeye hazırlandığının farkındayım ama değilmiş gibi davranıyorum.

"Bugün her zamankinden farklı görünüyorsun. Arkadaşın geleceği için mi?" Bakışlarımı ona çevirdiğimde gergin bir ifadeyle ekliyor. "Biz daha sonra da yemek yiyebilirdik." Bunu söylerken yüzünü buruşturması o kadar hoşuma gidiyor ki çığlık atmamak için kendimi zorluyorum.

"Hayır," diyorum net bir tavırla. Onu kıskandırmak için uğraşıyor değilim, yaşananlar benim planım dâhilinde de gerçekleşmedi zaten. Sinan'ın muzipliğiydi sadece. "Burada olmaktan mutluyum."

Yani diyorum ki yanında olmaktan mutluyum. Seninle mutluyum. Olmak istediğim başka bir yer yok. Bundan bir adım ötesi evlilik teklifi ki biz o yollardan geçtik. Anlamak çok zor olmasa gerek Kerem Tunalı.

Kerem'in gergin ifadesi sonunda gevşiyor. Derin bir nefes alıp hâlâ elimde olan çiçek buketine uzandığında şaşırsam da almasına izin veriyorum. Çiçeklerimi kaldırımda oturan bir kız çocuğuna verip hiçbir şey olmamış gibi yoluna devam ediyor. Bense arkada kalıp ne yaptığını sorgular gibi ona bakıyorum. Peşinden gitmediğimi fark edince bana dönüyor beyefendi.

"Onlar benim çiçeklerimdi."

"Ben sana daha güzellerini alırım."

"Aa," diyebiliyorum yalnızca. Bu bir cevap değil, söyleyiş şeklim de pek sitemli değil aslında. Bir parça cilveli olduğunu bile söyleyebiliriz.

Kerem hiç bozuntuya vermeden tatlı gözleriyle bana bakarken dayanamayıp gülüyorum. Elimi tutup dirseğinin iç kısmına yerleştirirken parmaklarımı hafifçe okşuyor. Tekrar yürümeye başladığımızda kırmızı yanaklarım ve doludizgin heyecanımla eşlik ediyorum ona.

22. Bölüm

Sevdiği adam tarafından kıskanılmanın o tatlı hazzını yaşamış, onunla harika bir akşam yemeği yemiş, eve bırakılırken onun tarafından yanağına konan bir buseyle mutlulukları kalbindeki tüm odacıklara yerleştirmiş bir genç kız olarak harika bir sabaha uyandım bugün. Tüm günümün böyle geçtiğini söylemek isterdim ancak ben ne zaman bütün bir günü dertsiz tasasız geçirebildim ki?

Her şey su faturasının üç yüz lira gelmesiyle başladı. Mutfağa girip kendime bir bardak su doldurduktan sonra suyumu yudumlarken buzdolabının üstüne asılmış faturalara ilişti gözüm. Yeni faturaları kontrol ederken su faturasını görmemle suyu dolabın kapağına püskürtmem bir oldu. Boğulmama beş saniye kala Emre gelip tüm gücüyle sırtıma vurmaya başladığında kendime gelip bütün öfkemi ona yönelttim. Kısa zamanda Ecrin'le babaannem de gelip mutfaktaki sandalyelere dizilmişlerdi bile.

Şimdi dik dik onlara bakarken, "Allah aşkına!" diyorum derin bir nefes alarak. "Fındık kadar eve nasıl üç yüz lira su faturası gelebilir? Ne yapıyorsunuz, ben yokken evin ortasında şişme havuz mu dolduruyorsunuz? Sokağı mı yıkıyorsunuz baştan sona? Camdan aşağı hortum sarkıtıp mahallenin halılarını mı yıkıyorsunuz? Ya, ne demek üç yüz lira? Benim maaşım ne kadar, biliyor musunuz siz?"

Ecrin yavaşça elini kaldırdığında, "Ne?" diyorum bağırarak.

"Belki de bir yanlışlık olmuştur, vallahi biz bir şey yapmadık abla."

Emre de hızla kafasını sallayarak onaylıyor onu. "Ya ben zaten haftada bir kere yıkanıyorum, benim ne rolüm olabilir bu faturada?"

"Sus be," diye çıkışıyorum Emre'ye. "Üç saat banyo yapıyorsun, bir haftalık duşun iki katını harcıyorsun tek seferde." Emre mızıkçı bir çocuk gibi kafasını babaannemin kucağına atıp debelenmeye başlıyor.

"Ya tamam, bak vallahi ben ödeyeceğim faturayı. Ersan Abi mahallenin gençlerini çağırdı, ağır iş varmış, yük taşıtacakmış. Birkaç gün gider, aldığım parayı sana veririm ama bırak beni, gözünü seveyim."

Kollarımı göğsümde birleştirip küçümseyen bakışlarımı üstüne dikiyorum. "Sen gider, o parayı hurdacıya gömersin. Hava atma boşuna."

Emre hurdacı tarzı yerlerden topladığı benim hiç anlamadığım parçalarla neredeyse bedavaya bozuk telefonlar alır, tüm vaktini onları tamir etmeye harcar. Genelde aldığı beş telefondan biri, şanslıysa ikisi ancak çalışır ve muhtemelen verdiği emeğe değecek kadar da sağlam olmaz ama bunu yapmayı seviyor ve telefonları tamir ettiğinde ucuza da olsa satabiliyor. Ben de en azından beynini bilgisayar oyunlarıyla öldürmüyor diye seviniyorum.

"Şimdi nankörlük eden kim? O elindeki telefonu ben olmasam nah kullanırdın!" Gözlerim kocaman olurken tezgâhtan kaptığım tuzluğu Emre'nin kafasına atıyorum ama babaannemin arkasına saklandığı için tuzluk babaannemin koluna sertçe çarpıyor.

"Ay! Babaanne, çok özür dilerim."

"Aha bak, babaannemi de dövüyorsun artık," diyor Emre, Ganimet Sultan'a sıkıca sarılıp. "Şikâyet edeceğiz seni. Hep dövüyor bizi, diyeceğiz. Yetiştirme yurduna yerleşeceğiz, sen de az gelen su faturalarına bakar, tek başına mutlu olursun. Kötü kadın."

Emre'ye aldırmadan babaannemin önüne diz çöküp koluna bakıyorum. Kızardığını görünce gözlerim doluyor. Güçsüz kollarını ellerimle sarıp tekrar özür diliyorum. "Hep bu salak yüzünden babaanne. Çok sinirlendim bir an, tuzluğun o kadar büyük olduğunu fark etmemişim."

"Hadi oradan," diyor Ecrin de Emre'ye uyup. "Hep böyle yapıyorsun. Bizi azarlayıp duruyorsun. Abi, eşyalarımızı toplayalım, dul kadınlar sığınma derneğine gidelim. Onlar bize bakarlar."

"Su faturası yüzünden azarlamazlar da hem," diyor Emre de. Az önce sinirden köpürüyordum ama şimdi kardeşlerimin söyledikleriyle afallıyorum. Şaka yaptıklarını biliyorum ancak onlar böyle konuşunca suçluluk duygusu içime çörekleniyor.

Fazla mı tepki verdim diye endişelenirken babaannem, "Geçerken beni de huzurevine bırakırsınız," deyince duyduklarıma inanamayarak onlara bakıyorum. Dudaklarım titremeye başlıyor, kendimi dünyanın en berbat ablası, en kötü torunu gibi hissediyorum bir anda.

"Şimdi niye öyle diyorsunuz ki?"

"Sabah sabah niye bize bağırıp duruyorsan, o yüzden," diyor Ecrin. Üçü çocuk gibi kollarını göğsünde birleştirince komik bir görüntü çıkıyor ortaya. Gülmem gerek aslında ama ablalığıma sataşmaları, şaka da olsa eve bakamadığımı söylemeleri içimi öyle burktu ki barışmak için ağzımı açtığım sırada gözlerimden yaşlar boşanıyor aniden. Bana bakmadıkları için burnumu çekene kadar fark edilmiyorum. Çıkardığım ses yüzünden üç şaşkın surat bana döndüğünde ise içimden bir hıçkırık yükseliyor.

Kendimi yere bırakıp mutfak dolaplarının önüne oturarak hüngür hüngür ağlamaya başlıyorum. O kadar içli ağlıyorum ki onlar mı yoksa ben mi daha şaşkınım söyleyemem. Kimsenin kıpırdamadığı uzun bir dakikanın ardından kardeşlerim telaşla yanıma çöküyorlar. Kendi gürültümden zar zor duyabildiğim babaannem, "Eşek sıpaları, ağlattınız kızımı!" diye kızıyor Emre ve Ecrin'e.

"Sen de bize uydun ya," diye çıkışıyor birisi ama kim olduğunu seçemiyorum.

Ecrin dizlerinin üstüne çöküp yüzüme kapattığım ellerimi çekmeye çalışırken, "Abla? Niye ağlıyorsun şimdi? Şakalaşıyorduk," diyor konuşurken çatlayan sesiyle. Ecrin çok sert görünür. Romantik biri değildir ama bu duygusuz olduğu anlamına gelmiyor. Gösteremese de merhametli bir kızdır. Birini incittiğini düşündüğünde kendisi daha fazla incinir.

Emre de diğer yanıma oturup omuzlarıma sarılıyor. "Kız deli, vallahi ben ödeyeceğim faturayı, ağlama." Ortamı yumuşatmaya çalışıyor ama nedense bu daha fazla ağlamama neden oluyor.

"Ben öderim," diyorum demesine de ne söylediğim anlaşılmıyor sanırım. Benim bile tek duyabildiğim bir ağız dolusu hıçkırık oluyor.

"Çok yükleniyorsunuz bu kıza. Bir tane ablanız var, el üstünde tutacağınıza yaptığınıza bakın."

"Ablam benim bir tanem olduğunu zaten biliyor. Ortalığı karıştıran hep sensin babaanne."

Ben susamayınca Ecrin daha fazla dayanamayıp bana katılıyor. Özür dileyerek boynuma sarılıp ağlamaya başladığında Emre'nin inlediğini duyuyorum. "Üç kadınla yaşamanın ne kadar zor olduğundan haberiniz var mı? Ne yapayım? Ben de mi ağlayayım? Vallahi ağlarım bakın, zaten canım burnumda."

"Sana ne oluyor eşek sıpası?" diyor babaannem.

Emre dirseğiyle beni dürtüp konuşmaya başlıyor. "Hiç sormuyorsunuz, Emre ne yapıyorsun, var mı birileri, Merve'yi unuttun mu diye. Unutmadım ulan! Unutamıyoruz, yetmiyor bir de her seferinde rezil oluyoruz." Biraz bekleyip bizden tepki alamayınca tekrar dürtüklüyor beni. "Sorsana niye rezil oldun diye."

Ecrin'in kollarından kurtulup gürültüyle çekiyorum burnumu. "Niye?" derken sesim o kadar çirkin çıkıyor ki yine ağlayasım geliyor. *Bir parçacık aklım kalmıştı onu da kaybettim işte.*

"Bakın, bunu size asla anlatmazdım ama ağlamanız beni çok üzdüğü için anlatacağım. Dalga geçerseniz öldürürüm sizi. Dün Merve, Facebook'a durum atmış. 'Miniğimiz geldi, teyzeme de annelik ne çok yakıştı,' falan diye. Ben de dedim ki 'Aha! Bak, mesaj atmak için bir fırsat, ben bunu değerlendireyim.' Saat sabahın üçü, uykum var ama Merve'ye mesaj atıyorum diye nasıl heyecanlandıysam 'Dayın doğum yapmış, Allah analı babalı büyütsün, hayırlı olsun,' yazmışım."

Babaannem, "Tövbe estağfurullah," diyerek Emre'yi ayıplarken Ecrin'le ben kıpkırmızı gözlerimizle önce birbirimize, sonra Emre'ye bakıyoruz. Ağlamaktan kızaran burnu ve boğuk sesiyle, "Cevap verdi mi?" diye soruyor Ecrin.

Emre omuz silkip kayıtsız bir tavırla başını sallıyor. "'Emre, Allah belanı versin, bırak artık peşimi,' yazdı."

Bir anlık sessizlik daha yaşanıyor ama bu kez peşinden gelen tek ses patlarcasına yükselen kahkahalarımızın sesleri. Ecrin ile bir yandan gözyaşlarımızı siler, bir yandan da deli gibi gülerken Emre kollarını genişçe açarak ikimize birden sarılıyor. "Bundan sonra gülerseniz sizi döverim, o yüzden şimdi istediğiniz kadar gülün." İkimizin başına da birer öpücük bırakıp, "Hiç ağlamayın siz, hep gülün," diye mırıldanıyor.

Diğerlerinin teselliye ihtiyacı olduğunda duygularını gizlemeye ve sağlam durmaya çalışan kişi çoğunlukla ben olurum. Ama bazen, her şey çok fazla geldiğinde kardeşlerim yanı başımda durup sevgileriyle beni kuşatır ve bir süreliğine rolleri değiştiririz.

Babaannem söylenerek bizi ince ince azarlasa da sesindeki şefkat öyle bariz ki ona gülümsemekle yetiniyoruz. Saçlarımızı okşayıp kahvaltıyı hazırlamak için ayağa kalktığında bile biz mutfak zemininde birbirimize sarılmış halde ağlamakla gülmek arası bir yerlerde bir süre daha öylece oturuyoruz.

Hayat kimse için kolay değil elbet. Bu evde ise hayatın zorlukları yüzünden her birimiz duygusal olarak ağır yükler, yaralar taşıyoruz. Günün birinde tasasız ve genç bir kız bir anda ailesine bakmakla yükümlü olduğunda, ortanca çocuk henüz kendisi de küçük olmasına rağmen evin tek erkeği olarak bazı sorumluluklar hissetse bile elinden bir şey gelmediğinde, evin en küçüğü bir günde anne babasını kaybedip de kendini korumak için etrafına sert bir kabuk ördüğünde bu duyguların açtığı yaraları taşımak, ara sıra birlikte ağlamaya ihtiyaç duymak çok normal değil midir?

Hayatımın zor olduğunu düşündüğüm zamanlarda aileme bakıyorum. Büyük kayıplar yaşadığımı, onların yerini asla dolduramayacağımı biliyorum ama yalnız olmadığım için uyandığım her yeni güne umutla başlayabiliyorum. Birbirimizi bu kadar sevdiğimiz için ne kadar şanslı olduğumu biliyor, onlar için her türlü fedakârlığı yapmaktan asla çekinmiyorum. Ailemi çok seviyorum ve onlar için yaşıtlarımın yaptığı birçok şeyden vazgeçmiş olmaktan hiç pişmanlık duymuyorum. Bazen beni zor duruma sokacak yüksek bir fatura için kızabilirim, bazen her şeyle ilgilenmek zorunda olduğum için çok yorulabilirim. Bütün bunlar için kendimi suçlu hissettiğimde kardeşlerimin etrafımda pervane olup sevgi ve desteklerini sunarak yanımda durmaları ve ne olursa olsun her zaman birbirimize kenetleneceğimizi bilmek, hayatın her zorluğunu aşılabilir kılıyor.

Sabah yaşadığımız duygusal andan sonra sessiz bir kahvaltı yapıp evden ayrılıyorum. Otobüs durağına giderken yan evdeki Hikmet Amca'yla karşılaşınca da su faturasının ne kadar geldiğini sormadan edemiyorum. Sabah sabah dramın dibine vurma sebebi bir su faturası olunca herkese ne kadar geldiğini merak etmeden duramıyor insan.

Hikmet Amca ödenmemiş fatura olup olmadığını soruyor, olmadığına emindim çünkü bu konuda fazla titizimdir. *Daha önce ödenmemiş fatura çilesi çektim de... Berbat bir şey.* Hikmet Amca faturanın yanlış kesilmiş olabileceğini, arayıp kontrol etmemi söylüyor. Bana benzer bir anısını anlatırken durağa kadar beraber yürüyüp, biraz sohbet ettikten sonra kendi yollarımıza gidiyoruz.

Ağlaşmalar, kucaklaşmalar derken işe geç kalmamak mümkün olmuyor elbette. Koşar adımlarla ofise girdiğimde nefes nefese kimlerin geldiğine bakıyorum. Birisi benden önce gelip ofisi açmış. Stajyerler olamayacağına göre Ahmet Bey ya da Timuçin Bey olmalı.

Parmak uçlarımda yürürken Timuçin Bey ofisinden çıkınca çoktan buradaymışım gibi davranmaya çalışıyorum ancak koştura koştura geldiğim için nefesim hâlâ düzensiz ve muhtemelen yüzüm de kıpkırmızı.

"Günaydın. Nasılsınız?"

"Geç kaldığını fark etmediğimi düşünüyorsan boşa hayaller kurma," diyor parmağını bana doğru sallayarak. "Şimdilik sessiz kalıyorum. Zamanı geldiğinde bunu sana karşı kullanacağım. Şimdi, bu kahveyi sen iç. Tadı iğrenç olmuş. Bana yenisini yap." Dönüp tekrar ofisine girdiğinde bardağı alıp patronumun abartılı bir taklidini yaparak mutfağa gidiyorum.

Ortalığı düzenledikten sonra öğleye kadar Timuçin Bey'in verdiği basit dosya işlerini halledip Ahmet Bey'in misafirleri ve Timuçin Bey'in müvekkilleriyle ilgileniyorum. Kalabalık bir gün olduğu için o kadar çok kahve yapıyorum ki saat öğleni bulduğunda insanları karşılamaktan ve hata yapmaktan korktuğum için attığım her maili beş kere kontrol etmekten bunalmış bir halde öğle yemeğine çıkmak için dakikaları sayar haldeyim. Kısa bir süre önce tüm günü ayakta, insanlarla ilgilenerek geçirdiğimi düşünürsek bu kadar kolay rahata alışıp da yorulmuş olmak canımı sıkıyor.

Öğle yemeği için avukatlar misafirlerini de alıp çıktığında ben de yerimi Ebru'ya bırakıyorum hemen. Kerem'in yanına ineceğim için çıkmadan önce lavaboya girip yüzümü ve saçlarımı kontrol ediyorum. Artık neredeyse omuzlarıma değen saçlarımı yine çenemin altına kadar kestirsem mi diye düşünürken değişen ve hayli kolaylaşan iş tempomdan yüz bularak saçlarımı uzatma arzusu duyuyorum bir anda. O kadar uzun zamandır kısa saç kullanıyorum ki uzun saçın bana yakışacağından emin değilim.

Belki de Kerem'e sorup fikrini alır, buna göre karar veririm. Onu düşünürken dudaklarıma konan gülücük geçen geceyi hatırlatıyor yine. *Ben sana daha güzellerini alırım,* deyip çiçeklerimi çocuklara verişini ve yemek için beni götürdüğü yerde bana kocaman, renkli bir çiçek buketi alışını düşündükçe ellerimi yüzüme kapatıp çığlıklar atmak istiyorum. Telefonum çalınca ekranda bu olayın mimarı arkadaşımın ismi beliriyor.

"Kalbin temizmiş. Ben de tam seni arayacaktım," diyerek açıyorum aramayı.

"Tabii ki temiz. İnsanın kalbinin güzelliği yüzüne vururmuş, ne kadar yakışıklı olduğuma bakarak anlayabilirsin. Aynı zamanda ne harika bir insan olduğuma da."

"Üff, harika olduğu kadar berbat yönleri de olan bir kişiliğin var senin. İnsanı deli ediyorsun. Dün akşam neden öyle bir şey yaptın ve niye bana söylemedin?"

"Mısra, kızım," diyor bilge bir adam gibi konuşarak. "Klişeler sıkıcıdır, tekdüze ve alışılagelmiştir ama her zaman kesin sonuç verirler. Duyguları ortaya çıkarmak için bilinen en eski ve en etkili numara âşığını kıskandırmaktır. Asırlardır bir kez olsun hayal kırıklığına uğrattığını duymadım. Ve sana söyleseydim berbat oyunculuğunla bizi ifşa ederdin."

Âşığım mı? Bir kıkırtı eşliğinde ellerimi yanaklarıma bastırıyorum hemen. "Haklısın sanırım. Kerem dün her zamankinden daha ilgiliydi. İlk kez benimle flört ettiğinden hiç şüphe etmedim."

"Rica ederim, bana yaklaşık bin tane iyilik borcun var. Biliyorsun değil mi?"

"Bilmeseydim seni görücü usulü randevulardan kurtarmak için evini arar mıydım sanıyorsun?"

Sinan'la telefonda biraz iyilik yarıştırıyoruz. Ne yazık ki o kazanıyor. On dakikadır onunla konuştuğumu fark edince telefonu kapayıp koşar adımlarla iki alt kata, yayınevine giriyorum. Açık kapıyı fırsat bilerek doğruca Kerem'in ofisine gidiyorum. Kapıyı tıklayıp başımı içeri uzattığımda gözlerini bilgisayar ekranından kaldırıp bana bakıyor. Yeni gözlüğünü her gördüğümde bu konuda ona sataşmak istiyorum ama bu, hoşuna gitmediği için kendimi dizginlemeye çalışıyorum.

"Selam gözlüklü şirin." *Eh, ancak bu kadar dizginleyebiliyormuşum.*

Kerem gözlerini devirerek bakışlarını tekrar ekranına çeviriyor. "Nasılsın?" Cevap vermeyince masasının önündeki koltuklardan birine oturuyorum. "Hey!" diye sesleniyorum ama yine cevap vermiyor. Küçük bir çocuk gibi inatla bir şey beklediği o kadar ortada ki şu ifadesine bakarken aşka gelip de *seni seviyorum*, diye haykırmamak için zor dayanıyorum.

"Kerem?" diyorum tatlı bir sesle.

Bilgisayarının kapağını indirip gözlüğünü çıkardıktan sonra bana dönüyor. "Mısra."

"Çok acıktım." Tatlı bakışlarım karşısında daha fazla inat edemiyor oluşunun beni şımartmadığını söylesem, en başta kendimi kandırmış olurum.

İç çekerek arkasına yaslanıp ne yemek istediğimi soruyor.

"Bilmem. Hamburgere ne dersin? Bol kalorili bir şeyler yemek istiyorum bugün." Kerem caddede iyi bir burgerci olduğunu söyleyerek beş dakika beklememi rica ediyor. O göndermesi gereken bir mesajla ilgilenirken masanın üstünde duran fotoğraf makinesini görünce ayağa kalkıp, Kerem'in yanına geçerek makineyi incelemeye başlıyorum.

"Senin mi bu?"

"Evet."

İşini hızlı bir şekilde hallettikten sonra telefonunu bırakıp bana dönüyor. Fotoğraf makinesini Kerem'e doğrultup fotoğrafını çekmeye çalışıyorum ama daha önce bu tarz bir makineyi elime almadığım için beceremiyorum.

"Net görünmüyor ama," diye sızlandığımda Kerem gülerek makineyi alıp bir şeyler yapıyor. Tekrar bana uzatınca bir fotoğrafını çekiyorum. Sonra bir tane daha, bir tane daha derken Kerem başını eğip kamerayı almaya çalışıyor. Uzattığı elini yakalayıp kamerayı yüzüne yaklaştırarak birkaç fotoğraf daha çekerken kıkırtılarımı bastıramıyorum.

Vermemek için direnseın de makineyi elimden almayı başarıyor, mızmızlanmak üzereyken ayağa kalkıp beni kolumdan yakalayarak döndürdüğünde sesim kesiliyor hemen. Sırtım onun göğsüne yaslanınca nabzım hızla yükseliyor. Yüzümü bürüyen şaşkın ve utangaç ifadeyi toparlama şansım olmadan Kerem kamerayı bize doğru kaldırıp fotoğrafımızı çekiyor.

Makineyi döndürüp fotoğrafa baktığında attığı kahkaha kalbimi titretse de çektiği fotoğrafı görünce dehşete düşüyorum. "Sil bunu," diyerek makineyi almaya çalışırken Kerem beni tutup kamerayı uzaklaştırıyor.

"Hayır."

"Ama çok çirkin çıktım. Lütfen silelim. Başka çekersin."

"Sen her zaman güzelsin." Makineyi tekrar kaldırıp yanağını saçlarıma yaslayarak kameraya bakıyor. Ayakkabılarıma doğru erimeden hemen önce Kerem'in belimi tutan koluna sarılıp utangaç bir gülümsemeyle kadraja bakıyorum ve birkaç klik sesi odada yankılanıyor. Kerem benden uzaklaşmadan kollarını indirdiğinde daha da yakınlaşıyoruz. Çektiği fotoğrafları gösterirken pozisyonu yüzünden belime sarılırmış gibi duruyor. Omzumun üzerinden fotoğraflara bakan yüzünde manidar bir gülümseme olduğunu görünce kalbimin gürültüsünü duyduğuna emin oluyorum.

Tam ağzımı açıp bu durumla ilgili bir şey söyleyecekken odada başka bir ses duyuluyor. "Allah muhabbetinizi artırsın," diyen imalı sesle birbirimizden uzaklaşıp kapıya döndüğümüzde, kollarını göğsünde birleştirmiş bizi izleyen Burçak'ı görüyoruz.

Ancak esas felaket bu değil. Burçak'ın arkasında duran annesi, heyecanlı ve umut dolu yüzüyle bize bakıyor.

23. Bölüm

Kendimi Kerem'den kopardıktan sonra yüzümdeki dehşet ifadesini silmeyi deniyorum ancak bu, pek de mümkün olmuyor. Kerem'in gözlerini kısıp, "*Hadi be!*" dercesine başını eğdiğini görünce bakışlarımı odanın tavanına çeviriyorum. Nurdan Hanım'a bakmaya ikimizin de niyeti yok. Bu işten nasıl sıyrılacağımıza dair bir fikrimiz de yok.

"Yanlış zamanda mı geldik?" diye soruyor Nurdan Hanım. Öyle bir tonla konuşuyor ki duyan da bizi yatakta bastığını sanacak. "Burçak, gel kızım, biz sonra uğrayalım."

"Hayır!" diye bağırdığımda Kerem yüzünü gözünü oynatarak bana bakıyor. *Bırak gitsinler,* dediğini duyar gibiyim. Onu dinlemeliyim fakat öyle paniğe kapıl*ıyorum* ki kendime hâkim olamıyorum. "Ne münasebet canım!" derken sesimi ayarlayamıyorum yine. Boğazımı temizleyip bu sefer daha sakin bir sesle konuşuyorum. "Yani, şey demek istiyorum... Gitmenizi gerektirecek bir durum yok. Biz... Şey, Kerem bana fotoğraf makinesiyle ilgili bir şeyi açıklıyordu."

Yalvaran bakışlarım karşısında çaresiz kalan Kerem de "Evet," diyerek destekliyor beni. Fakat bundan hiç hoşlanmadığını bilecek kadar tanıyorum onu. "İşle ilgili görüşüyorduk."

"Tabii, tabii," diye mırıldanıyor Burçak. Bize hiç inanmadığını bilmek için onu tanımama gerek yok. Nurdan Hanım daha fazla dayanamıyormuş gibi ileri atılıp yanıma geliyor. Beni kollarına çekerken bakışlarımla Kerem'den yardım diliyorum.

"Çok sevindim barışmanıza!" diye cıvıldıyor neşeyle.

Gözlerimi kocaman açarak başımı iki yana sallıyorum. "Yok öyle bir şey, yanlış anladınız."

"Hadi hadi, utanacak bir şey yok. Kerem, aferin oğlum. Sana çok kızgındım ama hepsini unuttum vallahi!"

"Anne, biz birlikte değiliz." Kerem'in ne kadar ciddi olduğunu görünce kadıncağızın kafası karışıyor tabii.

"E, o zaman niye ofis köşelerinde sarılıyorsunuz?"

Eğer bu kadar utanıyor olmasaydım haklı sitemi karşısında gülebilirdim. Nurdan Hanım'ın hanımefendiliği beni her zaman etkilemiştir. Babaannem olsa ne sarılıyorsunuz değil, ne fingirdiyorsunuz diye sorardı.

"Ben biraz üzgündüm," diyerek ortaya atıyorum kendimi. "Kerem'le konuşmaya gelmiştim. O da beni arkadaşça teselli ediyordu."

Bahanelerim o kadar kötü ki çaresizce her şeyi itiraf edip bu azaptan kurtulmak geçiyor içimden. Sonra Kerem'in kafa sallayarak yalanlarımı onayladığını görüyorum. Bu durumdan ne kadar rahatsız olduğunu anlayınca içim sızlıyor. Âşık kalbim yüzünden tüm suçu üstüme alıp onu bu külfetten kurtarmak için delice bir istek duyuyorum.

"O kadın geldi diye mi üzüldün?"

Nurdan Hanım'ın Berna'yı kastettiğini anlamam birkaç saniye sürüyor. Beni bu kadar düşünmesi karşısında hepten utanıyorum. Bana her zaman anne şefkatiyle yaklaştığını, bana ne kadar güvendiğini düşününce yüzüm kızarıyor. Her şey bir oyundan ibaretken ve onu tekrar görmeyeceğimi düşünürken bunları göz ardı edebilmiştim ama şimdi oğluna âşıkken, bir gün gerçekten onun gelini olabilmeyi tüm kalbimle dilerken geçmişte yaptıklarımdan utanç duyuyorum. Yalan söyleyip günü kurtarabilirim ama Kerem'le bir gelecek istiyorsam dürüst olmak gerektiğini fark ediyorum birden. Kerem Tunalı'nın başrolde olduğu hayaller kurarken ailelerimize söylediklerimizi hiç düşünmemiştim. Beni sevip güvenen herkesi kandırdığımı ancak şimdi, Nurdan Hanım'ın beklentiyle dolu gözlerine bakarken idrak edebiliyorum. Fakat ne yapabilirim ki? Nasıl "*Oğlunuz benden sahte sevgilisi olmamı istedi,*" diyebilirim? Söylenecek şey mi bu!

"Hayır," diye mırıldanıyorum sessizce. "En baştan yalan söylediğim için çok huzursuzdum. Bu yüzden hayır dedim nikâhta."

"Mısra." Kerem'in adımı seslenişindeki açık uyarıyı duysam da susmuyorum. Ne olacaksa olsun artık. "Olduğumu söylediğim kişi değilim Nurdan Hanım. Bunun için hepinizden özür dilerim."

Nurdan Hanım'ın bir açıklama için Kerem'e baktığını görünce gözlerimi ellerime çeviriyorum. Kerem, "Of, Mısra," diyor gürültülü bir nefes verirken. Annesini omuzlarından tutup, kapıya yaslanmış halde bizi izleyen Burçak'ın yanına götürürken ben yere bakmaya devam ediyorum.

"Eve gidin siz, akşam konuşuruz."

"Ama abi," diyen Burçak izlediği filmin en heyecanlı yerindeyken annesi tarafından yatmaya gönderilmiş bir çocuk tavrıyla itiraz edince Kerem sinirleniyor. Burçak'a aldırmadan annesinin yanaklarından öpüp kulağına bir şeyler söyledikten sonra geri çekiliyor. Nurdan Hanım bana bir şey söylemek istercesine bakıyor ama sonra kızını da alarak, tedirgin bakışlarıyla arkasına dönüp ofisten çıkıyor.

Kerem'le baş başa kaldığımızda ikimiz de konuşamıyoruz. Gözlerimin dolduğunu, kalbimin kırıldığını hissediyorum. Nasıl bu kadar aptal olabildiğimi, onları ne kadar inciteceğimi nasıl olup da önemsemediğimi düşündükçe utançtan yerin dibine girmek istiyorum. Kendi dertlerime o kadar boğulmuştum ki oynadığımız oyunun gerçek bir yanı olduğunu düşünmedim bile.

"Her şeyi anlattıktan sonra nasıl yüzlerine bakacağım?" diyorum parmaklarımı gözlerime bastırarak. Yüzlerine bakmamayı, çekip gitmeyi aklımdan bile geçiremiyorum. Çünkü bu Kerem'den vazgeçmek demek ve bunu göze alamam. "Böyle anlaşmamıştık ki... Bir daha görüşmememiz gerekiyordu. Kendimle ilgili o kadar çok yalan söyledim ki neler zırvaladığımı hatırlamıyorum bile."

Kerem sessizce yanıma gelip beni kendine çekiyor. Alışmaktan korktuğum sıcacık göğsüne sokulurken çenesini başıma yasladığında gözyaşlarıma daha fazla direnemiyorum.

"Özür dilerim," diyor saçlarımı okşayarak. "Bunların hepsine ben sebep oldum ama ben de bir daha karşılaşmayacağımızı düşünüyordum. Nikâhtan sonra seni görmeyi planlamamıştım. Benim için bu kadar önemli biri olacağını bilmiyordum Mısra."

Ağzından çıkan her bir kelime kulaklarımda yankılanırken kollarının arasında donup kalıyorum. Gözyaşlarım bile bir anda kesiliveriyor. Nefes almayı hatırlamanın, ağzımı açıp bir şeyler söylememin imkânı yok. Kerem saçlarımı okşayarak, bana sarılıp beni teselli ederken kalbimin her saniye genişlediğini, içinde emsalsiz bir sevgi biriktiğini hissediyorum. Bana sarılırken, beni önemsediğini söylerken hayatta başka neye ihtiyacım olabilir ki?

Başımı kaldırıp ona baktığımda parmaklarını yüzümde gezdirerek gözyaşlarımın izlerini siliyor. Bu ânı yaşayan bir başkasıymış gibi hissetmekten alıkoyamıyorum kendimi. *Sanki bir rüyanın içindeyim.*

"Ben de bilmiyordum." Az önce ağladığım için sesim küçük bir kız gibi çıkınca surat asıyorum. Kerem buna gülerek kâküllerimi düzeltip ellerini yüzümden çekiyor. *Ne yazık.*

"Akşam anneme durumu açıklayacağım. Sonra birlikte gidip konuşuruz, tamam mı? Başlarda kızacaktır ama zamanla yumuşayacağına eminim." Annesini hatırlatmasıyla utanç duygusu tekrar üzerime biniyor. Bir adım geriye çekilip kollarının arasından çıkıyorum. "Asma yüzünü," diyor Kerem. "Gülümse hadi. Seni hep gülerken görmek istiyorum, somurtunca çirkin oluyorsun."

"O zaman keyfimi yerine getirecek bir şeyler söyle de güleyim," diyorum aksi bir sesle. Kollarımı göğsümde birleştirip mızıkçı çocuklar gibi davranıyorum ama ne yapalım? O da bana çirkin demeseymiş.

Karem bir şey söylemeden önce ona bakmamı sabırla bekliyor. Elimden geleni yapsam da bir dakika bile dayanamıyorum. Gözlerimiz buluştuğunda bakışları sıcacık bir anlamla parlıyor. Bakışları öyle derin ki baştan aşağı ürperiyorum.

"Ne?" derken sesim hafifçe titriyor. "Niye öyle bakıyorsun?"

"Sana güzel bir şey söylemek istiyorum."

"Tamam." Boğazım kuruyor, kollarım iki yana düşerken zorlukla yutkunuyorum. "Söyle."

Kerem az önce araya koyduğum birkaç adımlık mesafeyi aşıp bana yaklaşıyor. Yüzüne rahatça bakabilmek için başımı biraz kaldırıyorum. Bir eli kolumun üzerinden kayıp, elimi avuçlarının arasına alınca kalbim bir davul gibi gümbürdemeye başlıyor. Yüzümü güldürmek için iltifat edeceğini düşünürken Kerem'in dudaklarından bugün asla duymayı beklemediğim bir itiraf dökülüyor.

"Sen seviyorum Mısra."

24. Bölüm

"Seni seviyorum Mısra."

Kerem'in ağzından bu sözcüklerin çıktığına eminim. Ancak ânın gerçekliğini kavramakta zorlanıyorum. Kötü bir şakaya kurban gidiyormuşum da birazdan bana gülecekmiş gibi hissediyorum fakat Kerem beni dünyanın en güzel bakışlarıyla izlemeye devam ederken bu nasıl olabilir ki?

Bir cevap vermem gerektiğini düşünerek dudaklarımı aralıyorum ama öyle şaşkınım ki tek söyleyebildiğim, "Hı?" demek oluyor.

Kerem'in dudakları iki yana kıvrıldığında bir şakaya kurban gitmenin korkusuyla, "Dalga mı geçiyorsun?" diye soruyorum hemen. Kızgın görünmek isterdim ama hâlâ şaşkınlığımdan sıyrılabilmiş değilim.

"Hayır," diyor Kerem gülümsemeyi keserek. "Seni seviyorum."

Ah. Beni öldürmeye çalışıyor olmalı. Oyunumuz ortaya çıkmasın diye beni öldürüp eceliyle öldü süsü verecek!

"Yani... Hangi anlamda?"

Sorum onu şaşırtmış olmalı çünkü romantik bakışları yerini kafası karışmış bir ifadeye bırakıyor. "Ne?"

"İnsanlar birbirlerini pek çok bakımdan sevebilirler." Elimi kaldırıp parmaklarımı göstererek saymaya başlıyorum. "Anneni seversin, kardeşini, arkadaşını, sev... Sev..." kelimenin devamını bir türlü getiremiyorum. Tuttuğum parmağıma bakıp kekelemeden konuşmaya çalışırken Kerem işaret parmağımı tutuyor ve "Sevgilini mi?" diyerek tamamlıyor kelimeyi.

"Şey, evet."

"Haklısın, sevgiliye duyulan sevgi diğerlerinden daha farklıdır sanıyorum. Yetişkin insanlar için ayırt etmesi kolay bir duygu. Sence de öyle değil mi?"

"Bak işte, benimle dalga geçiyorsun."

Kerem aptallığımdan sıkılmış gibi gözlerini devirince biraz üzülüyorum. Nedenini kim bilir ki? Aklımı yitirmişim burada, kimse benden mantıklı olmamı beklemesin lütfen.

"Neden? Sana âşık olamaz mıyım?" diyor Kerem alıngan görünerek.

"Olabilir misin?" diyorum hayretle. Ben aptal bir kız değilim ama beni de anlayın. *Yani, olabilir mi böyle bir şey?*

"Biz burada ne konuşuyoruz Mısra?"

"Bilmem. Delirdiğini mi?" Sözlerim üzerine siniri bozulmuş gibi gülüyor. Bense her an yere yığılacakmışım gibi durmaktan vazgeçerek, dikleşip sakin kalmayı deniyorum.

"Bunu bu kadar zorlaştırdığına inanamıyorum. Tamam, bana annemi hayal kırıklığına uğratmayı neden bu kadar önemsediğini söyle."

Konunun değişmesi karşısında rahatladım mı yoksa kızgın mıyım emin değilim ama bu kez hızlı cevap verebiliyorum. "Çünkü... Şey, annenin üzülmesini istemezsin diye."

"Evet, istemem. Bunca yalandan sonra bir tane daha söyleyebilir, annem için konuyu kapatabilirim. Sonrasında bir daha birbirinizi görmezsiniz..." deyip başını eğiyor ve bakışlarımı tekrar yakalıyor. "O zaman annemin gönlünü almak, senin için neden bu kadar önemli?"

"Ben..." O an Kerem'in her şeyi çoktan fark ettiğini anlıyorum. Bu kadar anlaşılır olduğumla ilgili ne hissetmeliyim, emin değilim. Fakat o kelimeler ağzından çıktığından beri ilk kez beni gerçekten seviyor olabileceğini düşünüyorum. *Ah.*

"Seninle çok yanlış bir şekilde tanıştık," diyor Kerem. "Hislerim konusunda sürekli sorgulanmaktan çok bunalmış, annemin sürekli acı çektiğimi düşünerek her gün beni başka bir kadınla tanıştırmaya çalışmasından çok sıkılmıştım. O kadar sıkılmıştım ki hayatımda bir kez pervasızca davranmak, belki biraz da beni bu kadar boğdukları için ailemden küçük bir intikam almak istedim. Bunun ne kadar aptalca olduğunu biliyorum. Başlarda çok pişman olmuştum ama artık öyle hissetmiyorum. Çünkü bu aptallık yolumu sana çıkardı Mısra. Son yıllarda duygularımı dışa vurma konusunda rahat davranamıyordum. Eskiden hislerimi açığa vurmaktan çekinmezdim ama yaşadıklarımdan sonra içime kapandım sanırım. İlk tanıştığımızda soğuk, kaba biri olduğumu söylüyordun," diyor hafifçe gülerek. "Öyle biri değilim. Sadece... Sessiz biriyim sanırım. Belki biraz da mutsuzdum. Senin kadar hayat dolu olabilmeyi dilerdim."

Kalbim öyle dolu ki onu artık taşıyamadığımı hissediyorum. Kerem konuştukça içimde rengârenk çiçekler açıyor. Karşımda bana kalbini açarken, söylediği her şeyin içtenlikle dolu olduğunu sesinden, bakışlarından anlayabiliyorum. Dudaklarımı ıslatıp ağzımı açtığımda bir süredir kirpiklerimde bekleyen bir iki damla yaş yanaklarıma düşüyor.

"Ben hayat dolu değilim ki. İçimde hayattan bezmiş bir kadın var."

"Öylesin," diyor Kerem gözyaşlarımı silerken. "Bütün karanlıkları aydınlatacak kadar hayat dolusun sen."

"Kerem..." Adını inlercesine söylüyorum çünkü her an yere yığılıp haykırarak ağlamaya başlayabilirim. Kerem ellerime uzanıp konuşmaya devam diyor. Onu konuşmaya hiç bu kadar hevesli görmemiştim.

"Sadece dinle. Benim için ne kadar önemli olduğunu anlatmak istiyorum." Kerem derin bir nefes alırken ben de farkında olmadan ona eşlik ediyorum. "Başta seni tanımakla hiç ilgilenmemiştim. Aslında seninle konuşmak çok rahatsız ediciydi çünkü kim bilir nasıl bir adam olduğumu düşünüyorsun diye utanıyordum senden."

Güldüğümde o da gülümsüyor. O günlerde onun kafayı yemiş bir hovarda olduğuna emin olduğumu bir gün söyleyeceğim ama şimdi değil.

"Fakat sonra bir şekilde görüşmeye devam ettik ve seni tanımaya başladım. Tatlı, neşeli görüntünün ardında aslında ne kadar zorlandığını fark ettim. Aldığın sorumluklar seni yorsa da bunu asla itiraf etmiyordun. Seni çok seven bir ailen vardı ama yalnız görünüyordun Mısra. Yükün ağırdı ve sen tek başına altından kalkmaya çalışıyordun. Seni kendime benzettim..." Ellerimi Kerem'in beline koyup ona biraz daha yaklaştığımda bana sarılıyor. Bir eli enseme, diğeri belime konarken anlatmaya devam ediyor.

"Ama sen benden çok daha güçlüsün. Başındaki onca derde rağmen bana yardım ettin, üzüldüğümde beni teselli ettin. Son günlerde kendi hislerimi araştırıyor, seni sevdiğimi düşünüyordum ama bütün bunları anlatırken sana ne kadar âşık olduğumu yeniden keşfediyorum sanki. Seni seviyorum Mısra. Eğer hâlâ ikna olmadıysan sabaha kadar bunu tekrarlayabilirim."

"Kerem," diye fısıldıyorum gözyaşlarımın arasından bir kez daha. Onun sevgisini kazanmayı ummuş ama hayallerimde bile bana bu kadar güzel şeyler söyleyeceğini tahmin etmemiştim. Kerem'in şapşallığımı bu kadar ciddiye alıp da beni ikna etmek için her şeyini ortaya koyacağını nasıl hayal edebilirdim ki? Söylediği her cümleyle birlikte ona olan aşkım büyümüş, bütün şehri kaplamıştı sanki. Yüzüme bakan herkes benim Kerem'e âşık olduğumu anlayabilirdi artık.

"Seni uzun zamandır sevdiğimi biliyor musun?" dediğimde yüzümü okşayan parmakları duruyor. Gözlerine daha önce görmediğim kadar parlak bir bakış yerleşirken dünyanın en güzel gülümsemesiyle bakıyor bana.

"Şüpheye yer bırakmamak için söylemek istersin belki."

Kocaman bir gülücük yüzüme konarken, kızarmış burnumun ya da gözyaşlarıyla ıslanan yüzümün nasıl göründüğünü hiç düşünmeden parmak uçlarımda yükselip yanağına uzun bir öpücük konduruyorum. Bana dünyanın en büyük mutluluğunun ne olduğunu sorulsaydı onlara Kerem'in aşkına sahip olmak olduğunu söylerdim. Şüpheye yer bırakmamak için, bunu ona da söylüyorum.

"Seni seviyorum Kerem."

25. Bölüm

Ahmet Bey'in ofisinde, onun talimatlarına göre randevularını düzenlerken önümdeki defteri kalplerle doldurmamak için tek bir mantıklı sebep bulamıyorum. Bedenen odanın ortasında dikiliyor olabilirim ancak ne aklım ne kalbim ne de ruhum burada. Onları alt katta, Kerem Tunalı'nın yanında bıraktım.

Bana seni seviyorum dedi. İnanabiliyor musunuz? Şahsen ben hala inanamıyorum. Saatler geçmesine rağmen hala gözlerime bakışını, kalbimdeki tüm sıkıntıları silip atan sözlerini, yüzümde gezinen parmaklarının bıraktığı o eşsiz hissi aklımdan çıkaramıyorum. Çıkarmak da istemiyorum zaten. Hiç beklemediği bir anda, asla hayal edemeyeceği kadar güzel bir aşk itirafı almış birinden nasıl işe dönüp patronuna bilgi vermesini bekleyebilirsiniz ki? *Sahi, patron demişken...*

"Efendim?" diyorum daldığım hayallerden kopup. Ahmet Bey koltuğunda geriye yaslanmış, dirseği koltuğun kenarına dayalı halde, elinde kalemini çevirerek bana bakıyor. Göz göze geldiğimiz anda dalıp gittiğim için yanaklarım kızarıyor. "Şey... Ben... Özür dilerim. Ne demiştiniz?" Ahmet Bey dümdüz bana bakmaya devam edince ben de ayakkabılarımı inceleyerek birkaç ton daha kızarmakla vakit harcıyorum.

"Çıkabilirsin," diyor aniden doğrulup.

Ayağa kalkıp ceketini giymeye başladığında, "Hı?" diyorum şaşkınca.

"Eve gitmek istemiyorsan sorun değil, sana yapacak iş bulmakta sıkıntı çekmeyeceğimize eminim."

"Hayır!" Sesim birkaç oktav fazla çıkınca dilimi ısırıyorum. "Çıkalım." Ahmet Bey'in her zaman biraz korkutucu bulduğum o ciddi bakışları yüzüme dönüyor. "Yani siz çıkın… Sonra da ben çıkayım…"

"Evet, iyi fikir."

"Ama mesaimin bitmesine daha bir saat var."

"Yani?"

"Hiç. Maaşımdan kesilecek mi diye merak ettim," deyiveriyorum birden. Öylece ağzımdan çıkan sözcükleri idrak edebildiğimde gözlerim kocaman açılıyor. Ahmet Bey'in bana dik dik baktığını görünce yerin dibine girmek istiyorum.

"Hah," diyorum gerince. "Hah hah ha!"

Kahkaham o kadar acınası ki kendimi yere atıp, "*Bugün neler yaşadığımdan haberin var mı?*" diye haykırmak istiyorum. *Kerem Tunalı'nın bana âşık olduğunu öğrendim! Yeterince altüst olmuş durumdayım yani, niye üstüme geliyorsun?*

"Takılıyordum," diyorum incecik kalan sesimle. Tek bir kelime daha edersem sesim kaybolacak.

"Demek takılıyordun. Seni Timuçin'in insafına bırakmamı ister misin? Tüm gece seni burada tutabileceğini düşünüyorum."

"Bana bunu yapmazsınız, değil mi?"

Sorum bir parça dehşet dolu çünkü bugün öğle arasından geç döndüğümde Timuçin Bey beni güzelce azarladı. Bense artık bir sevgilim olduğunu düşünerek rüyalara daldığım için onu pek dinleyemedim, dolayısıyla benden istediği birkaç şeyi duyamamışım. Ne yapayım, bir sevgilim olduğu fikrine alışmaya çalışıyordum. Huysuz çocuklara benzeyen patronumun insafına kalmak için hiç de uygun bir gün değil.

"Hayatımda gördüğüm en acı dolu yüz ifadesiyle karşımda duruyorsun. İçim elvermeyecek galiba." *Allah razı olsun. Allah çoluğunu çocuğunu Timuçin Bey gibi adamlara benzetmesin. Benimkileri de benzetmesin. Âmin.*

"Teşekkür ederim. Bu arada yeni saç kesiminizi fark etmedim sanmayın, harika olmuş." Aniden neşelenerek ona iltifat etmeye karar verdiğimde Ahmet Bey başını iki yana sallıyor.

"Nerede susacağını bilmiyorsun Mısra," diyor gülerek. "Timuçin'in sana sataşıp durmasına şaşmamalı. Yine de teşekkür ederim."

"Melike Hanım'la mı görüşeceksiniz?" Nerede susacağını bilmiyorsun demekte haklı adam. İnsanı kabalaşmaya mecbur ediyorum resmen.

"Evet. Selamını iletmemi ister misin?" diyor sıkıldığını belli eden sesiyle. Bu arada son dosyayı yerleştirip kapağını kapattıktan sonra çantasını eline alıyor.

"Lütfen," diyorum sevimlice. "Ve iyi akşamlar. Nişanlınızla birlikte güzel vakit geçirin."

"Bir şey mi içtin sen? Yüzündeki şu garip gülümsemeyi yok et. Sinirimi bozuyor."

Ahmet Bey odadan çıktıktan sonra kıkır kıkır gülerek arkasından gidiyorum. Ofiste kalan stajyerlere çıkacağımı haber verip, Timuçin Bey'i es geçerek sıvışıyorum bürodan. Zira kendisi bugün beni hayli bunalttı.

Merdivenlerin ortasında durup ne yapacağımı, nasıl davranmam gerektiğini düşünürken yanaklarımı ateşler basıyor. Yüzümün sıcağına karşın buz tutmuş ellerimi yumruk yapıp yüzüme bastırıyorum. Birkaç sorum var.

1. Çıktığımı haber vermeli miyim?
2. Bugün Kerem'i bir kez daha görmeyi minnoş kalbim kaldırabilir mi?

3. Bayılmadan ya da saçma sapan sesler çıkarmadan konuşmayı başarabilir miyim?

Yapabileceğimi düşünmüyorum. Bu yüzden indiğim birkaç basamağı tekrar çıkıyor ve tırnaklarımı kemirmemek için kendime hâkim olmaya çalışarak asansöre biniyorum. Kerem'in katından geçerken kararsızlık içinde kalmamak için asansöre binmiştim ama şans bu ya, beşinci katta asansör duruyor. Kapılar açıldığında elinde büyük bir kutu taşıyan kuryeyle karşılaşıyoruz. Kapısı ardına kadar açık olan yayınevine doğru bakınca koridorda elindeki kâğıdı dikkatle inceleyen Kerem'i görüyorum ve kalbim sıkışıyor. Asansörün ortasına doğru geçip kuryenin arkasına saklanarak kaybolabilir miyim diye hesaplamalar yapmaya başlıyorum birden. Çünkü Kerem'le konuşmayı yüreğim kaldıramayabilir. Henüz bana söylediklerinin heyecanını aşabilmiş değilim. Bu kadar heyecanlı olmak beni utandırıyor doğrusu.

Fakat ne yazık ki kapıyı örtmek üzere olan Neşe beni görüp, "İyi akşamlar Mısra," deyince Kerem tarafından fark ediliyorum. Birkaç gün öncesine dek, bu kadar kolay kızarabilen bir insan olduğumun hiç farkında değildim. Kerem kâğıtlarını indirip bana doğru yürümeye başlayınca kalbimdeki davullar tekrar çalmaya başlıyor.

"Abla geçiyon mu, kalıyon mu?" *Cızzt* diye bir ses duydunuz mu siz de? Şurada iki romantizm yaşatmıyorlar arkadaş!

"Ne?"

Bana sabırsız gözlerle bakan genç kurye, asansörü işaret ediyor. Tam ortada durup çocuğa geçiş hakkı tanımadığımı fark edince utançla bir özür mırıldanıp asansörden çıkıyorum.

Neyse ki Neşe'ye bakmak zorunda değilim çünkü Kerem dışarı çıkıp kapıyı kapatıyor. Kapatmadan önce bizi dinleyecekmiş gibi görünen Neşe'yi parmağını ona doğru sallayarak uyarıyor üstelik. "İşinin başına."

Bana döndüğünde zihnimde bir alarm sistemi devreye girmiş gibi telaşlanıyorum. *Vücut ısısı normalin üstünde, saç diplerinde aşırı kızarmadan oluşan yanıklar tespit edildi! Konuşma yetisi kaybedilmek üzere. Devreler yanıyor! Acil yardım! Acil yardım!*

"Çıkıyor musun? Erken değil mi?"

"Evet. Öyle oldu bugün," derken Kerem'in ayakkabılarını inceliyorum. Bugün ayakkabılarla aramda samimi bir bağ kuruldu. Durduramıyorum kendimi. En az halı deseni incelemek kadar cazip geliyor gözüme.

"Ee, beni görmeden mi gidiyordun?" dediğinde yüzüne kaçamak bir bakış atıyorum. Oldukça keyifli görünüyor. *Hain.*

"Şey... Gitmiyordum ki."

"Öyle mi?" diye sorduktan sonra kısık gülüşü ulaşıyor kulaklarıma. Çeneme değen parmakları beni ona bakmaya zorlarken utangaç bakışlarımı gözlerine çevirmek zorunda kalıyorum. Göz göze geldiğimizde ise tüm o hanımefendi davranma çabalarım yerle bir oluyor.

Ellerimi yüzüme götürüp, "Ay, yapamayacağım," diyorum bir kıkırtı eşliğinde.

"Neyi?"

"Ne bileyim?" derken parmaklarım aralanıyor. "Sana bakınca fena oluyorum."

Kerem kısık bir gülüşle omuzlarıma sarılıp beni kendine çekiyor. Kollarım zahmetsizce beline dolandığında mest olmuş bir iç çekişle göğsüne sokuluyorum.

"Seni eve bırakmak istiyorum ama erteleyemeyeceğim işlerim var," diyor çenesini başıma yaslayıp.

"Sorun değil."

Biraz yalnız kalıp kendimi yatıştırmayı denesem daha iyi olacak zaten. Aksi halde fazla aşktan ölüp gideceğim.

"Hafta sonu için bir planın var mı?"

Çenemi göğsüne yaslayıp başımı kaldırdığımda Kerem

yüzümü avuçlarının arasına alıyor. Daha önce bir adamla böyle hoş bir yakınlığı paylaşmadım ama Kerem'i hiç yabancılamıyorum. Ona sarılmanın verdiği rahatlatıcı his öyle kuvvetli ki sanki bu yeni bir yakınlık değilmiş de her zaman böyleymişiz gibi hissettiriyor.

"Yok," derken başım ellerine doğru eğiliyor. *Öyle mutluyum ki.*

"Öyleyse seni kahvaltıya götüreyim mi?"

Yayınevinin kapısının ardından sesler gelince birilerine yakalanmamak için geriye çekiliyorum. Kimseden bir şey saklamak çabasında değilim ama herkesin bizi sarmaş dolaş görmesine de gerek yok.

"Olur. Kaçta buluşalım?"

"Seni dokuzda evden alırım."

"Anlaştık, görüşürüz."

Asansörün düğmesine basıp içeriye doğru geri geri yürürken Kerem tuttuğu elimi bir süre bırakmıyor. Asansöre girdiğimde mesafe yüzünden ellerimiz ayrılıp da iki yana düştüğünde bu şapşal anların verdiği keyifle ona el sallayıp aşağı iniyorum. Her ne kadar her şey öyle hissettirse de bu bir peri masalı değil. Her şeye çok yanlış bir şekilde başladık ve bunun sorunlara, sıkıntılara yol açacağını biliyorum. Yine de yüzleşmem gereken sıkıntılardan önce bir süreliğine peri masalını yaşadığımı düşüneceğim.

26. Bölüm

Hiç mutluluktan kafayı yemiş gibi hissettiğiniz oldu mu? Benim oldu. Hoş bir his doğrusu. Kulağımda tatlı bir aşk şarkısı çınlıyor, kalbim kıpır kıpır, yüzümde şapşal bir gülümsemeyle sallana sallana çıkıyorum evimin meşhur yokuşunu. Normalde bu yokuşu çıkmak bir zulümdür. Yukarı tırmanana dek bütün enerjimi, sabrımı ve iyi niyetimi kaybettiğim için evime bunalmış bir halde girerim çoğu zaman. Fakat bugün bu yokuş bile alt edemiyor beni.

Eve geldiğimde kapıyı açan babaannemi sımsıkı kucaklayıp yanaklarına sulu öpücükler konduruyorum. Fakat kendisi sevecenliğiyle bilindiğinden beni hemen iterek yanından uzaklaştırıyor.

"Kudurmuş yeni gelin gibi ne öpüyorsun şap şup?"

"Oha babaanne!" diyerek kahkaha atınca eli kalçama uzanıyor, ileri atılıyorum ama kalçama attığı çimdikten kurtulamıyorum.

"Oha senin dedendir!" diyor çimdiğini koluma attığı hafif tokat takip ederken.

"Dedem hakkında düzgün konuşsana sen. Adam senin dilin yüzünden göçtü gitti, hâlâ bırakmıyorsun peşini."

Babam ne zaman babaanneme sataşmak istese böyle söylerdi. Babaanneme de babamı hatırlatmış olmalı sözlerim çünkü gözlerindeki dalgalanmayı gördüğüme eminim. Fakat sadece bir saniye sürüyor. Ayağından terliğini çıkarmaya yeltendiğinde çığlık atarak Emre'nin odasına kaçıyorum. Gülerek içeriye girdiğimde beklenmedik bir manzara karşılıyor beni.

Ecrin ve Emre sırtlarını yatağın başlığına dayamış, ayaklarını birbirlerinin üstüne atmış yan yana oturuyorlar. Ecrin başını abisinin omuzundan kaldırmadan ifadesiz bir yüzle bana çeviriyor gözlerini. Emre de büyük bir salata kâsesine doldurdukları patlamış mısırları avuçlayarak ara vermeden yemekle meşgul.

Bu nadir olsa da aşina olduğum bir görüntü. Bu ikisi kavga etmeden arkadaşça oturuyorsalar ortada bir sıkıntı var demektir.

"Ne yapıyorsunuz?"

"Film izliyoruz," diyorlar ergen sesleriyle. O sesi biliyor musunuz? Hani karşısındakileri aşağılar gibi bir tavır takınan, hayattan bıkmış bir ses.

Bilgisayardan gelen seslere kulak verdiğimde kaşlarım endişeyle çatılıyor. "Harry Potter'ın finalini izliyorsunuz."

Ne zaman kendilerini üzgün hissetseler Harry Potter filmleri izlerler. Ayaklarının ucundaki bilgisayarı alıp masaya koyarken bana itiraz etmiyorlar. Filmi durdurup yatağın üstüne çıkarak kardeşlerimi eze eze aralarına girip oturuyorum. Yatak küçük olduğu için düşmemek adına bana tutunmak zorunda kalıyorlar ama kimse şikâyet etmiyor.

"Evet. Dökülün bakalım."

"Yok bir şey."

"Harry'yi özlemişiz, izleyelim dedik."

"Tamam, şimdi doğruyu söyleyin," dediğimde Ecrin kafasını kolumun altından sokup bana sarılıyor. Üçümüz beraber otururken diğer ikisi her zaman birbirine sataşıp dururlar ama bu kez Emre de bana yaslanarak başını omzuma koyuyor.

"Bir şey yok, gerçekten."

Bir şey olmasaydı şu an Emre, Ecrin'i yatağa sığamadığı için tekmeleyerek düşürmeye çalışıyor olurdu. Israr etmek yerine sessiz kalıp anlatmalarını bekliyorum. Başını göğsüme yaslamış yanımda uzanan kız kardeşimin uzun saçlarıyla oynarken kısa bir süre sonra Ecrin ağzındaki baklayı çıkarıyor.

"Bugün biraz üzüldüm." Kısık sesi yüzünden başımı eğsem de pozisyonu yüzünden yüzünü göremiyorum.

"Hem söyleme diye saatlerce beynimi yedin hem de anlatıyor musun? Ecrin, yemin ederim bir gün seni dayak manyağı yapacağım," diye söylenen Emre'yi uyarmak için yaslandığı omuzumu sertçe ittiğimde sesi kesiliyor.

"Neden üzüldün canım?"

"Bak, yine hatırlatıyorsunuz bana, sonra sakin olmamı söylüyorsunuz. Deliriyorum."

Ecrin kırılgan yanlarını kolayca ortaya çıkarabilen bir çocuk olmadı hiçbir zaman. Büyüdükçe, genç bir kıza dönüştükçe bu huyunun değişmesini umuyordum ancak bazen büyüdükçe hislerinden bahsetmek konusunda daha fazla içine kapandığını düşünüyorum. Konuşmak istediği zaman anlayış göstererek onu dinlemezsem içini dökmekte daha fazla zorlanıyor. Bu yüzden Emre'nin koluna sert bir çimdik atıp dudaklarımı oynatarak sessiz olmasını söylüyorum.

"Ecrin, söyle hadi. Endişeleniyorum."

"Sabah arkadaşlarımla kahvaltıya gittik. Gökhan da oradaydı."

Bunu hiç direkt olarak söylemese de Gökhan'ın hoşlandığı çocuk olduğunu bir süre önce anlamıştım. Ondan hiç tatlı ve neşeli hislerle bahsettiğini duymadım ancak Ecrin'in mizacı yüzünden bunun bir sorun olduğunu düşünmemiştim. Emre yanımda sessizce Gökhan'a sövdüğünde gözlerimi devirerek ona dönüyorum. "Bir sus artık be."

Ecrin'den devam etmesini istediğimde, "Cemre herkesin ortasında annemin olmayışıyla ilgili bir şaka yaptı," diyor konuşurken çatlayan sesiyle. "Gökhan da buna güldü. Çok incindim abla." Her zaman dik dik konuşan kardeşimin böyle kısık, kırılgan bir tonla konuşmasından ne kadar üzüldüğünü anlayabiliyorum. Her ne kadar budala gibi davranmaya kararlı olsa da Emre de anlıyor.

"Nerede oturuyor lan bu Gökhan? Onun o sırıtan ağzına sı..." Elimin tersiyle ağzına vurduğumda kaşlarını çatıyor Emre. "Aman be! Küfür kuralını tartışmak istiyorum. Gerçek şerefsizlere küfür etmek serbest olsun artık bu evde."

"Çocuk bunlar Emre. Kes sesini."

"Karaktersiz, şımarık velet. Bütün kemiklerini kıracağım, hayatı boyunca bir daha gülemeyecek. Pi..."

"Aa! Yangına körükle gitmesene!" diye bir kez daha kesiyorum Emre'nin lafını. Bakışlarımla onu azarlarken bir şeyler daha söylemeye yelteniyor ama sonunda susup başını başka yöne çeviriyor.

İç çekerek tüm ilgimi Ecrin'e yöneltiyorum. Onu böyle sakince kucağıma kıvrılmış halde görmek beni üzüyor. Kendimi en az onun kadar incinmiş hissederken, "Çok üzgünüm Ecrin," diyorum kardeşimin saçlarını okşayarak. "Nereye gidersek gidelim, ne yaparsak yapalım bencil insanlar hep var olacak. Keşke sizi onlardan koruyabilsem ama yapamam. Başkalarının acılarını umursamayanlar ve onlara arka çıkanlar her zaman etrafımızda olacaklar. Neden biliyor musun? Çünkü bizler onlar gibi değiliz. Ne kadar canımız yanarsa yansın bir gün bizim gibi hissetmelerini dilemeyiz. Çünkü bunun ne kadar korkunç olduğunu biliyoruz ve birinin böyle yaşamasını isteyecek kadar kötü olamayız." Yüzünü tutup bana bakmasını sağlıyorum. "Sana üzülme diyemiyorum ama her zaman burada, yanında olduğumu biliyorsun, değil mi?"

Ecrin'in iri gözlerinden yaşlar dökülmeye başlayınca benim gözlerim de hemen yaşarıyor. "Annemle babamı çok özlüyorum," dediğini duyunca ona sıkıca sarılıyorum. Emre de bize sokulup kollarını ikimizin etrafına dolarken başını saçlarıma yaslıyor.

Hiç konuşmadan, acımızı birbirimize duyduğumuz sevgiyle avutmaya çalışıyoruz. Hayatta kaldığımız için onların da benim gibi her zaman şükrettiklerini biliyorum. Annemle babamdan sonra birbirimizi de kaybetseydik nasıl yaşardık, hayal bile edemem. Kardeşlerimin de böyle hissettiğine eminim çünkü her şeye birbirimiz için dayanıyoruz.

Annemle babam gittikten sonra güçlü durmak zorundaydım çünkü iki küçük kardeşim vardı. Emre güçlü olmak zorundaydı çünkü ben neredeyse tüm gün çalışıp borçlarımızı ödemeye ve onlara bakmaya çalışırken bir çocuğa ve yaşlı bir kadına destek olmak onun göreviydi. Küçük Ecrin'imiz ağlayıp nazlanmayı bırakmıştı çünkü abla ve abisini de kaybetmekten korkuyor, bize yük olmamak için elinden geleni yapıyordu. Acılarımız ve birbirimize olan sevgimiz bizi ayakta tutmuştu. Kötülüklere karşı durmayı birbirimize sarılarak öğrenmiştik. Ne kadar büyüsek de, büyümek zorunda kalsak da annem ve babam hayattayken yaşayan o sıradan çocuklar hâlâ içimizde bir yerlerdeydi ve o çocuklar şefkati babaannelerinin pamuk ellerinde, kardeşlerinin sıcak kucaklarında buluyorlardı.

O halde ne kadar oturduk bilmiyorum ama babaannem elinde bir tepsi sıcak börekle içeriye girip yatağın ortasına oturduğunda üçümüz de çok daha iyi hissediyorduk.

"Ganimet Sultan, sen bir tanesin, biliyorsun değil mi?" diyor Ecrin babaannemin yanaklarını öperken. Emre tepsiden bir dilim börek alıp hepsini ağzına tıktıktan sonra kendini yere atıp tepinmeye başlıyor.

"Bo ayotoda yidizk yeş"

"Ne diyor bu deli?" diye soruyor babaannem bana da bir dilim uzatırken.

"Sanırım hayatında yediği en güzel şey olduğunu anlatmaya çalışıyor."

Emre başparmağını kaldırıp sallayınca gülüşüyoruz. Onlara Kerem'i anlatmak istiyorum ama henüz babaanneme bahsetmeyi gözüm yemiyor. Bu yüzden tatlı bir sohbetle böreklerimizi yerken sesimi çıkarmıyorum. Az önce yaşadığımız duygusallığın tek izi Ecrin'in durgunluğu. Bir süre böyle kalmaya hakkı olduğu için onu rahat bırakıyoruz ancak kardeşleri neşelendirme başkanı olarak hiçbir şey yapmadan da duramıyorum.

"Hadi, dondurma yemeye gidelim," dediğimde herkes sızlanıyor. Emre yerde yuvarlanırken Ecrin başını babaannemin kucağına biraz daha gömüyor. Börekler babaannemi mayıştırmış olmalı ki her an uyuyakalacak gibi sallanıyor oturduğu yerde.

"Hadi zıplayın! Ben babaanneme ilaçlarını içirene kadar hazır olun," diye azarlıyorum onları. Koluna girip babaannemi odasına götürdüğümde itiraz etmiyor.

"Yine kendin mi açtın böreği Ganimet Sultan? Hani anlaşmıştık, yormayacaktın kendini."

"Siz karı olup açaydınız bana börekler, ben de yorulmazdım."

"Aşk olsun babaanne. Hazır yufka diye bir şey var."

"Onu eve sokmayı kendime hakaret sayarım," diyor gururla. Gülerek yanaklarını öpüp ilaçlarını içiriyorum. Ağrısı olmasın diye kollarına kas gevşetici kremle masaj yaparken babaannem uyuyakalıyor. Üzerini örtüp yanından ayrıldıktan sonra ellerimi yıkayıp kardeşlerimi sürükleyerek evden çıkarıyorum.

"Amma nazlandınız ya! Emre, yemin ediyorum kafanı duvara çarpacağım şimdi, düzgün dur." Emre kendini üstüme bırakmaktan vazgeçip doğrulduğunda silkiniyorum. "Öldürdün beni be," diye söylenirken tuvalete giren Ecrin'e bağırıyorum biraz da. Genelde bir yerlere sürüklenen ben olurum. Kardeşlerim enerjik bir halde beni eğlenmeye ikna etmeye çalışırlar ama bugün her şeye rağmen dünyanın bütün neşelerine sahibim.

"Sinan'ı da arayalım. Keyif yapalım bugün biraz."

Benim coşkuma karşılık onlar oldukça isteksizler ama bunun moralimi bozmasına izin vermiyorum. Bir saat sonra oturduğumuz kafede dondurmalarımızı kaşıklarken Sinan hararetle konuşuyor. Cidden, o kadar çok konuşuyor ki dondurma tabağımı suratının ortasına çarpmama ramak kaldı.

"Nasıl yani, kadının iki kocası mı varmış?"

"Hayır, geri zekâlı," diyor Sinan, Emre'ye. Aralarında öyle tuhaf bir samimiyet oluştu ki saçma sapan ilişkileri artık beni şaşırtmıyor bile. "Aynı adam ama kişilik bölünmesi teşhisi var. Çift karakterli. Aynı bedende iki karakter taşıyor yani. Bir kişiliğine büründüğünde diğeri hakkında hiçbir şey hatırlamıyor. İki kişiliğin farklı hayatları, farklı düşünceleri var."

Şu an Sinan'ın çalıştığı psikolojik vakalardan konuşuyoruz. Mesleğe yeni başladığı için anlattıkları daha çok öğrencilik anılarını kapsıyor. Ne kadar geveze biri gibi görünse de daha önce bir danışanın özelini anlattığını hiç duymadım.

Sohbeti ilgi çekici ve ben hariç herkes merakla dinliyor ancak benim de anlatacaklarım var. Biraz müsaade eder misiniz?

"İki hayatında da aynı kişiye mi âşık oluyor?"

Ecrin'in sorusu üzerine Sinan bana dönüp sırıtıyor. "Seviyorum bu kızı, içinizde en zekisi. Aynen öyle tatlım."

"Yani sizce bu romantik mi?"

"Of, hayır. Burada olayı psikolojik açıdan tartışmamız gerekiyor. Bilimde romantizme yer yoktur."

"Bilim aşkı nasıl açıklıyor?" diye bir soru sorarak sohbete dâhil olduğumda Sinan duruşunu düzeltip ciddi bir tavır takınarak konuşmaya başlıyor.

"Aşk, beyindeki birtakım yanılsamaların ürünü aslında. Bakın şimdi, dopamin, noradrenalin ve serotonin hormonları aşkın üreticisi olarak bilinen kimyasallardır."

Sinan bir seminerdeymişçesine konuşmaya kendini kaptırıyor ama söylediklerinden hiçbir şey anlamıyorum. Âşık bir kadın olarak hissettiğim şeylerin bu kadar basite indirgenerek anlatılması sinirimi bozuyor. Öyle ki konuşmadan kopup dondurmama odaklanıyorum. Emre de Sinan'ı hiç dinlemiyor ancak Ecrin pürdikkat Sinan'ın söylediklerini dinleyip ona sorular soruyor. Biz de Emre'yle birbirimize bakıp surat asıyoruz.

"Sonuç olarak," diyor Sinan konuşmasını sonlandırırken. "Aşk, diğer tüm bedensel olaylar gibi tamamen biyokimyasal bir süreçten ibarettir ve *soyut* bir anlam taşımaz."

"Peki, âşık olduğumuz kişiyi gördüğümüzde hissettiğimiz kalp çarpıntısı ne?" diye soruyor Emre. Başımı sallayarak sorusunu destekliyorum.

"Aynen. Sürekli onu düşünmek, kalp ağrısı, kafa karışıklığı, midedeki kelebekler?"

Ecrin gözlerini devirirken Sinan uzanıp Emre'yle benim kafamıza birer fiske atıyor. "Beni hiç dinlemediniz mi? Örneğin âşık olduğumuz insanı arzularız. İşte, tutku ne kadar artarsa beyinde heyecan ve keyif duygusunu salgılamaya yarayan hormonlar da o kadar uyarılıyor ve aktif hale geliyor. Bunlar mutluluk hormonlarının daha çok salgılanmasına neden oluyor. Böylece ellerimiz daha çok terliyor, nefes alış verişimiz hızlanıyor, tansiyonumuz ve nabzımız yükseliyor. Hormonlar çok çalıştığında bu iştahımızı, uyku düzenimizi etkiliyor ve bu durum da bizi ilişkiye bağımlı kılıyor."

"Bu ne ya?" diye isyan ediyor Emre aniden yükselerek. "Aşk fantastik bir şeydi hani? Hani mucizeydi? Dopamin, götamin girmişler bize. Denek olmuşuz, haberimiz yok."

"Sinan," derken küçümseyen bakışlarımı üzerinde gezdiriyorum. "Hiç âşık olmadın, değil mi?"

"Hayır ama hazır olduğumda âşık olabileceğime eminim."

"İstediğin kişiye âşık olabileceğini mi düşünüyorsun?" diye soruyor Ecrin şaşkın bakışlarıyla.

"Kızım, dinleme şu manyağı ya," diyen Emre'ye hak vermeden edemiyorum. Sinan'ın her zaman çok doğru konuştuğunu düşünürdüm, ancak aşk hakkındaki yorumları bana komik görünüyor.

"Tabii ki. Her şey zihnimizde başlayıp biter."

"O zaman insanlar niye aşk acısı çekiyor?"

"İnsanlar salak da ondan," deyip bana bakıyor. "Üstüne alınma Mısra. Aşk sadece alışkanlıktan ibaret. Alışkanlıklardan vazgeçmek sancılı bir süreçtir."

"Âşık olacağın günü sabırsızlıkla bekliyorum Sinan. Seninle öyle bir dalga geçeceğim ki yıllarca dilimden kurtulamayacaksın."

Sinan elini havaya doğru sallayıp bana boş konuşuyorsun demeye çalışıyor ama sonunda konuya girebilecek şansı yakaladığım için bunu umursamıyorum.

"Bence benim Kerem'e karşı hissettiklerim oldukça fantastik şeyler. *Yemişim bilimini.* Aşk öyle terimlerle açıklanabilecek bir şey değil."

Emre, "Bence de," deyip dondurmasının sonunu kaşıklıyor. Kaşığı ağzına soktuktan sonra bir an donakaldığında tepkisini görmeyi bekleyen Ecrin kıkırdıyor. Onu duyamayacak kadar kitlenmiş olan kardeşim ağzında kaşıkla yavaş yavaş bana çeviriyor başını.

"Kerem kim abla?"

Bütün akşam bunu söylemek için hazırlanmış olsam da onlara söylerken sakin kalmam mümkün değil. "Kerem benim sevgilim," derken kalbimin duracağını sanıyorum. *Hadi ateistler bunu da açıklayın.*

"Hadi be!" diye çığlık atan Ecrin oluyor.

Hemen ardından Sinan'ın kahkahasını duyuyorum. "Ne ara kız zilli?" dediğinde gülesim geliyor.

"Zilli ne, Allah aşkına? İki saattir havalı konuşmalar yapıyorsun, zilli demek yakışıyor mu sana?"

"Annemle henüz tanışmadığın için böyle söylüyorsun. Kızlar her zaman zillidir ve bu çok havalıdır, anladın mı?" Ecrin'le gülüşerek otururken Emre'den hâlâ ses çıkmadığını fark edince tekrar ona dönüyorum. Hâlâ aynı sersem ifadeyle bana bakıyor.

"Emre? İyi misin ablacığım?"

"Sev... Sev... Ki... Ne?"

"Hata verdi çocuk. Çok mu ani oldu?" dediğimde Sinan düşünceli bir tavırla başını sallıyor.

"Olayın çok dışında bıraktık biz bu çocuğu. Alıştıra alıştıra söylemeliydik. Ağır geldi birden. Durun, ben rahatlatacağım şimdi onu," deyip öne doğru eğiliyor. "Oğlum, abartma, yatak odası sınırlarına girmediler henüz." Emre'den tuhaf bir ses çıkarken telaşla kardeşime uzanıp kulaklarını tıkıyorum. Masanın altından Sinan'a sağlam bir tekme savurduğumda, "Ne?" diye inleyip ardından samimi bir şaşkınlıkla ekliyor. "Girdiniz mi yoksa?"

Emre birden ayağa kalkıp Sinan'a saldırınca çığlık atarak onu geri çekmeye çalışıyorum. Böylece mutlu haberim baltalanıyor ve akşamın kalanını Emre'yi sakinleştirip, Sinan'ı öldürmeden hayatına devam edebilmesi için dil dökerek harcıyoruz. Aslında düşününce, Sinan'ı öldürmek oldukça cazip geliyor ama kardeşime kıyamadığım için sessiz kalıyorum.

Eve döndüğümüzde Emre hayatımda biri olduğunu en son öğrendiği için bana küsüp odasına kapanıyor. Biriyle görüştüğümün zaten farkında olduğu için bu kadar tepki vermesini saçma buluyorum ancak söz konusu ben olduğumda çok kıskanç olduğunu bildiğimden anlayış gösteriyorum.

Ona Kerem'le daha bugün başladığımızı bile anlatamadım. Aslında işin orasından emin değilim, ortada mükemmel bir ilanı aşk, iki taraflı seni seviyorumlar uçuştuğuna göre herhalde sevgiliyizdir. İç çekerek odama geçerken, "*Bir kere,*" diye düşünüyorum. "*Bir kere de normal insanlar gibi halledebileyim şu işlerimi.*"

Odama girip, yatağa devrilirken, bir mesaj sesi duyduğumda cebimden telefonumu çıkarıyorum hemen. Ekranda sevdiğim adamın ismini görmek bile ayaklarımı yerden kesiyor. Mesajı açmadan önce telefonu bağrıma basıp yatağımda deli deli hareketler yapıyorum.

Aşkın neyle ilgili olduğunu bilmiyorum. Neden âşık oluruz, aşk nasıl bizim için bu kadar önemli bir yere sahip olmuş, açıklayamıyorum. Ama tıbbi ya da bilimsel terimlerden çok daha fazlası olduğunu biliyorum. Çünkü hiçbir hormon ya da hiçbir madde tek bir isimle kalbime yayılan bu sıcaklığı ve neşeyi açıklayamaz.

Kerem Tunalı'yı hiçbir bilimsel tezin, hormonal gelişimin ya da beyinsel fonksiyonun açıklayamayacağı kadar çok seviyorum.

27. Bölüm

Cumartesi sabahı erkenden uyanıp, kimse uyanmasın diye sessizce hareket ederek hızlı bir duş almış, sonra da dolabımın başına geçip üstüme giyecek bir şeyler aramaya başlamıştım.

Fakat sorun şu ki bu bahsettiklerim neredeyse bir saat önceydi arkadaşlar. Bir saattir aldığım yolu öğrenmek ister misiniz? Hiç.

Dolabıma çaresiz bakışlar atmaktan başka hiçbir şey yapamadım. Dün gece Kerem bana iyi geceler dilemek için mesaj attığında heyecandan uyuyamayıp yatağımda dönüp durmuştum. Sabah dolabın başında bu halde olacağımı bilseydim gece hayaller kurmak yerine ne giyeceğimi düşünürdüm.

Kıyafetlerimi seviyorum aslında. Garsonken rahat etmek için aldığım ve bir süre sonra benimle bütünleşen o salaş, spor tarzı da seviyordum. Yeni işim için aldığım tatlı renklerdeki gömlekleri, bluzları, kot ve kalem pantolonlarımı da seviyorum.

Fakat bugün Kerem'in beni sevdiğini bilerek uyandığım ilk gün, bugün Kerem'e onu sevdiğimi özgürce söyleyebileceğimin farkında olarak geçireceğim ilk gün. Özel olmasını istiyorum. Çok güzel olayım, Kerem gözlerini benden hiç ayırmasın, bakışlarındaki beğeniyi göreyim istiyorum.

İçimde daha önce orada olduğunu bilmediğim, sevgi ve ilgiye aç bir kız var sanki. Anne ve babamı kaybettiğimden beri kimsenin benimle ilgilenmesine izin vermedim. Çünkü bunu ben yapmak zorundaymışım gibi hissediyordum. Babaannemle ve kardeşlerimle ilgilenmeli, güçlü durmalıydım. Onlardan ilgi beklersem ne kadar zorlandığımı görürlerdi. Bunu göstermek istemiyordum. Onların iyi olması için çabalarken bana üzülmeleri direncimi kıracak gibi geliyordu. Bir kez güçsüz düşersem bir daha toparlanamamaktan korkuyordum. Bana yük oldukları hissine kapılmalarına katlanamazdım.

Fakat Kerem'le her şey farklı hissettiriyor. Kendimi kötü hissettiğimde bunu görmesine izin verebilirim. Bana şefkat göstersin, beni sevsin, yorgun düştüğümde derdimi dinlesin istiyorum.

Çaresiz bakışlarım ne kadar sürdü bilmiyorum ama üstüme atılan bir hediye paketiyle irkildiğimde karşımda duran uykulu kız kardeşimle göz göze geliyorum. Refleksle tuttuğum pakete şaşkın bir bakış attığımda Ecrin somurtuyor.

"Şimdi sana başka bir hediye almak zorundayım. Senin âşık olmanın bana pahalıya patlayacağı kimin aklına gelirdi?"

"Bu ne?"

"Doğum günü hediyen. İyi bir indirimi olduğu için erkenden almıştım. Doğum gününe kadar vermezdim aslında ama uyanalı on dakika oluyor ve içler acısı haline daha fazla katlanabileceğimi sanmıyorum."

Ecrinin suratsız hallerine rağmen paketi hevesle açıp içindeki elbiseyi çıkarıyorum. Narçiçeği renginde, tam bir yaz elbisesi bu. Elbiseyi üstüme tutup dolabın aynasına dönerken yüzümde kocaman bir gülümseme oluşuyor. Muzip bir tavırla Ecrin'e sataşıyorum.

"Bu aralar sana fazla mı harçlık veriyorum?"

"Kovulduğunda aldığın tazminatla bana iyi bir harçlık vermiştin ve onu sana hediye almak için kullandım. Başka bir şey söylememene gerek yok bence şu an."

"Harikasın sen!" Yanağına büyük bir öpücük bırakırken homurdanıyor.

"Sana bir dahaki hediyem oldukça ucuz bir şey olacak, baştan anlaşalım."

"Hediye almana gerek yok şapşal. Teşekkür ederim. Seni seviyorum," dediğimde yumuşayan yüz ifadesini görmemem için başını eğiyor. Anlayamayacağım kadar kısık sesle geveleđiği şeyi "Ben de seni seviyorum," olarak düşünmeyi tercih ediyorum. Ecrin tekrar yatağına uzanınca ben de hazırlanmaya başlıyorum.

Elbisemi çabucak giyip günlük, güzel bir makyaj yapıyorum. Omuzlarıma kadar uzayan saçlarımı dalgalandırsam güzel olabilir ancak bunu Ecrin'siz yapamam, ayrıca geç kalmak istemiyorum. Bu yüzden sadece tarayıp Ecrin'in kendisine aldığı yeni sandaletlerini giyiyorum. Nasıl durduğuna bakarken aynadan kız kardeşimin ifadesiz bir yüzle beni izlediğini fark ediyorum. Eşyalarını paylaşmaktan pek hoşlanmaz ama benim için her zaman istisna yapıyor. Geçen yıla dek ayakkabı ya da kıyafetlerimizi paylaşamıyorduk çünkü Ecrin bunun için fazla küçüktü. Ama artık boylarımız neredeyse aynı. Yakında benden uzun olacağına eminim.

Tamamen hazır olduğumda Ecrin'e dönüp havaya bir öpücük atıyorum. "Nasılım?"

"Genç, bakımlı ve güzelsin."

Bu harika cevaptan sonra aynanın karşısında birkaç şımarık figürle dans ediyorum. Ecrin daha fazla surat asmaya dayanamayıp heyecanımı paylaşmak için yataktan kalkıyor. Çalışma masasının kozmetik ürünlerine ayırdığı bölümünden bir oje alırken makyaj masasının olmamasıyla ilgili duymaya alıştığım bir serzenişte bulunuyor. Ona küçük de olsa bir makyaj masası almayı düşünmüştüm ama odamızda hiç yer yoktu. Makyaj masası istiyorsa kitaplığından vazgeçmeliydi ve kitaplığı salona ya da başka herhangi bir odaya taşımayı asla kabul etmiyor.

Kız kardeşlerin aynı odada kalması daha rahat olacağından diğer odayı Emre tek başına kullanıyor. Ecrin'in bununla bir sorunu olmamasının tek sebebi o odanın çok küçük olması. Odaya sığamamaktan sürekli şikâyet ettiği için bir ara babaannemin odasına taşınmasını önermiştim ama orası anne ve babamızın eski odasıydı ve hâlâ onların eşyalarıyla doluydu. Bırakın atmayı, o eşyaların yerlerini değiştirmek bile hepimize ağır geliyordu.

Ecrin tırnaklarımı boyarken onunla geçen gün yaşadığı tatsız olay hakkında konuşmaya çalışıyorum ama bundan kaçınıp konuyu yeni ilişkime getiriyor. Fazla üstelemesem de daha sonra tekrar konuşmayı deneyeceğimi aklıma not ediyorum. Arkadaşlarından uzaklaşıp yalnızlaşmasını istemiyorum. Çünkü bir kere etrafındaki herkesi uzaklaştırınca tekrar arkadaş edinmenin ne kadar zor olduğunu iyi biliyorum.

Tatlı sohbetimizin ardından Ecrin'e dünyanın en iyi kız kardeş ödülünü kırmızı dudaklarımın yanağına bıraktığı izle veriyorum. "Sen olmasaydın ne yapardım?"

"Sıkıntıdan ölürdün," diyor kardeşim. Tam o anda telefonum çalınca, "Ben kaçıyorum!" diye cıvıldıyorum.

Odamın kapısını açtığım an çaprazdaki odadan Emre çıkıyor. Pijamasını tişörtünün üstünden göbeğine kadar çekmiş, kuş yuvası gibi kabarıp tepesine birikmiş saçlarını daha beter karıştırarak sarsak adımlarla yürümeye çalışıyor. Hemen bir adım geriye çekilip ellerimi kaldırarak dar koridorda duvara yapışıyorum. Emre yatağa geri dönecekse tuvalete kalktığında gözünü asla açmaz. Eğer gece uyandıysa ışığı bile açmadan işini görüp tekrar yatağa döner. Bu saçma huyu yüzünden birkaç kez onu tuvalette basmıştım. Bir şey görmemiştim tabii ama uyku sersemi bir halde ışığı açıp içeriden bir çığlık duyduğunuzda korkudan altınıza işemeniz kuvvetli bir ihtimal oluyor.

Emre neyse ki bana çarpmadan yanımdan geçip gidiyor ve kendimi dışarı atıyorum. Dış kapıyı açtığımda arabasına yaslanmış, beni bekleyen sevgilimi görmek güzel başlayan sabahımı mükemmel hale getiriyor. Kahverengi saçları güneşin altında yumuşacık görünüyor, koşarak gidip ellerimi gür saçlarına daldırmak ve nasıl hissettirdiğini görmek için öyle şiddetli bir istek duyuyorum ki parmak uçlarımın hasretle sızladığına yemin edebilirim.

Kerem'in bakışları beni bulunca parkta salıncağı boş yakalayan bir çocuk kadar masum bir sevinç yayılıyor bedenime. Birkaç saatte onu nasıl bu kadar özleyebildiğime şaşıyorum. Bana elini uzatınca hareketlenip birkaç adımda ona ulaşıyorum. Kollarım zahmetsizce beline dolanıyor. Çenemi göğsüne yaslayıp başımı kaldırarak ona bakıyorum. Bütün bunlar öyle doğal ve doğru hissettiriyor ki geride durmak, ondan çekinmek aklıma dahi gelmiyor.

Tatlılıkla, "Günaydın," dediğimde Kerem yanaklarımı öpmek için başını eğiyor. Dün gece bu konuda kendimi eğittiğim için bayılmadan atlatabiliyorum bu öpücükleri.

"Günaydın. Çok güzel görünüyorsun." İltifatı karşısında içimdeki küçük kız eteklerini döndürerek şen kahkahalar atıyor.

"Teşekkür ederim. Ecrin üstümde bir deney yaptı. Yakışıp yakışmadığından emin değilim."

"Sen hep güzelsin."

Sesi öyle yalın, tavrı öyle dürüst ki kalbimden taşan sıcaklık yanaklarıma doğru yayılıyor. O kadar iyi hissediyorum ki sanki mahallenin ortasında şarkılar söyleyip dans etsem buna kimse şaşırmaz. *Seni gördüm göreli şaşırdım, dolaşırım bir başıma. Seni bildim bileli, kaçırdım şu aklı başımdan.*

"Hadi gidelim," dediğinde iç çekerek ondan uzaklaşıyorum. Ellerimi belinden çekip arabaya yönelirken Kerem önüme geçip benim için kapıyı açıyor. Tatlı bir gülümsemeyle elbisemin ucunu tutup dizlerimi kırıyorum. Bu onu güldürüyor. Gözlerim bir saniyeliğine dudaklarının kenarlarındaki çizgilere takıldığında kalbimdeki çarpıntı şiddetleniyor. Arabaya binip ona fark ettirmeden nefes egzersizleri yaparak beni öldürmeye çalışan kalbimi sakinleştirmeyi deniyorum. Birilerinin bizi görmesinden çekinmeliyim belki ama Kerem yanımdayken başka bir şey düşünemediğimden mahallemizdeki gözler hiç aklıma gelmiyor.

Kerem arabayı çalıştırmayınca başımı ona doğru çeviriyorum. *Bana bakıyor.* Dudaklarım anında yukarıya kıvrılırken, "Ne oldu?" diye soruyorum.

"Sence de çok önemli bir detayı atlamadın mı?"

Muzip sesine karşı düşünceli bir tavırla başımı eğiyorum. "Ne mesela?"

"Mesela," deyip yanağını bana uzatıyor. "Günaydın öpücüğü. Ya da 'merhaba sevgilim' öpücüğü de diyebiliriz."

Kalbimin üstünden uçan kelebeği hissetmediğinizi söylemeyin sakın. "Merhaba sevgilim mi?" Sesim çok şapşal çıkıyor ama buna aldırmıyorum. "Haklısın. Günaydın öpücüğü önemli bir detay."

"Kesinlikle." Ona uzanıp dudaklarımı yanağına bastırıyorum. Dünya nasıl hâlâ yerinde duruyor aklım almıyor! En son ne zaman bu kadar genç ve mutlu hissettiğimi hatırlamıyorum bile.

Annesiyle neler olduğunu sormak aklıma geliyor ama Kerem konuyu kendisi açmadan sormaya hiç hevesli değilim.

"Bana kimseye söylemediğin bir şey söyle," diyor Kerem birden. Üstünde düşünmeden aklıma ilk gelen şeyi söyleyiveriyorum.

"Bir keresinde çatalla dişimi karıştırırken damağımı delmiştim. Konuşmam peltekleştiği için üç gün boyunca kimse söylediklerimi anlayamamıştı."

Kerem bana şaşkın bir bakış atıp tekrar yola bakıyor. Böyle bir şey beklemiyor olmalı ki boş bir ifade yerleşiyor yüzüne. Bir saniye sonraysa gülmeye başlıyor.

"Sıra sende," deyip bedenimi ona doğru döndürüyorum. İkimizin de keyifli olduğu her halimizden belli.

"Bazen sırf mercimek çorbası içmek için çorbacıya gidiyorum."

Bunun nesinin sır olduğunu düşünürken kafamda bir ses yankılanıyor. Nurdan Hanım'la akşam yemeği yediğimiz gün Duru'nun serzenişlerine karşı bana dönüp gülerek söylediği bir şey bu. *Kerem mercimek çorbasını hiç sevmez. Bir kaşık alsa midesi bulandığı için yemeye devam edemiyor.*

"Ama sen mercimek çorbası sevmezsin ki," diyorum kaşlarımı çatarak. Mahcup bir ifadeyle omuz silkiyor.

"Mercimek çorbasını seviyorum. Annem yapmadıkça." Ona dehşete düşmüş bir bakış atıyorum. Nurdan Hanım'la tanıştıktan üç saniye sonra yemekleri konusunda ne kadar hassas olduğunu öğrenebilirsiniz. Yemeklere kattığı özel baharatlar yediklerimden bildiğim kadarıyla çoğunlukla lezzetliydi ama birkaç yemek için abarttığını düşündüğümü hatırlıyorum.

"Bu sırrı iyi sakla," diyorum korkmuş bir sesle. Kerem'in dudakları geriliyor, erkeksi gülüşünü duyduğumda elimi sahte bir ciddiyetle göğsüme koyuyorum. "Ciddiyim, annen bunu duyarsa seni asla affetmez."

Bu cümle aramızdaki tatlı havayı acımasızca böldüğünde dilimi ısırıp içten içe kendime kızıyorum. Rahatsız edici bir sessizliğin ardından Kerem konuşmak için ağzını açıyor. "Mısra…"

"Lütfen," diyerek durduruyorum onu. "Şimdi değil. Sadece bugün için hiçbir şeyi düşünmeden günün tadını çıkaramaz mıyız? Söz veriyorum yarın ne istersen konuşuruz."

"Tamam güzelim," diyor elimi tutup dudaklarına bastırırken. Bana ne dediğini duydunuz mu? Manyağın teki olduğumu anlamasın diye ona minnettar bir gülücük sunup sakince yola bakıyorum, ancak az önce kalp krizi geçirdim.

Güzel bir kahvaltının ardından Kerem bana kitap festivalini görmek isteyip istemediğimi soruyor. Onunla yapacağım her şeyden zevk alacağımı bildiğim için başımı evet anlamında sallıyorum. Eskiden kitap okurdum ancak çalışmaya başladıktan sonra bir daha hiç vaktim olmamıştı, dolayısıyla kitaplardan çok uzaklaşmıştım. Kerem'le aynı kitapları okumaktan ne kadar hoşlanacağımı düşünürken bana kattığı bilmem kaçıncı iyi özellik için onu öpesim geliyor. Öpmeye bahane aradığımdan değil tabii, nasıl düşünceler bunlar sevgili arkadaşlarım?

Gideceğimiz yerin pek ilgimi çekeceğini sanmıyordum doğrusu ama Kerem beni geniş bir alana açılmış düzinelerce sahaf tezgâhının dizildiği, etrafta geleneksel kıyafetlerle Osmanlı şerbetleri ve sokak tatlıları satan insanların bulunduğu bir yere götürüyor. Büyük eliyle kavradığı elimi bir an olsun bırakmadan kalabalık alanda beni eski, sayfaları sararmış kitapların olduğu bir tezgâha doğru çektiğinde merakla etrafa bakıyorum. Yaşlı bir amcanın oturduğu küçük bölüme girip selam verdikten sonra beni tanıtıyor. Üçümüz küçücük yerde sıkışınca Kerem'i iyi tanıdığı belli olan adam bizi yalnız bırakıyor. Orada sararmış, yaprakları ayrılmış eski kitapları karıştırırken arkama geçiyor Kerem. Sırtımı omzuna yaslayıp bana gösterdiği kitaplara bakıyorum. Benim için sayfaların arasına düşülmüş notları okuyor. Bir zamanlar onları okuyup, kim bilir kimi düşleyerek şiirlere kendince yeni dizeler eklemiş birinin ruhundan izler saklayan bir kitap gösteriyor bana. İlk sayfaya yazılmış tarihi ve farklı el yazılarından çıkan bazı notları okuyoruz. Dağılmış mürekkeplerle, zor okunan el yazılarıyla uzun, upuzun yıllar önce yazılmış aşk sözcükleri bunlar.

O anda dikkat etmediğim için adını hatırlayamadığım kitapçının oturduğu yerin arkasındaki bölümden bir şeyler çıkarıyor Kerem. Burayı önüne gelenin karıştıramadığı belli çünkü sandık tarzı cam bir kutuda duruyorlar.

Kerem bana bazıları yabancı dillerde olan eski aşk mektuplarını okuyor. 1900'lü tarihleri görünce heyecanla kıpırdanıyorum. Tertemiz aşklar, saf duygular, hasretler... Her duygu kalbime işliyor. Hiç tanıyamayacağım insanlarla aramda bir köprü oluştuğunu hissediyorum.

Heyecanım Kerem'i de memnun ediyor. Benim gerçekten ilgimi çektiğini görünce hevesle bir şeyler okumaya devam ediyor. Orada iki saat kadar vakit geçiriyoruz. Kerem bana mektupları okuyor, ben onun sesinden masal gibi aşkları dinleyerek mest oluyorum.

Öyle özel bir şey ki bu... Dünyada bedeninden bir toz tanesi kalmayacak kadar uzun zaman sonra bile birileri senin aşkından haberdar. Başka bir âşık yüreğe bambaşka duygular hissettiriyor, hayran bırakıyor, belki de kıskandırıyor.

Kerem'i çizip durduğum resimleri düşünüyorum. Bir asır sonra böyle bir yerde bir başka âşık çiftin benim Kerem'in resimleriyle doldurduğum defteri bulduğunu, o deftere bakarken benim onu ne kadar çok sevdiğimi anladıklarını düşünüyorum.

Bu düşüncenin büyüsüyle dikkatim dağılıyor. Daha fazla dayanamıyormuş gibi birden dönüp Kerem'in boynuna sarılıyorum. Birkaç saniyelik sersemliğin ardından kolları belime dolanıyor. "Ne oldu?"

"Seni çok seviyorum," diyorum yüzümü boynuna gömerek. *Hislerim öyle kabardı ki söylemeden edemedim.*

Şaşkın bir gülüş dökülüyor dudaklarından. Bu ufacık yerin öyle romantik bir havası var ki etkilenmemenin mümkün olmadığını söylüyorum ona. Başını hafifçe geriye çekip ellerini yanaklarıma koyuyor. Kulağıma doğru eğilip bir sır verir gibi fısıldıyor. "Ben de seni seviyorum."

Ardından başını çevirip beni öptüğünde dünyam bir renk cümbüşünün içine düşüyor. İlk öpücüğümün böyle bir yerde olacağını hiç düşünmemiştim. Fakat Kerem beni öperken kelimeleri aracılığıyla aşklarına şahitlik ettiğimiz onca insanın hikâyesi gibi bizim aşkımızın da sayfalarla dolu bu rafların arasına kazındığına inanacağım.

28. Bölüm

Kitap festivalinden ayrıldığımızda, yakınlardaki büyük koruda yürüyüş yapmaya karar veriyoruz. Sakin adımlarla, ağaçların gölgesinin altında yürürken Kerem bana bir şeyler anlatıyor. Önemli şeylerden bahsetmiyor ama can kulağıyla dinliyorum onu. Dudaklarından dökülen her kelimeyi zihnime kazıyorum. Öylesine konuşuyor olması önemli değil. Sadece sesini duymak, kelimeleri vurgulayışını dinlemek bile çok hoşuma gidiyor. Kerem başını çevirince göz göze geliyoruz. Öpücüğünün etkisi hâlâ üzerimde, bu yüzden pembe yanaklarım bir ton daha kızarıp kendini iyice belli ediyor.

"Bana ailenden bahsetsene," diyor kırmızı yanaklarıma karşı gülümseyerek.

"Zaten her şeyi biliyorsun. Babaannem ve iki kardeşim var. Erkek kardeşim tam bir salak, bunu unutmasan iyi edersin. İlk karşılaştığınızda panik ve korkudan salaklığını sergileyememiştir muhtemelen, o yüzden bir gün tekrar karşılaşırsanız şaşırmanı istemem."

"Karşılaşacağımıza eminim." Emre'nin aylar önce arabasına çarptığı adama âşık olduğumu duyduğunda vereceği tepkiyi düşünüyorum ama söz konusu Emre olunca tahminde bulunmanın hiçbir anlamı yok. Biriyle görüştüğümü, adının Kerem olduğunu bilmesine rağmen aylar önceki kaza ile ilişkim arasında bağlantı kurması imkânsız. Nasıl olabilir ki zaten? Dünyadaki tek Kerem, kardeşimin arabasını ezdiği adam olamaz ya.

"Eski bir mahallede yaşıyorsunuz. Hep orada mıydın yoksa babaannenin yanına mı taşındınız?"

"Babam ailesinin tek çocuğuydu. Dedem de o çok gençken vefat edince babaannem hep onunla kalmış. Biz çocukken de aynı evdeydik. Ecrin bebekken babam kendi işini kurmak istemiş ama başarılı olamamış. İflas edince borçlarını ödeyebilmek için evi satmak zorunda kalmışlar. Annemin de pek akrabası yokmuş, babamla genç yaşta evlenmişler ve babaannem onunla kızı gibi ilgilenmiş her zaman. Annem bile tüm hayatını orada geçirmiş gibi hissettiğini söylerdi hep, bu yüzden ayrılmak zorunda kalınca çok üzüldük.

Babam evi tekrar almak için çok uğraştı. Bizim mahallemizde çok fazla satılık ev olmaz, mahalle sakinlerinin çoğu tüm hayatını orada geçirmiş insanlardır çünkü. Fakat her nasıl olduysa babam evi geri almayı başardı. O eve geri taşındığımızda hepimiz öyle mutlu olmuştuk ki..." Sesim azalırken dudaklarımı birbirine bastırıp o tanıdık burukluğu içime atmaya çalıştım. "Babam kısa bir süre sonra öldüğünde, evi borca girerek aldığını öğrendik. Evi tekrar satıp banka borcunu kapatabilirdik ama tekrar oradan ayrılamayacağımızı düşündüm. Bu yüzden üniversiteden vazgeçip bir işe girdim."

Toprak yolun yanında bir bank görünce dinlenmek için oturmak istediğimi söylüyorum. Kerem yanıma oturup elimi tutuyor. Parmaklarını benimkilere geçirirken gözlerinde beni utandıran bakışlar var. Tüm ilgisinin üzerimde olduğu o kadar belli ki bundan şüphe duymam imkânsız. "Hep garsonluk mu yaptın?"

"Evet. Başta bulabildiğim tek iş oydu. Sonra son çalıştığım kafeye girip de başka yerlere göre daha iyi bir maaş alınca iş değiştirmeyi pek düşünmedim. Şimdi sen bana ailenden bahset."

"Sen de biliyorsun," diyor hafifçe omuz silkerek. Bana babasının vefatından bahsederken aynı kaybı yaşamamıza rağmen hayatlarımızın ne kadar farklı olduğunu düşünüyorum. Ölüm her şekilde korkunç bir kayıp elbette. O kaybın her türlüsü insan için bir felakettir. Dünyanız yıkılır, bir daha hiçbir şey eskisi gibi olamaz. Artık asla mutlu olamayacağınızı düşünürsünüz ama böyle yaşamak mümkün değildir. Bir ay da olsa, bir yıl da olsa sonunda zaman sizi hayata dönmeye, acınızla yaşamayı öğrenmeye zorlar.

Fakat yine de bazı kayıpların diğerlerinden daha zorlu olduğunu düşünüyorum Kerem'i dinlerken. Beklenenle aniden gerçekleşen ölümün yaşattığı yas aynı olabilir mi? Daha kolay ya da zor olduğu için değil. Hayatın farklı yönleri olduğu için bambaşka olmalıydı bu duygular.

Anne babası olmadan nasıl hayatta kalacağını bilemeyen bir çocukla olgun, hayatını eline almış birinin yaşadığı acı ya da... Sadece kaybettiği kişinin acısıyla baş etmekle bu acının üstüne bir de hayatla mücadele etmek farklı şeylerdir.

"Kerem, sana bir şey sormak istiyorum."

"Dinliyorum canım."

Dudaklarından dökülen sevgi sözcüğü beni biraz daha cesaretlendiriyor. Bugünü hiçbir şeyi düşünmeden yaşamak istemiştim ama ailelerimiz hakkında konuştukça geride duran endişelerim kabarmaya başladı.

"Berna'ya çok âşık olduğunu, bu yüzden de ayrılığı atlatmakta zorlandığını söylemiştin. Merak ediyorum, onu düşünmek hâlâ kalbini kırıyor mu?" Bunun çok özel ya da zor bir soru olduğunu düşünerek telaşla ekliyorum. "Bana söyleyebilirsin, üzülmem. Gerçekten."

"Neden üzülmezsin?" diyor Kerem bankta hafifçe dönerken. Birbirimize dönerek oturduğumuzda bu konuşmayı yapmak benim için biraz daha zorlaşıyor.

"Ne?"

"Başka bir adam hâlâ kalbini kırabiliyor olsaydı ben üzülürdüm. Bu yanlış bir şey mi olurdu?"

"Hayır... Bilmem," diyorum sıkıntıyla. Ne söylemek istediğini anlıyorum ancak hâlâ bu konuda dürüst olmanın zor olduğunu düşünüyorum. "Belki de benim üzülmemi istemediğin için söylemezsin. Bu da yanlış olmazdı ki."

"Sanırım olmazdı. Tamam, bu konuyu bir kez konuşalım ve sonra bir daha bahsetmeyelim, olur mu? Berna'ya âşık olduğumu düşünüyordum, evet. Ama kalbimi kıran ondan ayrılmak olmadı Mısra. Beni en çok inciten hayallerindeki iş teklifini aldığında bunu benimle paylaşmak yerine öylece çekip gitmesiydi. Bana karşı dürüst olup ikimiz adına gelecek planlarını ertelememizi isteyebilirdi. Bu ilişkiye bir son bile verebilirdi. Elbette her durumda üzülürdüm ancak bir not bırakıp ortadan kaybolduğundaki hislerim sadece üzüntü değildi. Babamın yasını tutarken değer verdiğim biri tarafından bu şekilde terk edilmeyi, bunu hak edecek ne yaptığımı bir türlü anlayamadım."

"Baban öldüğünde mi ayrılmıştınız?" diye soruyorum hayretle. Onun Berna'ya kızgın olmasını hep ihanete uğramış gibi hissetmesine yormuştum ancak şimdi asıl sorunun ayrılma şekli olduğunu anlayabiliyorum.

"Evet. Berna'yla yıllardır süren bir ilişkimiz vardı. Her şey bir yana, ikimiz iyi arkadaşlardık. Ben onun hayallerinin önünde durmazdım. Fakat benimle konuşamayacağını düşünüp bana hiç haber vermeden şehri terk etmeyi seçti. Sonra ailem yaşadığım her sıkıntıyı Berna'ya bağladı.

Onun ardından toparlanamadığımı düşündüler. Annem beni sürekli korkunç randevulara gitmeye zorluyordu. Ne söylersem söyleyeyim beni incitenin Berna'yla ayrılmak olmadığını anlatamadım."

"Ama onunla tekrar karşılaşmak istemediğin için düğüne benimle gittin."

"Aslında Berna kolunda başka bir adamla gelirse arkadaşlarımın etrafta yine hakkımda zavallı adam diye konuşup duracaklarından endişeleniyordum. Sonra sen benimle gelmeyi teklif ettin. Ben zor zamanlarında yalnız bırakıldığı için kalbi kırılan bir adamım," diyor hafifçe gülerek. Sonra parmaklarımı sıkıca tutup yüzüme bakıyor. "Senin bunun için bir sebebin bile yokken bana destek olmak istemen çok değerliydi Mısra. Hâlâ öyle. Berna'yı geçmişte bıraktım ve oraya geri dönmek istemiyorum. Kalbim geçmişteki hisleri sürdüremeyecek kadar dolu artık."

"Sen bana fena halde tutulmuşsun delikanlı," dediğimde Kerem kısık sesli bir kahkaha atıyor. Bana bu kadar dürüst cevaplar verdiği için öyle mutluyum ki benden istediğine uyup Berna'dan bir daha asla bahsetmeyeceğim. Ne de olsa ikimizin kalbi de geçip giden insanların sıkıntısını yaşamak için fazlasıyla dolu.

"Evet, yeni mi anladın?"

"Anladığımdan emin değilim, belki tekrar etmek istersin."

"Seni seviyorum," diyor parmakları sevgiyle yüzümde gezinirken. "Birini sevmenin, sevgine karşılık bulmanın ne kadar değerli bir şey olduğunu biliyorum, bu yüzden bu iki kelimeyi senden asla esirgemeyecek kadar seviyorum seni."

Kerem bana böyle bakarken, böyle gülerken ne şanslı bir kız olduğumu düşünüyorum. Yıllar boyu dünyanın en talihsiz insanlarından biri olduğumu düşünmüştüm. Oysa artık öyle hissetmiyorum. Evet, zor bir hayatım var ancak sahip olduklarım o zorluklardan ibaret değil. Kalbimde bu kadar çok sevgiyi barındırabiliyorken kendimi nasıl şansız sayabilirim ki?

Kerem beni eve bırakırken ondan ayrılmak zor oluyor. Elimde olsa onu kalbime saklar, benden bir adım bile uzaklaşmasına izin vermezdim. Bunun biraz psikopatça göründüğünün farkındayım ama ne yapalım yani? Aşk da bir çeşit hastalık zaten. İlacını sadece kalbini titreten adamın gözlerinde bulabileceğin, müthiş bir hastalık.

Cıvıl cıvıl bir tavırla binanın merdivenlerini çıkıp yumruğumu ritmik bir şekilde kapıya vuruyorum. Kapıyı açan Emre bana boş gözlerle bakınca beni tanımamış olmasından şüpheleniyorum. Elbiseme bakmayı kesebildiğinde nihayet bakışlarını yüzüme çevirip gözlerini şok içinde büyütüyor.

"Yemin ederim, hayatımda senin kadar salak bir çocuk görmedim Emre."

"Bu ne?" diyor şaşkınca. Onu itip içeriye geçmeye çalışıyorum ama dirseklerimden yakalayıp dehşet içinde bana bakıyor. "Bu ne dedim?"

"Ablan canım. On yedi senedir birlikte yaşadığın güzeller güzeli kardeşin."

"On yedi senedir birlikte yaşadığım bir kardeşim var. Ama güzeller güzeli olduğunu sanmıyorum..."

"Şimdi sana kafa atsam beni suçlayabilir misin?"

"Sen bu kılıkla nereden geliyorsun?" diyor yüzüne kızgın bir ifade yerleşirken. Sıkıntıyla nefesimi üflediğimde kaşları daha da çatılıyor. "Renkli elbiseler, cicili makyajlar," diyor bir elini savurup. "Kim bu herif ya? Üç günde bambaşka biri oldun. Bak, beni katil edeceksin abla!"

Dirseğimi elinden kurtarıp parmağımı şıklatıyorum. "Duydun mu?"

"Neyi?"

"Anahtar kelimeyi."

"Ne?"

"Abla Emreciğim. *Abla.* Ben senin ablanım. Sen bana hesap soramazsın. Ben sana sorarım. Ayrıca değiştiğim falan yok. Sadece biraz süslendim. Ne var bunda?"

"Sıska kız doğru söylüyor." Babaannemin arkamızdan gelen sesiyle ikimiz de ona bakıyoruz. "Sinan yakışıklı çocuk. Az süsleneceksin ki başkalarına kaptırmayasın."

"Babaanne! Kaç kere söyleyeceğim? Sinan benim sevgilim değil."

"He, bilirim, değil," deyip kıs kıs gülüyor. "Beğendi mi bari seni böyle?"

"Babaanneciğim, niye böyle yapıyorsun sen ya? Değil diyorum. Başka birini seviyorum ben diyorum!"

"He he, başkası he," diyerek uzaklaşınca omuzlarım çöküyor. "Ne içiriyorsunuz bu kadına ben yokken? Acaba bunama belirtisi mi gösteriyor? Söylediklerimizi algılamıyor falan mı acaba? Derdi ne bu kadının Emre?"

"E, ortada Sinan'dan başka adam yok. Ne yapsın kadın, haksız mı? Ayrıca Ecrin'e her şeyi anlatıyorsun ama ben hiçbir şey bilmiyorum. Çok kırgınım sana!" deyip yanımdan geçtikten sonra odasına gidiyor. Oflayarak odama girip çantamı ve telefonumu bir yere fırlatıyorum.

Emre'yle daha sonra ilgileneceğim ama şu an yapmak zorunda olduğum bir şey var. Parmaklarım kalem ve kâğıtla buluşmak için öyle sabırsız ki üstümü bile değiştirmeden resim defterimi alıp Ecrin'in masasından bir kalem seçiyorum.

Yatağa yüzüstü uzanıp dirseklerimin üstünde doğrularak Kerem'le gezdiğimiz yerleri ve bugün hissettiğim tüm o güzel duyguları resmetmeye başlıyorum.

29. Bölüm

Pazartesi günlerini kimse sevmez. Ben bu duruma yeni dâhil oldum çünkü bu benim için son zamanlarda geçerli olan bir şey. Kafede çalışırken izin günlerim belirsiz oluyordu, bu yüzden benim için işe başlama günü hep farklıydı. Ama artık hafta sonları evimde olup kardeşlerimle bolca vakit geçirebildiğim bir işim var. Gerçi fazla uzun süreceğe benzemiyor.

Bu çok üzücü ama garsonken daha fazla kazanıyordum. İnsanüstü çalışma saatleri ve koşulları inanılmaz zorlayıcıydı ama iyi bir maaşım ve bahşişler, organizasyonlarda yapılan ekstra mesailer gibi ek gelirlerim vardı. O günlere dönmeyi istemiyorum, şu anki durumumdan memnunum. Aileme hatta kendime bile vakit ayırabiliyorum. Bunun benim için ne büyük lüks olduğunu bilemezsiniz. Bir sevgilim var. *Bunu ne zaman düşünsem midem tuhaf, sarsıcı bir hisle sallanıyor.* Uzun zamandır olmadığım kadar mutluyum ancak maddi açıdan hâlâ sıkıntı çekiyorum. Babamdan kalan bir maaş var ama kredi borcunun taksitlerini bile karşılayamıyor. Üstüne bir miktar daha ekleyerek evimizin borcunu yıllardır ödüyoruz. Bunun yanında her zaman ek masraflarımız oluyor. Bazen babaannemin ani rahatsızlıklarıyla, bazen de çocukların okullarıyla ilgili ihtiyaçlarla doğan masraflar bunlar.

Emre bu yaz tatilini çalışarak geçiriyor ancak İbrahim Amca'dan bunu kazada açtığı sorunlara bir ödeme olarak almasını istedim. Dönem başladığında ise lisede son yılı olduğu için yapmak istediklerim var. İyi bir okulu kazanmasını istiyorum. Bunun için iyi bir dershaneye gitmesini, elimden ne geliyorsa yapmayı istiyorum. Tüm muzırlığına rağmen Emre bu derdimin farkında ve bunun için çabalıyor. Lise birinci sınıfta aldığı utanç verici notlardan sonra neredeyse sınıfta kalacağını fark ettiğimde onunla uzun ve ciddi bir konuşma yapmıştım. Bolca gözyaşı içeren bir konuşmaydı. Emre'nin bana yardımcı olabilmek için okuldan sürekli kaçıp yarı zamanlı iş aradığını öğrendiğimde hissettiğim çaresizliği anlamasını sağlamıştım. Bana yardımcı olmak istiyorsa okuluna gidip notlarını yükseltmesini, tek yapması gerekenin bu olduğunu biliyordu artık. Şapşal bir çocuk olabilirdi. Bazen düşüncesizlikleri oluyordu, bazen beni çıldırtıyordu ama sorumluluk sahibiydi. Bir söz verdiğinde ona güvenirdim. Ne Emre ne de Ecrin bana yalan söylerdi. Bunu bilmek benim için yürek ferahlatıcıydı. Bunaldığımı, onlara yetemediğimi hissettiğim zamanlarda beni ayakta tutan birbirimize duyduğumuz güven ve sadakatti.

Kalemimi bırakıp geriye çekiliyorum. Yaptığım hesaplamalara göre bu ayı zar zor çıkarabileceğim. Önceki ay kafeden aldığım tazminat sayesinde rahat geçmişti ama aldığım azıcık para çok çabuk eridi. Eski çalışma arkadaşlarımı arayıp hafta sonları için iş olduğunda bana haber vermelerini isteyebilirdim. Oteller ya da organizasyon şirketleri aldıkları önemli davetler için ek personele ihtiyaç duyardı ve iyi para verirlerdi. Haftada birkaç gün çalışırsam en azından kardeşlerimin harçlığını düşünmem gerekmezdi. Fakat bunlardan Kerem'e bahsetmek istemiyorum.

Para hakkında endişelerim olduğunu söylemek benim için her zaman çok zor olmuştur.

İç çekerek kafamı masaya vurduğumda Timuçin Bey alaycı bir sesle yanıma geliyor. "Of! Hasar var mı?"

"Hayır, iyiyim," diye mırıldanıyorum sertçe çarptığım alnımı ovuşturarak.

"Şirketin malına zarar verdiğin için seni büyük patrona şikâyet edeceğim."

"Durmayın. Ben de sizi işçi sendikalarına şikâyet edeceğim."

"Sebep?"

"Patron gibi davranmadığınız için strese giriyorum. Hatta buna psikolojik bir kılıf bulabileceğime eminim. Yarın ilk iş bir psikiyatriste gidip patronumun beni olumsuz etkilediğine dair bir doktor raporu alacağım."

Timuçin Bey kaşlarını çatıyor. Gerçekten bunu değerlendiriyor mu yoksa harika bir oyuncu mu bir fikrim yok. "Öyle bir şey var mı?"

"Burada avukat olan sizsiniz."

"Sen de asistansın. Hâlâ hiçbir şey öğrenemedin mi?"

"Ben sadece telefonlara bakıp kahve yapıyorum."

"Çok sıkıcısın," diyor yüzünü buruşturarak. "Yemek saatin çoktan geçmiş. Git, yemeğini ye."

"Burasıyla kim ilgilenecek?" dediğimde bana incinmiş bir bakış atıyor. Oyuncu tavrı karşısında kıkırdıyorum. "Tamam, teşekkürler."

Çantamı aldıktan sonra dışarıya çıkıyorum. Kerem birkaç saat önce bir iş için dışarı çıkmıştı, bu yüzden onun yanına uğramadan direkt olarak bir kafeye gidiyorum. Daha önce Sinan'la sözleştiğimiz, büroya yakın olduğu için hep geldiğimiz kafede buluyorum onu. Önündeki börekleri hızlı hızlı yerken beni fark etmiyor. Karşısına oturduğumda bile tepki vermeyince başımı iki yana sallıyorum.

"Yemek yemeyecek miydik?"

"Bu başlangıç yemeğim."

"Başlangıç yemeğin bir tepsi patatesli börek mi?"

Ağzındaki büyük lokmayı çiğnemeyi bırakıp şişik yanaklarıyla boş boş bana bakıyor. Yüzümü buruşturup sipariş vermek için garsonu çağırıyorum. Sinan benim siparişimin aynısını ve ortaya bir sürü ıvır zıvır isteyince parmağımı ona doğru sallıyorum.

"Bunları bana yıkmaya çalışıyorsan hiç heveslenme!"

Bir yudum su içip bana göz kırpıyor. Bu o kadar havalı bir ifadeyle yapıyor ki çoktan kalbimi birine kaptırmış olmasam bu hareketten etkilenebilirdim. "Ben ısmarlayacağım."

"Hadi canım! Sen?"

"Kalbimi kırıyorsun Mısra."

"Sürekli dağ gibi kredi borcum var diye ağlamıyor musun sen?" dediğimde yüzü düşüyor.

"Gerçekten kırılıyorum." Kıkırdayarak uzanıp yanaklarını tutuyorum. Çocuk sever gibi yanaklarını sıkıp kafasını sağa sola salladığımda dümdüz yüzüme bakıyor. Kıkırtımı bastırmak için dudağımı ısırdığım sırada üzerimize bir gölge düşüyor. Parmaklarım hâlâ Sinan'ın yanaklarını sıkarken başımı çevirip önümüzde duran adama bakıyorum.

Ellerini kot pantolonunun ceplerine sokmuş, kaşları çatık halde bize bakan sevgilimi görünce Sinan yüzünü parmaklarımdan kurtarıp geri çekiliyor. Ben de boşta kalan ellerimi birbirine vurup ayağa fırlıyorum. "Hey! Merhaba."

Onu beklemediğim bir anda görmenin neşesiyle uzanıp yanağını öperek, "Burada olduğumu nereden bildin?" diye soruyorum neşeyle. Onu gördüğüm için mutluyum ve bunu göstermekten çekinmiyorum.

"Ofise geçmeden önce kahve almak için uğramıştım."

"Bizimle yemek ister misin?"

"Arkadaşını rahatsız etmeyelim," diyor ama onu çekiştirerek yanıma oturtuyorum.

"Sorun olmaz, değil mi Sinan?"

"Tabii, tanışmıştık. Ben Sinan."

İkisi tokalaştıklarında Sinan neler yemek istediğini sıralamaya başlıyor. Ben de bu kadar fazla şey yiyemeyeceği hakkında söyleniyorum. İkimiz didişerek siparişlerimizi verdikten sonra birbirimize ters bakışlar atmaya başlıyoruz. Bununla uğraşamayacağım için yüzümü Kerem'e dönüp ona parlak bir gülümsemeyle bakıyorum.

"İşlerin iyi gitti mi?" diye sorduğumda başını sallıyor. Yüzümü daha iyi görebilmek için sanırım, saçlarımı kulağımın arkasına sıkıştırırken hafifçe yanağımı okşadığında sandalyeme yığılmamak için ciddi bir direnç gösteriyorum.

"Sen neler yaptın?"

"Emre için iyi bir dershane araştırıyorum."

"Hâlâ mı?" diye soruyor Sinan ilgilendiği telefonunu masaya bırakırken.

"İyi ve uygun bir yer bulmak kolay mı sanıyorsun?"

"Dershaneyi boş ver. Ben ona özel ders veririm." Çapkınca sırıtıp bir kez daha göz kırpıyor. "Para da istemem. Başka şeyler istiyorum."

Kerem'in yanımda gerildiğini hissedince gözlerimi deviriyorum. Sinan kıskançlık oyununu devam ettirmeye çalışmıyor ancak Kerem onu tanımadığı için yanlış anlaması normal.

"Babaannemden daha fazla börek isteyemezsin. Kadın hasta ve hazır yufkanın varlığını kabul etmiyor."

Tuhaf bir gülüşle bakarken sandalyesinde geriye yaslanıyor. Masanın altından bacağını tekmelemek istiyorum ama Kerem'den çekiniyorum. Sinan'ın onun tavırlarından ne kadar zevk aldığını görebiliyorum. Tamam, benim de biraz hoşuma gidiyor olabilir ama Kerem'in Sinan'a karşı kinlenmesini istemem.

Yemeklerimiz geldiğinde Kerem de sipariş veriyor. Bir süre havadan sudan konuşmayı başarıyoruz. Kerem'in tabağındaki çeri domateslerden birini aldığımda gülümseyip diğerlerini de bana veriyor.

"Hepsini yiyemez," diye araya giriyor Sinan. Kerem'in bakışları ona döndüğünde omuz silkiyor. "Domates ona iyi gelmiyor. Biraz fazla yese ellerinden çirkin kırmızı kabarcıklar çıkıyor. Ve buna rağmen akılsız gibi yemeye devam ediyor," deyip bana kınayan bir bakış yolluyor. Eski işimde dayanamayıp birkaç domates yediğim bir günde ellerimin kabardığına ve çalışırken nasıl canımın yandığına şahit olduğundan beri Sinan bu konuda dırdır edip duruyor.

"Seni hiç sevmiyorum, biliyor musun?"

"Ben sana deli oluyorum ama."

Sinan'ın alışıldık flörtöz tavrı yüzünden Kerem'in suyu boğazında kalıyor. Öksürerek bardağını bıraktığında panikle sırtına vuruyorum. "İyi misin? İyi misin?" diye tekrarlarken Sinan beni paylıyor. "Nasıl iyi olabilir? Adama vurmayı kes."

"Sen de onunla uğraşmayı kes o zaman!"

"Ben ne yaptım ki?" diye sorarken öyle masum görünüyor ki onu tanımasaydım kendimi kötü hissedebilirdim.

"Sus ya. Bir de Emre'ye ders vereceğini söylüyorsun. O kadar zeki misin sen?"

"Ben üniversite hayatımı özel ders vererek geçirdim."

Bana incinmiş bir bakış atıyor ama umursamıyorum. "Nereden bileyim? Hiç söylemedin."

"Siz ne zamandır arkadaşsınız?" diye araya giriyor Kerem. Sinan'a dil çıkarmak ya da kafasına çatalımı fırlatmak isterdim, ancak Kerem'in yanında daha fazla cadı gibi görünmek istemiyorum. Hiç de cadı biri değilimdir ama

Sinan sinir bozucu bir tip olduğundan insanların asabi yönlerini ortaya çıkarıyor.

"Birkaç aydır sanırım."

"Birkaç ay mı?" Sesindeki şaşkın ton bana bunun ne kadar kısa bir süre olduğunu hatırlatıyor.

"Evet. Ama daha uzun gibi geliyor, değil mi Sinan?"

Arkadaşım tasasız bir tavırla, "Yoo," deyip ağzına büyük bir tavuk parçası atıyor. Markette meyveli yoğurtlar için zıp zıp zıplayan biriyle neden arkadaş olduğumu bir ara ciddi ciddi sorgulamam gerek.

"Sadece birkaç ayda Mısra hakkında bu kadar çok şey bilmen ilginç," diyor Kerem dirseklerini masaya yaslayıp. Bence asıl ilginç olan bir insanın herkesle özel olarak ilgilenebilmesi. Sinan tam olarak böyle biri olduğundan Kerem hakkında bile çok fazla şey bildiğine eminim.

"Neden? Sen de onu birkaç aydır tanıdığın, üstelik sevgilisi olduğun halde benim kadar çok şey bilmediğin için mi?"

"Bunun seni ilgilendirdiğini sanmıyorum."

"Konu benken seni ilgilendiriyor ama öyle mi?"

"Mısra benim sevgilim, Sinan," diyor Kerem, Sinan'ın adını sert bir şekilde vurgularken. Bakışlarım ikisi arasında gidip gelirken neler olduğunu anlamaya çalışıyorum.

"Mısra benim arkadaşım, Kerem," diyor Sinan da aynı tavırla. Kerem'den buram buram yayılan memnuniyetsizliğe bakınca telaşa kapılmalıyım belki ama yaşanan an bana öyle komik geliyor ki dayanamayıp gülmeye başlıyorum.

"Ay, siz ne yapıyorsunuz ya?" derken Kerem'in koluna girip ona yaslanıyorum. "Beni mi paylaşamadınız, bu ne?"

Kıkırtılarım Kerem'i utandırıyor. Sinan ise bana göz devirmekle meşgul. "Seni kendime saklayıp ne yapayım ki? Dert yumağından başka bir şey değilsin."

Kerem onun böyle söylemesine alınmış gibi kolunu omzuma dolayarak sarılıyor bana. "Ben seni kendime saklamaktan gayet memnunum."

"Gördün mü? Dert yumağı falan değilim, harika biriyim ben." Bu kez Sinan'a dil çıkarıyorum çünkü bu pozisyondayken Kerem yüzümü göremiyor.

"Allah sana kolaylık versin Kerem," diyor Sinan toparlanırken. "Mısra senin hakkında o kadar çok konuştu ki seninle biraz uğraşmak istedim. Abarttıysam kusura bakma, olur mu? Mısra'yla bir çıkar ilişkimiz var. Babaannesinin böreklerine karşılık dertlerini dinliyorum. Hepsi bu."

"Defol git ya," dediğimde kafama yavaşça vurup Kerem'le tokalaşarak yanımızdan ayrılıyor.

Yalnız kaldığımızda Kerem onu ne kadar tuhaf bulduğunu itiraf edince başta öyle olduğunu ama tanıdıkça iyi biri olduğunun anlaşıldığını söylüyorum rahatça. "Benim çok arkadaşım, yok. O yüzden Sinan'la iyi geçin, tamam mı?"

"Tamam ama arkadaşına da aynı uyarıyı yapmanı rica ediyorum. Söylediği şeyler beni rahatsız ediyor."

"Beni kıskanıyor musun?" diye soruyorum başımı hafifçe eğerek. Cevap vermeden yemeğine dönüyor ama bu beni yıldırmıyor. Çenemi omzuna yaslayıp onunla biraz uğraşıyorum. Sonunda beni mutlu edecek birkaç iltifat ve yanağıma konan tatlı bir öpücükten sonra keyifle yemeğimi bitirebiliyorum ve el ele ofislerimize doğru yürüyoruz.

"Annemle ne konuştuğumuzu sormayacak mısın?" diyor Kerem. *Evet, mutlu günler buraya kadarmış.*

"Ne konuştunuz?" diyorum isteksizce.

"Her şeyi anlattım. Dosdoğru." Farkında olmadan elimi sıktığımda parmakları daha güçlü bir kuvvetle sarılıyor parmaklarıma.

"Ne dedi peki?"

"Çok kızgın. Bunu neden yaptığımı anlamıyor. Onun yüzünden olduğunu söyleyip durmak istemiyorum çünkü onu yeterince incittim. Bir süre gözüne görünmememi söyledi."

"Ya bizi affetmezse?" diye sorduğumda önemi yokmuş gibi omuz silkiyor.

"Biz de bu sefer gerçekten evleniriz. Ne kadar kızgın kalabilir ki?"

Bunun basit bir çözüm olduğunu düşünmesi karşısında dehşete düşüyorum. Nabzım hızlanır, panik tüm vücuduma karışırken, "Evlenmek mi?" sorusu çıkıyor dudaklarımdan.

"Evet," diyor hafifçe gülümseyerek. "Neden? Benimle bir kez daha evlenmek istemez misin?" Şaka mı yapıyor yoksa sözlerinde ciddi mi bilmiyorum. Bu yüzden gülerek dalga geçmemesini söylemekle yetiniyorum ancak içten içe telaşım büyüyor.

Binaya girip Kerem'in katına geldiğimizde bir şekilde her şey yolundaymış gibi gülümseyip ona veda etmeyi başarıyorum. Fakat büroya gelip de masama oturduğumda evlilik seçeneği ağır bir yük gibi hayatımın ortasına çöküveriyor.

30. Bölüm

Pazar günü tüm öğleden sonrayı yatağıma yığılmış halde, dertli günlerimin kahramanı olan koca ayıcığa sarılıp, ağlamaklı bir suratla uzanarak geçirdim. İçim içimi kemirirken bir yandan Kerem'e her şey yolundaymış gibi davranmak, bir yandan da ne yapacağımı çözmek için düşünüp durduğum koca bir hafta geçip gitti.

Kerem evlilikten bahsettiği andan beri bunu gerçekten isterse ne yapacağımı düşünüp duruyorum. Henüz böyle şeyler düşünmem için çok erken ama bir yıl sonra bana evlenme teklifi etse ona cevap verebilir miyim? İki, üç yıl olsa ne değişir?

Bu evden nasıl ayrılabilirim ki? Kardeşlerime bakmak zorundayken, babaannem dâhil evdeki herkesle ilgilenmem gerekiyorken evlilik hakkında nasıl düşünebilir, hayaller kurabilirim? Bütün bunlar beni öyle çok endişelendiriyor ki günlerdir düzgün uyuyamıyorum. Uzun bir ilişkide evliliğin gündeme gelmesi kaçınılmaz değil midir? Kerem de ben de âşık olduğumuza eminiz. Korkunç bir şey olup da ayrılmadıkça varacağımız yer eninde sonunda evlilik olacaktır.

Ama ben nasıl evlenebilirim ki?

Sadece Emre'nin üniversiteyi bitirmesini beklemek bile en az beş yıl anlamına gelir. Kerem beş yıl sonra otuz üç yaşında olacak. Tüm bu yıllar içinde benimle kısıtlı zamanlarla görüşmekten sıkılacaktır. Kendi ailesini, düzenini isteyecektir. Onun sıkıldığını fark edip ailemi de Kerem'i de ihmal etmemeye çalışırken bana ne olacak?

Başımı sarıldığım ayıcığın göbeğine bastırıp bir çığlık atıyorum.

Bütün hafta kendimi gereksiz bir meşguliyetin içine sokarak Kerem'den kaçıp durduğum için onu deli gibi özledim. Niyetim sadece içimdeki endişeyi Kerem'e belli etmeden bir çözüme ulaşmak, biraz rahatlayabilmeyi ummaktı ama uzak durmak hiçbir işe yaramadı. Cuma günü bir ara yayınevine girdim fakat dışarıda işi olduğu için ofiste değildi, akşam yemeği teklifini ise eve gitmem gerektiğini söyleyerek ben reddettim. Durgunluğumun farkında olduğuna eminim ama endişelerimi ona açmaktan utanıyorum. Belki de bana böyle şeyler düşünmek için çok erken olduğunu ve ânı yaşamamızı söyler ancak bunu yapabilseydim zaten bu halde olmazdım ki.

Dün de görüşmedik çünkü ek işteydim. Daha önce böyle durumlarda haber vermesini istediğim eski bir iş arkadaşım iki kişiye ihtiyacı olduğunu söylemek için aradığında Sinan da yanımdaydı. Sırf macera olsun diye benimle geleceğini söyleyince birlikte gittik. Garsonluk yapmayı özlediğimi söyleyemem ama Sinan'la birlikte çalışmak eğlenceliydi. Sinan sadece farklı şeyler deneyimlemek istiyordu ama benim asıl amacım ay sonunda cebimde birazcık para kalmasını sağlamaktı. Bugünse Kerem aramadı bile. Mesaj da atmadı. Tüm hafta boyunca uzak davranan ben olduğum için buna alınmaya hakkım olmadığını bilsem de böyle olmamız beni çok üzüyor.

Ben bu hislerin içinde boğulurken evdeki herkes kendisine bir program yapmış. Babaannem bile karşı binadaki ahretliğine gitmek için kahvaltıdan sonra evden çıktı. *Bu koca dünyada yapayalnızım!*

Dudaklarım titremeye başlayınca telefonuma uzanıp Sinan'ı arıyorum. Üçüncü çalışta telefonu cevaplıyor. "Ne oldu?"

"Sana da merhaba Sinan."

"Merhaba. Ne oldu? İşim var."

"Ne işin var?" diye soruyorum surat asarak ama her zaman insanların sesinden bile derdini anlayan arkadaşım bu kez oralı olmuyor.

"Önemli bir şey yoksa kapatıyorum. Seni sonra ararım." Cevabı beklemeden kapattığında ağlamaklı bir ses çıkarıyorum. Gerçekten yapayalnızım. Son yıllarda evde hiç bu kadar işsiz ve yalnız kalmamıştım. İzin günlerimde kardeşlerim hep evde olmaya çalışırlardı ama artık daha fazla vakit geçirebildiğimiz için bu hassasiyetlerinden yavaşça uzaklaşıyorlar sanırım.

Telefonum tekrar çaldığında başımı yataktan aşağı sallayıp yerde bekleyen telefona bir bakış atıyorum. Ekranda Kerem'in ismini görünce uyuşuk vücudum aniden uyanıp telaşla harekete geçiyor. Bir düşme tehlikesi eşliğinde telefonu kapıp deli bir sesle konuşmayayım diye açmadan önce düzgünce oturarak birkaç saniye bekliyorum.

"Alo," dediğimde sesim gayet sakin çıkıyor. Az önce yatağımda Kerem'i sayıklayarak yuvarlandığımın anlaşılmasına imkân yok.

"Merhaba," diyor Kerem de benzer bir sesle. Bu hafta biraz garip davrandığım için onu tedirgin ettiğimi düşünerek üzülüyorum. *Sorun sende değil, bende aşkım. Affet beni.* "Ne yapıyorsun?"

"Hiç, evdeyim." Dağınık odama bakarken, "Ev işleriyle uğraşıyorum," diye mırıldanıyorum. *Yalancı Mısra.*

"Biraz aşağı inebilir misin?"

Çirkin bir şekilde topladığım saçlarımla ve eski püskü pijamalarımla oturmuş, karşımdaki dolabın aynasından kendime dalgın dalgın bakarken gözlerim irice açılıyor. "Aşağıda mısın? Ben… Ay, bekle." Telefonu kapayıp, saçımdaki tokayı çekiştirirken bir çırpıda dolabımdan bir tişört alıyorum. SüngerBob tişörtümü aceleyle çıkarıyorum. Yerine mavi bir tişört giyip ellerimi saçlarımın arasından geçirerek düzeltmeye çalışıyorum. Altımdaki puanlı pijama için çabalayacak sabrım olmadığından anahtarlarımı kapıp evden koşar adımlarla çıkıyorum hemen.

Aşağı indiğimde Kerem'i arabasına yaslanmış, beni beklerken buluyorum. Gündüz vaktiymiş, sokak böyle kalabalıkmış hiç umurumda olmuyor. Onu görür görmez göğsümde titreşen duygusallığı bastırarak, koşup boynuna sarılıyorum.

Kerem böyle karşılanmayı beklemiyor olmalı ki dudaklarından gergin bir gülüş fırlıyor. "Madem beni bu kadar özledin, neden hiç aramıyorsun?"

Bana darıldığını sesinden bile anlayabiliyorum. Kendime yeni yeni korkular üretirken ondan kaçıp durdum. Bunu fark etmeyeceğini düşünmek benim aptallığım.

"Sen de beni aramadın ama."

"Çünkü bütün hafta benden kaçtın. Seni üzecek bir şey yaptım?" diye sorduğunda kendimi öyle kötü hissedi-
öyle mahcup oluyorum ki gözlerim doluveriyor.

zür dilerim," diye mırıldanıyorum geriye çekilirken.

ok… Meşguldüm."

ı binada çalışıyoruz. Birbirimizi birkaç dakika bile
ecek kadar meşgul olacağımızı sanmıyorum."

çenemi nazikçe tutuyor. Gözlerimi yüzüne çe-
gür saçlarının güneşin altında parlarken ne ka-
ründuğunu düşünüyorum hayranlıkla. Bana

hep sıcacık bakan gözlerine, yakışıklı güzüne, gülümseyen dudaklarına öyle hayranım ki bakışlarındaki alışılmadık mesafeye dayanamıyorum.

"Sorun ne Mısra?" diyor Kerem. Yüzümdeki üzgün ifadeyi görünce sıkıntıyla etrafına bakınıp başka bir yerde konuşmak için beni arabaya bindiriyor.

Kemerimi bağlarken yanıma oturup sanki bunu daha fazla içinde tutamayacakmış gibi konuşuyor. "Evlilikten bahsettiğim için mi birdenbire uzaklaştın? Sana gerçekten evlilik teklifi etmiyordum," derken kırgın görünüyor. Bense utançtan kızarıyorum. "Sadece şakalaşıyordum ama şimdi senin yüzünden bunu düşünüp duruyorum."

Telefonum çaldığında bu konuşmadan kaçınmak için cebime tıkıştırdığım telefonu çıkarıyorum hemen. Sinan'ın, "Tamam, şimdi konuşabilirsin," diyen sesini duyduğumda Kerem'e kaçamak bir bakış atıyorum. Kaşları çatık, bir eli gerginliğini sergilercesine direksiyonu sıkıca tutuyor. Eğer gözlüğünü takmış olsaydı eminim şu an sık sık onu düzeltiyor olurdu.

"Bir şey yok. Öylesine aramıştım."

"Tamam. Bu akşam otel işi var mı? Bir arkadaş daha getirip getiremeyeceğini sorsana."

"Benim yerime birini götürebilirsin, bugün çalışmayacağım. Burak'ın numarasını atarım."

"İyi misin? Sesin tuhaf geliyor." Bunu sorduğu an derdimin ne olduğuna dair tahminler yürütmeye başladığına eminim. Sinan'ı artık iyi tanıyorum. Konu ne olursa olsun önce ihtimalleri sıralar, sonra en olası görüneni seçip üstüne gelir. Genelde doğru ihtimalin üstüne gittiği için bir süre sonra akıl okuyabildiğinden şüphelenirsiniz.

"Sonra konuşuruz, kapatmam gerek." Telefonu kapayıp kucağıma koyarken Kerem'in hâlâ arabayı çalıştırmadığını fark ediyorum. Vücudunu bana doğru çevirmiş, meraklı bir ifadeyle yüzümü inceliyor.

"Bir yere mi gidecektin?"

"Hayır, dün akşam Sinan'la bir yerde çalışmıştık. Bugün de gitmek istiyormuş, ondan bahsediyor."

"Sinan psikolog değil mi? Ne işi bu?"

"Eski arkadaşlarım ek iş için aradığında Sinan da gelmek istedi. Bazı organizasyon işleri için ihtiyaçları olduğunda dışarıdan eleman alıyorlar. Parası da iyi oluyor."

"Hâlâ para sıkıntısı mı çekiyorsun?"

Kerem'in giderek kendimi daha da kötü hissettiren yüzüne bakmadan, parmaklarımla oynayıp duruyorum. Hava çok sıcak olduğu için burada bekledikçe arabanın içi daha fazla ısınıyor ama Kerem sanki arabada oturduğumuzun farkında bile değil.

"Şey, bazen... İdare ediyorum ama ek gelire hayır diyecek durumda değilim."

"Yani dün gece çalışıyordun?"

Kızdığını fark edince başımı hafifçe çevirip yüzüne bakıyorum. "Evet."

"Sinan'la birlikte?"

"Şey, evet..."

"Ve bana söyleme gereği duymadın, öyle mi?"

Bu soru beni öyle şaşırtıyor ki kendimi gülerken buluyorum. "Aklıma gelmedi ki."

Arkasına yaslanıp inanamıyormuş gibi başını sallıyor. "Peki, ben burada kim oluyorum? Sıkıntılarını benimle paylaşmayacaksan, yaşadığın zorluklardan haberim olmayacaksa, sana destek olan *ben* olmayacaksam, sevgilin olmamın ne anlamı var?"

"Öyle söyleme!" diyorum telaşla. "Sadece varlığının bile benim için ne kadar önemli olduğunu bilmiyorsun."

"Seni anlamıyorum Mısra. Yanımda her zaman neşeli ve mutlu görünürken bir anda tuhaflaşıyorsun. Bütün hafta ne zaman yanına gelsem bahaneler üretip beni geri gönderiyorsun. Bu sürede sürekli endişeli görünüyorsun, defalarca sormama rağmen sıkıntılarını bana açmıyorsun. Arkadaşını kıskanan bir adam olmak istemiyorum ama her şeyi Sinan'la yapmanın bana nasıl hissettireceğini hiç düşünmüyor musun?"

"Evlenmek istediğini düşündüm," derken sesim öyle kısık çıkıyor ki duyduğuna şaşırıyorum. Kerem böyle yükselmişken benim bu kadar sessiz olmam karşısında biraz daha sinirleniyor sanırım. Ya da belki onu kızdıran cevabımdır, bilemiyorum.

"Bir gün elbette evlenmek isterim. Sorun ne? Asla evlenmeyeceğini mi söyleyeceksin?"

"Bana bağırma," diye patladığımda Kerem de aynı şekilde cevap veriyor.

"Bağırmıyorum!"

"Bağırıyorsun! Ben evlenemem, tamam mı? Evlilik hakkında ne düşündüğünü bilmediğim için sana bunu söyleyemedim çünkü seni kaybetmekten korktum. Oldu mu?"

Kerem'in öfkeyle parlayan gözleri karşımda aniden duruluyor, ifadesi sersemlerken şaşkınlıkla açıyor ağzını. "Neden evlenemezsin?"

"Benim..." Derin bir nefes alarak arkama yaslanıyorum. Bakışlarım tekrar tırnaklarıma dönüyor. Telefon kılıfımın aşınan kısmını çekiştirmeye başlıyorum. "Bu evden ayrılamam. Bakmak zorunda olduğum bir ailem var Kerem. Uzun bir süre daha bensiz idare edemezler."

Kerem cevap vermediğinde cesaretimi toplayarak başımı çeviriyorum. Yüzü durgun ve hayal kırıklığına uğramış görünüyor.

"Evlenirsen onlarla ilgilenemeyeceğini mi düşünüyorsun? Benim nasıl biri olduğumu sanıyorsun Mısra?"

Bana öyle içerlemiş gibi bakıyor ki şaşkınlıktan dilim tutuluyor. "Öyle değil... Senin bunlarla hiçbir ilgin yok. Ben sadece..."

"Seni ailene yardımcı olmaktan alıkoyacağımı mı düşünüyorsun? Harcamalarına müdahale edeceğimi, aileni bir kenara itmeni isteyeceğimi mi düşünüyorsun? Ne sanıyorsun? Sen..." Derin bir nefes alıyor. Aslında sakin görünüyor ancak içten içe çok kızgın olduğunu hissediyorum. "Evlilik böyle bir şey değil. Birini onunla yaşlanmak isteyecek kadar çok sevdiğinde sadece onu değil, onun olan her şeyi sahiplenirsin. Birlikte bir hayat kurduğumuzda sorumluluklarımızı bir yük olarak göremeyiz Mısra, onları paylaşırız. Evlilik hakkında konuşmuyordum bile. Sadece bir şaka yaptım ve hemen bana sırt mı çevirdin? Bana güvensen, bu korkunu benimle paylaşsan olmaz mıydı? O zaman seni rahatlatır, ne kadar aptalca davrandığını sana kanıtlardım."

"Ben..."

"Sus," diyor kabaca. *Kabaca!* Kerem'i tanıdığım günden bu yana onunla ilgili birçok şey söyledim. Soğuk, ciddi, suratsız, sevimli, şakacı... Fakat hiçbir zaman *gerçekten* kaba olmamıştı.

"Öyle değil ama!" diye inliyorum. "Bu kadar karmaşık değil! Yemin ederim öyle düşünmedim. Ben sadece... Daha önce hiç ciddi bir ilişkim olmadı benim. Nasıl davranacağımı bilmiyorum ve evlilik hakkında bu kadar erken düşünmek beni korkuttu. Ama senin için öyle şeyler düşünmedim Kerem. Gerçekten."

"Korkup endişeleniyorsun, ek iş yapacak kadar zorlanıyorsun, benim fikrimi sormadan kesin yargılara varıyorsun. Bütün bunlardan haberim bile yok. Henüz ilişkimizin yeni olduğunu biliyorum ama birbirimizi tanıdığımızı düşünüyordum. Sana güvenmem çok önemliymiş gibi davranıyordun, benim için de aynı olduğunu bilmiyor musun?"

"Sadece birkaç haftadır birlikteyiz," diyorum bana haksızlık ettiğini düşünerek. "Söylemekte zorlandığım şeyler olabilir, bunları sana hemen anlatamam ki."

Haksız olduğumu düşünmüyorum ama Kerem'in bakışları incinirken böyle söylediğime hemen pişman oluyorum. Koltukta önüne dönüp arabayı çalıştırıyor.

"Haklısın, sadece birkaç haftada sana bu kadar çok değer vermem benim hatam."

"Kerem!"

"Aşağı in," diyor duygusuz sesiyle.

"Ama..."

"Gitmem gerek Mısra, lütfen in."

Ondan bana kızmamasını, duygularımı dürüstçe anlatacağıma söz vermeyi istiyorum ama şimdi karşısında ağlamak istemediğim için tek yaptığım kemerimi çözüp arabadan inmek oluyor.

Ben çıkar çıkmaz Kerem arkasına bile bakmadan gidince apartmanın kapısını itip merdivenleri ağır ağır tırmanıyorum. Kerem'in kalbini kıran kişi olmak canımı öyle yakıyor, bana bir kez bile bakmadan uzaklaşması kalbimi öyle ağrıtıyor ki evimizin kapısından içeri girdiğim anda kapının önüne oturup hıçkırarak ağlamaya başlıyorum.

31. Bölüm

Burnumu gürültüyle silip mendilimi ayaklarımın dibine at arken göz ucuyla Sinan'ın dizlerini iyice kendine doğru çektiğini görüyorum. Bir sonraki mendili tam üstüne atmayı aklıma koyup ona kötü bir bakış attığımda yüzünü buruşturuyor. Ecrin'le benim yatağımın arasında, yerde oturuyoruz. Sırtlarımız yatağıma yaslanmış, dizlerimiz karınlarımıza çekili halde ben ağlıyorum, o da dinliyor.

"İnsan bir dinler! Beni arabadan indirmek ne demek? Sandığı gibi değil ki hiçbir şey!"

"Susup durmak yerine derdini anlatsaydın sen de adama."

Ağlamam daha da şiddetlenince Sinan oflayarak elindeki mendil kutusundan bir tane daha çıkarıp kucağıma atıyor.

"Kolay mı öyle bir şeyi konuşmak? Ayrılırız sandım!"

"Niye ayrılasınız Mısra, bu adam seni sevmiyor mu?"

"Sevmiyor mu?"

Sesim o kadar ince çıkıyor ki ben bile kendi sesimi tanıyamıyorum. Sinan iç çekerek karşımda bağdaş kuruyor.

"Bak, önce seninle ilgili konuşalım. Ben seni anlıyorum. Çok uzun zamandır büyük sorumlulukların altındasın. Aile reisi konumundasın ve bu konumu tek başına üstlenmek zorunda olduğunu sanıyorsun."

"Çünkü öyle!" diye çıkışıyorum. "Kerem'le aynı evde yaşayıp o evin tüm ihtiyaçlarını ona yıkamam ki. Ne diyeceğim, benim kardeşlerime bakmam gerekiyor, sen de bana bak mı?"

"Aslında... Evet," diyor Sinan. Dik dik yüzüne baktığımdaysa şefkatle gülümsüyor. Şefkat pek onun olayı olmadığı için şaşırıyorum. "Mısra, Kerem senin ev arkadaşın değil, hayat arkadaşın olacak. Onunla hayatını paylaşacaksın sen. Elbette sana bakacak. Gerekirse ailene de bakacak. Evet, zorunda değil. Ama böyle şeyleri zorunlu olduğun için yapmazsın zaten. Eşini ve onun olan her şeyi sevdiğin için yaparsın."

"Kerem de böyle söyledi," diyorum sessizce.

"Çünkü olması gereken bu." Dudağımı sarkıttığımda gülüyor. "Yalnızca o seninle ilgilenmeyecek ki, sen de onunla ilgileneceksin. Bunu neden sadece maddiyatla ölçüyorsun?"

"Ben hep tek başımaydım Sinan. Kolay bir hayatım yok ki. Şimdi tüm dertlerimi başka birine açmak, onu da bu sorumluluğun altına çekmek... Yanlış geliyor."

"Kerem'in ailesinden biri hasta olsaydı, annesi mesela. Evlendiğinizde onunla da ilgilenmen gerekseydi vazgeçer miydin? Ya da evlendikten sonra da böyle bir şey yaşanabilir. Bu çekip gitmene sebep olur mu?"

"Hayır, tabii ki olmaz."

Sinan bana dik dik bakınca yanaklarım kızarıyor. Ben Kerem'e böyle şeyler söylemedim ki ya!

"Yine de beni dinlemesi gerekirdi. O kadar tepki vermesini gerektirecek bir şey yoktu."

"İlişkiler konusunda uzmanlaştığımı düşünüyorum ama bu tarz olaylarda net bir kanıya varmak pek mümkün değil," diyor daha çok kendisiyle konuşur gibi.

"Ne?"

"Diyorum ki evet, objektif olduğumuzda aşırı tepki göstermiş olabilir. Ama neden bu tepkiyi verdiğini ele alalım; bir haftadır adamla konuşmaktan kaçınıyorsun. Doğal olarak sürekli hatayı kendinde arıyor. Ne yaptım da o tatlı, âşık kız birden uzaklaştı diye. Doğru mu?" Surat asarak kollarımı göğsümde birleştirince cevabını almış gibi devam ediyor. "Sonra seninle konuşmaya geldiğinde dün akşamı bir adamla geçirdiğini öğreniyor. Bu adam içten içe gıcık olduğu biri olabilir çünkü bu konuda biraz kaşındım ben..."

"Çalışıyorduk!"

"Kesinlikle. Çalışıyorduk. Ek işe ihtiyaç duyacak kadar zor durumdasın ve bunu Kerem'e söylemiyorsun. Söylemek zorunda olmadığını düşünebilirsin ama gözlemlerime dayanarak söylüyorum ki bu işler biraz 'al gülüm, ver gülüm' olayı."

"Al gülüm mü?"

"Aynen, biriyle birlikte olduğunda hayatı hakkında her şeyi bilmek istersin. Mesela... Kerem işten atılmak üzere olsa ve bu onu çok strese soksa ama sana bahsetmese ne hissedersin?"

"Ne diye beni empatiye zorlayıp duruyorsun?"

"Çünkü aptal bir kız gibi mızmızlanıp duruyorsun. Aptal olmadığını biliyorum Mısra. Sadece hayatında bazı yenilikler var ve bunlarla başa çıkabilmek için empati yapman gerek. Kerem'in seni anlamasını istiyorsan, önce sen onu anlamalısın. Benzer bir konuşmayı Kerem'le de yapmalıyım aslında ama önce soruma cevap ver."

Ne sorduğunu hatırlamam birkaç saniye sürüyor. Derin bir nefes alıp sakin ve mantıklı olmaya çalışıyorum. Sorunun cevabını düşünürken Sinan dikkatle mimiklerimi izliyor. Eh... Bana söylemesini isterim tabii ama söylemedi diye de onu arabamdan kovmam herhalde!

"Ona destek olur, zor günlerinde yanında olurum."

"İyi de sana söylemiyor ki."

"İyi de... Öğrenince de aşırı tepki vermem canım! Adamın zaten derdi başından aşkın."

"Peki, bu durumu hayatındaki diğer herkes bilse... Mesela Berna bile. Sadece sen bilmesen, yine de aynı şeyi söyler miydin?"

Şu an aşırı derece de üstüme geliyor, farkında mısınız? Patlayıp onu tekmelemeye başlamak üzereyim.

"Yuh! Berna'yla seni nasıl aynı kefeye koyabiliriz?"

"Konumuz bu mu şimdi?"

"Konumuz ne Sinan? Sen kimin tarafındasın ya?" Gözlerini devirip sırtını karşı yatağa yaslıyor.

"Ohoo, iş taraf olmaya kadar geldi mi? Bence sen biraz sakinleş. Olayı farklı bir noktaya taşıyorsun. Mesele Kerem'in seni arabadan indirmesi değil, ne demiştin? Yüzündeki hayal kırıklığı mı?"

Bunu söyleyip beni can evimden vururken öfkem bir balon gibi sönüyor.

"Onun kadar değer vermediğimi ima etti."

"Şimdi, senin kıyaslama yapabileceğin başka bir ilişkin yok. Ama Kerem'in var. Üstelik ona acı çektiren bir ilişki. Berna da ondan gitgide uzaklaşmış ve bir gün ortadan kaybolmuş olabilir. Şimdi senin de uzaklaştığını gördüğünde paniğe kapılması normal. Bunun seninle ilgili olduğunu düşünmüyorum, bu daha çok onun kendi yaralarıyla ilgili."

Sinan'a öylece bakıyorum. Hafifçe omuz silkip, "Bu sadece bir varsayım. Yanılıyor da olabilirim tabii," diyor.

"Psikolog olduğun için mi böyle konuşuyorsun yoksa sen her zaman mı böyleydin?

"Böyle konuştuğum için psikolog oldum," diyor gülerek. "Çünkü başka türlü kimse beni dinlemiyordu."

"Peki bay her şeyi bilen, şimdi burada hatalı olan kim?"

"Hatayı bir tarafa yükleyemeyiz. Bence buradaki hata, iletişim eksikliği."

"Yani?"

"Yani git ve adama derdini anlat, geri zekâlı!"

"Şimdi neden bana hakaret ediyorsun?" diyorum ağlamaklı sesimle. "Hem beni dinler mi ki?"

Sinan göz devirerek üstüme bir peçete daha atıyor. "Dinler. Kerem'in kestirip atan bir tip olduğunu düşünmüyorum."

"O zaman arasam mı?" diye hevesle doğruluyorum ama söyledikleri beni durduruyor.

"Bence bu akşam sadece mesaj at. Onu düşündüğünü bilsin, bu arada da sakinleşip düşünme fırsatı bulur. Yarın onunla konuşursun."

"Tamam. Teşekkür ederim." Omuz silktiğinde gözlerimden birkaç damla daha yaş düşüyor. "Seni sürekli dertlerimle boğuyorum. Berbat bir arkadaşım."

"Hayır, sorun değil. Beni ilgilendirmeyen işlere karışmaya, insanların hayatına burnumu sokmaya falan bayılırım, biliyorsun."

"Evet, bu yüzden tanıdığım en tuhaf adamsın," diyorum ağlamakla gülmek arası bir ses çıkarırken. "Ama iyi ki varsın Sinan. Hayatıma burnunu soktuğun için minnettarım."

Sabah birbirine yapışmış kirpiklerimi ayırıp gözlerimi açmak o kadar zor oluyor ki uyanabilmek için inleyerek kendimi yataktan aşağı atıyorum. Gürültülü bir pat sesiyle çarşafa dolanmış halde aşağı düştüğümde Ecrin homurdanarak yatağında dönüyor. Yataktan yuvarlanmama alışık olduğu için ilgilenmeyişini kafama takmıyorum. Şurada bir kolumu kırsam umursamayacak olması hiç önemli değil, cidden.

Onlar için bu kadar dert sahibi olmuşken birazcık şımartılmak istememe imkân yok. Büyük kardeş olmak bir lanettir. Küçük kardeş olmaksa bir lütuf. Birinin küçük kardeşi olabilmeyi dilerdim.

Elimi kaldırıp komodinin üstünden telefonumu ararken diğer elimle de gözlerimi ovuşturuyorum. Telefonu alıp gözlerimin önüne tuttuğumda boş bir ekran görmek kalbimi kırıyor. *Bir kez daha.*

Kendimi zorlayarak ayağa kalktıktan sonra banyoya girip duş alıyorum. Kerem'le barışacağımızı ve hep yaptığı gibi yüzünü saçlarıma yaslayacağını hayal ederken saçlarımı üç kez uzun uzun şampuanlıyorum. Mis gibi bir koku etrafımı sardığında yenilenmiş ve daha iyi hissederek duştan çıkıp hoş bir kombin yapabilmek için bir süre dolabımın karşısında oyalanıyorum. Çocuklar tatilde oldukları için artık ben çıkarken kimse uyanık olmuyor. Babaannem kalkıp benim için kahvaltı hazırlamayı bırakalı bir hafta oldu. Her ne kadar kahvaltı yapmayı reddederek onu buna ben zorlamış olsam da sabahları babaannemle çay içip kısa sohbetler etmeyi özlüyorum. *Yine de bunu ona söyleyecek değilim.* Bazen huysuz ve hazırcevap bir cadı olduğu için sık sık unutsam da artık çok yaşlı ve eskisi gibi evin her işini tek başına üstlenemiyor. Hepimiz ona bu konuda yardımcı oluyoruz ancak mutfakta eskisi kadar çok vakit geçiremiyor olmaktan ve eskisi gibi bize her gün güzel börekler, zor yemekler yapamıyor olmaktan duyduğu üzüntüyü görebiliyorum.

Her gün özel yemekler yemeye ihtiyacımız olmadığını ona göstermeye çalışıyoruz ama dedim ya, huysuz bir cadı o. İhtiyacımız olan tek şey bizimle kalmaya devam etmesi. Onu da kaybetmeye dayanamayız. Çıkmadan önce babaannemin odasına girip yatağının ucundaki boş bardağı suyla dolduruyorum. Zayıf ellerini tutup hafifçe öptükten sonra üstümde garip bir ağırlıkla çıkıyorum evden.

Sabahları Kerem benden sonra geldiği için gider gitmez onu görme imkânım olmuyor. Büroda yoğun bir gün olduğu için öğle arasına kadar dışarı çıkmam da mümkün olmuyor. Küçük bir boşluk bulup Kerem'e gitmek için ayaklandığım her an Timuçin Bey kasıtlı yapıyormuşçasına bana seslenip bir şeyler istiyor. Onu öldürmek öyle cazip geliyor ki kendimi mektup açacağını boğazına dayamış, Timuçin Bey'i hayatı için yalvartırken hayal edebiliyorum.

Akıl sağlığım tehlikede sevgili arkadaşlarım. Benden uzak durun. *Acımam, çizerim.*

Sonunda öğle arasına çıkabildiğimde kalbim küt küt atarak yayınevine iniyorum ama Neşe, Kerem'in orada olmadığını söylüyor.

Omuzlarımı düşürüp surat asarak binadan çıkarken Kerem'i aramayı düşünüyorum ancak telefonumu açmazsa daha çok üzülmekten endişelenerek buna cesaret edemiyorum. Karşıdaki kafeden moralimi bir nebze düzeltecek bol çikolatalı bir tatlı almak için kafeden içeri girdiğimde tam karşıdaki masada Kerem ve Berna'yı görüyorum. Önlerinde kahveleriyle karşılıklı otururlarken Berna ellerini hızlı hızlı sallayarak Kerem'e bir şeyler anlatıyor.

Öylece onlara bakarken Kerem'in burada ne işi olduğunu anlamaya çalışıyorum. Neden Berna'yla konuştuğunu, kadının ona neler söylediğini merak ederken Berna uzanıp Kerem'in elini tutuyor ve ben bu görüntü karşısında neredeyse fiziksel bir acı hissediyorum. Berna çok güzel bir kadın. Işıl ışıl görünen sarı saçlarıyla, kusursuz makyajıyla, bakımlı ve narin elleriyle sadece sevilip şımartılmak için dünyaya gelmiş biri gibi görünüyor. Bense hayat mücadelesinin içinde sürekli savruluyor, dertten başka bir şeye sahip olmadığımı düşünerek sevgilimi kendimden uzaklaştırdığım için ikimizi de incitiyorum. O an ikisi gözüme öyle uyumlu geliyor ki kendimi unutulup tozlanmış, eski bir eşya gibi hissediyorum.

Kerem, Berna'ya karşı hisleri olmadığını söylediğinde ona inandım ancak bir zamanlar bu kadını sevmiş, onun arkasından acı çekmiş olduğu gerçeği beni öyle kuvvetle yakalıyor ki kıskançlık bir anda tüm bedenimi ele geçiriyor.

"Hanımefendi!" Arkamdan bağıran bir adamın sesiyle sıçradığımda kızgın bir adam, "Kapının önünden çekilir misiniz?" diye homurdanıyor. Sinir olmuş haline bakarsak bana birkaç kez seslenmiş olmalı. Savsak bir hareketle bir adım yana çekildiğimde adam omzuma sertçe çarparak yanımdan geçiyor.

"Mısra?"

Kerem'in sesini duyduğumda telaşla dışarı çıkıyorum. Kendime her zaman o kadar çok sorumluluk yüklüyor, bir şeyler ters gittiğinde kendime öyle çok yükleniyorum ki hiçbir şeyi doğru yapamadığım hissi beni sık sık hırpalıyor. Ne zaman çok üzülsem, çok incinsem bunu diğer herkesten saklamak için kaçıp saklanıyorum. Romantik bir ilişkide endişelerim yüzünden bocaladığım, sevgilimle ilk kavgamı ettiğim günün ardından Berna'yla Kerem'i görmek ise bana hiç iyi gelmiyor.

Acaba Kerem ilişkilerini kıyaslıyor mu, Berna'nın onda oluşturduğu güvensizlikleri paylaşımcı olmadığım için bende beslemeye devam ediyor mu diye düşünürken koşar adımlarla kafeden uzaklaşıp ara sokaklardan birine sapıyorum.

Gözlerim yaşarır, burnum ağlamanın habercisi olan o sızıyla dolarken hızlı hızlı geçiyorum sokakları. Aptal olduğumu düşünebilirsiniz, mantıksız davrandığımı söyleyebilir, bana kızabilirsiniz. *Hepsini biliyorum!* Ama her şeyi düşünmekten, her zaman düzenleyen, işleri yoluna koyan kişi olmaktan çok yoruldum.

Artık iyice uzaklaştığımı düşündüğüm için adımlarım yavaşladığında bir el kolumu yakalayıp beni çeviriyor. Dudaklarımdan kısa bir çığlık koparken tanıdık bir bedene çarpıyorum. Islak gözlerimi kaldırıp baktığımda Kerem nefes nefese ve şaşkın görünüyor. Gözleri yüzümü tarıyor, sıcak eli bir yanağımı avuçluyor ve kendimi öyle kırılgan hissediyorum ki karşısında ağlamaya başlıyorum.

Böyle olacağını biliyordum işte.

"Ne oldu sana?" diye soruyor Kerem. Sesindeki bariz ilgi ve şefkati duyduğumda dudaklarımdan bir hıçkırık dökülüyor.

"Neden her şeyi ben yapmak zorundayım?" diyorum ağlayarak. "Neden barışmak için yanıma gelmek yerine Berna'yla yemek yiyorsun?"

"Biz... Yemek yemiyorduk," diyor beni sakinleştirmek için omuzlarımı okşarken. Biz dediği için daha çok ağlıyorum. Böyle davranmak istemezdim ama ben Ecrin değilim ki. Duygularımı onun yarısı kadar bile gizli tutamam. Azıcık dolsam hemen patlayıveririm.

"Mısra, ağlama lütfen," diyor Kerem sevgiyle. Onun hatırına hıçkırıklarımı bastırmaya, ağlayan küçük bir kız yerine güçlü bir kadın gibi görünmeye çabalıyorum. Ama olmuyor.

"Güçlü durmaktan çok yoruldum," diyorum başka bir hıçkırığın ardından. "Hayattan korkmaktan da yoruldum."

Yüzüm Kerem'in göğsüne sokulmuş, gözyaşlarım gömleğini ıslatırken onun tarafından sıkıca kucaklanıyorum. Kerem'in kolları omuzlarıma dolanıyor, saçlarımın arasına bir öpücük kondurduğunda kollarımı indirip ben de ona sarılıyorum.

"O zaman bana yaslan," diyor Kerem teselli verir gibi. "Yorulduğunda, güçlü olmaktan sıkıldığında benden kaçmak yerine yanıma gel. Ben senin için güçlü olurum Mısra. Bundan sıkılmam, yorulmam, seni sadece desteklerim. Yalnızca bana güvenmen gerek."

Sözleri içime dokunuyor. Yanağımı göğsüne yaslayarak başımı kaldırıp yüzüne bakıyorum. "Berna'yı hiç sevmiyorum."

"Ben de onu sevmiyorum," diyor kaşlarını çatarak. "Onun yüzünden mi ağlıyorsun?"

Yüzümü tekrar göğsüne saklayıp ağlamaktan çatlayan sesime rağmen ona dikleniyorum. "Hayır. Senin yüzünden ağlıyorum. Dün beni öylece bıraktıktan sonra neden onunla yemek yiyorsun?"

"Yemek yemiyorduk," diyor bir kez daha. Beline dolanmış kollarımdan birini kaldırıp sırtına vurduğumda Kerem'den bir şaşkınlık nidası yükseliyor. *Başka kadınların elini tutmasına izin verirsen dayağı böyle yersin işte.*

"Ne o zaman, hasret mi gideriyordunuz?" Ondan uzaklaşıp arkamı dönerken birkaç saat sonra bu tavrımdan dolayı delice pişman olacağımı biliyorum ama kâr etmiyor. *Kıskançlık çok kötü birisi sevgili arkadaşlarım.*

"Buraya kadar gelmiş, konuşmakta ısrar etti. Ben de konuşup gitmesi için görüşmeyi kabul ettim."

Dudaklarımdan bir hıh sesi dökülürken kollarımı göğsümde birleştirerek başka tarafa bakıyorum. "Ne söylüyormuş? Seni çok özlediğini, tekrar bir araya gelmek istediğini mi?"

Kerem bana dik dik bakarak, "Söylüyorsa ne olacak?" diye sorduğunda kafamı hızla ona doğru çeviriyorum. O da kollarını göğsünde birleştirince birbirine küsen iki çocuk gibi karşı karşıya geliyoruz. "Nasıl hissediyorsun? İnsan sevgilisinin neyi neden yaptığını bilmeyince strese giriyormuş, değil mi?"

"Bu yüzden mi Berna'yla baş başa yemek yiyordun?" dediğimde Kerem'in bakışları sabırsızlıkla doluyor. Benim yüzümden kavga mı ediyoruz, sarılıp ağlaşıyor muyuz belli değil. Kıskançlık yakamı bıraksa Berna'dan bahsetmeyi keseceğim ama bırakmıyor zalim.

"Yemek yemedik dedim ya," diye patlıyor Kerem. "Öyle bir şey düşünmedim elbette ama düşünmüş olsaydım da bana kızmaya hakkın var mı sahiden? Aramızdaki sorunları çözmek yerine neden bahsediyoruz Allah aşkına? Senden bana güvenmeni isterken hayatını öylece bana emanet etmenden bahsetmiyordum. Güvenmenin kolay olmadığını ve çaba gerektirdiğini biliyorum. Ama bir yerden başlamak gerekiyor Mısra. En azından birbirimize karşı açık olalım lütfen. Bir şeyden hoşlanmadığında, kızdığında, korktuğunda gelip bana söyle. Her sorunda kaçıp gidersen birbirimize nasıl güveneceğiz?"

"Ben kaçmıyorum," diye cılız bir itirazda bulunduğumda Kerem kollarını çözüp bunalmış bir halde ellerini saçlarının arasından geçiriyor. Şu sessiz sakin, pamuk gibi adamın haline bakın. Benim yüzümden delirdi sonunda.

"Öyleyse neden beni orada gördüğünde gelip hesap sormak yerine arkanı dönüp koşmaya başladın?"

Başımı suçlu bir çocuk gibi yere eğiyorum. Kaçtım çünkü bazı özgüven problemleri yaşıyordum. Histeri krizi geçirmiş de olabilirim. Üstüne bir de ilk kez bu kadar güçlü bir kıskançlıkla sınandım. Mantık desen hiç ortalıkta yoktu, *alçak mantık*!

Yanlış davrandığımı bildiğim için bir zeytin dalı uzatmak adına elimi ona doğru uzatıp serçe parmağımı kaldırıyorum. Sinan'ın tavsiyelerine dayanarak hissettiklerimi dürüstçe açıklamaya çalışacağım.

"Üzgünüm. Benim... Öğrenmem gereken şeyler var Kerem. Uzun zamandır her şeyi tek başıma yapıyordum. Sen hayatıma girdiğinden beri yalnız hissetmiyorum ama yine de öyle davrandım sanırım. Ben... Benimle ilgili sadece güzel şeyleri bilmeni istedim. Bana dair çok fazla güzel şey olmadığını düşündüm, bu yüzden sorunlarımı sana açmaktan kaçındım." Başımı kaldırıp gözlerine bakarak, "Barışalım mı?" diye soruyorum ağlamaklı sesimle.

Kerem bir iç çekişle uzattığım parmağıma kendininkini geçiriyor. Bana bir adım yaklaşıp da ciddiyetle, "Bundan sonra birbirimizi dinleyeceğiz," deyip uyaran bir tonla ekliyor. "Konu ne olursa olsun."

Barışma teklifimin kolayca kabul edilmesi karşısında öyle rahatlıyorum ki tek hatalının ben olmadığım konusunda ona sataşırken yüzüme bir gülücük konuyor. "Yani dün beni dinlemeyip hata ettiğini kabul ediyorsun?"

"Evet," diyor bakışlarını hiç kaçırmadan. "Şimdi gidip adam akıllı konuşabilir miyiz?"

"Berna hâlâ seni beklemiyordur umarım."

"Mısra, bunu sadece bir kez söyleyeceğim. Berna'nın hayatımda hiçbir yeri yok. Özür dilemek için ısrar edip duruyordu. Diledi ve gitti. Hepsi bu. Bir daha onun ismini duymak istemiyorum."

"Ben onun ismini niye anayım ki?" diyorum şok içinde. Parmaklarımız hâlâ birbirine bağlı olduğundan Kerem elini sertçe çektiğinde göğsüne çarpıyorum. Diğer eliyle ensemi okşarken, "Kıskançlığın da çok betermiş," diyor söylenir gibi. Fakat sesi öyle sıcak ki ona kızamıyorum.

Başımı nazlı bir edayla kaldırırken dudaklarım utangaç bir gülücükle kıvrılıyor. "Üff, evet. Ben de ilk kez gördüm kıskançlığımı. Hiç hoşuma gitmedi."

"Benim belki biraz hoşuma gitmiştir," diyor Kerem başını yüzüme doğru eğerken. "Ama sık sık görmek istemem."

"Sen de kimsenin elini tutmasına izin verme o zaman."

"İyi, sen de artık her şeyi benimle paylaş o zaman."

"Anlaştık," diye fısıldadığımda Kerem de aynı cevabı veriyor. Dudaklarımız birleşirken kavgaların barışma kısmını sevdiğime karar veriyorum.

32. Bölüm

Her insanın kendini keşfettiği bir dönem vardır. Bazen aksini düşünsek de aniden kendimizi hiç tanımadığımızı fark edebiliriz. Yetişkin de olsak, sorumlulukları olan ve hayatını düzene koymuş biri de olsak, hayatımızın sonuna yaklaşmış yaşlı bir nine de olsak kendimizi tanımadığımızı fark ettiğimiz anda kişiliğimizin hiç bilmediğimiz yönlerini keşfe çıkarız. Yeterince cesursak bunu atlatıp yeni bir sayfayla hayatımıza baştan başlayabiliriz. Güçlü değilsek o zaman büyük bir buhran dönemi bizi bekler.

Son zamanlarda tam da o buhran döneminin kıyılarında gezdiğimi yeni yeni fark ediyorum. Uyan, çocukların harçlıklarını verdiğinden emin ol, işe git, geç saatlere kadar çalış, eve gel ve ailenle ilgilen, uyu, uyan. Buna benzer bir kısır döngüde debelenip durduktan sonra hayatım ummadığım bir anda olumlu yönde değişince feleğimin şaşması normalmiş. Sinan öyle söylüyor.

Yirmi üç yaşındaysanız ve bir aile reisiyseniz, hayat gerçekten çok zor sevgili arkadaşlarım.

Bu yüzden Kerem'le yaptığımız, ağırlıklı olarak benim yol açtığım bir problem olsa da ikimizin de hata payı olduğunda ısrar ettiğim ilk kavgamızın ardından kendime çekidüzen vermek ve mantıklı olmak için daha çok çabalamaya başladım. Ailemin sorumluluğunun altında ezilişimi başka biriyle konuşmak tuhaftı. Başlarda beni çok rahatsız ediyordu çünkü şikâyet ediyormuş gibi hissediyordum.

Kerem bunu fark ettiğinde bana sarılıp, *"Bir kahraman olduğunu biliyor musun?"* diye sormuştu. *"Emre ve Ecrin'in kahramanısın. Hatta benim bile. Ama kahraman olmak her zaman beraberinde süper güçleri getirmiyor Mısra. Sen de bir insansın. Bazen anne rolünü üstlenmekten yorulduğunda bunu bana söylemende bir sakınca yok. Söz veriyorum, seni yargılamayacağım."*

Bir insanı her gün daha fazla sevmek mümkün müdür? Öyle olmalı çünkü ben her gün, Kerem'e daha fazla âşık olduğumu düşünüyorum. Bu bazen korkutucu bir şey ama çoğunlukla kendimi korkusuz ve yenilmez hissettiriyor. Durum buyken sanırım bitip tükenmek bilmeyen bir aşkla başa çıkabilirim. Kerem Tunalı beni sevdiği sürece, üstesinden gelemeyeceğim bir şey yok.

Eh... Nurdan Tunalı haricinde her şey diyelim.

Tam bir aydır Kerem'le mutluluk oyunu oynuyoruz. Ancak kaçınılmazı daha fazla ertelemek, daha fazla sorundan başka bir şeye yol açmayacak. Bu yüzden tam da şu anda Kerem'le birlikte annesinin evinin önünde, arabada oturuyoruz. Benim aşağı inmeye hiç niyetim yok. Kerem de pek istekli görünmüyor.

Aslında bakarsanız Kerem ailemle, en azından kardeşlerimle tanışmak için bu kadar ısrar etmese hiçbir problemimiz olmazdı. Fakat ediyor! Ben de Nurdan Hanım'ın gönlünü almadan Kerem'i bizimkilerle tanıştırmak istemiyorum. Bunu ona da açıkladım. Biliyorsunuz, bir anlaşmamız var. Artık her şeyi açıkça konuşuyoruz falan filan. *Sinir bozucu.*

"Artık inelim mi?" diye soruyor Kerem. Kendimi koltuğa yapıştırıp asla inemeyeceğimi söylemek istesem de başımı sallıyorum.

"Yüzüne nasıl bakacağımı bilmiyorum."

Kerem yüzünü bana çevirip benimle göz göze gelirken aptal bir sırıtışla, "Böyle," diyor. Hayatımda duyduğum en berbat esprilerden biri olsa da beni rahatlatma çabası karşısında gülmeden edemiyorum. Kerem elini yanağıma uzatıp tatlı bir okşayışla beni annesiyle yüzleşmemize hazırlıyor. Arabadan inmeden önce yanağımdaki elinden güç alarak avucuna bir öpücük bırakıyorum.

Şu an hayatta en çok çekindiğim insanın kapısının önünde dikilebildiğime göre... Cidden kahraman olmalıyım.

Merdivenleri çıkarken bildiğim tüm duaları okuyorum. Bu kapının önünde ilk kez durduğumda gergin olduğumu düşünmüştüm fakat esas gerginlik neymiş, bugün öğrendim. Kapının önüne gelip de zile bastığımızda kendimi aramıza bir mesafe koymak için zorlamam gerekiyor. Elimde olsa vücudumu Kerem'e zamkla yapıştırırdım ama bunun hoş karşılanacağını sanmıyorum.

Kapıyı açan Burçak bizi görünce genişçe gülümsüyor. Kerem bana küçük kardeşinin yaptığımız şeyle çok eğlendiğini söylemişti. Muzip bakışlarına bakılırsa bu konuda bizimle epey uğraşacak. Arka odadan koşarak gelip dayısının kucağına atlayan Duru'nun samimi karşılamasıyla birazcık rahatlayabilmeyi umuyorum ama bu tatlı kız bile gerginliğimi azaltamıyor. Çekingen adımlarla Kerem'in arkasından yürüyerek içeriye giriyorum. Kerem önce sağına bakıyor, sonra soluna, sonra da beni görebilmek için arkasına dönmek zorunda kalıyor. Kaşlarını kaldırarak *ciddi misin* dercesine baktığında sevimli olduğunu umduğum bir bakışla omuz silkiyorum. *Arkana saklanamayacaksam bu geniş omuzlarının ne anlamı var ki?*

"Hoş geldiniz," diyor Burçak bin bir imayla. Duru buradaysa Nida Abla'nın da burada olduğunu fark edişim, Burçak'ın imalı sırıtışı sayesinde oluyor. Sırtımdan aşağı soğuk bir damla düştüğüne eminim. Geri dönüp koşarak kaçmamak için iradenii zorlamam gerekiyor. Başımı hafifçe eğip Kerem'in arkasından salona giriyorum.

Nida Abla bizi buz gibi bir bakışla karşılayınca karnıma ağrılar giriyor. Olduğum yerde sinip ağlamamak için ciddi çaba gösteriyorum. Nurdan Hanım'ın tavrıysa daha beter. Bize bakmıyor bile.

Bu kalbimi o kadar kırıyor ki. Hatalı olduğumuzu biliyorum ama birkaç ay önce ona anne dememi isteyen, benimle samimiyetle ilgilenen kadından böyle soğuk bir tavır görmek beklenmedik bir şekilde incitiyor beni.

En başta, Kerem'e âşık değilken bile en çok Nurdan Hanım'a yalan söylemekten rahatsız olmuştum. Çünkü beni içtenlikle kabul etmişti. Samimiyeti ve sevgisi öyle gerçekti ki sahte gelini olarak hakkım olmasa da onu çok sevmiştim.

Gözlerimin dolduğunu hissettiğimde başımı yere eğiyorum hemen. Ellerimin titrediği belli olmasın diye çantamın kulpunu sıkı sıkı kavradığım sırada Kerem annesine sesleniyor. Nida Abla yarım ağız bir *hoş geldiniz* diyor ama Nurdan Hanım'dan onu bile duyamıyoruz.

Karşılarındaki kanepeye oturup suçlu bir çocuk gibi bakışlarımı halının desenlerinde gezdirerek birinin konuşmasını bekliyorum.

"Anne? Konuşmayacak mısın bizimle?" diyor Kerem.

"İki aptal çocukla ne konuşacağımızı bilemediğimiz için susuyoruz," diye atılıyor Nida Abla. *Zaten beni hiç sevmemişti.*

"Abla!" diye onu uyaran kardeşine aldırmadan bana sataşmaya devam ediyor.

Aslında kötü birisi değil. Yalnızca soğuk bir kadın olduğunu düşünüyorum. Sezgileri kuvvetli olduğu için de başından beri bana hiç güvenmemiş ve kardeşini benden korumaya çalışmıştı. Şimdi aradaki ironiyi fark edince ikimize de kızgın olması çok normal.

"Sana defalarca bu kızda bir şeyler olduğunu söyledim. Onu iyi tanıyıp tanımadığını ısrarla sordum ama kime konuşuyormuşum? Cidden Kerem, senin gibi akıllı bir adam nasıl bu kadar aptalca bir işe kalkışır?"

Kerem dizinde oturan yeğenini indirip Burçak'a doğru pışpışlıyor. Omuzlarını dik tutarak ablasının gözlerine bakarken ortam o kadar geriliyor ki şuracıkta düşüp kalacağım şimdi!

"Bunu birçok kez konuştuk," diyor karşımızdaki kadınları uyaran bir sesle. "Keşke iş buralara kadar gelmeseydi ama olan oldu bir kere. Hatayı bize yükleyip durmayı bırakın. Beni ne kadar bunalttığınızı hiç düşündünüz mü, özellikle sen anne?" Nurdan Hanım bize bakmasa da Kerem konuştuğunda yüzünde tuhaf bir ifade beliriyor. "Yine de kızmak istiyorsan bana kız. Mısra'nın ne suçu var? O sadece bana ayak uydurmak zorundaydı. Böyle bir oyun için fazla büyük olduğumu biliyorum, yaptığımın doğru olmadığını da biliyorum ama daha fazla özür dilemek istemiyorum. Çünkü bu sayede Mısra'yla tanıştım. Bunun için asla pişman olmayacağım."

Halının desenini inceleyen bakışlarım ne ara Kerem'in yüzüne sabitlendi, ne ara ona aşk ve hayranlık dolu bakışlar atmaya başladım, bilmiyorum. Kendimi tutamayıp, "*Seviyorum ulan bu adamı!*" diye bağıracağım şimdi. "*Bana bak Nida! Yolumuza taş koymaktan vazgeç, biz birbirimizi seviyoruz! Mesut olmamıza sen bile engel olamayacaksın, seni hain!*"

Neyse ki kendime hâkim olup olası bir felaketi önleyerek bakışlarımı karşıya çevirebiliyorum. Nurdan Hanım sonunda bize bakmaya karar vermiş. Yüzünde çok eskilerden hatırladığım, kalbimi acıtan, şefkatli bir bakış var. Çocuğuna kıyamayan ama kızgınlığını korumaya çalışan bir bakış. *Anne bakışı.*

Yanaklarımın ıslandığını, Nida'nın bana doğrulttuğu şaşkın ifadesiyle fark ediyorum. Aceleyle gözyaşlarımı silip, "Nurdan Hanım," diyorum sessizce. Aylar önce ona her seslenişimde yaptığı gibi *anne* diye düzeltmesini bekliyorum ama yapmıyor. Şu an buna ne kadar ihtiyacım olduğunu bilebilse keşke. "Sizi hayal kırıklığına uğrattığım için çok üzgünüm, gerçekten. Bundan sonra beni görmek istemezseniz anlayışla karşılarım. Ama bilmenizi istediğim bir şey var. İlk tanıştığımızda bana olan sevginizden rahatsız olmuş gibi davranmıştım çünkü içtenliğiniz beni üzüyordu. Yine de öyle değilmiş gibi davransam da yakınlığınız ve şefkatinizden çok keyif almıştım. Bana annemi hatırlatmıştınız. Ben... Söylediğiniz gibi sizin kızınız olmayı çok isterdim. Bu şansı elimden kaçırdığım için üzülüyorum. Ama Kerem'i çok seviyorum." Kerem elimi tutup sıktığında burnumdaki sızı daha da artıyor fakat kendimi tutarak güçlü durmaya çalışıyorum. "Size yalan söylediğim için özür dilerim. Ama bizi affederseniz bundan sonra her zaman dürüst olacağıma söz veriyorum."

"Off!" diyor Burçak duygusal konuşmamı aşina olduğum ergen sesiyle bölerek. "Öpüşüp barışın işte be, aman! İçim sıkıldı vallahi." Benim dışımda herkes ona dönüp kızgın bakışlar attığında Burçak gözlerini devirerek geriye çekiliyor.

Nurdan Hanım konuştuğunda ikimiz de ona dönüyoruz. Hâlâ biraz mesafeli olsa da Nida Abla'nın yumuşadığını görebiliyorum. Nurdan Hanım'ın bakışları ise çok dargın.

"Çok kızgınım size," diyor haklı bir sitemle. "Söylediklerinize de nasıl inanayım bilmiyorum çocuklar. Bana ikinci kez birbirinizi sevdiğinizi söylüyorsunuz. İlkinin nasıl sonuçlandığını hepimiz gördük."

"Ben hiç onu sevdiğimi söylememiştim," diyorum utanarak. "Ama şimdi söylüyorum. Ben Kerem'den daha güvenilir biriyim Nurdan Hanım. Bana inanabilirsiniz."

Kerem bana bozulmuş gibi baktığında Nida kendini tutamamış gibi gülüyor. Sanki bu imkânsızmış gibi hayretle ona baktığımdaysa beni ölümcül gözlerle izlemek yerine gülmeye devam ediyor.

"Kerem, sen ne diyorsun?"

"Sanırım Mısra'nın güvenirliğini kabul etmekten başka şansım yok."

Nurdan Hanım yumuşayan gözleriyle bizi uzun uzun süzdükten sonra derin bir iç çekiyor. "Bana bakın... Bu sefer gerçekten evleneceksiniz. Yoksa yeminle ayağımın altına alırım ikinizi de!"

Nurdan Hanım'ın beyaz bayrağıyla yüzümde güller açıyor. Ayağa kalkıp elini öpüyoruz. Bir ay boyunca Kerem'in sıkıntısıyla hepten dertlenmiş, bizi affetmeyeceğini düşünmüştüm ama anne olmak böyleydi işte. Çocukları mutlu olacaksa bağışlamayacakları hiçbir hata yoktu.

Bir gün Kerem'in çocuklarının annesi olma fikri kalbimi ısıtırken sevdiğim adamın gözlerine bakıp birlikte mutlu, çok mutlu bir hayat diliyorum.

Kerem barışma hediyesi olarak tüm aileyi *–ben de gruba dâhilim, yaşasın!–* öğle yemeğine çıkarmış, sonra da beni eve bırakmıştı. Şimdi babaannem ve kardeşlerimi karşıma almış, onlara Kerem'den bahsetmek üzereyken bir kez daha geriliyorum. Emre ve babaannem bir ilişkim olduğunu biliyorlar ama Kerem hakkında onlarla hiç konuşmadım.

Derin bir nefesle konuşmaya başlayacağım sırada babaannem daha fazla dayanamıyor. "Söyle de kurtul be kızım. Ne diyeceksin, evleniyor musun? Bu deli oğlan askerliğini yapmış mıydı Emre? Sormak nasıl aklıma gelmedi, puh!"

"Babaanne bana niye tükürüyorsun ya?" Emre kaşlarını çatıp bana bakıyor. "Bir dakika, ne evlenmesi? Şimdiden mi?"

"Abla! Tebrik ederim. Sen gidince yatağını atıp yerine kitaplık alabilir miyim?" *Ecrin.*

"Kız sus, nereye gidiyor ablam!" *Emre.*

"O yakışıklı oğlan bizim fındık memelide ne buldu, bilmem ki." *Kalleş babaanne*!

"Ne varmış benim ablam… Yuh! Babaanne ne diyorsun ya?"

Emre'nin kafasına bir şaplak indirip, "Sen ne diyorsun asıl?" dediğimde bana utangaç bir bakış atıyor.

"Gaza geldim abla, affedersin."

"Babaanne, yakışıklı oğlan kim?" diye soruyorum Emre'yi boş verip.

"E Sinan," diyor sanki bu dünyanın en saçma sorusuymuş gibi. Allah aşkına babaanne, Sinan benim memelerimi niye beğensin? Benim memelerimden Sinan'a ne babaanne? Ay tansiyonum düşüyor, kolonya getirin bana.

"Sinan falan yok yahu. Ne taktın beni Sinan'la evlendirmeye, anlamıyorum ki. Başkasını seviyorum ben."

"He başkası, he! Sen başka adam gördün mü bu kızın yanında Emre?"

"Görmedim babaanne."

"Ben de görmedim," deyip incecik kollarını göğsünde birleştiriyor.

"Tamam o zaman. Yarın, akşam yemeğine gelsin. Görürsünüz," diyorum pes ederek. Kerem'i babaannemle tanıştırmayı hiç istemiyorum ama bu baskıya daha fazla dayanamayacağım.

"Sahiden Sinan değil mi?"

"Değil diyorum kaç aydır, inanmıyorsun ki Ganimet Sultan."

Babaannemin yüzü düşüyor. Hemen ardından kafasını uzatıp yan koltuktaki Ecrin'e sesleniyor. "Kız serseri, seni verelim o zaman Sinan'a he? Sırım gibi çocuk bak, el üstünde tutar seni."

"Yok artık babaanne ya. Çok istiyorsan sen evlen Sinan'la." Babaannem yaşlı bedeninden beklenmeyecek bir çeviklikle terliğine uzanıp Ecrin'i tam kafasından vurduktan sonra, "Edepsiz," diye söylenerek ayağa kalkıyor.

"İyi bakalım, gelsin de tanışalım şu adamla," diye söylenerek odasına gidince üç kardeş baş başa kalıyoruz.

"Adı neydi bu adamın?" diye soruyor Emre. Omuzlarını kabartmış, bir dirseğini dizine yaslamış, ağır abi havalarında sorduğu soru karşısında dik dik bakıyorum yüzüne.

"Kerem."

"Tam adını ver."

"Kerem Tunalı."

"Kimmiş bu Kerem Tunalı?" Konuşurken büyüyen gözlerini, bu ismi hatırlaması izlerken kardeşimin yüzü birden bembeyaz oluyor. "Yok canım, o değildir herhalde."

"O." Emre bana şok içinde bakarken Ecrin arkamdan kıs kıs gülüyor.

"Nasıl ya? Ne alaka abla?"

Yanına oturup Emre'nin elini tutarak kazadan sonra olanları anlatmaya başlıyorum. Bunu gizli tutmak isterdim ama Kerem'in akrabalarının hakkımda tuhaf bir izlenimleri varken günü gelince garip hikâyeler duymamaları için onlara anlatmam gerek. Evlilik oyunumuzu duyunca bizim deli oğlan küplere biniyor. Kerem'i öldüreceğinden falan bahsediyor ama kimse onu ciddiye almıyor tabii. Kulağından çekip, tekrar yanıma oturtarak devam ediyorum. Dinledikçe yumuşuyor, hatta biraz da duygulanıyor sanırım. Her şeyi kabul etmesi için ihtiyacı olan tek şeyin beni mutlu görmek olduğunu biliyorum, bu yüzden ben de duygulanarak sıkıca kucaklıyorum Emre'yi.

Gece yarısı odamın kapısını hafifçe tıklatıp yanıma uzandığında yatakta sıkışsak da sesimi çıkarmıyorum. "Abla," diyor başını omzuma yaslayıp. Benden uzun olduğu için biraz rahatsız bir pozisyonda olmalı ama aldırmıyor. "Başına açtığım dertler yüzünden özür dilerim. Ben bilseydim bir çaresini bulurdum."

Bulamazdı ama bunun hiçbir önemi yok. "Önemli değil. Gerçekten. Bir çaresini bulamadığın için memnunum Emre. Çünkü tüm o sıkıntılar sayesinde çok seveceğim bir adam buldum."

"Ama en çok seveceğin adam hep ben olacağım değil mi?" diye soruyor küçük bir çocuk gibi. Gülerek kardeşime sarılıyorum.

"Hayır. Seni hiç sevmiyorum."

"Ben de seni sevmiyorum!" diyor ama daha sıkı sarılıyor bana. "Evlenip git de kurtulalım senden."

"Hadi oradan!" Onun bu haline gülerken arkamda bir hareketlilik hissediyorum. Ecrin belime sarılıp yataktan düşmemek için iyice üstüme abanıyor. *Yine mi ya?* "Artık çocuk değilsiniz, sığmıyorsunuz kucaklara farkındaysanız." İkisi de kıpırdamayınca onları yatağımdan atmaya yelteniyorum ama sonra kıyamıyorum.

"Dram yapmayın hemen, yakın zamanda evlenmiyorum." İkisi de omuz silkiyor. Yatağa sığmayacak kadar kocaman olsalar da böyle kedi gibi bana sokulup sevgi beklediklerinde sanki yalnızca ben büyümüşüm, anne babamız yokken onlar hep çocuk olarak kalmış gibi hissediyorum. Oysa onlara sorsam, kendilerini hiç de çocuk gibi düşünemediklerini söylerler.

Küçük yatağıma sığışmak için Emre ve Ecrin kavga etmeye başladıklarında istedikleri gibi didişmelerine izin veriyorum çünkü bu anların ne kadar kıymetli olduğunun farkındayım.

Ne kadar büyüsek de, hayatlarımıza yeni insanlar girse de, başka aileler edinsek de birbirimizden asla kopmayacağımızı, onları asla bırakmayacağımı biliyorum. Bazen kendimi onların anneleri gibi hissediyorum ve böyle zamanlarda ikisinin mutluluğu için yapamayacağım şey olmadığını düşünüyorum. En güzeli de ne, biliyor musunuz? Hayatımın kalanında kardeşlerimi koruyup kollarken Kerem'in bana destek olacağına inanıyorum. Bunu bilmek beni her şeyin üstesinden gelebileceğine inanan güçlü bir kadına dönüştürüyor sevgili arkadaşlarım.

33. Bölüm

Hayat inişler ve çıkışlarla dolu engin denizlere benzer. Bazen dalgalar öyle hırçın olur ki daha fazla dayanamayacağınızı sanırsınız. Pes etmek, sürüklenip gitmek istersiniz. Kaybolup gitmenin, tüm bunlara bir son vermenin cazibesi kanınıza girmeye çalışır. Fakat savaştığınızda, sabrettiğinizde, fırtına dinene kadar ayakta kalmayı başardığınızda en sonunda ucu bucağı olmayan o sonsuz mavilik sarar dört bir yanınızı. Sizi yüzeye çıkarır. Parıldayan güneşin altında hayatın güzelliklerini sunar önünüze. *Başardığınızda* tüm bunlara değdiğini görürsünüz.

Genç bir kız için çok fazla sorumluluk almanın beni zorladığı zamanlar oldu. Bir gün uyandığımda annem ve babam artık yoktu ve benim bir abladan daha fazlası olmam gerekiyordu. Nasıl yapacağımı bilmiyordum. Ailemi hayal kırıklığına uğratacağımı düşündüm. Bundan o kadar korktum ki kanayan dizlerime aldırmadan her zaman yürümeye devam ettim. Kolay olmadı... Bazen sesimi kimseye duyuramadığımı düşündüm. Bazen, hayatta değerli hiçbir şey yapamadığımı hissettim. Hiçbir şeyi başaramadığımı, başaramayacağımı sandım. Kırıldım, parçalandım. Kaçmak istedim.

Kerem bir keresinde, "Kaçmayı istediğin halde kalıyorsan bu savaşmaktır," demişti. *Savaştım.*

Güzel anılar biriktirerek savaştım. Zorluklara rağmen pes etmeyerek savaştım. Çok sevdim. Çok sevildim. Birçok insanın sahip olamayacağı bir şeye sahip olduğumu bilerek zorlukların üstesinden geldim. *Aileme.*

Sonra bir gün kendimle ilgili hiçbir şey yapamayacağımı sanırken bir adamla tanıştım. Kalbi öyle güzeldi ki, beni öyle güzel sevdi ki onun sayesinde daha cesur biri oldum. Onun sayesinde hayallerimin peşinden koştum. Onun sayesinde her şeyle yalnız mücadele etmek zorunda olmadığımı öğrendim.

Onun sayesinde şu an elimdeki küçük karta gözyaşlarımı akıtıyorum. Üstünde ismimin yazdığına inanamadığım öğrenci kimliğine bakarken aynı anda hem kahkahalar atmak hem de hıçkırıklarımı serbest bırakmak geliyor içimden. *Bunu yaptığıma inanamıyorum.*

Kerem'le tanışmamızın üstünden geçen üç yılda hayatımız yaşadığımız sıkıntıların öcünü alırcasına güzel bir yolda ilerledi. Emre üniversiteyi kazandığını öğrendiğinde kollarımda çocuk gibi ağlamıştı. Dereceyle girdiği okulunda okurken benden yardım kabul etmeden hem çalışıp hem okuyarak geçirdiği her dönemde başarılarıyla beni gururlandırmıştı. Ardından Ecrin hep istediği gibi Türk dili ve edebiyatı bölümünü kazanıp bana hayatımın ikinci gururunu yaşattı. Başarılarının hepsinin benim için olduğunu biliyordum. Benim mutlu olmamı istediklerini biliyordum. *Artık benim de mutluluğun peşinden koşmamı istediklerini biliyordum.* Bu yüzden üniversite sınavına girdim.

Bunu Kerem ve Sinan'dan başka kimseye söylemedim çünkü sınava girerken bile okula gidebileceğimden emin değildim. Onca yılın ardından sınava hazırlanmak hiç kolay değildi ama Kerem ve Sinan bana yardım ettiler. Resme tekrar başladığımdan beri geçen sürede hiç ara vermemiş, hem de birkaç kursa gitmiştim. Sessiz sedasız çizimimi geliştirirken Kerem bir gün neden bu kadarıyla yetindiğimi sordu.

"Neden bir hayalin olmadığını söyleyip duruyorsun?" demişti ben katıldığım kursun sergisi için heyecanla resim yaparken. "Neden hayal kurmak için kendine izin vermiyorsun?"

Soruları aklıma girip beni uyutamaz hale geldiğinde risk almaya karar verdim. Buna değeceğine inandım. Ve işte buradayım. Yetenek sınavlarına girdiğimde kazanacağımdan ümitli değildim. Bu sınava giren insanların yetenekleriyle benden fersahlarca ötede olduğuna inanıyordum ama her zaman olduğu gibi bu kez de kendimi hafife aldığımı sınavı kazandığımda anladım.

Şimdi okulumdan çıkmış, elimdeki öğrenci kimliğine gururlanarak bakıyorum.

Mısra Sezgin
Güzel Sanatlar Fakültesi
Resim Bölümü

Birkaç kelimenin bu kadar fazla anlam yüklü olması şaşılacak şey. Ufacık bir kâğıt, birkaç kelime ve işte bütün hayatın orada. Tüm savaşın, uğraşların, yitirdiklerin ve en sonunda kazandıkların. Bu güne ulaşabileceğimi hiç düşünmemiştim. Hayal etmeye bile cesaret edememiştim ama hayatın bize neler getireceğini tahmin etmek ne mümkün ki?

Evimizin borcunu öderken hep bunu başaramayacağım

için evden çıkmak zorunda kalacağımızdan korkardım. Sanki o evden çıkmak anne ve babamla ikinci kez ayrılmak gibi gelir, bu yüzden hep çok endişelenirdim. Geçen yaz asla ulaşamayacağımı düşündüğüm o günlerden biri gelip de borcumuzun son taksitini ödediğimde babaannemle birbirimize sarılıp saatlerce ağladık. O gece hayatımın en huzurlu gecelerinden birini geçirmiştim. Sonrasındaysa her ay ödemem gereken ciddi taksitler olmadığında hayatımın ne kadar kolaylaştığını keşfettim. Emre de, Ecrin de ben ne söylersem söyleyeyim çalışmaya devam ediyorlardı. Ben de hâlâ bürodaki işimde çalışıyordum. Artık hayal kurmak için zamanım da dermanım da olduğunu görmek hem beni hem de ailemi çok mutlu ediyordu. Kardeşlerim büyüdükçe daha akıllı, sorumluluk sahibi gençlere dönüşmüşlerdi ve birinden onların karakterleri hakkında övgü duyduğumda bir annenin gururunu yaşıyordum.

Büyün bunların yanında üç yıl boyunca Kerem her zaman varlığıyla hayatımı kolaylaştırmıştı. İlgi alanlarımız farklıydı, hayattaki hedeflerimiz bambaşkaydı ama bunlar bizim için hiçbir zaman sorun olmadı. Söz verdiğimiz gibi her zaman sıkıntılarımızı birbirimize açtık, konuşmak ve paylaşmak konusunda bir daha hiç kavga etmedik. Kerem zaten dünyanın en destekleyici insanıydı. Onu ailemle tanıştırdığım ilk gün herkesin sevgisini kolayca kazanmış, Emre ve Ecrin'e her zaman bir abi gibi yaklaşmıştı. Emre ona çok saygı duyuyor, sevgisini göstermeyi pek beceremeyen kız kardeşim ise Kerem'e hayranlık dolu bir sevgi besliyordu. Onun kitaplarla olan tutkusunu en iyi anlayan kişi Kerem'di. İkisi bazen uzun uzun kitap sohbetleri ederken Emre'yle ben aralarındaki bu arkadaşlığı biraz kıskanarak izliyorduk. Ecrin üniversiteyi kazandığında aradığı ilk isim Kerem'di. Dersleriyle ilgili ondan sık sık yardım istiyor, gelecekte ne yapacağını planlarken Kerem'i akıl hocası olarak görüyordu. Ben çalışmasını istemeyip bu konuda katı davrandığımda Kerem ona bir kitabevinde yarı zamanlı iş bulmuş, orada çalışmaktan ne kadar mutlu olacağına beni ikna etmişti. Ben onların hayatını kolaylaştırmak için her şeyi yapacağımı söyledikçe kardeşlerim sorumluluklarımı paylaşmak için daha çok çalışır olmuşlardı. Ben nasıl onlar için en iyisini istiyorsam, onlar da aynı şeyi benim için istiyorlardı.

Tabii bütün bunların içinde Nurdan Hanım ve babaannem tarafından evlilik konusunda sürekli sıkıştırılıyorduk. Herkes beni karşısına alıp evlenmemin kimseyi etkilemeyeceğini, yalnızca ikinci bir evim olacağını söyleyip dururken Kerem bu konuda bana hiçbir baskı yapmamıştı. Hatta o kadar sessiz kalmıştı ki rahatlayan hayatımla beraber artık neden evlilikten söz etmediğini düşünür olmuştum.

Şimdi koca bir gülücükle Kerem'in ofisinin önündeyken gerekirse konuyu kendim açabileceğimi düşünüyorum. Zaten ben hiç de *ilk adımı erkek atar* tavrında bir insan olmamışımdır.

Heyecanla kapıyı tıklatıp başımı içeriye uzatıyorum ancak Kerem sesi duymuyor bile. Bilgisayarına odaklanmış, hararetle çalışıyor canım sevgilim. Hayranlıkla onu izlediğim bir dakikanın ardından dalgınca başını kaldırıp beni gördüğünde yüzüne tatlı bir gülümseme yayılıyor.

Beni karşılamak için ayağa kalktığında kapıyı kapatıp içeri giriyorum. Kollarının arasına girdiğimde, "Ne güzel bir sürpriz bu," diyor keyifli sesiyle. Geçen yıl Kerem yeni bir iş teklifi alıp alt kattaki dergiden ayrıldığından beri canım her sıkıldığında yanına gidemez oldum. Eskisi kadar sık öğle yemekleri de yiyemediğimiz için işlerimizin yoğun olduğu zamanlarda birkaç gün görüşemediğimiz bile oluyor.

Ona daha sıkı sarıldığımda omuzlarımı saran kolları sıkılaşıyor. Başımı geriye atıp yüzüne bakıyorum. "Beni özledin mi?"

"Seni her zaman özlüyorum. Ayrıca az önce fark ettim ki birdenbire kapımda belirmeni de özlüyorum. Bunu daha sık yapmalısın."

"Belki yaparım." Cilveli bir gülücükle başımı uzattığımda bana tatlı bir öpücük veriyor.

"Neden işte değilsin?" Arkadaki koltuğa oturmamı işaret ediyor ama kollarının arasından çıkmaya niyetim yok. Ellerimi arkasından kavuşturup bir yere gitmesine izin vermiyorum.

"İzin aldım."

"Her şey yolunda mı?" diye soruyor tedirgin olarak. Tavrına alınmak aklıma bile gelmiyor çünkü izin almak pek sık yaptığım bir şey değil. Öleceğimi düşünecek kadar hastaysam ya da bir aile faciası olduysa ancak öyle izin alırım.

"Evet. Sana bir sürprizim var!"

Kalbim yerinden çıkacakmış gibi çarparken bir adım geriye çekilip çantamdan sürprizimi çıkarıyorum. Kaşlarını kaldırarak kutuya uzanıyor. Ellerimi çenemin altında birleştirip hevesle tepkisini bekliyorum. Önce paketi açıyor, sonra kutuyu. İçindeki karta bir bakış attıktan sonra gözleri büyüyor. Hayret dolu bir ifadeyle başını kaldırdığında göz göze geliyoruz. Sürpriz yapmak için kaydımı tamamlayana dek ona kazandığımı söylemedim.

Öyle içten bir neşeyle gülümsüyor ki ağlamaya başlayacağımı sanıyorum. Kerem kimliğe bir kez daha bakıp, "Başarmışsın," diyor sesinden taşan gururla. Heyecandan dudaklarımı dişlerken başımı sallıyorum. "Tabii ki başardın!"

Beni kendine çekip sımsıkı kucakladığında gözyaşlarım omuzlarına dökülüyor. "Buna inanamıyorum," diyorum çatlayan sesimle. "Çok zor olacak. Yarı zamanlı bir işte çalışmam gerekecek. Gerçi artık çocuklar büyüdüğü için başlarının çaresine bakabiliyorlar ve ev kredisi bittiği için babamın maaşı evi döndürebilir ama... Of! Ne bileyim. Gerçekten okula gideceğim Kerem. İnanabiliyor musun?"

"İnanıyorum. Ben sana hep inandım. Her şey iyi olacak. Maddi açıdan bir sıkıntın da olmayacak," diyor azarlayan bir tavırla. "Bunu bilmen gerek." İtiraz edeceğimi bildiği için konuşmaya kalkınca beni susturuyor. "Hayır hanımefendi. Bu konuyu tartışmayacağız. Evdekilere söyledin mi?"

Şu an herhangi bir tartışmaya giremeyecek kadar mutlu olduğum için konunun üzerinde hiç durmuyorum. "Hayır. Birazdan gideceğim. Çok heyecanlıyım Kerem. Bu kadar heyecanlanacağımı bilmiyordum. Seninle paylaştıktan sonra daha da beter oldu. Yerimde duramıyorum." Küçük dans hareketlerine başladığımda Kerem'in gözlerine sıcak parıltılar yerleşiyor.

"Seni böyle görmek çok güzel," diyor beni bir kez daha öpmeden önce. Onu öyle çok seviyorum ki bazen dünyaya Kerem'i sevmek için gelmişim gibi hissediyorum. Bir gülüşüyle dünyanın en mutlu kızı oluyorum. Hatta gülmesi bile gerekmiyor, yanlışlıkla bakışları yüzüme değse bile kalbimin ortasında çiçekler açıveriyor.

"Of!" diyorum sızlanır gibi. "Seni çok seviyorum ben."

"Buna sevindim çünkü beni sevmeseydin ne yapardım, bilmiyorum."

Parmak uçlarıma yükselip yanağına uzun bir öpücük bıraktıktan sonra eve gitmem gerektiğini söylüyorum. "Emre ve Ecrin'den evde olmalarını istemiştim, beni bekliyorlardır."

"Seninle gelmemi ister misin?" Onu her zaman yanımda istiyorum tabii ki ama bu anı kardeşlerimle yalnız yaşamak isteyen bir yanım da var. Kerem tereddüdümü görünce, "Ya da akşam sizi yemeğe çıkarırım," diyor gülümseyerek. Birbirimizi konuşmaya gerek kalmadan anlayacak kadar iyi tanıyor olmamızı da çok seviyorum.

Kerem'in yanından ayrıldıktan sonra Sinan'ı arayıp güzel haberi veriyorum. Arkadaşım sevincimi samimiyetle paylaşıyor. Biraz konuştuktan sonra ağzımdaki baklayı da çıkarıyorum. "Sinan... Sence Kerem benimle evlenmek istiyor mu?"

"Sen Kerem'le evlenmek mi istiyorsun?"

"Evet. Bu nasıl bir soru?"

"Sonunda prenses evliliğe hazır mı yani? İnanılır gibi değil," diyor dalga geçerek. Sinan tanıştığımız günden bugüne daha da olgunlaştı aslında. Mesleğini yapmakla geçirdiği bu yıllarda aranan bir psikolog olarak nam salarken hiç değişmeyip hep o uçarı tavırlarla kalmasının imkânı yoktu zaten. Ancak tüm iyi özelliklerine karşın hâlâ ukalanın, çekilmez herifin teki.

Umarım yakında âşık *olacağın bir kızla tanışırsın da bana yaptığın her alaycı yorumun acısını senden çıkarırım Sinan Ertekin.*

"Devam edeceksen kapatıyorum."

"Tamam, tamam. Bence bunu bana değil, Kerem'e söylemelisin. Evlilik fobini atlattığını bilmeli ki harekete geçsin."

"Öyle bir fobim yok."

"Sinan, Kerem evlenmek istiyor. Hayatım mahvoldu. Ne yapacağım?" Sesini inceltip ağlak bir tonla konuştuğunda ağzım açık kalıyor. Onun olgunlaştığını mı söylemiştim, geri alıyorum!

"Abartıyorsun!"

"Keşke o günleri kayda alsaydım."

"Sinan ya! Kapatıyorum." Telefonu yüzüne kapatıp sessize aldıktan sonra eve kadar somurtarak gidiyorum. Beni kızdıran şey Sinan'ın haklı olması. Bazen söylediklerine inanmak istemesem de adam her zaman nokta atışı yaptığı için inanmak zorundaymışım gibi hissederim. Fakat bu sefer gerçekten haklı. Bu durumu nasıl düzelteceğimi bilmiyorum bile.

Belki Kerem'in kapısına dayanıp şarkı söylerim. *Ellerimde çiçekler, kapında sırılsıklam görürsen bir gün şaşırma.*

Evime geldiğimde merdivenleri koşar adım çıkıp kapıyı anahtarımla açıyorum. Emre televizyonun karşısındaki kanepeye uzanmış, sıkılmış bir yüzle kanalları değiştiriyor. Ecrin diğer kanepeye tünemiş sessizce kitabını okurken babaannem de bir bebek yeleği örüyor.

Bunu neden yaptığı hakkında bir fikrim yok. Belki de Emre hamiledir.

Abartılı bir öksürükle geldiğimi duyunca tüm başlar bana dönüyor. Heyecanla öğrenci kimliğimi çıkarıp gururla havaya kaldırıyorum. "Selam benim güzel ailem. Ben Mısra Sezgin, bugün itibarıyla güzel sanatlar fakültesinde, resim bölümünde okuyorum."

Heyecanla karşımdaki yüzlere bakıyorum. Karşımdaki üç şaşkın suratın söylediklerimi idrak etmesini beklerken Emre yerinden ağır çekimdeymiş gibi yavaşça doğruluyor.

"Ne? Nesin, nesin?"

"Güzel sanatlar..." diyorum ama yüzündeki ciddi ifade yüzünden hevesim biraz kaçıyor. "Sevinmediniz mi?"

"Sen... Ne?" Ecrin'i böylesine şaşırtmak hiç kolay değildir. Açık ağzıyla bana bakarken öğrenci kartımı yüzüne doğru tutuyorum. "Abla sen... Ne? Nasıl? NE?"

Sonunda bir çığlıkla ayağa fırlayıp boynuma sarıldığında tutuğum nefesimi bırakıyorum. Ecrin çığlıklar atarak anlamsız şeyler söylerken Emre sessizce kalkıp beni kucaklıyor. O kadar sıkı sarılıyor ki nefes alamıyorum. Bırakmasını söylediğimde beni yukarı kaldırıyor. Ayaklarım yerden kesilince gülerek boynuna sarılıyorum. *Böylesi daha güvenli.* Küçük kardeşimin büyüyüp koca bir adam olduğunu böyle zamanlarda fark ediyorum. Emre her zaman neşeli ve alaycı bir çocuktu. Bu yüzden bazen büyüdüğünü hatırlamak biraz zor oluyor.

"Tamam, bırak artık," diyorum gülerek. Geri çekildiğinde gözlerinin kızardığını fark ediyorum. Onu öyle görünce burnum sızlıyor hemen. Elimi yanağına koyup gözlerine bakabilmek için başımı kaldırmam gereken kardeşime bakıyorum. Nasıl bu kadar büyüdüklerine dair hiçbir fikrim yok. Aramızda çok yaş farkı olmamasına rağmen kendimi hep onlardan çok daha büyük hissettim. Sanırım onları da olduklarından daha küçükmüş gibi düşünmekte ısrarcıydım.

"Sevinmedin mi?" diyorum Emre'ye. Cevabı biliyorum aslında ama o duygusal bakışlarına karşı ne diyeceğimi bilemediğimden öylesine soruyorum işte.

"Çok sevindim abla." Sesi öyle içten ki kelimelerin kalbinden kopup geldiğine hiç şüphem yok. "Öyle çok sevindim ki…" diyor yanaklarımı öperken. "Sen her şeyin en iyisini hak ediyorsun, her şeyi en güzel şekilde yaşamayı hak ediyorsun." Bir kez daha bana sarıldığında Ecrin de katılıyor bize. Annesiz çocuklar olmak, içinizde her daim bir anne barındırmanıza yol açıyor sanırım. Çünkü üçümüzün de içinde birbirimize karşı yalnızca bir annenin duyabileceği şefkat ve sevgi var. Biliyorum çünkü sevgilerinin yansımasını kendi kalbimde taşıyorum. Ayrıldığımızda gözü yaşlı babaannemin elini öpüyoruz sırayla. Sonra bütün akşamüstünü okul hakkında konuşarak geçiriyoruz. Nasıl karar verdiğimi, nasıl hazırlandığımı anlatıyorum onlara. Çekincelerimi paylaşıyorum. Beni öyle güzel cesaretlendiriyorlar ki... Benden önce mezun olacaklarıyla ilgili bana takıldıklarında ben de onlara okul dışındaki yeteneklerimden bahsederek sataşıyorum.

Akşama doğru babaannem bize ziyafet sözü verip mutfağa giriyor. Bizi yanında istemese de ona kıyamadığımız için Ecrin'le peşinden gidiyoruz. Kerem de davet ediliyor tabii. Kerem'in yemek teklifini söylemeye çalışıyorum ama babaannem çok fena bir şey söylemişim gibi gözlerini büyütünce susup Kerem'e evde yiyeceğimizi haber veriyorum. Hatta Nurdan Anne ve Burçak'ı da davet etmek istiyorum ama Kerem onların Nida Abla'nın yanında olduklarını söylüyor. Nida Abla geçen yıl eşiyle birlikte Bursa'ya taşındı. İkinci çocuğu yakında doğacağı için de annesi ve kız kardeşini yanında istemişti.

Nurdan Anne'ye kalsa şimdiye Kerem'le en az iki senelik evli ve bebeğimizi büyüten bir çift olurduk. Bana defalarca kez evime karşı sorumluluğumun aynı kalacağını, hiçbir korkumun olmamasını söylemişti. Açıkçası bunu biliyordum. Geçen onca zamandan sonra Kerem'e sonsuz güveniyordum ama bir şeyler bize sürekli engel olmuştu işte. Üç yıl öyle çabuk geçip gitmişti ki son birkaç aya dek ne kadar uzun zaman olduğunun farkında değildim bile. Kerem yeni işinde yükselebilmek için çok çalışmıştı. Ben ev, iş, Kerem ve resim arasında gidip gelirken çok çalışmıştım ve bir şekilde üç yılı geçirmiştik. Şimdi de evlilikten bahsetmeyeli öyle uzun zaman olmuştu ki bu konuyu gündeme nasıl getireceğimi bilmiyordum. Evlenmeye bu kadar istekli olduğumu bile bilmiyordum. Belki de Nurdan Anne'den yardım almalıyım. Bana coşkuyla yardım edeceğine hiç şüphem yok.

Yemek için babaanneme yardım ettikten sonra odama geçip Kerem'in çok sevdiği sarı elbisemi giyiyorum. Bir süre uzun kullandıktan sonra tekrar kısa kestirdiğim saçlarımı Ecrin'in saç maşasıyla biraz hacimlendirip hafif bir makyaj yapıyorum. Hatta bu elbisenin altına giydiğim ayakkabılarımın altını silip onları da ayağıma geçiriyorum. Odadan çıktığımda kimse bir şey söylemiyor. Babaannem dışarıda giydiğim ayakkabılarla evde dolaştığım için kızmıyor bile. Bugünün benim günüm olduğuna dair sessiz bir karar verildi sanırım.

Akşama doğru Kerem üstünde şık bir takımla geliyor eve. Kapıyı açıp onu böyle özenli görünce mest oluyorum. *Bugün kesinlikle benim günüm.* İçeri geçerken yanağımı öpüyor. Babaannemin hazır yemeyi sevdiği nadir yiyeceklerden birini almış. Sütlü Nuriye.

Ecrin'e de uzun zamandır beklediği, yeni çıkmış bir kitabı getirmiş. Ecrin huysuz bir cadı olmasına rağmen hiçbir zaman büyük tepkiler veren birisi olmamıştır. Yalnızca sevdiği kitaplar karşısında biraz heyecan gösteriyor, hepsi bu.

Emre burun kıvırarak kendisine hediye olmadığı için sahte bir küskünlük sergileyince Kerem onu bahsettiği teknoloji fuarına götürmenin sözünü veriyor hemen. Emre, Ecrin'den çok farklı bir karakter olsa da o da başka yönlerden insanlara bağlılığını kolaylıkla gösterebilen biri değil. Herkese karşı sevecen davranır ama hayatına onun için değerli hale gelecek birilerini almaktan çekinir. Bizim dışımızda birilerinin onu gerçekten tanımasına izin vermiyor. Tasasız, her zaman neşeli ve vurdumduymaz biri gibi tanınmak istiyor. Çoğu zaman öyle biri de aslında. Ama asla görünmeye çalıştığı gibi kayıtsız biri değil. Emre bugüne kadar tanıdığım en vefalı, en içten çocuk. Bir keresinde Sinan'a kardeşimin bu yönünden bahsetmiştim. Bunu zaten farkındaymış gibi başını sallayarak onun kaybetmekten korkuyor olabileceğini söylemişti. Sinan'a göre Emre için bizi kaybetmekten korkmak yeterince zordu, bu yüzden hayatına gittiğinde geriye kalacak boşlukla mücadele etmek zorunda olacağı birini daha almak istemiyordu. Bunu duyunca çok üzülmüştüm.

"Kayıplarla başa çıkmak zordur," demişti Sinan. "İnsanlar çektiği acının tekrarını yaşamamak için bir koruma kalkanı oluşturabilir. Sınırı kimsenin geçmesine izin vermezler. Bazen farkında bile olmadan yaparlar bunu. Belki de Emre de farkında olmadan kendine güvende hissedeceği bir zırh yaptı ve bunu alaycılığıyla gizledi."

O gün söylediklerini uzun uzun düşünmüştüm. Ben kim oluyordum da Emre'ye yanlış yaptığını söylüyordum ki? Kerem'i kaybetmenin düşüncesi bile beni mahvetmeye yetecekken Emre'ye korkmamasını nasıl söylerdim? Sevmek de kaybetmek de hayatın gerçekleriydi elbet ama ne kadar zor olduğunu biliyorken bunu öylece nasıl dile getirebilirim ki? Bunu düzeltmenin bir yolunu bilmiyorum. Yalnızca Emre'nin günün birinde zırhını delecek, ona sevmekten korkmaması gerektiğini öğretecek biriyle tanışmasını tüm kalbimle diliyorum.

Kardeşlerimi içeri yollayıp Kerem'e bir hoş geldin öpücüğü veriyorum. Giyinip süslendiğim için tüm iltifatları da kapıyorum elbette.

Yemekten sonra Kerem'in getirdiği tatlıları yiyoruz. Bütün akşam hiç susmadım ve hâlâ da konuşuyorum. Yemek boyunca gıklarını çıkarmadan bana katlanan kardeşlerim tatlıdan sonra bir anda onları bunalttığımı söyleyip beni evden göndermeye çalışınca Kerem'le yürüyüşe çıkıyoruz. Parmaklarımı onunkilere geçirmiş sahile doğru yürürken söylenip duruyorum.

"Ne olmuş yani biraz fazla konuştuysam? Bir gececik katlansalar olmuyor mu? Ben onların her zırıltılarını dinliyorum ama! Küçük kardeşlerin hepsi böyle. Sen de Nida Abla'ya böyle gıcıklıklar yapıyor muydun?"

"Hiç yapmazdım," diyor genişçe gülerek.

Gözlerimi kısarak yüzüne bakıyorum. "Çok inandırıcı görünüyorsun şu an gerçekten... Neden bu tarafa gidiyorsun?" Kerem'in beni bir sokağa çekiştirirken gözleri etrafta dolanıyor. Ardından aradığını bulmuş gibi bir ifade takınıp eliyle ileriyi işaret ediyor.

"Şu çocuk seni mi bekliyor?"

"Kim?" Karşıya baktığımda elinde çiçeklerle bekleyen bir çocuğu görüyorum. Anlamaya çalışırken kaşlarım çatılıyor. "Niye beni beklesin ki?" derken çocuk koca bir gülücükle bu tarafa doğru koşmaya başlıyor.

"Merhaba abla!" diyor yamuk dişlerini göstererek gülerken. Üstündeki kıyafetlerden kâğıt toplayan çocuklardan biri olabileceğini düşünüyorum. "Bunlar senin için."

Uzattığı buketi alırken şaşkın bakışlarım Kerem'i buluyor. "Kimden ki?"

"Yanındaki abiye sor," deyip Kerem'in çaktırmadan uzattığı parayı alıp koşarak uzaklaşıyor küçük çocuk.

Elimde çiçeklerle arkasından bakakalıyorum. "Ne oldu şimdi?"

"Çiçeklerine bak," diyor Kerem. Bakışlarımı çiçek buketine indiriyorum. Kırmızı güllerin arasına beyaz hanımeli çiçeklerinin dizildiği bir buket bu. Zihnimde bir anı canlanıyor.

"Peki, evlenmek istediğin kadına hangi çiçeği alırdın?"

"Sanırım hanımeli. Hanımeli çiçeği bağlılığı simgeler. Evlilik bağlılığı gerektirir ve bağlılık da sadakati beraberinde getirir diye düşünüyorum."

"Yine de aşk olmasa da evleneceğin kişiyi sevmelisin. Ve ona bunu göstermelisin. Hanımeli buketinin içinde güller de olsun, tamam mı?"

Kerem o gün evlenmek istediği kadına çiçek götürürken buketi bana yaptıracağını söylemişti. Nedenini bilmeden bundan hiç hoşlanmamıştım. Sanırım o günlerde bile Kerem'i seviyordum. Bu sohbeti unutmadığına göre, belki o da beni seviyordu.

Güllerin arasına özenle serpiştirilen küçük beyaz çiçeklere bakarken öyle duygulanıyorum ki gözlerim yaşarıyor. Bakışlarımı sevdiğim adama çevirdiğimde beklenti dolu yüzünü görüyorum. Evlilik hakkında düşünüp dururken, onun da bu konuda planları olduğunu hiç bilmiyordum.

Her zaman kalbimden geçenleri nasıl anlıyor, bilmiyorum. Ama neye ihtiyacım olsa Kerem bir şekilde biliyor ve bana elinden gelen her şeyi verebilmek için çabalıyor. Sanırım o anlardan birindeyiz. *Sanırım o anların en güzelindeyiz.*

"Nerede olduğumuzu biliyor musun?" diye soruyor Kerem. Etrafa bakındığımda az ötedeki kepenkleri indirilmiş büyük garajı fark ediyorum. Yıllar önce korkmuş ve öfkeli bir kızın oraya yürüyüşü canlanıyor gözümün önünde.

"Seni ilk kez burada görmüştüm," diyor Kerem. "Emre arabama o kadar garip bir şekilde çarpmıştı ki kasıtlı yaptığını düşünmüştüm. Kimse bu kadar tuhaf bir kaza yapamazdı. Sonra Emre'nin ısrarı üzerine buraya geldik. Bir süre sonra da sen geldin," deyip birkaç adım ötemizi gösteriyor. Kalp atışlarımdan sesini duymakta zorlanıyorum.

Her şeyi söylemek istiyorum.

Hiçbir şey söyleyemiyorum.

"İlk kez burada karşılaştık ve bana ilk kez içerideki ofiste vurdun." Dudaklarımdan şaşkın bir gülüş çıkarken

Kerem de gülüyor. "Bu kez kafama geçireceğin bir çantan olmadığına emin oldum."

Tanışmamızdan on dakika sonra benimle evlenmek istediğini söylediğinde ona çantamla vurduğumu hatırlayınca gözlerim doluyor. Kerem elimi tutunca büyük bir adım atıp ona yaklaşıyorum. Çiçeklerim aramızda eziliyor olabilir ama sorun değil. Bu onları daha değerli kılacak.

"Seni görür görmez sana vurulmadım belki. Belki de vuruldum ama bunu anlayamadım. Kendi dertlerimin arasında savrulurken ne kadar güzel olduğunu fark edemedim ama seni bir kez tanıdıktan sonra fark etmemek imkânsızdı Mısra. Bir şiirin dizeleriydin. Bir öykünün kahramanıydın. Bir mücadelenin savaşçısıydın. Sen öyle nahif, öyle güçlü, öyle güzeldin ki ayaklarım beni sürekli sana getirdi. Arkamı dönemedim. Çekip gidemedim. Sen her geçen gün kalbime aşkını ekerken elimden seni sevmekten başka hiçbir şey gelmedi. Seni sevmek, hayatımda yaptığım en doğru şey. Senin beni sevmen aldığım en büyük armağan. Ve eğer karım olursan işte o zaman en büyük gururum çocuklarının babası olmak olur." Derin bir nefes alıyor. Onunla birlikte ben de nefesleniyorum. Farkında olmadığım gözyaşlarımı siliyor parmaklarıyla. Ardından yüzümü tutup alnını alnıma yaslıyor. "Benimle evlenir misin?"

Cevap vermek için ağzımı açıyorum ancak bir hıçkırık tüm kelimelerimi yutuyor. Gözyaşlarım yanaklarımı ıslatırken kollarımı Kerem'in boynuna dolayıp ona sıkıca sarılıyorum. Bu teklifin hayalini kurduğum hiçbir anda bu kadar güzel cümleler duyacağımı tahmin edememiştim. Kerem benden sanki mükemmel biriymişim gibi bahsediyor. Mükemmel olmanın yakınından bile geçmesem de beni böyle gördüğü, böyle sevdiği için ona minnettarım.

Ona sarılırken hissettiğim kalp atışlarının kime ait olduğunu anlayamıyorum ama bunun bir önemi yok. Şu an ikimizin de kalpleri bir. *Bundan sonra her an ikimizin de kalpleri bir atacak.*

"Yani benimle evlenecek misin?" diye soruyor Kerem yüzümü nazikçe tutarken.

"Tabii ki seninle evleneceğim Kerem." Ağlamaktan boğuklaşan sesimle küçük bir kahkaha atıp daha yüksek sesle, bir kez daha söylüyorum.

"Tabii ki seninle evleneceğim!"

Hayat inişler ve çıkışlarla dolu engin denizlere benzer. En kötülerini yaşadığınızı düşündüğünüzde, bir daha asla mutlu olamayacağınızı sandığınızda sular durulur. Parıldayan suların arasından, çırpınan bedeninize doğru yanaşan gemiden bir yardım eli uzanır. O el size kurtuluşu ve sevgiyi vadeder. Bir daha fırtına çıkmayacağını garanti edemez ama artık o fırtınaları yalnız atlatmak zorunda kalmayacağınızın sözünü verir. O eli tutarsınız, hiçbir dalganın bir daha ellerinizi ayıramayacağını bilerek.

SON

Teşekkür

Hepimiz kısacık ömürlerimize onlarca acıyı, sevinci, hasreti ve umudu sığdırabiliriz. Herkesin hayatı bir hikâye anlatır. Belki çok hareketli bir hikâye yazmaz yaşadıklarımız. Gerilimlerle, esrarengiz olaylarla dolu değildir ama bu anlatılmaya değer olmadığını göstermez. Mısra'nın hikâyesi, hissettikleri, günlük hayatında yaşadığı o tatlı heyecanlar ve ailesiyle paylaştığı eğlenceli anlar birçoğunuza tanıdık gelecektir eminim. Bu kitaba yazdığım her satırda samimiyeti, sevgiyi ve iyiliği vurgulamaya çalıştım. Umarım sizler de bu duyguları hissederek okursunuz.

Bu yolculukta güzel dilekleriyle yanımda olan aileme, arkadaşlarıma ve her zaman beni destekleyen sevgili okuyucularıma çok teşekkür ederim.

Eğer Sezgin ailesini sevdiyseniz ailenin fahri üyesi Sinan'ın kitabı *Aşk ve Diğer İhtimaller*'i, büyüyüp kendi hikâyesini yaşayan Emre'nin kitabı *Sarı Puantiyeli Şemsiye* ile Ecrin'in kitabı *Sevgili Limon Çiçeği*'ni okuyabilirsiniz.

Hayat bizi ne kadar zorlasa da sevginin iyileştirici gücüne inandıkça aşamayacağımız hiçbir sıkıntı yok. Ne kadar zorlansanız da sevgi dolu biri olmaktan vazgeçmeyin.

Sevgiyle kalın,
Betül Güçlü.

Hedef 8 adımdan sonra kafeye girip bir kahve istiyor.
Siparişini alan görevliye gülümseyip bir şeyler söyledikten sonra kafenin diğer ucundaki boş bir masaya oturuyor.
Bilgisayarını ve dosyalarını açarken, tahminen mesaj sesi geldiği için cebinden telefonunu çıkarıyor ve ekranda gördüğü şey onu güldürüyor. Bu beklenmedik bir durum merkez. Tetikçi tehlikede.
Bize onun gülüşüyle insanları felç edebildiğini söylememiştiniz!

Merkezin verdiği bu görevde Emre Sezgin zorlu bir hedefti. Ben ise güçlü bir ajandım. Onu alt edebilirdim. Hayatına sızabilir, tüm sırlarını öğrenebilir ve yapılması gerekenleri yapabilirdim.

En azından hayalimdeki Defne Bilger böyleydi.

Gerçekte ise işler planladığım gibi gitmemişti.

Yürüdüğüm yollarda bazen korkmuş, bazen kaybolmuş ama ne olursa olsun neşemi ve ışıltımı hiç kaybetmemiştim.

Belki biraz tuhaftım. Heyecanım yüzünden sık sık zor durumlara düşüyordum. Belki hayali arkadaşlarımla çok fazla konuşuyordum ama ne olursa olsun kendimi sevmeyi biliyordum. Emre Sezgin'in de beni sevmesi için bu kadarı yeterli olur muydu?

Sevgili Limon Çiçeği,
Sandığınızın aksine kibar bir beyefendi olduğum için ben mektubuma sevgilerimi sunarak başlıyorum...
Benimle ilgili pek bir şey bilmediğiniz halde bunca sonuca varmanız kulağa önyargı gibi geliyor, ne dersiniz?

Ecrin, Meriç'in kaba ve büyüklenmeyi seven bir adam olduğundan emindir.

Meriç, Ecrin hakkında bu kadar kesin düşüncelere sahip olmasa da onunla ilgili emin olduğu bir şey vardır:

Bu kız insafsız bir cadıdır ve daha ilk mektubu okurken başının belada olduğunu hissetmiştir.

Bir mektup arkadaşı, kendisi hakkında yan yana sohbet ettiğiniz birçok kişiden daha fazla ipucu verir.

Ecrin ve Meriç'in fikirlerini savunan mektupları giderek daha alaycı, daha özel mektuplara dönüşürken birbirlerine karşı olan fikirleri gibi hisleri de değişecek midir?

"Benim için yürümek yalnızca ardı ardına adımlar atmaktan ibaret değildi. Yürümek çaba gerektiriyordu. Önemsemeyi kabullensem bile bunu açığa çıkarmak çırılçıplak hissettiriyordu. Bazen herkesten, her şeyden öyle çok korkuyordum ki beni sağlam tutan tek şey kilitli bir kapı oluyordu. Her kapının bir kilidi, her kilidin bir anahtarı vardı elbet ama iş kendi zihninin kilitlerini döndürmeye gelince anahtarı nasıl bulacağımı bilemiyordum. Anahtarının neye benzediğini bilmediğin bir kilitten nasıl kurtulurdun ki?"

Öykü onu karanlığa çeken her şeyden uzaklaşıp yeni bir başlangıç için yola çıktığında atacağı adımları hesaplamıştı. Geçmişte onu yıpratan tüm ilişkilerden uzaklaşacak, kimseyle yakınlık kurmadan mutlu olacağına inandığı yalnız ama huzurlu bir hayat için savaşacaktı. Güçlü ve sarsılmaz görünüşünün altındaki kırılgan kızı herkesten saklarken güvende olacağına inandığı tek yer kilitli kapıların ardıydı.

Oysa hiçbir kilit aşılmaz değildir.

Sahip olduğum küçük mucizenin adıydı Pamir Ege. Huzuru, neşeyi, sevgiyi hissetmek için sadece ona bakmak, bazen yalnızca onu düşünmek bile yetiyordu. Ufacık bedeniyle zor günleri atlatmam için bana güç vermişti. Bana bir aile vermiş, en iyi arkadaşım olmuştu. Beni kırılgan, çaresiz, gencecik bir kızdan; cesur ve güçlü bir kadına dönüştürmüştü. Annesini kimsesizlikten kurtaran, ona yaşamak için bir neden veren bir bebek.

Benim bebeğim.

Birlikte iyiydik. Birlikte güvendeydik. Birer kardeşten farksız olan iki deli arkadaşa ve hepimize annelik eden tatlı bir kadına sahiptik. Başka birine ihtiyacım olmadığını sanıyordum. Bir daha bir adama güvenemeyeceğimi, kalbimi aşka açamayacağımı sanıyordum. Ta ki Doruk Ataoğlu'yla karşılaşana dek.

Doruk etrafımdaki varlığıyla kalbimin kilitli kapılarını her gün biraz daha zorlarken geçmişteki kırgınlıklarımla savaşmak istememi sağlıyordu. Bir vaat değerindeki sözleriyle beni kuşatıyor, ona güvenmem için tüm yüreğini ortaya seriyordu.

Bütün bunlar nasıl sonuçlanacak merak ediyordum.

İkimizin varacağı yer neresiydi?